D1738887

UN VERANO EN
EL PARAÍSO

UN VERANO EN EL PARAÍSO

MIRANDA BEVERLY-WHITTEMORE

Un verano en el paraíso
Título original: *Bittersweet*
Primera edición: octubre de 2015

D. R. © 2014, Miranda Beverly-Whittemore
Esta traducción se publica por acuerdo con Crown Publishers,
un sello de Crown Publishing Group, una división de Penguin Random House
D. R. © 2015, derechos de edición mundiales en lengua castellana:
Penguin Random House Grupo Editorial, S.A. de C.V.
Blvd. Miguel de Cervantes Saavedra núm. 301,1er piso,
colonia Granada, delegación Miguel Hidalgo, C.P.11520,
México, D.F.
www.megustaleer.com
© 2015, Inés Beláustegui, por la traducción
© HarperCollins Publishers Ltd 2014/Kate Gaughran, por el diseño de cubierta
© Martin Meyer/Corbis (chica); Shutterstock (lago), por las imágenes

ISBN: 978-607-31-3442-2

Impreso en México – *Printed in Mexico*

El papel utilizado para la impresión de este libro ha sido fabricado a partir de madera procedente
de bosques y plantaciones gestionadas con los más altos estándares ambientales, garantizando
una explotación de los recursos sostenible con el medio ambiente y beneficiosa para las personas.

Penguin
Random House
Grupo Editorial

Para Ba y Fa, con quienes compartí la tierra,
y para Q, que me dio el mundo

Febrero

CAPÍTULO 1

La compañera de habitación

Antes de que me odiara, antes de que me amara, Genevra Katherine Winslow ignoraba mi existencia. Es una exageración, claro está, porque, teniendo en cuenta que en febrero el departamento de alojamiento estudiantil nos había pedido que compartiésemos durante casi seis meses una habitación minúscula en la que nos asábamos de calor, no le quedó más remedio que colegir que yo era un ente físico (aunque solo fuese porque me entraba tos cada vez que ella se fumaba uno de sus Kool en la litera de arriba). Aun así, hasta el día en que me pidió que la acompañase a Winloch, estaba acostumbrada a que Ev me mirase como miraría a una poltrona con una tapicería espantosa, es decir: como algo que la estorbaba y que solo utilizaba cuando era absolutamente necesario, pero que sin duda no estaba ahí porque la hubiese elegido ella personalmente.

Aquel invierno hacía un frío como yo nunca había imaginado, por mucho que la alumna de Minnesota del fondo del pasillo comentase que eso no era nada. Allá en Oregón la nieve era una bendición: dos días de suaves copos blancos ganados a pulso después de soportar meses de cielos grises y lluvias. Pero el viento que rizaba las aguas del Hudson a su paso por la ciudad soplaba con tal vehemencia que a mí se me helaba hasta el tuétano. Cada mañana me quedaba acurrucada debajo del edredón sin saber cómo me las iba a ingeniar para llegar a la clase de Latín de las nueve en punto. Las nubes derramaban su blancura infinita y Ev se quedaba durmiendo hasta tarde.

Se levantó tarde todos los días del curso excepto la primera mañana que amaneció bajo cero. Yo estaba poniéndome las katiuskas de finísima goma que mi madre me había comprado en una Value Village. Me miró pestañeando y, sin decir palabra, se bajó de la litera, abrió nuestro armario ropero y dejó delante de mis pies su flamante par de botas de una marca de venta por catálogo, bicolores con forro de zalea.

—Cógelas —ordenó, meciéndose ante mí con su camisón de seda. ¿Cómo me tomé yo ese ofrecimiento insólitamente generoso? Toqué la piel de una de las botas: era tan increíblemente suave como parecía—. En serio. —Volvió a subirse a su cama—. Si piensas que voy a salir con eso, con esas botas, estás loca.

Su gesto de generosidad, así como el convencimiento de que las botas hay que domarlas a fuerza de usarlas, me hizo cobrar bríos; a ello se sumó el azuzamiento que a diario me provocaba el terror (el mismo que alienta a los campesinos a hacer acopio de alimentos) de pensar que a buen seguro de un momento a otro se darían cuenta de que ese no era mi sitio y me mandarían a casita, y de ese modo obligué a mi cuerpo aterido a cruzar el patio de la residencia. En medio de la lluvia helada, del granizo y de la nieve, perseveré. Mis piernas rechonchas y mi peso descomunal atinaban a plantarme en mitad de todos los hoyos llenos de nieve que me podía encontrar. Pestañeando, dirigí la mirada hacia la ventana de nuestro cuarto, donde se veía la silueta de Ev, esbelta, aturdida, fumando, y di gracias a los dioses por que no mirase hacia abajo.

Ev tenía un abrigo de pelo de camello, tomaba absenta en clubes alternativos de Manhattan y bailaba desnuda en lo alto de Main Gate porque alguien la había retado a hacerlo. Había cumplido la mayoría de edad en un internado y haciendo un programa de desintoxicación. Sus amigas, que siempre llevaban los labios pintados, pasaban por nuestra sofocante habitación compartida con la promesa de algo mejor; mi forma de socializar consistía en sentarme a leer *Jane Eyre* hecha un ovillo, después de tener que interrumpir la sesión de estudio por cortesía de las compañeras de residencia. Había semanas en que no la veía ni una sola vez. Las contadas ocasiones en que las inclemencias del tiempo le saboteaban los planes, dedicaba el rato a instruirme sobre la vida: (1) bebe alcohol destilado solo en fiestas, porque engorda (fruncía los labios cada vez que decía esa palabra delante de mí, pero no se privaba de decirla, de todos modos) y (2) cierra los ojos si alguna vez te toca meterte un pene en la boca.

«No esperes que tu compañera de habitación sea tu mejor amiga». Había sido el consejo que me había dado mi madre justo antes de coger el avión rumbo al este, en agosto, y me lo había dicho con el tono osado que solo empleaba conmigo. En ese momento, mientras observaba al empleado de Seguridad Aeroportuaria ojeando mis bragas antilujuria y mientras mi madre me decía adiós agitando la mano como una histérica, coloqué aquel comentario en la categoría de Insultante. Sabía perfectamente que a mis padres les daría igual si no me iba bien en la universidad y tenía que volver para dedicar mi vida a limpiarle la ropa a la gente. Era el sino que según ellos (o según mi padre, al menos) yo misma me había granjeado hacía solamente seis años. Pero a principios de febrero entendí lo que de verdad había querido decir mi madre: que se supone que las estudiantes becadas no deben meterse en la cama cerca de las herederas de América, porque eso despierta apetitos insaciables.

Ya faltaba poco para el final de curso y no tenía dudas de que Ev y yo habíamos establecido claramente nuestros respectivos roles: ella me soportaba y yo fingía desdeñar todo lo que ella simbolizaba. Por eso, recibir aquella primera semana de febrero en mi casillero del campus un sobre de gruesa y suave cartulina de color marfil, con mi nombre escrito a mano con tinta china en su inmaculada superficie mate, me dejó impactada. El sobre contenía una invitación a la recepción que ofrecería la rectora de la universidad en honor del decimoctavo cumpleaños de Ev, que tendría lugar en el museo de pintura del campus a finales de mes. Al parecer, Genevra Katherine Winslow iba a donar un Degas.

Cualquier testigo que me hubiese visto meterme a toda prisa el sobre en el bolsillo de la parka, sin haber salido aún de la ruidosa sala de correo, habría pensado que la llamativa decadencia de aquel sobre le producía sonrojo a la pobrecita y humilde Mabel Dagmar. Pero todo lo contrario: lo que yo quería era guardarme para mí la dulce sensación de exclusividad que me había producido la invitación, por temor a que se tratase de algún error o a que hubiese un sobre igual en todos los demás casilleros. La cartulina del sobre, fabricada dejando unos delicados grumos, me mantuvo la mano calentita el día entero. De vuelta en la habitación, me aseguré de dejar bien a la vista el sobre en mi mesa, donde a Ev le gustaba tener su cenicero, justo debajo de la única foto que había puesto ella en nuestra habitación: una foto de unas sesenta personas (jóvenes y viejos, todos tan guapos y tan rubios naturales como Ev, y todos vestidos de blanco de la cabeza a los pies), posando delante de una espléndida casa de campo. Aunque las prendas de vestir blancas de los Winslow eran de estilo informal, no era el estilo desenfadado que se gastaba en mi familia (camisetas de Disney-landia, barrigoncios, latas de Heineken). Los parientes de Ev eran gente esbelta, bronceada, sonriente. Camisas con cuello, impolutos vestidos de algodón bien planchados, y las niñas con calcetines calados y trenzas de raíz. Me sentía agradecida por que hubiese puesto la fotografía en mi mesa; disponía de infinidad de tiempo para analizarla y admirarla.

Pasaron tres días sin que se fijara en el sobre. Estaba fumando en la cama de arriba de la litera (mientras la habitación se llenaba de una bruma acre, yo, encorvada justo debajo de ella, con mis tareas de Cálculo, iba dando chupadas a mi inhalador), cuando de pronto soltó un gruñido en señal de reconocimiento, bajó de un salto hasta el suelo y cogió la invitación.

—¿No irás a ir, verdad? —preguntó, girándose con ella en la mano. Pareció que la horrorizaba la posibilidad de que yo asistiera. Había puesto sus labios de pitiminí en una mueca curva hacia abajo, prima lejana de fea; pero es que de verdad incluso cuando expresaba desdén, aun despeinada y sin arreglar, Ev era de una belleza digna de contemplar.

—He pensado que igual sí —respondí yo, dócil, sin dejar entrever la mezcla de pavor y éxtasis que me causaba el no saber qué me pondría para un evento semejante, y menos aún cómo me las arreglaría para hacer algo atractivo con mi pelo lacio.

Sus dedos largos lanzaron el sobre para devolverlo a mi mesa.

—Va a ser un horror. Como mis padres están enfadados porque no voy a donarlo al Met, no me dejan invitar a ninguno de mis amigos, por supuesto.

—Por supuesto. —Intenté que no se me notara que aquello me había dolido.

—No quería decir eso —replicó rápidamente, y se dejó caer con todo su peso en mi silla de escritorio, tras lo cual señaló con su dedo de porcelana en dirección al techo y miró ceñuda la grieta de la escayola.

—¿No has sido tú quien me ha invitado? —me atreví a preguntar.

—No. —Se rio como una boba, como si mi equivocación hubiese sido un pecado adorable—. Mi madre siempre invita a las compañeras de habitación. Se supone que así la cosa tiene un toque más… democrático. —Vio la cara que se me ponía y añadió—: Si no quiero ir ni yo, no hay ninguna razón para que vayas tú. —Alargó el brazo para coger su cepillo Mason Pearson y se lo pasó por la cabellera. Mientras se peinaba, haciendo resplandecer sus cabellos dorados, las cerdas de jabalí producían un sonido denso, grave.

—No iré —me avine. La decepción que teñía mi voz me delató. Volví a mis tareas de Matemáticas. Era mejor no ir, me habría puesto en ridículo. Pero entonces Ev ya me miraba, y en ese momento estuvo mirándome hasta que no pude soportar más tiempo su mirada clavada en mí, en mi cara—. ¿Qué? —pregunté, poniéndola a prueba con una carga de irritación (no excesiva; en el fondo no podía culparla por no quererme en un evento tan elegante).

—Tú sabes de pintura, ¿verdad? —preguntó, y la repentina dulzura de su voz me sacó de mi cerrazón—. Vas a hacer Historia del Arte, ¿no?

Aquello me sorprendió. Ignoraba que Ev tuviese alguna noción sobre mis intereses. Y aunque, a decir verdad, había renunciado a la idea de licenciarme en Historia del Arte (demasiadas horas cogiendo apuntes en aulas oscuras, además de que no me iba mucho el memorizar y que estaba enamorándome de tipos como Shakespeare y Milton), comprendí claramente que mi interés por la pintura sería mi billete de entrada.

—Eso creo.

Ev sonrió con una sonrisa deslumbrante, un respiro entre nubarrones de tormenta.

—Te haremos un vestido —dijo, dando palmas—. Estás guapa de azul.

Se había dado cuenta.

CAPÍTULO 2

La fiesta

Tres semanas después me encontraba en la vítrea sala principal del museo de arte del campus, con un vestido de seda de color verde mar, hábilmente drapeado y cosido de tal modo que mi cuerpo aparentaba pesar casi diez kilos menos. Junto a mí estaba Ev, enfundada en una columna de shantung de color champán. Parecía una princesa y, como princesa, quedaba excluida del sometimiento a las normas: saltándonos la ley, sosteníamos sendas copas de vino llenas a rebosar y nadie, ni los mandamases de la universidad ni los profesores ni los doctorandos de Historia del Arte que desfilaban delante de nosotras, nadie pestañeó mientras nosotras nos bebíamos el vino a sorbitos. En la otra punta de la sala una violinista arrancaba una lastimera melodía a su instrumento. La rectora (una decana de manual: con el pelo en forma de casco gris y una sonrisa ducha en el arte de recaudar cuartos institucionales) pululaba cerca de nosotras. Para librarse de su atención, Ev me la presentó. Aunque yo me sentí halagada ante el interés de la rectora por mis estudios («Estoy segura de que podremos meterte en ese seminario de nivel avanzado sobre Milton»), ansiaba verme lejos de ella para poder estar más tiempo a solas con Ev.

Ev me susurraba al oído el nombre de cada invitado, muy pegados los labios a mi oreja (aún hoy ignoro cómo conseguía saber quién era quién, salvo porque había sido adiestrada para ello) y comprendí que de alguna manera, inexplicablemente, yo había acabado siendo la invitada de honor. Puede que Ev cautivase a cada uno de los asistentes al acto, pero a quien hizo sus comentarios más personales fue a mí («Profesor adjunto Oakley —se ha acostado con todo el mundo—»; «Amanda Wyn —trastorno alimenticio grave—»). Tomándolo en conjunto, no podía entender por qué rechazaba todo aquello: el Degas (una bailarina inclinada con unas zapatillas de puntas, en el borde de un escenario), personas adultas prodigando lisonjas, la celebración de su cumpleaños y de la tradición. Mientras que ella insistía en que estaba deseando que la velada terminase, yo lo absorbía todo con avidez, sabiendo perfectamente que al día siguiente estaría de nuevo avanzando torpemente en medio del agua nieve, con las botas de invierno de ella, y rezando para que llegase el cheque de mi ayuda económica para poder comprarme unos mitones.

Las puertas del salón principal se abrieron y la rectora acudió rauda a recibir a los últimos invitados, avanzando entre la multitud, que quedó dividida en dos. Mi cortísima estatura nunca me ha dado ventaja, así que me estiré todo lo que pude para alcanzar a ver quién había llegado (¿una estrella de cine?, ¿un artista influyente?; solo alguien importante podría haber desatado semejante reacción en aquel grupo de personas del mundo académico).

—¿Quién es? —susurré yo, puesta de puntillas.

Ev apuró su segundo gin tonic.

—Mis padres.

Birch y Tilde Winslow eran las personas más glamurosas que había visto en mi vida: deslumbrantes, rutilantes y obviamente hechos de una pasta diferente de la mía.

Tilde era joven, o al menos más joven que mi madre. Tenía el mismo cuello de cisne que Ev, rematado con un rostro de rasgos más angulosos, menos exquisito; pero que nadie se confunda, Tilde Winslow era una belleza. Estaba flaca, demasiado flaca, y aunque reconocí en ella las señales de años contando calorías, debo admitir que me admiró lo que la privación había hecho por ella, como marcarle los bíceps o definirle la línea de la mandíbula. Sus pómulos le cruzaban la cara como dos cuchillas. Llevaba un vestido de seda dupioni color esmeralda, ceñido a la altura de la cintura con un broche de zafiro del tamaño de la mano de un niño. Su melena rubio platino estaba recogida en un moño.

Birch era mayor que ella (le sacaba a Tilde unos veinte años) y tenía esa panza imposible de eliminar de los septuagenarios. Pero el resto de su fisonomía era magra. Su rostro no tenía aspecto abuelil, en absoluto; era un rostro apuesto, juvenil, con unos ojos cristalinos de color azul como dos joyas engarzadas entre pestañas negras y largas, que Ev había heredado de esa parte de la familia. Tilde y él fueron avanzando hacia nosotras, despacio pero con paso decidido. Él iba estrechando manos a diestro y siniestro como un político, repartiendo comentarios socarrones y ocurrencias que despertaban el alborozo entre la multitud. A su lado, Tilde era justo el polo opuesto: esbozó apenas una sonrisa y, cuando finalmente llegaron hasta nosotras, me miró de hito en hito como si fuese un caballo percherón que hubiesen traído para arar la tierra.

—Genevra —la saludó, en tono neutro, una vez hubo comprobado que yo no tenía nada que ofrecer.

—Mamá. —Percibí tensión en la voz de Ev, que se disipó tan pronto como su padre le rodeó los hombros con un brazo.

—Felicidades, pecas —le susurró al oído perfecto, y le dio un toquecito suave en la nariz. Ev se ruborizó—. ¿Y esta —preguntó, tendiéndome la mano— quién es?

—Es Mabel.

—¡La compañera! —exclamó—. Señorita Dagmar, mucho gusto. —Se tragó esa espantosa «g» del centro de mi apellido y lo terminó con una floritura, alargando lo justo la erre. Por una vez, mi apellido sonó delicado. Me besó la mano.

Tilde esbozó una leve sonrisa.

—Tal vez puedas contarnos, Mabel, dónde estuvo nuestra hija en las vacaciones de Navidad. —Tenía una voz atiplada, fina, con un leve deje; resultaba imposible distinguir si se debía al pedigrí o se trataba de un acento extranjero.

El semblante de Ev reflejó un pánico pasajero.

—Estuvo conmigo —respondí yo.

—¿Contigo? —preguntó Tilde como si la inundase una sincera hilaridad—. ¿Y qué estaba haciendo contigo, si puede saberse?

—Fuimos a Baltimore a visitar a una tía mía.

—¡A Baltimore! Esto va mejorando por momentos.

—Fue precioso, mamá. Ya os dije que estaba en buenas manos.

Tilde levantó una ceja y nos lanzó una mirada a las dos, tras lo cual se volvió hacia la conservadora del museo, a su lado, y le preguntó si los Rodin estaban expuestos. Ev puso una mano en uno de mis hombros y me dio un ligero apretón.

No tenía ni idea de dónde había estado Ev en las vacaciones de Navidad. Conmigo no, desde luego. Pero no había mentido del todo: yo sí había estado en Baltimore, obligada a aguantar la compañía de mi tía Jeanne la única y penosa semana durante la cual la residencia universitaria había echado el cierre. Ir a casa de mi tía Jeanne cuando tenía doce años, la única aventura que mi madre y yo habíamos vivido juntas (un viaje relámpago de cinco días a la Costa Este), había representado el súmmum de mi existencia preadolescente. Aunque lo recordaba todo como una nebulosa turbia, pues correspondía a la época de «Antes de que todo cambiase», eran unos recuerdos alegres. La tía Jeanne me había parecido una mujer con un halo de glamur, el contrapunto despreocupado de mi densa y cumplidora madre. Habíamos tomado cangrejos de Maryland y habíamos ido a tomar copas de helado a una cafetería.

Pero, o bien mi tía Jeanne había cambiado, o bien mi mirada se había matizado considerablemente con los años que habían transcurrido. El caso fue que aquel primer diciembre en la universidad descubrí que antes me pegaría un tiro en la cabeza que convertirme en ella. Vivía en un piso frío, húmedo, infestado de gatos, y cuando le propuse ir al Smithsonian me miró atónita. Cenaba en el sofá, delante del televisor, y se quedaba frita mientras veía el canal de televenta a medianoche. Mientras Tilde se alejaba de nosotras, recordé con horror la promesa que me había arrancado mi tía al término de mi estancia (le bastó con invocar el nombre de mi abandonada madre): dos semanas interminables en mayo antes de regresar a Oregón. Me atreví a soñar que Ev vendría conmigo. Ella sería la clave para sobrevivir a *El precio justo* y al cosquilleo del pelo de gato en el fondo del paladar.

—Mabel va a hacer Historia del Arte. —Ev me empujó suavemente hacia su padre—. Le encanta el Degas.

—¿No me digas? —replicó Birch—. Puedes acercarte más, ¿eh? Sigue siendo nuestro.

Miré el lienzo, perfectamente iluminado, montado en un sencillo caballete. Solo me separaban de él unos palmos, pero habrían podido ser kilómetros.

—Gracias —dije yo, rehusando educadamente.

—Conque vas para Historia del Arte, ¿eh?

—Creía que querías estudiar Filología Inglesa —interrumpió la rectora, que había aparecido repentinamente a mi lado.

Me puse como un tomate, con toda la luz en la cara, y me sentí como si me hubiesen pillado mintiendo.

—Oh —balbucí—, las dos carreras me gustan…, es verdad…, y, vaya, estoy en primero nada más y…

—Bueno, a la literatura no se le puede quitar el arte, ¿verdad que no? —me interrumpió Birch amigablemente, y abrió el círculo a un puñado de admiradores de Ev. Apretó el hombro de su hija—. Cuando esta mocita tenía apenas cinco años, nos llevamos a los críos a Florencia y ella no podía dejar de mirar la cabeza de la Medusa en el palacio de los Uffizi. ¡Y Judith y Holofernes! A los niños les encantan ese tipo de fábulas horripilantes. —Todo el mundo rio. Yo volvía a ser invisible. Birch cruzó su mirada con la mía durante una milésima de segundo y me guiñó un ojo. Sentí que me ruborizaba, agradecida.

Tras el brindis de bienvenida de la rectora y tras los canapés y las magdalenas de cumpleaños con un glaseado del mismo color que mi vestido y después de que Ev dijese unas palabras acerca de cómo la escuela universitaria había conseguido hacer que se sintiera como en casa y de que esperaba que el Degas viviese muchos años feliz en el museo, Birch alzó una copa, atrayendo la atención de todos los congregados.

—Ha sido tradición de los Winslow —empezó a decir, como si todos formásemos parte de su familia— donar, cada vez que uno de los hijos cumplía dieciocho años, un cuadro a una institución de su elección. Mis hijos varones escogieron el Metropolitan. Mi hija ha elegido una escuela superior que antiguamente fue colegio universitario femenino. —La frase fue recibida con una carcajada general. Birch inclinó su copa en dirección a la rectora, en un gesto de disculpa retórica. Carraspeó mientras una sonrisa sardónica se borraba de sus labios—. Quizá esta tradición se deba a la voluntad de proporcionar a cada hijo una pingüe deducción de cara a su primera declaración de la renta —una vez más, la frase fue recibida con una carcajada—, pero su espíritu verdadero reside en el deseo de enseñar, en la práctica, que nunca poseemos verdaderamente las cosas que importan. La tierra, el arte e, incluso, por mucho que nos parta el corazón separarnos de ella, una gran obra de arte. Los Winslow son ejemplo vivo de filantropía. *Fila*, amor. *Anthro*, hombre. El amor al hombre, el amor a los demás. —Diciendo esto, se volvió hacia Ev y levantó su copa de champán—. Te queremos, Ev. Recuérdalo: no damos porque podemos, sino porque debemos.

CAPÍTULO 3

La invitación

Demasiado champán y pocos canapés, y una hora después el salón, donde reinaba un calor sofocante, daba vueltas a mi alrededor. Necesitaba aire, agua, lo que fuera, o de lo contrario estaba segura de que me explotarían los tobillos, que, bajo el peso de mi cuerpo, asomaban por el borde de los tacones que Ev había insistido en prestarme. «Enseguida vuelvo», susurré, mientras ella escuchaba, asintiendo en silencio, el relato de uno de los administradores de la universidad sobre un fallido viaje a Cancún. Me fui dando tumbos por la larga pasarela acristalada que comunicaba con el ala gótica del museo. En el baño, me eché agua templada en la cara. Recordé entonces que llevaba maquillaje. Pero fue demasiado tarde, el agua ya había hecho estragos: carmín corrido, ojos de mapache. Saqué un puñado de toallas de papel y me froté el cutis, y aunque acabé con cara de haber estado durmiendo en un banco del parque, al menos no llegaba a ser cara de loca de atar. De todos modos, daba igual, porque nos íbamos ya a la residencia. A lo mejor pedíamos unas pizzas.

Hice el camino de vuelta al salón, convertida en una mujer nueva por la promesa del pepperoni en pijama. Me llevé una sorpresa al descubrir que la gran sala estaba ya desierta, salvo por la violinista, que estaba guardando el violín en su estuche, y los camareros, desmontando las mesas plegables, ya sin los manteles. Ev, la rectora, Birch, Tilde: todos se habían ido.

—Disculpe —dije a uno de los camareros—, ¿ha visto adónde han ido?

El arete de su ceja reflejó con un destello la luz cuando el tipo enarcó las cejas con un gesto de indiferencia que reconocí de los tiempos en que yo misma me quedaba trabajando en la tintorería hasta las tantas de la noche. Me dirigí a los lavabos de señoras y me asomé a mirar por debajo de las puertas. Los ojos empezaron a escocerme de congoja, pero combatí las lágrimas. Era absurdo. Seguramente Ev se había ido a la residencia a buscarme.

—Cielos, querida —exclamó en tono de reprobación la conservadora cuando me pilló allí dentro—. El museo ha cerrado ya. —Si Ev hubiese estado a mi lado, no lo habría dicho y yo no me habría apresurado a marcharme. Descolgué mi abrigo de una de las perchas metálicas del vestíbulo, donde aguardaba solitario, y me zambullí en el frío de la calle.

Desde las puertas dobles alcancé a ver a Ev y a su madre, que estaban de espaldas a mí.

—¡Ev! —la llamé. Ella no se volvió. El viento se había llevado mis palabras, lo más seguro. Así pues, me acerqué a ellas, concentrando la atención en mis pasos para no torcerme un tobillo—. Ev —dije cuando estuve más cerca—. Al fin te encuentro. Estaba buscándote.

Tilde levantó la cabeza bruscamente al oír mi voz como si yo fuese un jején.

—Oye, Ev —dije yo con cautela. Ella no respondió. Estiré la mano para tocarle la manga.

—Ahora no —replicó entre dientes.

—Pensé que podíamos...

—¿Qué parte de «Ahora no» no has entendido? —Se volvió hacia mí con expresión iracunda.

Yo sabía muy bien lo que era que te mandaran a paseo. Y conocía lo suficiente de Ev para saber que había pasado gran parte de su vida mandando a paseo a personas. Pero después de la velada que habíamos compartido (después de que yo hubiese mentido por ella, y de que ella finalmente se hubiese comportado como amiga mía), me pareció tan incongruente que me quedé helada, mientras Tilde se llevaba a Ev al Lexus en el que Birch acababa de acercarse.

Esa noche no vino a la residencia. Pero no pasaba nada. Era hasta normal. Me había pasado meses viviendo con Ev sin esperar nada de ella, así fuera amistad o lealtad. Sin embargo, al día siguiente su rechazo me reconcomía, me roía por dentro, igual que los zapatos de tacón que me había prestado y que me habían hecho unas ampollas que tendría que haber previsto para tratar de evitarlas.

A pesar de enfundarme sus botas, que me levantaban la curva de la planta de los pies; a pesar de permitirme desear, a cada paso que daba, que la escena desagradable de la noche anterior hubiese sido una anomalía, el día resultó peor. Seis clases, cinco controles, cuatro trabajos que contarían para los parciales del trimestre, la mochila que pesaba casi quince kilos, molestias iniciales de dolor de garganta, pantalones calados por la nieve derretida y una soledad creciente, vacía, dentro de mí. Anochecía y yo iba por el pasillo de nuestra planta, andando pesadamente, cuando me llegó el delator olor a tabaco que se escapaba por debajo de la puerta de nuestra habitación y recordé el brusco comentario de la encargada (que si volvía a ocurrir, estaría en su derecho de ponernos una multa de cincuenta pavos), y me permití enfadarme. Ev había vuelto, ¿y qué? Yo era asmática. No podía sobrevivir en una habitación llena de humo, estaba intentando ahogarme, literalmente. La única ventaja de mi medicación contra el asma (tener una justificación para mi sobrepeso) no me serviría de nada si terminaba muriendo.

Apreté los dientes y me dije que tenía que ser fuerte, que no necesitaba las dichosas botas. Podía escribir a mi padre para pedirle unas (¿por qué no lo había hecho ya?). No tenía ninguna necesidad de que zanganease en mi habitación una esnob supermodelo donante de lienzos de Degas, que se dedicaba a recordarme que era un cero a la izquierda. Así el picaporte y me preparé para decirlo como Ev lo habría dicho: «Joder, Ev, ¿te puedes ir a fumar a otra parte?». (Lo diría en tono de indiferencia, como si mi objeción fuese de índole filosófica y no una expresión de pobre). E irrumpí en la habitación como una furia.

Normalmente fumaba cerca de la ventana, sentada encima de su escritorio, con el pitillo colgando de la comisura de los labios, o sentada en la cama de arriba, con las piernas cruzadas, echando la ceniza dentro de una botella de refresco vacía. Pero no estaba allí esta vez. Al soltar la mochila, imaginé con funesto regocijo que se había dejado encima de la cama un cigarrillo sin apagar antes de salir hacia algún destino glamuroso (el Russian Tea Room, o un ático en Tribeca). Que la residencia entera estaba abocada a ser pasto de las llamas y yo con ella. Así no le quedaría más remedio que acordarse de mí para siempre.

Entonces oí algo: el sonido de alguien sorbiéndose la nariz. Miré la cama alta de la litera con los ojos entornados. El cobertor temblaba.

—¿Ev?

Sonidos de un llanto en voz baja.

Me acerqué. Aunque yo seguía con los vaqueros empapados, la situación me resultaba electrizante.

Me quedé en ese ángulo incómodo, con el cuello estirado a más no poder. Ev estaba realmente hecha polvo. No sabía qué hacer, cuando de pronto su voz comenzó a transformarse en un llanto gutural incontenible.

—¿Te encuentras bien? —pregunté.

No esperaba que fuese a responderme. Y, desde luego, no fue mi intención apoyar mi mano en su espalda. Si hubiese estado pensando con claridad, jamás habría osado hacerlo: mi ira era demasiado altiva; el gesto, demasiado íntimo. Pero mi pequeño gesto de contacto suscitó una reacción inesperada. En primer lugar, la hizo llorar con mayor intensidad. A continuación, hizo que se volviese, de tal manera que su rostro y el mío quedaron mucho más cerca que nunca uno del otro y yo pude ver hasta el último milímetro de sus anegados ojos de color azul Tiffany, sus mejillas sonrosadas empapadas de lágrimas, sus crasos cabellos rubios, lacios por primera vez desde que la conocía. Los labios le temblaron, balbuceantes, y no pude evitar poner mi mano sobre su sien caliente. Vista tan de cerca, parecía mucho más humana.

—¿Qué ha pasado? —le pregunté cuando se serenó finalmente.

Por un instante pareció que iba a echarse a llorar de nuevo. Pero sacó otro pitillo y lo encendió.

—Mi primo —dijo, como si con eso lo hubiese explicado todo.

—¿Cómo se llama tu primo? —Pensé que no podría soportar no saber qué era lo que le estaba partiendo el corazón a Ev.

—Jackson —susurró ella, y la boca se le curvó hacia abajo—. Es militar. Era —se corrigió, y las lágrimas volvieron a derramársele.

—¿Le han matado?

Ella negó con la cabeza.

—Regresó este verano. O sea, se portaba un poco raro y esas cosas, pero no pensé que… —Y entonces lloró. Lloró con tal congoja que yo me quité la parka y los vaqueros y me metí en la cama a su lado y abracé con fuerza su cuerpo tembloroso—. Se pegó un tiro. En la boca. Hace una semana —dijo finalmente, como una eternidad después, cuando estábamos tumbadas una junto a otra debajo de su colcha de lana de cachemir de cuatro hebras de grosor, mirando las grietas del techo como si no tuviésemos otra cosa que hacer en la vida. Fue un alivio escuchar por fin lo que había pasado; había empezado a preguntarme si el primo aquel habría entrado en la estafeta de correos y se habría liado a pegar tiros.

—¿Hace una semana? —inquirí.

Ella se volvió hacia mí, de manera que su frente y la mía se tocaron.

—Mi madre no me lo dijo hasta ayer por la noche. Después de la recepción. —La nariz y los ojos empezaron a ponérsele rosados, señal de que en breve se produciría otra tanda de lágrimas—. No quería que me llevase un disgusto y que «lo fastidiase».

—Oh, Ev —dije yo, compadeciéndome y llenándome de perdón hacia ella. Por eso me había replicado de un modo tan cortante después de la fiesta. Estaba destrozada—. ¿Cómo era Jackson? —pregunté, forzando un poco, y ella se echó a sollozar otra vez. Era chocante y delicioso estar tumbada a su lado, notar sus cabellos rubísimos contra mi mejilla, ver cómo le rodaban por el terso cutis aquellos lagrimones de tristeza. No quería que acabase. Sabía que si dejaba de hablar, la perdería de nuevo.

—Era un buen chico, ¿sabes? Por ejemplo, este verano... Una perra de su madre, Flip, iba corriendo por el camino de grava y un gilipollas de mantenimiento apareció por la curva como a ochenta por hora y la atropelló, con un ruido espantoso —se estremeció— y Jackson fue y se acercó sin más, cogió a Flip en brazos y, o sea, todo el mundo gritaba y lloraba, porque resulta que todo pasó delante de los niños pequeños, y la llevó hasta la hierba y le acarició las orejas. —Volvió a cerrar los ojos—. Y después la tapó con una manta.

Miré hacia la fotografía de la familia Winslow reunida, puesta en mi mesa, pero fue un gesto tan inútil como el de abrir la carta de un restaurante al que llevas yendo toda la vida: me sabía hasta la última de aquellas cabezas rubias, hasta la última de aquellas pantorrillas esbeltas, como si la familia de Ev fuese mi propia familia.

—Esa foto está hecha en vuestra casa de verano, ¿verdad?

Ella pronunció el nombre como si fuese la primera vez que lo decía.

—Winloch.

Noté que sus ojos miraban detenidamente el perfil de mi cara. Lo que dijo a continuación lo dijo con cuidado. Y aunque me dio un vuelco el corazón, no quise hacerme ilusiones y me dije que no volvería a oír esas palabras.

—Deberías venir.

Junio

CAPÍTULO 4

La llamada

¿Sabían que veníamos? —pregunté cuando Ev me pasó el resto de la barrita de Kit Kat que yo había comprado en el vagón cafetería. Hacía ya un buen rato que el tren había emitido su doble pitido y se había alejado para proseguir su viaje al norte, dejándonos solas delante de unas vías vacías.

—Naturalmente. —Ev inspiró por la nariz con un rastro de duda, al tiempo que se sentaba, otra vez, encima de la maleta, bajo el saledizo de la oficina del jefe de estación. Contempló con desdén mi ejemplar naranja de *El Paraíso perdido*, comprobó por vigésima vez su teléfono móvil y maldijo la falta de cobertura—. Y ahora solo nos quedan seis días para la inspección.

—¿La inspección?

—De la casita.

—¿Quién va a inspeccionarla?

Por cómo pestañeó, varias veces seguidas, comprendí que mis preguntas la molestaban.

—Mi padre, por supuesto.

Intenté hablar con el tono más benévolo posible.

—Pareces preocupada.

—Pues claro que estoy preocupada —repuso mohína—, porque si no dejamos la casita como los chorros del oro en menos de una semana me quedaré sin ella en la herencia. Y luego tú te irás a tu casa y yo tendré que vivir bajo el mismo techo que mi madre.

Su boca quedó lista para gruñirme tan pronto como le diese yo una réplica, por lo que en vez de articular de viva voz todos los interrogantes que me asaltaban («¿Quieres decir que lo mismo tengo que irme a casa? ¿Quieres decir que a ti, nada menos, te va a tocar limpiar tu casa?»), dirigí la mirada hacia el otro lado de las vías del tren, hacia una maraña de carboneros que brincaban de rama en rama, y aspiré el fresco aire del norte.

Una invitación señala el comienzo de algo, pero es más un gesto que un comienzo propiamente dicho. Es como una puerta que se abre y se queda así, abierta, delante de ti, pero todavía no la cruzas. Esto lo sé ahora. Pero en aquel momento yo pensaba que todo había comenzado, y cuando digo todo, me refiero a la amistad que rápidamente prendió entre Ev y yo, que prendió como una fogata la noche que me habló de la muerte de Jackson y que siguió ardiendo a lo largo de la primavera, mientras Ev me enseñaba a bailar, me decía con quién hablar, me aconsejaba qué ropa ponerme, y yo le daba clases de química y la convencía de que no tenía más que aplicarse y dejaría de suspender. «Ella es la cerebrito», había empezado a decir en broma, cariñosamente, y a mí la frase me gustaba principalmente porque quería decir que nos veía como un dúo, cruzando juntas el patio interior de la residencia, cogidas del brazo, bebiendo vodka con tónica en fiestas fuera del campus, dejando colgados a sus amigos drogatas para ir a ver juntas una maratón de películas de Bogart. Desde el punto privilegiado que era junio, entendía que mi pertenencia a su mundo tenía su origen en aquel día de febrero en que Ev había pronunciado esas dos dulces palabras: «Deberías venir».

En el transcurso de la primavera, en cada nota escrita a mano en el dorso de algún recibo viejo de tintorería, en cada llamada misteriosa a mi habitación de la residencia, mi madre me había insinuado que debía tomarme con precaución esa generosidad recién hallada de la vida. Como de costumbre, sus advertencias me parecieron Deprimentes, Insultantes y Predecibles, como prácticamente todo lo que manaba de ella. A su modo, daba por hecho que Ev me estaba utilizando («¿Para qué?», pregunté yo, incrédula. «¿Para qué diablos iba alguien como Ev a utilizarme a mí, si se puede saber?»). Pero también di por hecho que lo dejaría estar en cuanto mi padre aceptó a regañadientes mis planes de veraneo, aunque solo fuese porque a mediados de mayo Ev había quitado de la pared la foto de Winloch, yo había guardado el grueso de mis pertenencias en una caja de madera y la había subido al desván de la residencia, en la quinta planta, y porque nada ni nadie alteraría ya mis planes estivales, tal como yo los veía.

Así pues, aquella llamada concreta que resonó en el apartamento del Upper East Side de Ev, la llamada que se produjo ese mes de junio, la noche antes de que Ev y yo cogiésemos aquel tren al norte, fue una sorpresa. Ev y yo estábamos cada una con nuestro envase de comida tailandesa a domicilio, comiendo con palillos, repantingadas en la cama antigua con dosel de su cuarto, en el que había dormido yo desde hacía dos gozosas semanas, un cuarto cuyas ventanas aislantes y cuyas cortinas de color malva resguardaban de cualquier sonido inconveniente de la ruidosa calle Setenta y Tres (un bendito contraste frente a la horrorosa cueva de solterona de mi tía Jeanne, en la que había pasado la segunda mitad de mayo, contando los días que faltaban para irme a Manhattan). A mis pies estaba mi maleta, abierta de par en par. Por toda la alfombra oriental había bolsas recias, de Prada, Burberry, Chanel. Acabábamos de hacer nuestra media hora de ejercicio en sendas cintas de correr, una junto a otra en la suite de su madre, y estábamos hablando de qué película íbamos a ver en la sala de proyecciones. Esa noche estábamos especialmente machacadas, porque habíamos salido a todo correr al Met antes de que cerrase para que Ev pudiese mostrarme las obras que había donado su familia, tal como le había prometido a su padre. Delante de los dos cuadros de Gauguin, de mismos tonos tostados ambos, lo único que se me ocurrió decir fue:

—Pues yo había entendido que tenías tres hermanos.

Ev se rio y agitó un dedo.

—Tienes razón, pero el tercero es un gilipollas que subastó su cuadro y donó lo recaudado a Amnistía Internacional. Mis padres casi lo tiran por la terraza de la azotea. —Dicha «terraza de la azotea» se encontraba en la planta octava del edificio, ocupada por completo por el apartamento de trescientos setenta metros cuadrados de los Winslow. Aunque no sabía a ciencia cierta cuánto dinero tenían los Winslow, a esas alturas había comprendido que lo que indicaba su estatus no eran los muebles de caoba ni las obras de arte de valor incalculable, sino las vistas a Central Park de las que se disfrutaba desde prácticamente todas las ventanas del apartamento: unas vistas bucólicas en pleno centro de una urbe superpoblada, algo aparentemente imposible y aun así obtenido sin el menor esfuerzo.

Podía figurarme lo lujosa que sería su finca de veraneo.

Al segundo berrido del teléfono, Ev contestó con voz cristalina: «Residencia de los Winslow», puso cara de desconcierto y al instante recobró la compostura.

—Señora Dagmar —dijo efusivamente, una forma de hablar que reservaba para los adultos—. Cuánto me alegro de oírla. —Me tendió el teléfono y luego se dejó caer en la cama y se ocultó detrás del último número de *Vanity Fair*.

—¿Mamá? —Me puse el aparato en la oreja.

—Naranjita dulce.

Evoqué de inmediato el aliento de mi madre con olor a pistacho. Pero todo sentimiento de añoranza quedó relegado cuando recordé cómo solían terminar esas llamadas telefónicas.

—Dice tu padre que mañana es el gran día.

—Ya.

—Naranjita dulce —repitió—. Tu padre lo ha organizado todo con el señor Winslow, y no hace falta que te recuerde que están obrando con una gran generosidad.

—Ya —respondí, notando que me erizaba. Quién sabía lo que Birch había dicho finalmente para convencer a mi renuente y hosco padre de que me permitiese perderme tres meses de trabajos forzados. Pero, fuera lo que fuera, había dado resultado. Y daba gracias al cielo. Con todo, me parecía que bordeaba el insulto dar a entender que mi padre había tenido algo que ver en «organizarlo todo» cuando apenas si lo había tolerado, y eso me recordó que mi madre siempre se ponía de su parte, incluso cuando (especialmente cuando) su cara lucía la marca rosada de su mano. Mis ojos escanearon el intrincado dibujo geométrico de la alfombra de Ev.

—¿Llevas un obsequio para la anfitriona? ¿Unas velas, quizá? ¿Unos jabones?

—Mamá.

Ev levantó la vista al oír mi réplica cortante. Sonrió y meneó la cabeza, y volvió a desconectar con la revista.

—El señor Winslow le contó a tu padre que no tienen línea en la casa.

—¿Línea?

—Hija, móvil, internet. —Parecía que estaba nerviosa—. Es una de las normas de la familia.

—Vale —repuse yo—. Escucha, tengo que…

—Así que nos escribiremos.

—Genial. Adiós, mamá.

—Aguarda. —Su voz se volvió audaz—. Tengo que decirte algo más.

Clavé la mirada, distraídamente, en un voluminoso cerrojo que había en la parte interior de la puerta del dormitorio de Ev. En las dos semanas que llevaba durmiendo en aquel cuarto, no le había dedicado gran atención. Pero ahora, al mirarlo detenidamente y ver lo recio que parecía, me pregunté, extrañada: ¿para qué narices quería una chica como Ev echar un cerrojo a alguna parte de su vida perfecta?

—¿Sí?

—No es demasiado tarde.

—¿Para qué?

—Para que cambies de idea. Nos encantaría que vinieras a casa. Lo sabes, ¿verdad?

Casi solté una carcajada. Pero entonces pensé en su pastel de carne quemado, puesto en mitad de la mesa, mondo y lirondo, sin nadie más con quien comerlo que con mi padre. Judías verdes de microondas, fláccidas, en medio de sus jugos marronáceos. Ron con Coca-Cola. No tenía sentido que le restregase mi libertad.

—Tengo que colgar.

—Una cosa más, nada más.

Todo lo que pude hacer fue no estampar el auricular en su horquilla. ¿No era cierto que había sido perfectamente afectuosa con ella? ¿Y que la había escuchado atentamente? ¿Cómo podía hacerle entender que esa conversación con ella, cargada de todo aquello de lo que estaba tratando de huir, hacía que Winloch me pareciese el paraíso, aun sin móviles ni internet?

La vi intentado dar con la manera de expresarlo, y sus exhalaciones retumbaron en el receptor mientras buscaba las palabras con las que decirlo.

—Sé dulce —dijo finalmente.

—¿Dulce? —Noté que se me hacía un nudo en la garganta. Me aparté de Ev.

—Que seas tú misma, quiero decir. Eres tan dulce, Naranjita. Es lo que le dijo el señor Winslow a papá. Que eres «una joya», dijo. Y, vaya —hizo una pausa y, a mi pesar, esperé con atención a ver qué más decía—, solo quería decirte que yo también lo creo.

¿Cómo era posible que todavía lograse que me aborreciese a mí misma tan fácilmente, que todavía pudiese recordarme que jamás podría deshacer lo que había hecho? Mi nudo en la garganta amenazó con transformarse en algo más.

—Tengo que colgar. —Colgué antes de que tuviese la oportunidad de protestar.

Pero no había logrado contener las lágrimas a tiempo. Y rodaron, calientes y enojadas, por mis mejillas contra mi voluntad.

—Las madres son unas brujas lunáticas —apuntó Ev pasados unos segundos.

Me mantuve de espaldas a ella, tratando de reunir fuerzas.

—¿Estás llorando? —Parecía impactada.

Negué con la cabeza, pero se dio cuenta de que precisamente eso era lo que estaba haciendo.

—Pobre gatita —me consoló, con voz aterciopelada de repente, y, antes de que me diese tiempo a reaccionar, me abrazó con todas sus fuerzas—. Tranquila, se pasará. Da igual lo que te haya dicho…, no tiene importancia.

Nunca había permitido que Ev me viese por los suelos, pues estaba segura de que, si me veía así, su deseo de consolarme sería infructuoso. Pero me tuvo abrazada con fuerza y estuvo diciéndome palabras sosegantes y consoladoras hasta que mis lágrimas dejaron de manar con tanta urgencia.

—Mi madre es… No es… Es todo eso en lo que me da miedo acabar convertida —dije finalmente, como un intento de explicar algo que nunca había expresado de viva voz.

—Pues puede que eso sea lo único en lo que tu madre y la mía son clavaditas. —Ev se rio, me tendió un pañuelo de papel y a continuación un jersey de una bolsa del suelo, azul celeste y suave, añadiendo—: Póntelo, preciosa. El cachemir todo lo cura.

Ahora, miré la estación de Plattsburgh y me sentí henchida de indulgente amor viendo la cara enfurruñada de Ev.

«Sé dulce», había dicho mi madre.

Una orden.

Una advertencia.

Una promesa.

Ser dulce se me daba bien. Me había tirado años camuflada tras el manto de la cortesía, de la inocencia atónita y, a decir verdad, a menudo resultaba menos agotador que la opción alternativa. Incluso en esos momentos podía ver, al reflexionar sobre cómo Ev y yo nos habíamos ganado nuestra amistad, que la dulzura había representado la simiente de esa amistad (si no se me hubiese dado bien, ¿por qué demonios me habría atrevido a tocar a Ev cuando había sollozado?).

No había ninguna señal de que alguien fuese a ir a buscarnos. El estado de ánimo de Ev había derivado hacia una actitud de resignación. Pronto se haría de noche. Así pues, eché a andar por las vías, hacia el sur, en dirección a unos sonidos metálicos que había estado oyendo cada tanto, desde hacía media hora.

—¿Adónde vas? —preguntó Ev, a mi espalda.

Regresé con un ferroviario cubierto de grasa, desdentado y antipático. Nos dejó entrar en el despacho del jefe de estación y se largó con sus andares dificultosos.

—Aquí hay un teléfono —dije, a modo de sugerencia.

—En Winloch solo hay un teléfono, que está en el Refectorio, y a estas horas no habrá nadie allí —gruñó ella, pero de todas formas marcó el número. Dejó que sonara y sonara, y, justo cuando hasta yo misma empezaba a perder las esperanzas, divisé por el vidrio cubierto de polvo y telarañas de la ventana una Ford roja, con un labrador de color canela y rabo meneante en la parte descubierta de la camioneta.

—¡Evie! —Oí la voz del hombre antes de verle. Era una voz joven, entusiasta—. ¡Evie! —Según salíamos del despacho, apareció él por la esquina abriendo sus brazos bronceados—. ¡Me alegro de que hayas llegado!

—Y yo me alegro de que hayas llegado tú —respondió ella, de morros, pasando por delante de él sin detenerse. El chico era alto, moreno, con ojos y tez opuestos en tonalidad a los de Ev y, aunque no parecía mucho mayor que ella, había algo bastante varonil en él, como si hubiese vivido más que nosotras dos juntas.

—¿Eres su amiga? —preguntó él. Jugueteando con su gorra, indicó con una sonrisa hacia ella, que se las veía y se las deseaba para arrastrar su maleta en dirección al aparcamiento.

Yo eché mi *Paraíso perdido* en el gastado bolso de lona y me presenté:

—Mabel.

Él extendió la mano, áspera, cálida.

—John. —Di por hecho que sería uno de los hermanos.

CAPÍTULO 5

El viaje

La camioneta de cuatro puertas de John era vieja. Pero saltaba a la vista que a él le llenaba de orgullo, solo por detrás de su labrador de color canela, que al vernos se puso a ladrar con aire triunfal desde la trasera descubierta. Ev estaba haciendo grandes esfuerzos para meter su maleta en el vehículo, hasta que llegó John y la cogió con una mano (en la otra llevaba mi maleta). Las depositó las dos junto al can alborozado, la cual (era hembra) hacía todo lo posible por darle lametazos en la oreja a Ev.

—Abajo, Abby —ordenó John mientras sujetaba nuestro equipaje con una cincha, tumbando las maletas en el suelo del vehículo. La perra obedeció.

Ev se subió al asiento delantero y frunció muchísimo las cejas.

—Aquí huele a rayos. —Y bajó su ventanilla con mucho aspaviento. Pero no se me escapó que había sonreído en medio de las atenciones y lametazos de Abby.

Yo me senté en el asiento de atrás y miré a la perra por encima del hombro.

—¿Va bien?

John arrancó el motor.

—Empezaría a quejarse si la metiésemos en la cabina.

Mientras el motor cobraba vida entre rugidos, acercó la mano a la rueda del dial, inseguro, pero desistió y asió el volante. A mí me hubiese gustado oír música, pero Ev era como un frente ártico.

Recorrimos unos quince kilómetros en silencio, la carretera rural cubierta por un dosel de color verde fluorescente. Yo pegué la cara al vidrio para contemplar las hojas nuevas de los arces, que se cimbreaban con la brisa. Cada pocas curvas se alcanzaba a ver la imagen tentadora del lago Champlain, con sus aguas picadas. Reflexioné sobre cuál de los hermanos era John. No parecía mucho el tipo de persona que donaría una obra de arte al Met, por lo que decidí que se trataba del «gilipollas» del que había hablado Ev (era evidente que sentía profunda aversión hacia todo lo suyo, salvo Abby).

—¿Es que no piensas disculparte? —le preguntó cuando nos pusimos en la fila de coches que iban a embarcar en el trasbordador en el cual cruzaríamos del estado de Nueva York al de Vermont. Nadie me había dicho que íbamos a hacer una travesía en barco y, cuando subió hasta nosotros el olor al cieno del lago, traté por todos los medios de disimular la emoción. Me parecía que navegar era el colmo.

John se rio.

—¿Disculparme por qué?

—Nos tiramos dos horas en aquella estación.

—Y yo tardé dos horas en llegar allí —repuso él cariñosamente y encendió la radio. Sonaba una de Elvis. Hasta entonces yo solo había visto a los hombres capitular ante la indignación de Ev.

Una vez embarcados, subí como buenamente pude a la cubierta del pasaje. Hacía una noche clara. El cielo comenzó a teñirse de naranja por el oeste y las nubes fulgieron como en llamas.

Me alegraba de haber dejado a John y Ev en la camioneta, pensando que podría venirles bien algo de intimidad para limar asperezas fraternas. Abrí *El Paraíso perdido.* Mi conversación con la responsable de la escuela en la recepción por el cumpleaños de Ev me había asegurado una plaza en el curso avanzado sobre Milton, y mi plan era haberme familiarizado con el libro antes del otoño, cuando habría de leerlo junto con un catedrático que podría explicarme su significado. Bien podría haber estado compuesto en griego: todo me parecían cursivas y frases infinitas. Pero sabía que era Importante y me encantaba pensar que estaba leyéndome un libro sobre algo tan profundo como la lucha entre el Bien y el Mal. Además, sentía afinidad con la hija de Milton, obligada a escribirlo al dictado para su ciego y excelso padre. Era mi misma niñez, solo que con glamur, canjeando palabras suntuosas por la ropa sucia del prójimo.

Pero justo cuando me disponía a leer el primer verso («De la desobediencia primera del hombre, y del fruto / Del árbol prohibido»), oí un ladrido y, al levantar la cabeza, vi a John y Abby subiendo por la escalerilla. A su lado había un letrero que decía «Prohibido perros», pero un hombre que trabajaba en el trasbordador acarició la cabeza de Abby, estrechó la mano de John y bajó al interior de la embarcación. John vino hacia mí con pasos largos, agarrando a Abby por el collar, y juntos salieron al viento racheado de la cubierta.

—¿De dónde eres? —preguntó en medio del vendaval.

—De Oregón. —Una gaviota pasó volando cerca. El viento me pegaba el pelo a los lados de la cara—. Pero a Ev la conozco de la escuela. —Nos asomamos a mirar el agua. El lago era oceánico. Saqué el dedo del libro y me quedé mirando las hojas pasar violentamente hasta que el tomo se cerró por sí solo.

—¿Ev está bien? —pregunté.

Él soltó a Abby. La perra se tumbó a sus pies.

—¿Está de uñas por la inspección? —tanteé.

—¿La inspección?

—La inspección de su casita. Dentro de seis días.

John despegó los labios para decir algo, pero volvió a cerrar la boca.

—¿Qué? —pregunté yo.

—Yo que tú me apartaría de todo ese follón familiar —dijo después de un buen rato—. Así te será más fácil disfrutar de las vacaciones.

Yo nunca había estado de vacaciones. La palabra me sonó como un insulto, saliendo de su boca.

—No eres como las otras chicas que ha traído Ev —añadió.

—¿Qué quieres decir con eso?

Siguió el vuelo de la gaviota con la mirada.

—Menos equipaje.

Entonces fue cuando apareció Ev, con sendos sándwiches de helado. Su versión, supongo, de una disculpa.

De vuelta en tierra firme, cerca de Winloch por fin, la preocupación por la inspección se escapó de mis pensamientos. Los perritos calientes de carretera estaban chiclosos, los mosquitos voraces y Ev seguía de mal humor, pero nos encontrábamos en Vermont, juntas, atravesando el campo por una carretera que serpenteaba entre tierras de labranza. El crepúsculo envolvía el mundo.

Repostamos en la única estación de servicio que pude ver en kilómetros y Abby, reventada, se vino conmigo al asiento trasero, apoyó tan tranquila su pesada cabeza en mis rodillas, se acurrucó y se quedó dormida. Reanudamos el viaje. Dejamos atrás unos establos para caballos, cerrados a cal y canto, unos letreros que indicaban la proximidad de un viñedo y un vagón de tren de pasajeros abandonado y, por último, cuando el ocaso cedió a la noche, nos metimos por una autovía de doble carril que discurría en dirección sur bajo un cielo estrellado. En un momento dado, la carretera se transformó en una pasarela que parecía propia de los Cayos de Florida (o de las fotos que yo había visto de los cayos, al menos) y la luna asomó en todo su esplendor por detrás de las nubes. Prendió sobre el agua una cinta amarilla e hizo destacar el perfil oscuro de las lejanas montañas de Adirondack contra el cielo de color cárdeno-negro.

—¿Cómo está tu madre? —preguntó Ev. Primero pensé que estaba hablando conmigo, pero luego caí en que ya sabía cómo estaba mi madre, pues apenas la noche anterior ella me había consolado al respecto.

Mientras yo pensaba a toda velocidad, John habló.

—Como siempre.

Anda, comprendí, no es hermano de Ev.

Quería que siguieran hablando. Pero Ev no preguntó nada más, y cruzamos la pasarela en silencio.

Al otro lado de las aguas espejeantes, nos sumimos de nuevo en las tinieblas. Un bosque repentino iba engullendo lo que se transformó en una pista de grava. Los troncos de los abedules brillaban fantasmagóricamente a la luz de la luna. Los faros del vehículo de John nos ofrecían atisbos de graneros y granjas. Tomaba las curvas a la velocidad temeraria de quien había conducido por esa pista miles de veces. Ev bajó su ventanilla de nuevo para que entrase el aire dulce de la noche y nos rodeó el suave canto de los grillos, que se hizo más audible cuando atravesamos una pradera inmensa. La luna volvió a saludarnos, como un farol de luz lechosa.

Ralentizamos después de una curva especialmente cerrada (noté que las piedras salían disparadas de debajo de nuestros neumáticos).

—Ya estamos —cantó Ev. Fuera había un bosque tupido. Clavado en un tronco había un letrerito con unas letras pintadas a mano que decían WINLOCH Y PROPIEDAD PRIVADA. Nuestros faros alumbraron una carretera de aspecto precario, decorada con letreros de: ¡PROHIBIDO EL PASO!, PROHIBIDO CAZAR (SO PENA DE MULTA), NO VERTER BASURA. Aquello no guardaba el menor parecido con la grandiosa finca que Ev me había descrito. El sonido de la hojarasca al resbalar bajo las ruedas me trajo a la mente una película de vampiros que había visto una vez. Noté un cosquilleo por la columna vertebral.

Pensé entonces que mi madre probablemente había estado en lo cierto: que Ev me había traído hasta tan lejos solo para dejarme en la cuneta, una broma rebuscada no muy diferente de la que me había gastado Sarah Templeton en sexto, cuando me había invitado a su fiesta de cumpleaños para desinvitarme (delante de todos los compañeros de clase) en el instante en que me presenté en la puerta de su casa, porque yo era «demasiado gorda para caber en algún asiento de la montaña rusa». Las dudas que mi madre había estado sembrando comenzaron a crecer en mi interior: qué tonta había sido por creer que de verdad Ev me había traído a la finca de su familia para un verano de diversión.

Pero Ev se rio con desdén, como si pudiese adivinarme el pensamiento.

—Menos mal que estás tú aquí —dijo, y su manera cariñosa y animosa de decirlo, unida a la tersura de la lana de cachemir azul celeste, me devolvieron a mis cabales.

John conectó la radio otra vez. Country. Nos metimos por el bosque mientras un hombre lloraba por su corazón partido.

Pegamos un frenazo. Un mapache se había interpuesto en nuestro camino. Sus ojos brillaban con el resplandor de nuestros faros, mientras aguardaba, con una pata levantada, a que le atropellásemos. Pero John apagó las luces y la radio, y nos quedamos quietos, con el motor ronroneando tenuemente, mientras el extraño e irregular cuerpo del animal se escabullía entre la maleza que flanqueaba la carretera.

Cruzamos entre un puñado de casitas apagadas, y pasamos por delante de unas canchas de tenis y de un edificio blanco espectacular que resplandecía a la luz de la luna. Viramos a la derecha para continuar por una carretera secundaria (aunque apenas habría podido ser poco más que una vereda), que no abandonamos hasta pasado medio kilómetro más, cuando vimos una casa pequeña al final del camino.

—No pueden entrar perros, pero con Abby haré una excepción —ofreció Ev cuando John detuvo la camioneta delante de la casa.

—No hace falta que tengas trato de favor con ella.

—No es trato de favor —replicó ella, lanzando una rápida mirada a John.

Él se llevó a Abby hacia el bosque a hacer pis. La noche lo invadió todo: el clamor acompasado de los grillos, un chapaleo de agua que no se veía por ninguna parte. La luna estaba oculta detrás de una nube. Delante de nosotros percibí una zona extensa que entendí sería el lago.

—¿Qué tenemos que hacer para la inspección? —pregunté a Ev en voz baja.

—Transformarla en un lugar habitable. Solo nos quedan seis días hasta que lleguen mis padres, y ni siquiera sé en qué estado se encuentra.

—¿Y qué pasaría si no conseguimos terminar tan rápido? —pregunté.

Ev ladeó la cabeza.

Miranda Beverly-Whittemore

—¿Otra vez preocupándose, señorita Mabel? —Volvió la cabeza para mirarme—. Solo hay que hacer zafarrancho. Dejarla como nueva.

La luna volvió a asomar. Observé con atención la vieja casa que teníamos delante. Había un letrero indescifrable clavado en ella, que empezaba con la letra B. A la luz de la luna, la casa daba sensación de destartalada y desvencijada. Y me dio la impresión de que en seis días iba a ser imposible adecentarla.

—¿Qué pasa si no lo conseguimos?

—Que me instalo con la bruja de mi madre y tú te vas a pasar el verano a Oregón.

Los pulmones se me llenaron del químico recuerdo del percloroetileno. Los pies empezaron a dolerme por la fatiga de un día imaginario detrás del mostrador. No podía volver a casa. Imposible. ¿Cómo podría explicarle mi desesperación? Pero entonces salí a la noche, y allí estaba Ev, en carne y hueso, con su aroma a rosas de té. Abrió los brazos en cruz y me rodeó con ellos.

—Bienvenida a casa —susurró—. Bienvenida a Bittersweet.

CAPÍTULO 6

La ventana

Cuando abrí los ojos aquella primera mañana en la casita que ellos habían bautizado con el nombre de Bittersweet, las sombras de unas ramas danzaban en el techo de listones de madera, al compás del gluglú del agua de la ensenada cercana. Al otro lado de la ventana vi un trepador subiendo y bajando a saltitos por el tronco de un pino rojo, trinando feliz y contento ante la perspectiva de zamparse algún bicho asqueroso para el desayuno. El aire de Vermont era fresco y yo estaba sola.

Al llegar en medio de la oscuridad, mi primera impresión había sido de desilusión, a la que se había añadido el bajón ante la amenaza de la inspección por parte de Birch y ante mi propio destino si fracasábamos en nuestra empresa. Me había parecido que la casa estaba llena de apliques sucios y muebles raídos y disparejos, e invadida de olor a moho; solo veía horas de faena.

Pero ahora, al mirar las camas de resplandecientes dorados a la luz de la mañana, con sus impecables edredones de algodón, y aspirar el tenue aroma a café que venía de la cocina, comprendí que era un lugar donde reinaban la paz y la tranquilidad, una casa de campo, una casa de baguettes y pomelos rosados y miel untada, recogida directamente del panal, un lugar idílico y soleado a más no poder, como yo nunca había visto pero con el que me había pasado media vida soñando.

La cama de Ev, a juego con la mía, estaba vacía, pegada a la otra ventana del dormitorio, con las sábanas echadas a un lado. Por la luz y los trinos de los pájaros, calculé que no serían más de las ocho. En los nueve meses que había vivido con Ev, ni una sola vez la había visto levantarse antes de las diez. La llamé por su nombre dos veces pero no obtuve respuesta. Primero me quedé extrañada unos instantes, sin entender dónde habría podido meterse, y luego me recosté de nuevo y cerré los ojos con ganas de seguir disfrutando del delicioso sueño. Pero me rehuyó.

Sentí una pizca de deseo. Agucé bien el oído durante un ratito. Realmente no había nadie. Así pues, me llevé (de forma tímida, valerosa) una mano a la entrepierna y fui humedeciéndome. Sabía que corría el riesgo de que en cualquier momento entrase Ev por la puerta, por lo que me di la instrucción de permanecer inmóvil, de fingir que dormía mientras movía solamente un dedo. Es extraño que esa clase de limitaciones incrementen el deseo de una, pero es lo que hay. Enseguida tenía los dedos metidos hasta dentro y me encontraba en otro planeta.

Procuré no olvidarme de aguzar el oído. Pero siempre había dos o tres instantes en que ni yo era capaz de ser lo bastante cauta para subdividir mi mente. Me destapé y sentí que iba creciendo en mí esa fiera salvaje íntima que me llevaba hasta una grandiosa sima de goce estremecido, el único placer desenfrenado que conocía.

Tardé un rato en recuperarme. Luego, me quedé en la cama con las piernas separadas y los ojos cerrados, dando gracias por el calor de dentro de mi cuerpo, y de pronto tuve esa sensación concreta que tenemos cuando nos observan. Levanté la vista hacia la ventana de la cama de Ev.

Allí, enmarcado en madera y vidrio, estaba el rostro de un hombre.

Me miraba embelesado.

Con la boca entreabierta.

Chillé. Él se escondió. Tapé toda mi persona con el cobertor. Me eché a reír, horrorizada, asfixiándome casi bajo el edredón. Por poco no se me saltaron las lágrimas. Me asomé a mirar por el borde del edredón. No había nadie en la ventana. ¿De verdad había habido alguien? Cielo santo. Un nivel nuevo de humillación. Nunca olvidaría el semblante de aquel hombre, una mezcla de lujuria (eso esperaba yo) y espanto (más probable). Era pecoso. Y con el pelo rubio y sucio. Noté que me ponía colorada de la cabeza a los pies. Cuando reuní el valor necesario, me acerqué a la ventana, envuelta en el edredón, y me peleé con la persiana, que se resistía y estaba cubierta de polvo, hasta que logré bajarla. Y me vestí con monjil recato. A lo mejor me expulsaban de Winloch antes incluso de la fecha de la inspección.

Ev regresó una hora después con musgo enredado en sus bucles. Olía como una niña que hubiese estado jugando en el bosque y su rostro resplandecía con una sonrisa que ella trataba de ocultar por todos los medios. Como estaba deseando pensar en otra cosa, me ofrecí a cocinar. Pero ella insistió en que me sentara delante de la mesa de la cocina, con su mantel de hule, y que la dejase a ella hacer el trabajo para variar, favor dudoso teniendo en cuenta que yo sabía que prácticamente era incapaz de poner agua a hervir sin cargarse el hervidor. Mientras ella rebuscaba por los armarios blancos de metal y por el frigorífico art-déco que se abría con un ruido tremendo al accionar la pesada asa de la puerta, yo recorrí con los dedos el dibujo repetitivo y antaño brillante de unas moras sobre un fondo de cuadros que había protegido la mesa durante los desayunos, almuerzos y cenas de otras personas.

La cocina había sido en su día la pata corta de la L que formaba el porche, y de su vida anterior como terraza cubierta conservaba las ventanas de bisagras, unas ventanas que iban desde la cintura al techo y que daban a la ensenada de Bittersweet. Gracias a eso, lo que habría podido ser una estancia oscura brillaba luminosa, convertida en el punto más bonito de la casa. Sin embargo, yo me resistía a contemplar las vistas y me mantenía de espaldas al bosque y al agua, recordando con viva vergüenza la sensación que me había causado ver los ojos de aquel hombre en mí. El hombre estaba por allí, en alguna parte. ¿Qué impediría que se fuera de la lengua? Se me erizó la nuca.

—Me ha dicho Galway que te ha conocido esta mañana —mencionó Ev, y encendió como si nada el piloto luminoso del fogón para calentar la cafetera de esmalte verde que estaba en el quemador del fondo. Se me empezó a acelerar el pulso. La única persona a la que había visto en todo el día había sido el hombre de la ventana. ¿Estaba ella al tanto de todo? ¿Se lo había contado? ¿Me había leído la mente?—. Es bastante zote —dijo como disculpándose. Miró hacia mí y vio la expresión de mi cara—. ¿Ha sido desagradable contigo?

—¿Qué te dijo? —logré preguntar, pero me salió como un gañido.

Ev puso los ojos en blanco.

—Galway no dice nada salvo si puede serle útil para sus fines políticos. —Suspiré aliviada mientras ella continuaba con su perorata—. Pero no sufras, solo viene los fines de semana. —Puso los ojos en blanco con un gesto de complicidad, como si yo tuviese idea de lo que me estaba hablando—. Ahora ya sabes de primera mano por qué es un desastre con las mujeres —canturreó, y yo decidí sencillamente no volver a ver nunca más a Galway, quienquiera que fuese, mientras Ev pasaba a explicarme lo mal equipados que estaban sus hermanos para cualquier clase de amor, y eso que dos de los tres se las habían ingeniado para encontrar esposa. Pero Galway se quedaría soltero, aunque ella estaba casi totalmente segura de que no era gay, a ella le parecía muy hetero, principalmente porque era un cretino, y si tenía que elegir a uno de ellos como gay seguramente habría escogido al tiquismiquis de Athol, y eso que Banning era un hedonista. (Fue así como inferí, para mi espanto, que Galway era su hermano). Y entonces me sirvió un huevo revuelto churruscado y un café amargo tibio, bebible solo cuando le hube añadido un buen chorro de leche condensada de una lata abollada que encontré en el estante de encima del fregadero, y me dictó la lista de provisiones y productos que tendríamos que encargarle a John que trajese del pueblo para las jornadas de limpieza.

Aun entonces, me alegré de haber ido.

CAPÍTULO 7

El zafarrancho

La casita que Ev podía llegar a heredar la había habitado una tía abuela suya, Antonia Winslow, hasta el día de su fallecimiento el verano anterior. Ev insistía en que la anciana no había muerto en la casa, propiamente hablando, pero era fácil imaginar que las amarillentas montañas de papeles que abarrotaban todas las habitaciones, el penetrante olor, mezcla de orina animal y moho, que despedían los muebles, o el olor a azufre que salía de las cañerías cada vez que abríamos un grifo muy bien habían podido confabularse para precipitar su final.

Supuse que Ev se abrumaría ante el mal estado reinante, pero pareció que el desafío le daba bríos. Pensé que me tocaría enseñarle que lo mejor para los cristales era papel de periódico con un chorrito de vinagre, o que el Pine-Sol había que diluirlo en un cubo de agua templada, pero al cabo de tantos años metiéndose en líos en el internado sabía un montón sobre cómo limpiar una casa a conciencia. Cubierta de polvo después de tres horas clasificando y doblando papelotes en el salón, le pregunté:

—¿Por qué tienes que limpiar todo esto? —A fin de cuentas, los Winslow podían pagar a una señora de la limpieza. Era como si este esfuerzo demoledor contradijese todo lo que parecía prometer aquella fotografía de mi escritorio.

—Nosotros creemos en el trabajo duro —respondió ella, metiéndose un mechón por el pañuelo que se había anudado en la cabeza—. Es la tradición: al cumplir dieciocho años nos ofrecen una casita, generalmente la más vieja y sucia que haya en ese momento. Y entonces depende de cada cual que la casa esté habitable. Para demostrar que podemos. —Arrugó el entrecejo—. Todos estaban convencidos de que cuando me tocase a mí no iba a poder con ello. —Entonces me miró a los ojos—. Pero se equivocan, ¿a que sí?

Su vulnerabilidad me llegó al alma. Yo sabía lo que era que la gente dudara de ti. Que tuvieses que demostrar que podías con algo.

—Claro que se equivocan.

Así pues, los seis días siguientes nos dejamos la piel con esa casita y sus cinco pequeñas habitaciones (dormitorio, cuarto de baño, salón, cocina, porche acristalado) como si nos fuera la vida en ello, no solo nuestros veranos.

Cuando hubimos recogido el desorden superficial (y eso que el deslome no era superficial precisamente), se vio que Bittersweet era una monada de casita, con buenos huesos cien años después, aun cuando sus músculos delataran su edad. Las noches de tormenta, el viento silbaba por los resquicios invisibles que había en los marcos de las ventanas. Las paredes estaban hechas con listones de madera de color blanco roto que habían recibido manos y manos de pintura, casi borrando del todo los surcos entre algunas de las láminas. Los muebles que habíamos podido salvar de la quema no hacían juego: en un rincón del salón, una silla de madera con el asiento de paja despeluchada aguardaba humildemente delante de un escritorio de caoba lleno de muescas que en su día había formado parte de un decorado más lujoso, mientras que en la otra punta una butaca roja, medio hundida, cuyo relleno de algodón se salía aquí y allá por las grietas de su tapicería de pana, ostentaba la distinguida posición de lugar de lectura más codiciado de la casa.

La segunda tarde John regresó con los productos que le habíamos encargado. El día anterior, cuando nos había traído la caja de artículos de limpieza que le habíamos pedido, había estado callado y malhumorado. Pero cuando le pregunté a Ev por ello, me contestó: «Es su trabajo», y así fue como me enteré de que John formaba parte del personal de servicio.

Para que Ev no me tomara a mí por la chacha, esperé a que John y ella bajasen las cosas del coche mientras me ponía cómoda en la butaca roja con un vaso de limonada. Abby entró con una pelota de tenis parduzca y medio calva, que rodó por el parqué irregular de Bittersweet, pintado de azul portugués donde no estaba descascarillado. La pelota rodó en línea recta en dirección a la chimenea de ladrillo medio desmoronada, con sus morillos de bronce tiznado, y de pronto, inexplicablemente, continuó por el borde curvo de una alfombra desgastada y rodó hacia el norte, hacia el cuarto de baño de madera, tenuemente iluminado, en el que el lavabo ya no volvería a ser blanco y el retrete tenía cadena.

Abby movía las orejas de emoción mientras seguía la trayectoria de la pelota. Jadeaba como si la pelota estuviera viva, pero retuve a la perra porque me fascinaba ver dónde se detendría si la dejábamos a su aire. Como no podía ser de otro modo, topó con un bulto de la madera. Y volvió a rodar al este, rápidamente. Estuvo a punto de colarse en el dormitorio de la casa, y entonces enfiló hacia el sur por un tablón hundido, en línea recta en dirección a la ensenada, cruzó por delante de mí, atravesó el cercano salón y se perdió por la joya que era la cocina. Siguiendo ese nuevo trayecto hacia el noroeste, salió al porche acristalado, en el que había un ajado sofá de anea y mosquiteras remendadas que dejaban pasar la silbante brisa, y desde el que se tenían vistas privadas a la caleta de abajo.

La pelota acabó a los pies de John, que entraba en esos momentos por la enorme puerta mosquitera. La cogió y la tiró fuera. Abby salió alegremente tras ella.

—¿Por qué la has dejado entrar? —preguntó, malhumorado.

Yo no la había dejado entrar.

John depositó la última de las bolsas en la mesa de la cocina y se disponía a salir de nuevo al porche cuando Ev entró por la puerta, cortándole el paso. Sacó la cadera hacia un lado, en broma. Él pasó de lado, fingiendo ignorarla, y cogió una carta de encima de uno de los numerosos montículos de periódicos, mohosos y alabeados por la lluvia, que abarrotaban el porche.

—Antonia Winslow —dijo, imitando el acento de la gente bien, tras lo cual volvió a dejar el sobre en el montón de papel y se dirigió hacia la puerta. Allí, se metió la mano en el bolsillo—. Anda, se me olvidaba. —Sacó tres cerrojos iguales al que yo había visto en la puerta del dormitorio de Ev en el piso de Manhattan.

A Ev se le ensombreció el semblante.

—No lo dirás en serio.

—¿Quieres que me despidan?

Ev suspiró. John se fue a la camioneta, a por sus herramientas.

—¿Para qué son? —pregunté cuando se hubo marchado.

Ev puso los ojos en blanco.

—A mi madre le dan pánico los osos.

John regresó y se puso manos a la obra: hizo varios taladros y estuvo enroscando tornillos en el marco de madera. Los músculos de los brazos se le marcaban al trabajar y me di cuenta de que Ev y yo nos habíamos quedado mirándole con igual embeleso indisimulado. El gesto embobado del rostro de ella me recordó la cara con la que me había mirado Galway desde la ventana, y me escabullí al interior de la cocina al notar que me ponía como un tomate.

No fue hasta esa noche, mucho rato después de que John hubiese llamado a Abby con un silbido y se hubiese marchado con su atronadora camioneta en la luz de la tarde, que reparé en los otros dos cerrojos que había ahora instalados en la cara interior de las puertas del dormitorio y del cuarto de baño. ¿Osos? ¿En serio?

Con cada centímetro de Bittersweet que limpiaba, iba conociendo la casa como la palma de mi mano. Metí a brazadas montañas de papeles personales de Antonia Winslow en bolsas de basura previamente llenadas con décadas de montañas de papelotes: calendarios, listas de la compra, periódicos. Las revistas las coloqué en una pila aparte, ansiando que llegase el día en que podría hojearlas. Arrastré las bolsas de basura al hueco que había debajo del suelo del porche, para guardarlas hasta que pudiésemos acercarnos a los contenedores de basura para reciclarlas debidamente.

—Pues piensa en cuando nosotras seamos dos viejecitas —dijo Ev mientras rascaba el cemento blanco de alrededor del fregadero de la cocina, con los nudillos en carne viva—. Nos sentaremos en el porche a tomarnos un Martini. —El corazón me dio un vuelco al comprender la promesa implícita en sus palabras: una vida entera de Winloch. Y de ese modo me uní a su visión. Mientras lijaba la pintura desprendida de los alféizares, admiré las vistas desde donde nos encontrábamos, a través de las ventanas de vidrio irregular que curvaba y retorcía los troncos rectos de los árboles cada vez que yo movía la cabeza. Me encaramé con gallardía a sillas enclenques para quitar, con ayuda de una escoba envuelta en un trapo, las telarañas que habían pasado decenios colgando del techo encima de los estantes de la pared de la chimenea. Me doblé por la cintura delante del armarito de debajo del lavabo del cuarto de baño, para poner orden en los frascos de vidrio, botes de aluminio con loción reseca de calamina y tarros de Noxzema en los que solo quedaba un culo de alcanfor. Nos encontrábamos, sin lugar a dudas, en el siglo XIX: hacíamos fardos con la ropa de cama y la mandábamos a lavar, inventábamos extrañas recetas para gastar las latas de guisantes, las de magro de cerdo de la popular marca Spam y las latas de crema de champiñones que habían pasado el tiempo suficiente almacenadas en las baldas de madera de pino de la cocina como para acumular una gruesa capa de polvo. Ev zampaba toda aquella comida caducada como si fuese caviar. Si tales banquetes a mí me traían malos recuerdos, para ella eran motivo de orgullo: por primera vez en su vida estaba comiéndose algo que se había ganado con el sudor de su frente.

CAPÍTULO 8

El paseo

Al cuarto día llovió. Daba gusto oír el repiqueteo constante de la lluvia, el mejor recuerdo que me había traído yo de la costa pacífica del noroeste. Pese a que la casita emitía leves quejas por las ráfagas de viento que subían con fuerza desde la ensenada, el tejado aguantó bien (salvo por una gotera en el cuarto de baño, nada que no pudiera arreglarse con una lata oxidada de café) y el aire húmedo que se colaba por el porche acristalado de algún modo realzaba nuestra labor.

Fue estupendo remangarme e ir viendo el resultado. No obstante, no se me escapaba que si me estaba entregando a la limpieza tan animosamente, aparte de por pasar tiempo a solas con Ev y por lo que podría repararme mi esfuerzo físico, era porque me proporcionaba una excusa para seguir ocultándome. Cada vez que pensaba en la cara del hermano de Ev en la ventana volvía a sentir la misma humillación. Faltaba poco para el sábado, el día en que aparecería Birch para darnos o no su aprobación. A medida que la semana se acercaba a su fin, me consolé con la idea de que no tendría que poner un pie fuera de los muros de Bittersweet al menos hasta que nuestro inspector hubiese llegado.

Pero el quinto día, Ev volvió a la casa tras su paseo matutino y anunció: —He decidido que me va mucho mejor ser alondra que búho, con que de ahora en adelante me iré a dormir a las diez de la noche. —Ambas sabíamos que era un farol y, aun así, suscribimos con endiablada resolución moviendo, las dos a la vez, la cabeza con gesto rotundo. Entonces, agregó—: ¡Y pienso lijar yo solita el porche todo el día, así que eres libre, libre, libre!

Comprendí que lo que me estaba diciendo, a su manera, era que quería la casita para ella sola. Y aunque me tomé algo a mal la noticia, siempre había sabido que tarde o temprano tendría que abandonar Bittersweet. Era viernes por la mañana. Si Ev estaba en lo cierto respecto a que Galway solo aparecía por allí los fines de semana, aún no andaría por Winloch. No me vendría mal darme un paseo por el bosque. Por fin podría explorar el lugar con el que llevaba meses soñando y, sí, sobre el que también había estado documentándome.

Aunque Vermont en invierno es helador, en verano es una delicia absoluta. Para quien conozca Nueva Inglaterra, no estoy diciendo nada nuevo. Pero para mí era otro mundo. La temporada de lodo y barro que se inicia en marzo y dura hasta bien entrado el mes de mayo actúa como una barrera mental frente a los estragos invernales, de manera que cuando llega el día glorioso en que por primera vez asoman en cada árbol los retoños de color verde eléctrico, ya casi hemos olvidado los inclementes vientos de febrero que soplan desde el lago sobre los cenagales inmensos y gélidos. Todos los años el lago se hiela completamente alrededor de la orilla, y bajo el embate del viento racheado gime y cruje, pero en la centenaria existencia de Winloch solo los peones habían oído el invierno, hombres contratados para despejar los caminos y arreglar tuberías congeladas, hombres que llevaban en la sangre el país del norte y en la garganta la voluta reseca del francés canadiense. Winloch era una finca de veraneo, hecha a base de madera de pino y pantallas mosquiteras y poco más, y los Winslow eran sus únicos, aunque poco habituales, moradores.

Así había sido desde hacía más de un siglo. El tatarabuelo de Ev, Samson Winslow, 1850-1931, el patriarca, retratado en fotografías en blanco y negro con los brazos en jarras, en la cubierta de un balandro, delante de un banco, junto a su ruborizada prometida, semejaba a un tiempo un dinosaurio y un hombre moderno. Solo la indumentaria lo retrotraía a tiempos pretéritos. La forma de la cara, con pómulos marcados y una sonrisa irónica, rebosaba vigor del siglo xx. Su madre había sido escocesa y su padre británico, y había hecho fortuna con el hierro, que luego había invertido en carbón y después en petróleo. Una vez que Samson hubo amasado una considerable fortuna, se trasladó con su joven familia a una mansión espléndida en el mismo Burlington, se lavó en las cristalinas aguas del lago las manos manchadas con el hollín del carbón y la grasa pringosa del petróleo y se hizo con un pedazo de tierra cultivable a orillas del lago. Este, a los pies de las verdes montañas que daban su nombre a Vermont, le recordaba los *lochs* del terruño materno. Y combinó este nombre con el suyo propio y bautizó su paraíso: Winloch.

A pesar de que la extensión que adquirió Samson quedaba a menos de veinticinco kilómetros de la población (prácticamente a tiro de piedra en la época actual atestada de coches), en sus tiempos para llegar hasta allí había que hacer todo un éxodo. Se pasaba los blancos inviernos en Burlington y Boston, y los tranquilos veranos a bordo de veleros surcando aquellas aguas profundas. Y entre medias, al principio en calesas y luego en Fords Modelo T, la travesía bianual de las esposas, los hijos, las hijas, los perros, vestidos, sillas, manzanas, patatas, novelas, raquetas de tenis. Y la llegada de víveres dos veces a la semana.

Samson soñó con un pueblo habitado por los Winslow en la tierra que él había bautizado como Winloch. Poseía cientos de hectáreas de prados y bosques con los que trabajar y comenzó a levantar el Refectorio con sus dos manos (ayudado por aquellos mismos peones que se subían valerosamente al tejado y sustituían cañerías reventadas, pero mencionarlos era restar valor a la mitología Winloch). Una por una, empezaron a aparecer las casitas alrededor de la gran casona, como las plantas que les dieron su nombre: Trillium, Queen Anne's Lace, Bittersweet, Goldenrod y Chicory[*]. Y en poco tiempo estuvieron habitadas por los descendientes de Samson y sus compañeros, una cohorte de leales y empapados labradores, terranovas y jack russells, junto con un puñado de bassets memorablemente taciturnos, con las orejas mojadas permanentemente de andar vadeando día sí y día también.

En poco tiempo los salientes de arenisca y las playas pedregosas de la orilla se llenaron de un sinfín de veleros. A medida que se ponía en venta más tierra, Winloch iba anexionándosela, de manera que cuando los tataratataranietos de Samson estaban aprendiendo a nadar desde los pantalanes que salían como largos dedos hacia las aguas del lago desde la treintena de casitas, el conjunto ocupaba más de tres kilómetros de la costa del lago Champlain en la resguardada bahía de Winslow, donde gustaban de fondear los yates que navegaban desde Canadá.

Yo había reunido unos pocos de estos fragmentos deslavazados porque se los había oído a Ev o a sus despreocupadas amigas del internado que habían venido a vernos en primavera,

---

[*] En castellano, trilio, azanoria, dulcamara, solidago y achicoria, respectivamente. [N. de la T.]

pero en su mayor parte sus conversaciones habían girado en torno a cuál de los primos de Ev era el más mono o cuál era el local más cercano en coche donde vendiesen alcohol a menores. En cuanto estuve segura de que la invitación de Ev era firme, llevé a cabo mi propia investigación, gracias a un furtivo préstamo interbibliotecario facilitado por mi amiga Janice, la bibliotecaria. Así, libros como *Samson Winslow. El hombre, el sueño, la visión* y *Los Winslow de Burlington* viajaron desde bibliotecas más al norte hasta mis manos. Me había pasado un lluvioso fin de semana de marzo en la gótica Sala Reservada de la biblioteca de la escuela, mirando fotos de Winloch de principios del siglo xx, mientras la lluvia azotaba los cristales con grato repiqueteo. El nombre de Samson le había ido que ni pintado: en la etapa final de su vida, sus cabellos tenían tal aspecto de melena salvaje que no pude evitar preguntarme si su idílica visión no se habría ido al garete si le hubiesen cortado los bucles. En mi imaginación, me lo figuraba como el tipo de hombre que protagonizaría muchas anécdotas de familia. Sin embargo, en las contadas ocasiones en que me atreví a pedirle a Ev que me contase alguna historia realmente memorable de Samson, ella había puesto los ojos en blanco y había musitado un «Pero mira que eres rara».

Había dejado de llover. Pero yo me calcé las embarradas botas de goma de Ev que estaban junto a la puerta trasera y salí al caminito que bajaba a la cala de Bittersweet, nuestro trozo privado de lago. Era una cala pequeña, con árboles y rocas a lo largo de la tierra que la abrazaba por tres de sus lados. Una escalinata acortaba la bajada hasta la playita, justo debajo de la cocina, o bien se podía tomar una ruta más precaria, siguiendo por el brazo izquierdo de la horquilla, por un terreno cubierto de las resbaladizas agujas de pinos (y, tras la borrasca, minúsculos aludes de lodo), hasta una roca lisa y chata que quedaba justo encima de la orilla y desde la que había unas vistas fabulosas de la bahía exterior. Allí pretendía llegar, pero en lo que bajaba, resbalando y maldiciendo mi suerte, ya que las botas de goma no se agarraban bien al terreno, me sobresaltó la imagen de una majestuosa criatura que, esbelta, rozó la superficie del gran lago y se posó, sin el menor ruido, exactamente en el lugar que yo tenía por objetivo.

El ave permaneció totalmente inmóvil. Era una gran garza azul. De esas habíamos tenido nosotros en el río, en Oregón, pero siempre me habían parecido unos bichos desgreñados y peleones. Este ejemplar encajaba perfectamente en el lugar. Líneas largas, rostro sereno, elegante. Un Winslow. La garza me observó fríamente, y me recordó los tiempos en que Ev apenas toleraba mi presencia, durante los primeros meses en que habíamos compartido habitación, antes de que el fallecimiento de Jackson nos hubiese acercado. Yo me quedé mirando aquella ave, hasta que las alas, de gran envergadura, se la llevaron por los aires silenciosamente. Clavé bien la embarrada punta de las botas y escalé de nuevo por el terraplén, resbalando casi con cada pisada.

Decidí bajar en otro momento, cuando la tierra estuviese seca. Tan pronto como el viento fuese más cálido y sus rachas desde la superficie del agua no me pusiesen la piel de gallina, saldría a nadar desde la roca de la garza. Aunque costaba imaginar que llegaría a hacer calor suficiente para desear darse un chapuzón (el verano estaba aún en mantillas), me había gustado salir a correr con Ev en Nueva York y me gustaba la fortaleza nueva de mis piernas. Necesitaba traje de baño y confianza para ponérmelo encima de unas carnes que no habían visto nunca el sol, porque este era de esos sitios en los que se nada a diario arrojadamente y se acaba con un físico como nunca antes se había tenido.

Eché a andar por la pista forestal por la que John nos había traído aquella primera noche. La carretera trazaba una curva mucho más pronunciada de lo que yo recordaba, de modo que en poco tiempo Bittersweet quedó oculta y solo se veían arces, pinos y cielo. Desde las frescas hojas se deslizaban las gotas de agua en pequeñas ráfagas y en algún lugar de las copas de los árboles los cuervos emitían sus graznidos, unos sonidos discordantes, cómicos, demasiado vulgares para este bello lugar. Me había puesto el jersey de cachemir, pero no tardé en quitármelo y atármelo a la cintura. La lluvia le había lavado la cara al mundo. Empecé a ver volar alguna que otra brizna de hierba recién segada, y acto seguido oí a lo lejos una máquina cortacésped.

Al divisar la gran mole blanca que entonces ya sabía que era el Refectorio, en el cruce del camino de Bittersweet con la carretera principal de Winloch, distinguí una falange de operarios barriendo las pistas de tenis, asegurando las redes, cortando el césped y dando martillazos a clavos sueltos de la ancha escalera de madera por la que se accedía a la casona. Había dos camionetas blancas compactas, aparcadas una detrás de otra en la cuneta, con las traseras llenas de herramientas y ramas recogidas. En las puertas llevaban sendas insignias idénticas: un dragón amarillo con garras de águila, asiendo un haz de flechas. El escudo de armas era el mismo de la bandera que uno de los hombres izaba en esos momentos por el mástil del Refectorio. Me detuve en mitad de la carretera y me quedé mirando hasta que la subió del todo.

Estaba precisamente decidiendo si quería o no atajar por el bosque de detrás del Refectorio cuando aparecieron entre las matas del otro lado de la carretera tres perros salchicha. Me rodearon, ladrando como locos. Su asalto resultaba ridículo. En un primer momento. Pero cada vez que intentaba dar un paso para alejarme, se ponían a gruñir y se movían para formar un nuevo corro para retenerme. Eran pequeños y no me daban miedo, pero no podía moverme.

—¡Volved aquí, idiotas!

Al poco, irrumpió desde la espesura una mujer alta y angulosa, Ev en otra vida. Debía de tener unos cincuenta años más que ella y no era tan despampanante. Además, llevaba un poncho espantoso tejido a mano que Ev no se habría puesto ni muerta. Pero el parentesco era indudable.

—Por todos los santos —bramó, avanzando hacia mí a toda máquina. Y se agachó a coger al cabecilla del grupo por la correa—. Fritz, deja tranquila a la condenada chiquilla —le ordenó, y Fritz dejó de ladrar de inmediato, lo que aquietó también a los otros dos perros. Enseguida estaban olisqueando entre la hierba recién segada como si yo no existiera.

La mujer empezó a reírse con una risa estentórea.

—Has debido de cagarte de miedo, ¿eh?

—Pensé que no había nadie más por aquí.

—Llegamos anoche —me confió, y me agarró del brazo—. Vente a merendar algo.

CAPÍTULO 9

La tía

La tía de Ev, Linden (que se presentó a sí misma como Indo) vivía en una casita que quedaba hacia la derecha, en lo alto de un monte, una zona de Winloch que yo desconocía por completo, con una pradera alargada y perfectamente cuidada en la que se habían construido las cuatro primeras casas, una tras otra, en hilera. En el extremo más alejado de la pradera estaba la casa de mayor tamaño que había visto en todo Winloch. Era blanca, con varias plantas y un porche que la rodeaba por sus cuatro amplios costados. Yo había visto esa casa en la fotografía que había decorado una pared de nuestra habitación en la residencia. Las otras tres casitas eran calcos de Bittersweet, menudas todas y cúbicas, de una sola planta. Unos pinos blancos trasplantados disimulaban elegantemente los postes de la luz que llevaban la electricidad a las casas.

No era difícil adivinar cuál era la de Indo. Se trataba de la primera de las casitas, de color rojo cereza, con el tejado cubierto de musgo e inclinada hacia la izquierda sobre sus cimientos. El jardincito delantero, segado (lo que lo diferenciaba del resto del prado) estaba tomado por completo por una bañera llena de balsaminas plantadas. Según decía el letrero medio borrado, pintado a mano, puesto en la ventana de la puerta, la casita se llamaba Clover, trébol.

—Quítate las botas —indicó Indo al tiempo que me abría la puerta de una cocina que olía a sándalo y cayena. Fritz y sus compañeros pasaron por delante de mí alegremente, después de que su ama hubiese dado muestras de confiar en mi persona. Me quité las botas de Ev y las puse en equilibrio encima de una montaña de zuecos que había en un rincón.

Por encima de mi cabeza colgaba del tejado en forma de pico un puñado de canastos cubiertos de una gruesa película de polvo. Un armarito con el frente de cristal y una pata calzada con un taco de cartones rebosaba de piezas de porcelana. Prendida en lo alto del mismo se encontraba la única luz de la cocina: una bombilla enroscada en un foco de aluminio, con el que una tropa de albañiles habría podido iluminar una zona de obras. La cocina propiamente dicha parecía haberse formado sin ton ni son, como si Indo hubiese pasado por una serie de casas pertrechada con una sierra de arco y se hubiese apropiado de un fregadero de loza de época eduardiana por aquí, una estantería de aglomerado por allá… Y mientras que, bajo las directrices de otra persona, lo suyo habría sido utilizar el vano de encima del fregadero para pasar comida entre la cocina y el salón, en Clover ese vano hacía las funciones de superficie para dejar más cachivaches: dos docenas de cucharas de madera, una vajilla de cerámica de color azul cerceta, apilada en precario equilibrio, y una gran lata verde de bálsamo Bag Balm.

La señora fue hacia el salón y yo fui tras ella, mirando su larga trenza gris como una culebra en su espalda.

—No es ningún palacio, pero es todo lo que tengo —explicó, iniciando con ello su perorata—. A lo mejor a una guapa muchachita como tú le suena melodramático, pero me temo que es verdad, esta monstruosidad lo es todo para mí. Y quién sabe cuánto tiempo más va a pasar antes de que me lo quiten también. ¿Cómo es ese refrán que dicen? «No se trata de si te joden o no, sino de si te lo pasas bien mientras tanto». Algo así, pero más conciso.

Hablaba como si nos conociéramos de toda la vida, y yo me entretuve observando el resto de la vivienda para ocultar el incomodo que me producían esas confidencias inmerecidas. Las paredes de Clover, igual que las de Bittersweet, estaban hechas de planchas de listones, pero mientras que la casita de Ev estaba pintada de un blanco sucio, Indo se había entregado al color: pintura de color rojo escarlata para las paredes, una tela de batik, echada sobre un sofá cuya cuarta pata era un rimero de libros de bolsillo combados por los estragos del agua; una butaca tapizada con una tela con floripondios de los años setenta de color mandarina. A lo largo de la segunda y de la tercera de las paredes contiguas del salón había sendos pares de puertaventanas, a través de las cuales se accedía al porche, con vistas al lago.

—Pero mira que soy… Venga a hablar de mí. A ti es a quien quiero oír. Se te ve llena de vitalidad. Eso me gusta. ¿Tienes que ir a hacer pis? No, ningún problema. Por esa puerta de ahí, a la izquierda.

Seguí sus indicaciones y salí a un pasillito que comunicaba con dos dormitorios pequeños. Eché un vistazo a los dos, en busca del aseo y me llevé una sorpresa al descubrir que, mientras que el resto de la casa de Indo tenía un aire *funky* y juvenil, daba la sensación de que su dormitorio de tonos pastel lo hubiese decorado la señora entrada en años en quien parecía haber evitado convertirse. Una mosquitera cubría recatadamente la cama, sobre la que había una colcha de felpilla. En las paredes de color rosa colgaban litografías enmarcadas de flores autóctonas.

Di con el cuarto de baño de la casita, el único de que disponía, pintado de color magenta brillante, y enseguida descubrí que se trataba de un tinglado rudimentario. Tenía un espejo resquebrajado, puesto demasiado alto, y dos lavabos (en el que funcionaba, el grifo se abría gracias a unos alicates acoplados de manera permanente), así como una taza de váter con un acabado de *decoupage* y que se mecía peligrosamente cada vez que algo se le posaba encima.

Por todo Clover, las paredes de madera, fuera cual fuera su color, estaban decoradas con fotografías en blanco y negro, enmarcadas pero ladeadas, o plegadas hacia las chinchetas que las sujetaban por arriba. Unas pocas eran fotografías de paisajes (algunos los podía identificar yo misma, si miraba por la ventana directamente), pero la mayoría eran fotos de criaturas: niños rubios, nervudos, fuertes. Me entretuve mirando aquellos rostros y reconocí a la propia Indo de niña, y a un niño alto y orgulloso que tenía los ojos de Birch.

—¿Te gustan mis fotos? —preguntó Indo asomándose por el vano de la cocina mientras trajinaba en los fogones.

—¿Las hizo usted? —Mis ojos recorrieron los prietos cuerpos que se tostaban al sol en anticuados trajes de baño.

—Mi madre me regaló una cámara cuando cumplí diez años. Fui fotógrafa aficionada.

—¿Ya no? —pregunté, y descubrí una fotografía más reciente de una pequeñina sonriente que bien podía ser Ev.

—El arte es para los jóvenes —sentenció Indo, y por primera vez se hizo un silencio.

En el salón de Indo no había un recoveco libre, todo estaba lleno: de libros, de máscaras, de cajitas talladas provenientes de todos los rincones del mundo. Tenía toda una colección de nidos de pájaros, expuestos en lo que ella denominó estantería portátil, fabricada con maderas viejas y ramas caídas de pino. La tremenda cantidad de objetos acumulados no distaba mucho de las nutridas colecciones de figuritas de la casa Hummel y de saleros y pimenteros de mi madre. En tanto que Bittersweet era como estar en un planeta diferente, Clover, con sus suelos que crujían que daba miedo, con su olor a humedad y su sinfín de colecciones, me hizo sentir nostalgia del hogar por primera vez.

Indo apareció por la puerta de la cocina con una tintineante bandeja. Ordenó a los perros que se echaran en su vetusta colchoneta del suelo del salón, delante de la estufa fría, y a continuación me llevó al porche lateral, donde nos esperaba una mesa alargada y unas mohosas sillas de anea. Había mucha luz en el porche, y estuve guiñando los ojos mientras se me acostumbraban al resol que reflejaba el lago. Indo sirvió un tazón bien cargado de humeante té negro chino Lapsang Souchong, acompañado de una tostada de pan de centeno que chorreaba margarina. De haber tenido más confianza, le habría tomado el pelo sobre lo mucho que había tardado para preparar un tentempié tan sencillo.

Y fue como si me hubiese leído el pensamiento.

—Voy a dar palmas con las orejas cuando abran el dichoso Refectorio... Lo mío no son los fogones. Y en el Refectorio se come gratis. Es la única parte buena de la Constitución de Winloch: comer hasta hartarse. Oh, pero cómo se me ocurre... Pobrecita mía, te he hecho sentir mal. Bueno, a ver, no seré yo quien te informe de que Winloch es de todo menos la octava maravilla.

—Debería venir a comer con nosotras —propuse yo.

—Tal vez tendrías que consultarlo antes con Ev —me advirtió, pero viendo que me ruborizaba al recordarme cuál era mi sitio, se quedó sin saber qué decir por primera vez—. Quería decir... Oh, querida. —Puso su mano encima de la mía como si nos conociéramos desde hacía años—. Quería decir que no le caigo demasiado bien a Ev.

Pero a mí me costó creerlo. Indo era todo un personaje, sin duda; saltaba a la vista por sus calcetines disparejos y su jersey de hombre, comido por las polillas. Pero era irreverente y franca, dos rasgos que yo había visto a Ev valorar mucho en otras personas. En cuanto supo que me gustaba leer, quiso hablar de literatura. Y cuando vio que se me ponía la piel de gallina por el viento del sur que soplaba desde la bahía, me acercó una manta de punto que tenía en la parte de atrás del sofá. Pasamos la tarde charlando sobre *Cumbres borrascosas* y *Al faro,* envuelta yo en aquel trozo de lana áspera. Le hablé de la pasión de mi madre por los bailes en línea (no era gran cosa, pero sí más de lo que había llegado a contarle a Ev) y ella a su vez me describió el año que había pasado de jovencita en París y su historia de amor que había acabado con un beso a orillas del Sena. Inferí que se sentía sola. Y que, como les sucede a aquellos a quienes el mundo ha dejado de lado, se aferraba a su soledad y al mismo tiempo culpaba al mundo, y a su familia, de su aislamiento. Sin embargo, a mí no me molestaba nada estar en su compañía. Después de una semana haciendo de fregona de Ev, era un verdadero placer disfrutar sin más de la compañía de otra persona sin la amenaza de que fueran a expulsarme de un momento a otro. Tomamos un montón de té y yo hice infinidad de viajes al birrioso váter que tenía Indo en medio de aquel exuberante cuarto de baño, y no me di cuenta de que el día casi había acabado hasta que reparé en las sombras alargadas que cruzaban el jardín.

—Creo que tú y yo nos hemos hecho amigas —comentó Indo cuando le dije que tenía que irme ya—. ¿Tú lo sientes así?

—Por supuesto que sí —respondí.

—Bueno, para ti puede que sea «por supuesto que sí», pero yo no tengo muchos amigos. No me malinterpretes, es culpa mía y de nadie más, demonios, pero significa que me temo que no suelo tener la oportunidad de conectar con personas como tú. Con personas dignas de confianza, amables y...

—Gracias. —Noté que me ponía como un tomate con sus halagos.

Pero ella continuó.

—Mira, cuando comprendemos que no tenemos a nadie en quien confiar, nos volvemos codiciosos. Y aquí me ves, en esta ratonerilla mía, rodeada de mis cosas, convencida de que en cualquier momento vendrán y me lo quitarán todo...

—Cómo va nadie a quitarte esta casa. Es tu casa.

—¿Quién iba a quererla, verdad? —Se rio, señalando el caos que la rodeaba—. ¿Quién, eh? Tal vez tengas razón. O tal vez aparezca de vaya usted a saber dónde una amiga nueva y me ayude en momentos de necesidad, justo cuando el destino al final viene a joderme. Una amiga como tú: valerosa y osada.

Me rebullí en mi silla, mientras ella me taladraba con la mirada.

—Yo no soy ni lo uno ni lo otro. De verdad.

Pero Indo siguió erre que erre.

—Te garantizo que, si pusieran a prueba tu entereza, te quedarías sorprendida. Sorprendida más allá de toda duda de lo ingeniosa que eres. —Se reclinó. La anea crujió bajo su cuerpo—. Y, fíjate, igual hasta te sorprendes de lo que ganarías al intentar siquiera ayudar a alguien como esta cacatúa.

Sabía que me estaba manipulando, jugando conmigo para que se lo preguntase, y aun así no pude contenerme.

—¿Como qué?

Sonrió. Abrió los brazos en cruz, indicando todas sus posesiones y la casa que la rodeaba.

—Como esto.

—¿Como tu casa? —pregunté, incrédula. Ella asintió—. Pero si esta es tu casa. La casa que tanto miedo te da que vengan a quitarte. Además, no me conoces. ¿Y para qué exactamente necesitas ayuda? —Mi tono era irritado, lo sabía, pero estaba empezando a sentirme atrapada por su retórica.

—Después de esta tarde juntas, te conozco infinitamente mejor que a cualquiera de mis sobrinas. Puedo ver que tu mente se mueve como el azogue, y eso yo lo admiro. Y sabes cuándo tienes que morderte la lengua.

—Eres muy amable —dije yo, y corrí la silla hacia atrás para poder levantarme. Estaba mareada, como si me hubiesen embrujado.

—No es amabilidad. Es un hecho.

—En serio —protesté yo, elevando la voz sin querer—. Yo no soy como crees. Para nada. No tengo nada de valiente. Y me han puesto a prueba, créeme que sí. —Me contuve para no seguir diciendo cosas.

Pero para Indo había dicho suficiente. Se recostó en su silla y me miró entrecerrando los ojos.

—Ya veo.

—Ha sido una tarde deliciosa. —Recogí los platos—. Repitamos pronto.

Ella negó con la cabeza.

—No te había etiquetado como una joven atormentada por la inseguridad. —Se levantó de la mesa, murmurando—. Bueno, qué se le va a hacer, a lo mejor es mejor así… Sí, mejor que tú misma encuentres tu camino.

—Gracias por tu hospitalidad —dije yo, remilgada, entrando en la casa con grandes pasos.

Ella me alcanzó en la cocina cuando yo estaba calzándome de nuevo las botas de Ev.

—Madre me decía siempre que no debía forzar lo que requiere su propio tiempo. —Me cogió del brazo. Sus dedos me asieron con una fuerza que yo no hubiese sospechado. Fue entonces cuando me fijé en que había seis cerrojos en la cara interior de la puerta de atrás, con sus cadenas colgando, los pernos corridos y los candados sin cerrar. Si no hubiese visto a John instalar los cerrojos en Bittersweet, los habría achacado a las excentricidades de Indo.

Indo siguió la dirección de mi mirada y observó los cerrojos como si también ella los estuviese viendo por primera vez. Rápidamente, abrió la puerta y me empujó para que saliera.

—Llevaba tiempo ansiando que apareciese una amiga como tú —insistió—. Alguien a quien le interesasen las historias. A ti te interesan las historias, ¿a que sí? Mira, he estado intentando localizar una carpeta de papel manila… Estoy segura de que sabes que poseemos una colección de arte en la familia…

—Sí —respondí, contenta de estar de nuevo en el exterior. Ella seguía hablando, pero yo me distraje con el dulce atardecer. El runrún de la máquina cortacésped seguía oyéndose al otro lado del monte; los paisajistas no habían terminado.

—Los Winslow tenemos unas historias bastante increíbles —continuó ella—. Están ahí arriba, muertas de risa, en el desván del Refectorio, esperando en cajas. Papeles de Samson, de su hijo, realmente merece la pena verlos. Tú podrías subir a buscarme esa carpeta que me hace falta, y encontrar así una o dos historias interesantes que podrías hacer tuyas.

—Cómo no, vale —respondí ansiosa por apaciguarla, al tiempo que le decía adiós con la mano, aun sin tener ni idea de a qué se estaba refiriendo con eso de «una carpeta», y preguntándome a la vez si Ev estaría preocupada por mí. Teníamos muchas cosas que hacer antes de la inspección, que era al día siguiente.

Una Abby empapada y lacia, con la lengua colgando después de un día en el agua, salió a mi encuentro en la carretera de Bittersweet y me lamió animosamente la mano, aunque yo no vi la camioneta de John hasta que llegué a la casita. La había dejado aparcada detrás, oculta a la vista.

—¿Hola? —llamé.

La puerta mosquitera se abrió de golpe y John bajó del porche a grandes pasos, pasando por delante de mí.

—Teníais un escape de agua —dijo sin mirarme a los ojos. Llamó a Abby, se montó en la camioneta de un salto y arrancó el motor. En cuestión de segundos se había esfumado.

—¿De qué iba eso? —pregunté yo cuando di con Ev, que se encontraba fregando el suelo del porche, a gatas y con el pelo recogido con su pañuelo.

—¿Eh? —replicó distraídamente.

Señalé hacia el lugar por donde se había ido John, y me di cuenta, decepcionada, de que el porche se hallaba exactamente igual que por la mañana, cuando yo me había marchado.

—Ah, sí. Teníamos un escape de agua.

CAPÍTULO 10

La inspección

Los Winslow aparecieron aquel tercer sábado de junio cual abejas descendiendo a su colmena. El sol brillaba en lo alto cuando Tilde y Birch se presentaron en nuestra puerta. Ev y yo estábamos despatarradas en el sofá del porche, molidas (habíamos terminado de fregar a las cuatro de la mañana y nos habíamos permitido solo unas horas de sueño, no fuera a ser que no oyéramos la llamada en la puerta). Al percatarse del sonido de unas pisadas que se aproximaban, Ev dio un respingo, cogió su *Guardián entre el centeno* y se concentró en una página escogida al azar, con arrobada atención. Yo dejé mi *Paraíso perdido*, poniendo el punto de lectura en la página que llevaba tratando de desentrañar desde hacía una hora aproximadamente. Tenía el corazón en un puño.

La vez que conocí a Birch, me había parecido un señor afable. Pero, a pesar de que me costaba imaginármelo como un despiadado crítico, estaba nerviosa, aunque solo fuera porque veía nerviosa a Ev.

—Hola, señor Winslow —empecé yo adoptando un tono de voz formal, mientras él se quitaba los náuticos contra el marco de la puerta. Di por hecho que no se acordaría de mí, pero entró en la casa e inmediatamente me echó un brazo alrededor de los hombros, insistió en que les tutease y les llamase por sus nombres de pila y le dijo a Tilde mi nota media del curso antes siquiera de haber lanzado una mirada en dirección a Ev. A Ev y a Tilde no les quedó otra que abrazarse, pero se abrazaron superficialmente, como si les diese horror que sus cuerpos pudiesen llegar realmente a tocarse. Al ver la mirada que le dedicó Tilde a los cabellos revueltos de su hija, di gracias por haber tenido la idea de arreglarme.

—Hueles a perro —dijo Ev, arrugando la nariz al tiempo que se apartaba de su madre.

Me estremecí. Cuando a mi padre lo azuzaban, respondía escupiendo veneno. Contuve la respiración, aguardando eso mismo de Tilde.

Pero en lugar de ponerse hecha una furia, reaccionó como si estuviera encantada. Se volvió a Birch y le preguntó:

—¿Es que no hay modo de hacer que Indo lleve atados a esos bichos espantosos?

Birch entró en la cocina a grandes pasos. La casa entera parecía resoplar bajo el peso de sus pisadas. Conteniendo la respiración, le seguí con la mirada, rezando para que se quedara impresionado con el efecto del limpiacristales en las ventanas y con la desaparición del cúmulo de cachivaches.

—Creo que no hay modo de hacer que Indo haga nada de nada —fue su respuesta cuando regresó con una taza de café. Me alegré de haber sido yo la que lo había preparado esa mañana.

Sonreí, pensando en Fritz y sus amiguitos rodeándome.

—Veo que has conocido a mi hermana.

—Es un personaje, sin duda —respondí yo, y sentí una pizca de traición al detectar un deje burlón en mi voz.

—No es tan difícil ser una ama de mascotas responsable —comentó Tilde en tono agrio—. Madeira y Harvey acuden cuando les llamamos, y cuando nuestros ángeles están en las rocas, a los pobrecitos los llevamos con correa. Aparte de que me parece una tortura traer aquí a un perro que no sabe nadar, ¿pero quién soy yo para opinar? Nosotros tenemos perros salchichas, corgis y galgos a porrillo. ¿Qué fue de los perros de agua de toda la vida, quisiera yo saber?

Birch negó con la cabeza.

—No pienso malgastar el siguiente año de mi vida redactando una norma sobre perros con correa a la que se opondrá con uñas y dientes más de la mitad del consejo.

—Bueno —intervino alegremente Ev—, a todos nos encanta cuando aparece Abby… y no querríamos que fuese con correa.

Tilde enarcó una ceja.

—Abby es la labrador canela de nuestro chapuzas —explicó Birch, pensando que yo no estaba al corriente—. Ahora que lo pienso, es muy como John…, leal…

—Lela —agregó Tilde.

—¡Mamá! —protestó Ev.

—Ese genio —la riñó Tilde, quien levantó la mirada hacia el techo. En ese momento, entornó los ojos para enfocar algo. Yo seguí la dirección de su mirada: había encontrado la única telaraña que se nos había pasado. Mientras Ev echaba humo por las orejas, a mi vera, yo observé a Tilde, que iba asimilando el estado actual del porche (ventanas, suelo, techo) y comprendí que el que iba a hacer la inspección no era Birch. Bueno, claro, él se quedaría también y sería quien emitiese el veredicto. Pero todo esto era asunto de Tilde. Vio el candado recién instalado y movió la cabeza con gesto de aprobación, y yo di gracias a John para mis adentros por haberse ocupado de ponerlo. Pero uno de sus pies tocó un tablón flojo, y arrugó la frente.

—¿Quieres ver la cocina? —pregunté yo, haciendo el gesto de invitarla a pasar a la casa.

—Me alegro de que una de vosotras aún sepa lo que es la educación —replicó Tilde, muy digna, y al echar a andar tras ella del porche al interior de la vivienda me volví hacia Ev y le lancé una mirada que quería decir: alegra esa cara y ponte a sonreír.

Tilde empezó a soltarnos un discurso. Hacían falta electrodomésticos nuevos en la cocina y suelo nuevo, «y por el amor de Dios, deshazte de este adefesio de mesa». Los muebles del salón eran «invivibles», las camas seguramente estaban infestadas de «sabe Dios la de bichos», el cuarto de baño era «una atrocidad». Cuando la lista de «arreglos necesarios» iba por una página y pico, me di cuenta de que Ev empezaba a desconectar. El hastío sustituyó al enojo. De regreso en el salón, el semblante derrotado de Ev casi me hizo esperar que le tiraría las llaves de la casa a su padre y que ella misma renunciaría a Bittersweet sin ayuda de nadie. Birch lo miraba todo con una sonrisa distraída, asentía cuando le propinaban un codacito, se mostraba conforme con Tilde cuando ella meneaba la cabeza y comentaba el penoso estado de la casa, y terminó acariciando compasivamente a Ev antes de excusarse para ir al cuarto de baño.

—¿No nos vais a ofrecer un refresco? —preguntó Tilde cuando hubimos recorrido hasta el último centímetro de la casa. Yo me retiré a la cocina, aliviada de ver que podía tomarme un respiro. Al lado de aquella señora, mi madre era un espíritu libre y despreocupado—. ¿Os habéis dado ya un chapuzón? —preguntó cuando entré con una bandeja con limonada y galletitas saladas, que deposité en el banco desvencijado que habíamos llevado nosotras mismas desde un costado de la casa. Como no había sillas para todos y Tilde se había adueñado de la butaca, me senté al lado del aperitivo. El banco se combó peligrosamente. Birch llevaba un buen rato en el cuarto de baño, imaginé que encantado de poder alejarse un poco de la política femenina.

—Yo sí —respondió Ev—. Me parece que Mabel no es muy de tirarse al agua. —Abrí la boca para protestar (durante una de las escapadas de Ev al amanecer, yo me había metido en el lago hasta la cintura, tiritando), pero antes de que me diera tiempo a decir nada Ev me preguntó—: ¿Nunca has pensado en cambiarte el nombre? Aunque solo fuera a Maybelle, y entonces podríamos llamarte May, para abreviar; le va mucho más, ¿a que sí, mamá?

Solo una persona en mi vida me había llamado Maybelle. Los ojos se me llenaron de lágrimas, sin querer. Me metí una galletita en la boca. Sal. Mantequilla.

—Esto es Winloch —oí que respondía Tilde—. Puede decidir que la llamemos como quiera.

Me mandé a mí misma centrarme. Masticar. Tragar. Sentarme con la espalda recta. Ser dulce.

Ev dio un sorbito a su café.

—¿Cuándo viene Lu?

—Nuestra nenita —aclaró Birch, que había vuelto del cuarto de baño.

—¿Tenéis una niña? —pregunté yo. Ev solo había hablado de hermanos varones, mayores que ella.

Tilde soltó una brusca carcajada.

—Bueno, cabría dentro de lo posible.

—Mamá, por Dios —repuso Ev—, no tienes que tomártelo todo como un comentario acerca de la edad que aparentas.

—Está en Suiza, cariño —respondió Tilde con irritación—. En un campamento de tenis.

—¿El mismo al que me mandasteis a mí? —preguntó Ev poniendo voz de inocente—. ¿Donde ese chico de veinticinco años me desfloró?

Por poco no me ahogué con el café. Birch me dio unas palmadas en la espalda y, cuando me hube recuperado, Tilde estaba ya al otro lado de la puerta mosquitera y Ev se había encerrado en el dormitorio.

—¿Vendréis a cenar con nosotros esta noche? —preguntó Birch alegremente, y se echó una galletita a la boca—. Vamos a tener una cenita improvisada, familiar.

—¿Hemos pasado el examen? —dije yo sin poder contenerme, y tuve la certeza de que mi brusca pregunta constituyó el último clavo que le faltaba al ataúd. Pero él no respondió. Se limitó a darme unas palmaditas cariñosas en la espalda y salió por la puerta detrás de su mujer.

Veinte minutos después, Ev salió del dormitorio, con churretones de haber llorado. Me quedé mirándola mientras ella echaba el cerrojo de la puerta de la casa. Y cuando volvió a encerrarse en el dormitorio, oí que corría también el cerrojo de su puerta. No dijo ni una palabra.

CAPÍTULO 11

Los hermanos

Ves? —dijo Ev entre dientes aquella misma tarde—. ¿Ves? Es una psicópata.

Íbamos andando por la «Senda de los Muchachos», una carretera secundaria que salía de la pista principal en un punto próximo al Refectorio y por la que se llegaba a tres de las omnipresentes casitas Winloch, dispuestas en hilera.

—Pero ¿cuándo nos van a comunicar si podemos quedarnos con Bittersweet? —pregunté yo, y se me revolvieron las tripas al recordar las tostadas con lonchas finas de carne en salazón de mi madre, la primera comida que me tocaría afrontar si tenía que volver a casa.

—No hay modo de averiguar nada de importancia, cuando mi madre está por medio. —Ev suspiró. Yo me mordí una uña. Ella me quitó la mano de la boca—. ¡No te angusties tanto! —insistió—. Mañana ya estará en otra cosa y se habrá olvidado de nuestra existencia. —Me rodeó los hombros y me sopló en la oreja para hacerme cosquillas hasta que sonreí. Entendía muy bien ese sentimiento, el de ansiar que tu madre borrase de su mente que estabas viva.

Era lo único que Ev y yo teníamos en común, y en abundancia.

Llegamos a la primera casita, la más pequeña y la más distante del agua.

—Esta es Queen Anne's Lace —dijo Ev. Puso una mueca—. Es la de Galway. —El corazón empezó a latirme a toda velocidad, y di gracias por confirmar que no había un alma, ya que la única razón por la que me había atrevido a acompañar a su hermana a este lado del campamento era que ella había predicho que no estaría.

Observé la casa; estaba sin pintar y la madera estaba gris y ajada.

—Pensé que subía los fines de semana.

Ev puso los ojos en blanco.

—Anda demasiado ocupado salvando el mundo. No desesperes, pronto volverás a verle si no llega a tiempo para la Fiesta del Solsticio de Verano. —Antes de que me diese tiempo a preguntarle qué era, ella soltó—: ¿Te puedes creer que eligió este chamizo? Menuda chabola. Habría podido quedarse con la de Banning —dijo señalando la casita que se levantaba más adelante, en el extremo izquierdo en la carretera—, o sea, él es el segundo. Pero es incapaz de apreciar la belleza natural ni cosas así. En esta parte las vistas son para morirse.

Enseguida estuvimos frente a Goldenrod y Chicory. La casita de la derecha se erguía enhiesta, blanca, impoluta, y la de la izquierda, pintada de color té de una manera que involuntariamente resultaba sucia, estaba como más hundida. Detrás de las casitas, se veían por entre un bosque cuidadosamente aclarado unas amplias vistas de la bahía de Winslow, no tan impresionantes como las de la casa de Indo, ni mucho menos, pero sí dignas de admiración. Delante de ellas había dos vehículos tipo todoterreno, idénticos, con los portones abiertos, cargados hasta los topes. Dos rubitos, un niño y una niña (ella más pequeña que él), corrían en círculos, chillando, perseguidos por un par de alegres e inofensivos labradores.

En la puerta de Chicory apareció un hombre alto y guapo, que casi ocupaba todo el vano con su envergadura.

—Hey, hermanita. —Se acercó a nosotras andando sin prisa, pellizcó a Ev en el moflete y se presentó como Athol.

—Esta es May —soltó ella. Me quedé sin habla. Athol, el primogénito, era de una guapura para la que no me había yo preparado, tal vez debido a que Ev me lo había descrito como un tipo serio. Tenía los mismos pómulos que Samson, unos ojos de color azul cristal y metro ochenta de alto, como sacado de una campaña publicitaria para promover la alimentación bio o la participación en pruebas de Ironman. Al tenderme la mano, me di cuenta de que era el vivo retrato de Birch, en joven y esbelto, si bien no irradiaba el carisma de su padre.

Athol levantó del suelo a su pequeño y lo lanzó al aire; el crío de cuatro años rio como loco. Y a la chiquitina regordeta, que estaba a sus pies, le preguntó, haciéndole una carantoña:

—¿Saben tus padres que estás aquí fuera?

Y la niña se marchó, enfurruñada y resignada, a la otra casita. Al poco rato ya habían salido a saludarnos todos: la mujer de Athol, Emily, igual de alta y de bronceada que su marido, la cual explicó que el bebé estaba dormido; el niño, Ricky, a quien vino a buscar su *au pair*, una joven extranjera de cabellos de color caoba que se lo llevó a darse un chapuzón vespertino, siendo lo de menos la temperatura del agua; el otro hermano de Ev, Banning, un joven voluminoso y que empezaba a perder pelo, quien abrazó a Ev con cierta babosidad; su mujer, Annie, de cabellos rizados, cara redonda y cierto aire descuidado, con la regordeta Madison puesta en la cadera, y que preguntó a la *au pair* si no sería mucha molestia llevarse además a Maddy. También había perros (había empezado a comprender que habría perros siempre): los dos labradores de Banning y Annie, dos perros sin nada de particular que respondían a los nombres de Dum y Dee respectivamente y a los cuales solo se mencionaba de vez en cuando y como un ente conjunto, como sucedía con sus otros congéneres, y Quicksilver, un viejo galgo que permaneció pegado a Emily hasta que divisó a una desgraciada ardilla y salió pitando por la carretera en dirección a la casita de Galway.

—Andaos con ojo —dijo Ev siguiendo la persecución del perro con la vista—. Mamá está otra vez con el rollo de las correas.

—Ah, muy bien, para ella fenomenal, que no tiene galgos —espetó Athol.

—A mí no me mires, solo soy el mensajero —contraatacó Ev, adoptando el mismo tono que su hermano mayor.

Detectaba ya algunas fallas en su relación fraterna, pero no podía evitar sentir una punzada de envidia. Me resultaba imposible imaginar que alguien me conociera con tanta cercanía, que me chincharan como se chinchan los hermanos o que otras personas me conocieran tan bien que ya ni se pararan a pensar mucho en mí. Además, Ev nunca me preguntaba cómo me llevaba con mi hermano porque, que ella supiera, yo era hija única.

La casita de veraneo de Athol y Emily era mucho más bonita que la casa para todo el año en la que me había criado yo, y Emily me la enseñó de arriba abajo con mucho orgullo. Me contó que el invierno anterior habían elevado los cimientos sobre unas vigas de acero y que luego, naturalmente, habían tomado la decisión de pintarla entera y reformar por completo la cocina, dotándola de electrodomésticos de la firma Sub-Zero & Wolf. Habían modernizado la vivienda con todas las extravagancias posibles, aunque ni Athol ni Emily habrían empleado esa palabra para definir el cubo de basura cromado que se abría al pasar la mano por encima, o la televisión de pantalla plana que habían colgado en la pared de la «biblioteca». Todas las superficies de la casita estaban libres de polvo. Y cuando se despertó el bebé, reparé en que ella también era un ser perfecto, pulcro, que sonreía en brazos de su madre como un inocente pajarillo. Emily me cayó bien, en sentido abstracto. Sin embargo, era una de esas personas altas y atléticas que vivían en otra estratosfera y que casi nunca bajaban la mirada por debajo de la línea de los hombros. Me hubiera gustado saber si me reconocería la siguiente vez que nos encontrásemos.

Subimos al porche de la parte posterior de Chicory, una terraza acristalada, a tomar una botella de prosecco y disfrutar de las vistas del lago y de la otra casita. Banning llevaba una vida jovial, alborotada, en comparación con la de su hermano mayor, tan bronceado e impecable, y Goldenrod tenía un poco aspecto de desastrada segundona de la casa de veraneo del hermano mayor. Tanto en la vivienda como en el porche de Banning la pintura estaba descascarillada y las mosquiteras se habían destensado y aflojado de puro viejas. Por el jardín trasero había desperdigados ya varios juguetes de plástico de esos en los que se montan los niños, y Annie resopló en medio de ellos y se puso a recogerlos, tratando en vano de minimizar el efecto hortera que producían en el paisaje. Sus cabellos se movían arriba y abajo como si tuviesen vida propia. Imaginé que a Athol y Emily no les haría demasiada gracia tener que pasarse el verano tan cerca de la vida y de la esposa de su hermano, y me hubiera gustado saber cómo demonios había superado Banning la inspección de su madre.

Más abajo, en la orilla del lago, la pobre *au pair* trataba de evitar que los cuerpecillos de Ricky y Maddy se ahogasen. Cada pocos minutos se oía una zambullida o un grito agudo, pero ninguno de los otros adultos prestaron la menor atención a aquellos sonidos. Ni ayudaron a la chica cuando subía trabajosamente por el bosque en dirección a nosotros, cargada con dos niños que no paraban de retorcerse y con las toallas empapadas. Quicksilver, Abby y Dum y Dee bajaron corriendo como locos por el terraplén arbolado hacia la muchacha, cargada como una mula. Solo entonces se puso en pie Emily y gritó: «Quietos. Aquí». Annie estaba en el otro porche y levantó la cabeza, obedientemente, como si ella misma formase parte de la jauría. Quicksilver apareció con la cabeza gacha, pero le tocó a Annie (con una pelota gigante de plástico debajo del brazo) rescatar a la *au pair* y a los pequeños del resto de eufóricos canes.

Athol, aparentemente ajeno al bullicio de la casa, nos llevó a Ev y a mí al dormitorio principal para mostrarnos el último espacio que habían reformado. Cruzó los brazos con aire escéptico y contempló el cuarto, tan ordenado y compacto.

—Queríamos hacerlo más grande —explicó—, pero la planta de la casa no se podía tocar. No se pueden hacer ampliaciones ni hacia arriba ni hacia fuera.

—Mamá no quiere que tengamos una casa tan grande como la suya —me dijo Ev.

—No seas mezquina, Genevra, no resulta apropiado —la regañó Athol. Estaba mirando el suelo con mucha atención, ladeando la cabeza—. Está alabeado. —Se volvió hacia mí—. ¿No parece que está alabeado?

—Pues a mí me parece que está bien —intervino Ev.

Vimos pasar a Abby, fuera. Athol siguió con la vista a la perra, que pasó por delante de la ventana.

—Detesto tener que seguir contando con John.

—Trabaja duro —respondió Ev en un tono neutro.

—No entiendo por qué padre no le echa y punto. Cuando yo esté al mando, no confundiré la tradición del pasado con la lealtad —refunfuñó Athol. La mandíbula se le tensó.

Cuando volvíamos por la carretera, Ev echaba chispas.

—Siempre creo que me va a encantar venir aquí, y luego vengo y recuerdo lo que son, unos arrogantes y unos desconsiderados y unos avariciosos. —Yo moví la cabeza afirmativamente. Estaba de acuerdo. Y no le dije que en realidad el suelo a mí sí me había parecido que estaba un poco alabeado.

CAPÍTULO 12

El cuadro

Esa noche la cena se organizó en Trillium, la casita blanca de varias plantas que había construido Samson un poco más allá de la de Indo, en la lengua de tierra de Winloch que formaba una península entre la bahía grande y la bahía de Winslow, lo cual le garantizaba unas vistas del lago de doscientos setenta grados. De pie en el porche acristalado, se sentía una como a bordo de un barco, eternamente navegando rumbo al sur. Trillium era más señorial que las otras casas de Winloch. Además de sus tres plantas y de tener las mejores vistas, podía presumir de una amplia pradera de césped segado. Había pasado de unos a otros, de primogénito en primogénito, a lo largo de varias generaciones: de Samson a Banning I, luego a Bard y después a Birch. Un día sería de Athol, y más tarde de Ricky. Menuda decepción se habrían llevado los Winslow si solo hubiesen tenido hijas.

Tilde, de pie junto a la puerta, fue la primera en recibirnos. Nada más verla, se me quedó seca la boca. No sabía si iba a poder reunir el valor necesario para pedirle a alguien tan intimidador que me comunicase mi destino. Iba impecablemente arreglada: almidonada camisa de color marfil, pantalones piratas de seda salvaje, de un deslumbrante tono turquesa, y collar de bellísimas perlas.

—¿Te importaría ponerte un jersey, querida? —preguntó echándole una ojeada al generoso escote de Ev, con su vestido de color coral.

—Mamá, por Dios. —Ev entró, pasando por delante de su madre, refunfuñando, y se adentró en el salón, en el que había ya un nutrido grupo de personas. Yo entregué a Tilde las magdalenas de maíz que había preparado, cada una decorada con su propia margarita, pinchada en lo alto. Tilde cogió de mis manos la bandeja como si se tratara de un objeto extraño.

—Pero qué... considerada —dijo, mirando mis magdalenas.

A mí se me quedó la lengua pegada al paladar. Mi madre me había enseñado que una nunca se equivoca si se presenta a una cena con algo en las manos, y Birch había usado la expresión «cena improvisada». Además, Ev habría podido avisarme para evitar que metiera la pata. Casi me dieron ganas de ofrecerme a llevarme inmediatamente mis magdalenas. Pero justo en ese momento Birch apareció entre el grupo de invitados y dio una palmada como si estuviera encantado de verme.

—¡Tilde! ¡Ha traído magdalenas! —exclamó, abalanzándose sobre una y dándole un buen bocado.

—La flor no se come, en teoría —me disculpé, al tiempo que veía desaparecer un pétalo en su boca.

Él rio con ganas, dándole una palmada a Tilde en la espalda, y entonces una sonrisa apareció de nuevo en el rostro de ella, como si fuese una muñeca estropeada. Yo me sentí desfallecer... Sabía que debía preguntarles, a bocajarro, si podríamos quedarnos en Bittersweet todo el verano. Tenía la sensación de que me sería imposible entrar en otra casita Winloch mientras no supiera la respuesta.

Carraspeé.

—¿Les importa si les pregunto…? —empecé, con un hilo de voz temblorosa—. Es decir, vamos, que si tengo que ir sacándome el billete para casa…

—¿No estarás pensando en abandonarnos? —Birch me miró conmocionado.

—Oh, no —respondí—, yo no quisiera. Solo si fuese necesario.

—¿Por qué iba a ser necesario que se marchase? —preguntó Tilde como si yo no estuviera delante.

Birch zanjó la cuestión con un gesto de la mano.

—Bobadas.

Tilde le pasó la bandeja a Birch y se volvió para contemplar las vistas con unos prismáticos que cogió de una mesita auxiliar, al lado de la puerta. Por todo el porche había varias piezas de mobiliario de fino ratán pintado de blanco, que creaban un marcado contraste con las clásicas sillas reclinables de madera, estilo Adirondack, de vivos colores lisos, que se veían desperdigadas por el césped, más abajo. Yo me quedé admirando un balancín que había en la otra punta del porche, tapizado en cutí de color azul marino, acolchado, de tamaño extragrande, agradablemente provisto de un sinfín de cojines de color melocotón. Parecía el sitio ideal para hacerse un ovillo con un libro en la mano y para echarse una siestecita resguardada suavemente del sol. Pero no, no podía encantarme hasta que conociese la respuesta.

—Entonces quedasteis contentos —insistí—. Superamos la inspección.

La mirada de Birch se detuvo en mí durante un prolongado y extraño instante. Arrugó la frente, obviando mis palabras, y dio media vuelta para contemplar el agua.

—¿Cuántos tenemos? —preguntó. Yo seguí la dirección de su mirada, hacia la bahía de Winslow, mientras Tilde contaba en voz alta, y por primera vez me di cuenta de que había una maraña de mástiles que cabeceaban como un bosque flotante—. ¿Sabes de embarcaciones de recreo? —me preguntó.

Yo negué con la cabeza, pensando a toda velocidad. No me habían dicho que tuviera que irme. Lo cual quería decir que iban a permitir que me quedara. Casi me eché a reír en alto, de puro alivio, si no hubiese sido por el tono de voz serio que Birch empleó al señalar en dirección a un barco fondeado que tenía dos mástiles.

—Esa es una yola; el palo de mesana, que es el segundo mástil, está detrás del codaste. Y ese —desplazó la mano hacia la derecha— es un queche; el codaste va detrás del palo de mesana. El resto son balandros: un solo mástil.

—Veintiséis —dijo Tilde con tono resuelto.

—Déjaselos para que mire —dijo él, y Tilde me pasó los pesados prismáticos. Ni siquiera estaba segura de lo que se suponía que tenía que buscar, pero de todos modos me llevé los lentes a los ojos. La imagen magnificada se movía tan deprisa por el paisaje repentinamente próximo que me mareé. Al fin di con la flota de barcos amarrados, justo delante de nosotros en línea recta. Bajo la luz dorada de la tarde, divisé a una familia que estaba dándose un chapuzón al lado de una de las embarcaciones. En la cubierta de otra de ellas, una pareja tomaba sendos Martinis.

—Canadienses —dijo Birch con tono burlón.

—¿Vienen hasta aquí en barco solo para el fin de semana? —pregunté, impresionada de que tanta gente llevase vidas tan lujosas.

—Veintiséis son más de la cuenta —comentó Tilde—. Nos van a tener despiertos la mitad de la noche. —Entonces, una expresión de gozo le cruzó el semblante—. Tal vez uno se quede atrapado en el arrecife.

—Pues no tendría ninguna gracia. Nos tocaría salir a ayudarles. —Birch se rio y, para mi gran sorpresa, Tilde se le unió.

Era la primera vez que la veía divertirse, y el sonido de su risa resultaba mucho más ligero y distendido de lo que habría imaginado. Birch se volvió de nuevo hacia mí, y la risa de Tilde se cortó de golpe. Aunque él apenas pareció darse cuenta, yo percibí el desprecio de ella.

—Maldigo los cuervos cuando me despiertan —declaró él—, pero los aplaudo cuando despiertan a los dichosos canadienses. —Levantó bien la bandeja de las magdalenas—. ¿Vamos a ver si encontramos un hueco donde ponerlas? —Me sentí agradecida por su gentileza y por poder alejarme de Tilde.

Birch me hizo pasar al espacio interior del porche acristalado, el más elegante que había visto en Winloch. Si ese era el porche cerrado, quería saber cómo sería el resto de la casa. Tenía aparadores antiguos de madera y una gran mesa de caoba sobre un suelo de color miel. Una exquisita alfombra oriental de color burdeos, que terminaba delante de una amplia chimenea con su pantalla de latón y sus morillos a juego, hacía de elemento cohesionador del mobiliario. En unas bandejas de porcelana pintada a mano habían colocado los canapés en colorida formación: pastelitos de cangrejo, rollitos de minilangostas, tazas *démitasse* de crema fría de guisantes. Nunca en mi vida había visto una cena «improvisada» en familia de este calibre (y comprendí entonces por qué mis magdalenas de maíz habían sido un error). Birch encontró un hueco en el que dejarlas, un sitio que yo tuve controlado a medida que avanzaba la noche, rezando para que alguien se terminase mis estúpidas magdalenas y así tal vez se me absolviera de mi metedura de pata.

Mientras iban llegando más miembros de la familia Winslow, me llené un plato de porcelana y me fui a la pared del fondo, a comer canapés a mordisquitos y a observar a las personas que pasaban por delante de mí: una mujer mayor, un niño, las madres perfectamente arregladas, los hombres de cuerpos escultóricos; todos con su piel de alabastro, a quienes parecían haber frotado a conciencia para eliminar todo rastro de suciedad y de imperfecciones. Eran una raza especial, un raza particular de animales, como los caballos de carreras o los galgos, de ángulos finos, bien almohazados. A los que no teníamos con ellos vínculo de sangre se nos distinguía con facilidad: casi todos éramos más bajos que ellos y más morenos. Además, había otro detalle: nos manteníamos en un segundo plano.

La elegante Ev me lanzó alguna que otra mirada para comprobar cómo me iba; la aprensiva Annie buscó mi compañía; el patoso de Banning derramó todo el zumo de manzana de su hija en una de mis sandalias, con lo cual se me quedó el pie izquierdo húmedo y pegajoso el resto de la velada. Pero, salvo por eso, estuve sola todo el rato. A medida que avanzaba la *soirée,* una barahúnda de críos rubios entraba en tropel en el salón para atacar las galletitas saladas y el queso y volvía a desaparecer. Intermitentemente, alguna madre, como una gallina clueca, les mandaba salir al porche. Más de una vez pensé irme tras ellos, anhelando su sinceridad. Cuando la sala acristalada se volvió demasiado pequeña para dar cabida a la enorme cantidad de Winslows que la poblaron, los invitados comenzaron a invadir el porche y yo me abrí paso hasta la otra punta del salón, con la idea de irme a buscar el aseo, y en ese momento mis ojos se posaron sobre una hornacina construida en la pared misma, que desde mi ubicación anterior había quedado oculta. Dentro del hueco estaba el cuadro más bello que había visto en mi vida.

Cierto, yo no había visto muchos cuadros en mi vida. Las reproducciones de obras en los libros de arte de la biblioteca habían sido, en el mejor de los casos, bosquejos borrosos de las obras auténticas. El Degas de Ev, visto en persona, me había impresionado; solo con verlo había sabido que era Importante. Aun así, aquella pequeña, predecible obra de arte suscitó en mí una sensación mucho menos vehemente que la sensación de pasmo y de inmensa suerte que experimenté mientras admiraba el maravilloso cuadro que tenía delante de mí.

Era un Van Gogh.

No daba con el cuadro en mi memoria, de modo que tal vez nunca lo había visto reproducido. No cabía duda de que era obra suya, solo que un poco más grande de cómo había imaginado que serían los cuadros de Van Gogh.

Era un paisaje, con sus inconfundibles cipreses pintados de intensos verdes y azules, estirando las puntas hacia un cielo nocturno. Por encima de ellos, estrellas. Por debajo, hierbas amarillas y verdes, violáceas en la distancia. Si es que había distancia. Costaba centrar la mirada en la perspectiva, ya que justo cuando el ojo se fijaba en una línea del horizonte, una mirada a un lado o al otro provocaba el efecto de reorganizar la imagen entera, y la primera impresión quedaba en entredicho. Pero, lejos de despertar frustración, como tal efecto habría suscitado si se hubiese tratado de un pintor de menor categoría, el resultado era fascinante, hacía acelerar el pulso. Aquel cuadro acentuaba las emociones como solo es capaz de hacerlo el arte con mayúsculas.

Por primera vez en toda la velada, me olvidé de los Winslow. Avancé lentamente en dirección a las febriles pinceladas como si estuviesen llamándome, hasta que estuve a pocos centímetros. Si aquella obra de arte hubiese estado colgada en una pared de la casa de mis padres (por muy ridícula que fuese esa posibilidad), habría dado por hecho que se trataría de una reproducción hortera adquirida en alguna tienda de centro comercial, puesta en un marco pintado con espray. Pero estando allí, mientras la luz del atardecer se filtraba desde la bahía, me sentí henchida de orgullo, como si de algún modo el hallarme ante semejante fragmento de historia supusiera un logro en mi haber.

—Espléndido, ¿verdad?

Me volví. Era Indo, a mi lado. No pude hacer nada más que mover la cabeza afirmativamente, arrobada.

—¿Es realmente un...?

Ella asintió, mientras se le formaba una sonrisa en los labios.

—Mi madre amaba el arte.

—¿Fue coleccionista?

Tardó unos instantes en contestar.

—Es mío.

—¿Oh?

—El capital que me dejó en herencia no fue tan grande —dijo, y señaló con un gesto la magnífica casa en la que nos encontrábamos—, porque yo era niña. Por eso, madre me dejó el cuadro. Yo era la única que lo apreciaba como hay que apreciar las grandes obras de arte. Pero luego mi hermano se sacó de la manga una norma desconocida hasta la fecha que, al parecer, le otorga el derecho de irrumpir en la casa de quien le dé la gana para apoderarse de sus propiedades personales como si fuese una especie de dictador. Así que, aquí lo vemos ahora, cuando yo era la única que estaba preparada para hacer lo que había que haber hecho por él, para...

—¿Os traigo algo, chicas?

Me volví, sorprendida, y me encontré con que tenía a Tilde justo en mi otro lado, con una sonrisa falsa y una copa de jerez en la mano.

—Estábamos hablando de... —Señalé el Van Gogh.

—Ella preguntó —dijo Indo.

—Oh, Indo, estoy segura de que la pobre chica no ha hecho nada semejante.

Yo di un paso atrás para salir del emparedado en el que me habían metido. Allí pasaba algo que yo no entendía. Sí, Indo estaba contando cotilleos de la familia, pero era buena gente y me pareció que Tilde se estaba pasando.

—Es una preciosidad —tercié. Algo cruzó entre las dos mujeres que no supe definir.

Una chiquilla llegó corriendo y tiró del brazo de Tilde.

—Tía T., ¿podemos ir a encender bengalas a Rocas Lisas?

—Voy a por ellas ahora mismo. —La niña lanzó un chillido de alegría y echó a correr por entre la maraña de adultos. Tilde se volvió hacia nosotras—. Si me disculpáis, los ángeles llaman.

—Me da escalofríos que llamen ángeles a los niños —dijo Indo, fulminándola con la mirada.

—Y, claro, tú de eso sabes mucho, por tu mucha experiencia en la maternidad —repuso Tilde.

Indo acusó el golpe y Tilde se quedó mirándola, satisfecha de haber hecho mella.

—No, tienes razón —dijo Indo—, debería ceñirme a mi papel de excéntrica resentida. —Pero Tilde ya se había ido.

Indo soltó varios improperios en voz baja, apuró su vino y salió enfurecida en la otra dirección. Abrió una puerta que comunicaba con el resto de Trillium, la cruzó y cerró de un portazo.

Yo me volví hacia el cuadro, pues de ninguna manera quería que esa imagen saliese de mi cabeza. Pero lo que acababa de suceder entre las dos mujeres, aun sin terminar de entenderlo, no me dejó verlo de nuevo realmente. El hermoso espacio que había creado el Van Gogh dentro de mi cabeza, al que la promesa de un verano en Winloch había dado calor, se llenó del parloteo distendido que me rodeaba, voces que hablaban del penoso estado en que se encontraban los embarcaderos de la parte más alejada del campamento, de la raza óptima de perros de caza o de quién sería el constructor más adecuado para cuando hubiese que contratar uno para reformar las casitas. De este modo, aunque yo intentaba aferrarme visualmente al cuadro, toda esa cacofonía me sacaba de él y volvía hostil la obra de arte.

Al poco rato me escabullí disimuladamente por la puerta del porche, que estaba iluminado con unos faroles, y salí al jardín a oscuras, donde las bengalas de los niños trazaban tirabuzones fulgurantes en medio de la noche. Más allá, las luces que coronaban cada uno de los veintiséis mástiles cabeceaban como si fuesen hadas y se reflejaban en las aterciopeladas aguas negras, abajo. En ese momento recordé el sonido de la voz de mi hermano, prendido en la cálida brisa nocturna, igual que el embriagador olor de una tormenta eléctrica.

CAPÍTULO 13

Lo inevitable

Recibí el paquete de mi madre la mañana de aquel lunes. Por cómo crujía, supe que iba relleno de plástico de burbujas. El propio John me hizo entrega del premio, junto con una bolsa de dónuts con sabor a sidra.

—¡Te acordaste! —exclamó Ev dando una palmada, y pegó un salto para echarse en sus brazos sin el menor reparo cuando le vio aparecer con aquella chuchería. Él puso cara de susto ante semejante muestra pública de afecto, con lo cual yo me excusé y me fui al cuarto de baño, y estando ya en privado sonreí aún más de oreja a oreja, muerta de risa al comprender que era John con quien Ev se piraba de la casa al amanecer.

De vuelta en el salón, me rodearon entusiasmados como dos niños en un campamento de verano, mientras yo abría el paquete de mi madre. Me fijé en que él entrelazaba brevemente su mano con la de ella, mientras ella decía que esperaba que hubiese dulces. Pero yo sabía lo que contenía el sobre sin necesidad de comprobarlo por mí misma: un mazo de sobres, todos con la dirección de mi madre en el lado del destinata-

rio y con sus correspondientes sellos, que harían el viaje de
regreso a Oregón.

«M. —empezaba diciendo la carta—, dice Jeanne que lo
pasaste muy bien cuando fuiste a verla. Se me olvidó preguntarte cuando hablamos. Llámame cuando tengas oportunidad.
Echamos de menos oírte. Dales las gracias otra vez al señor y
a la señora Winslow. Tu padre te manda todo su cariño, también».

Seis frases. Muy fácil de responder. Al fin y al cabo, tenía
los sobres. Pero responder a mi madre en el mismo estilo era
algo que siempre me había parecido igual que mentir. A ella se
le daba de maravilla hacer su papel, mientras que yo era malí-
sima en el papel que se suponía que me tocaba. Y la alternativa,
escribirle contándole lo que de verdad pensaba, era imposible,
por muy maliciosamente divertido que fuese imaginarlo:

Mamá:
Me alegro de estar casi lo más lejos posible de ti en este país.
Los Winslow son guapos y ricos, probablemente más de lo
que tu imaginación es capaz de figurarse. Sé que estarás imaginando candelabros de oro y piscinas sin bordillos, pero resulta que este sitio que crearon no tiene nada de decadente, no,
es rústico como solo puede serlo un sitio que pertenece a gente rica, donde el dinero flota por debajo, invisible, y de este
modo son capaces de fingir que son como el resto de los mor-
tales. Todos y cada uno de ellos son auténticos personajes, y
estoy segura de que, de puertas adentro, todos tendrán sus más
y sus menos, pero aquí nadie se pasea con la marca de una sor-
tija señalada con sangre seca en el pómulo. Tiene gracia. Todos
ellos sin excepción son atractivos, carecen de olor corporal y
no tienen el menor interés en mí. Sus docenas de críos (casi
todos biológicamente intachables, y entre los que se cuenta un
chinito adoptado, para remate) son precoces. Sus perros me

ignoran con ese aire despreocupado con que solo los canes mimados pueden ignorar a alguien. Todos ellos, incluidos los perros, comen productos ecológicos.

Ev tiene tres hermanos. La casa del hermano gordo, Banning, está hecha de paja; la casa del meticuloso, Athol, está hecha de acero; y estoy casi segura de que el tercero, Galway, es el gran lobo malo. Los padres de Ev, Birch y Tilde (toda esta gente tiene unos nombres que solo pueden sonar bonitos si se estás forrado de pasta), son unos seres enigmáticos y considerados a la vez.

Birch tiene cinco hermanos que viven aún y que, junto con sus respectivas proles, constituyen el grueso del clan que se encuentra en estos momentos en el campamento. (Se supone que hay que llamarlo campamento, aun cuando aquí nadie está acampado, en el verdadero sentido del término). La mayoría de los Winslow, con la excepción de la hermana excéntrica de Birch, Indo (de quien empiezo a sospechar que puede tener inclinaciones lésbicas), tienen hijos y nietos.

La hermana mayor de Birch, Greta, tiene un marido, unas hijas asexuadas y un hijo de contornos borrosos, así como tres nietos teutónicos: Arthur Jr., Victoria y Samson. El jack russell se llama Skippy, y Absalom el golden retriever.

La hermana mediana de Birch, Stockard (Ev la llama Drunkard), tiene un marido gordo que se llama Pinky, un hijo divorciado, PJ, y varios nietos adolescentes, locos por el fútbol. Se rumorea que PJ y su mujer se distanciaron a raíz de la muerte de su hijita, Fiona, ocurrida hace años; al parecer, esta pérdida los ha convertido en dos seres demasiado tristes para plantearse tener mascota.

La hermana menor de Birch, Mhairie la pseudobohemia, tiene una familia que no tiene nada de particular, salvo por el yerno judío, David. Todo el mundo se ha preocupado de subrayar el detalle de que es «judiíllo», como lo dicen ellos. Lo cual no tiene nada de malo, por otro lado. Sus hijos, en consecuencia, son también judiíllos: Ramona la de lengua afilada, Leo el atribulado y Eli la tonta. Son demasiado alérgicos para tener mascota.

Y luego está la otra hermana de Birch, CeCe. Ella es la madre del hijo que se mató, Jackson. Todavía no ha asomado por aquí.

Todos los parientes a quienes he conocido quieren hablar sobre el suicidio del primo Jackson, pero con discreción (emplean el mismo tono susurrante que cuando mencionan el judaísmo de David), apoyados con cara de mucha preocupación en las barandas de sus porches, y le preguntan a Ev (e incluso a mí, sin caer en la cuenta de que yo no soy una de ellos): «¿Se sabe algo de cómo está CeCe?», «¿No hay ningún fármaco que pueda servir de ayuda en este tipo de casos?», «¿Crees que habrá alguna manera de pararlo?». Me gustaría saber si Jackson sabía que iban a hablar de él tan vívidamente, y si ello explica en parte por qué se mató.

¿Ignoro que el hecho de que un muchacho se volara la tapa de los sesos constituye la razón primera por la que me hallo aquí en calidad de invitada personal de Genevra Winslow en el Edén soleado en el que ha pasado ella todos los veranos de su vida? En absoluto. He llegado a la conclusión de que la muerte de Jackson representó un sacrificio necesario a los dioses de la amistad («murió para que yo pueda vivir»), y me digo que no es egoísta creerlo. Al fin y al cabo, él nació en esta munificencia. Es problema suyo que no resultase lo bastante buena.

Dile a papá que le quiero, si te atreves.

Bueno, vale, lo escribí. Pero no lo envié.

Solo un fin de semana entre el clan Winslow y ya había aprendido un truco práctico: si no abrías la boca, se olvidaban de que estabas escuchando. Así fue como colegí que al funeral de Jackson, que había tenido lugar en febrero, en el que CeCe, la madre, había estado inconsolable, solo había asistido un puñado de Winslows. Durante las primeras cenas de la temporada a la luz de los faroles, lanzaban al aire una suerte de aluvión de pequeños detalles, un aluvión cosquilleante, eléctrico, con el que reproducían hasta el último gesto de cuando el soldado había regresado al hogar el verano anterior, que había sido la última ocasión en que alguien había reparado en él.

Que si había estado demasiado flacucho.

Que si demasiado callado.

Que si siempre leyendo.

Enfadado cuando los niños de los Kittering tomaban prestada la canoa.

O nada, como cuando el camión que estaba reparando el embarcadero se llevó por delante a Flip y él se había mostrado carente de emoción, ¿os acordáis?, ni siquiera había pestañeado; se había llevado a la pobre perra destrozada a la hierba y allí la había tendido.

¿No se había prometido con una chica de Boston, y entonces hubo que cancelar el compromiso o algo así?

¿No le había gritado un día a la yaya Pippa en el Refectorio?

A medida que los Winloch al completo reproducían el timbre de voz de Jackson, su tartamudeo, el leve temblor de sus manos (que no había existido antes de lo de Faluya), nuestro parloteo colectivo iba in crescendo y llenaba la bahía de Winslow con el único punto tranquilizador en el que finalmente podían ponerse de acuerdo los Winslow:

Fue por la guerra. «Un alivio hallar una razón», apuntó alguno.

Más allá de eso, no se podía echar la culpa a nadie en concreto, pero, mientras escuchaba sin ser vista, no se me escapaba que los pocos Winslow que vivían en Burlington y que tenían tracción en las cuatro ruedas estaban haciendo todo lo posible por borrar de su recuerdo el tono desquiciado de los lamentos de CeCe, eso por no hablar de cómo se había hincado de hinojos, melodramáticamente, junto al féretro de su hijo (su histrionismo, francamente, un pelín excesivo), mientras en el exterior de la funeraria caía la nieve que cubría la ciudad de un manto blanco, fresco y puro.

Era en momentos como ese cuando dábamos gracias por que existiese la tradición. Al menos con esas palabras inició Birch Winslow su brindis la noche del primer lunes del verano, levantando un vaso lleno con la cerveza típica de la tierra, delante de todo Winloch al completo. Era 21 de junio, la festividad del Solsticio de Verano, que se celebraba año tras año en el jardín del Refectorio, frente a las canchas de tenis, una tradición Winslow tan fundamental que Ev se quedó estupefacta cuando pregunté en qué consistía. Seríamos fácilmente un centenar de personas los que nos encontrábamos repartidos ante Birch, sentados en mantas o en sillas plegables, a la suave luz del anochecer; nuestras aportaciones al opíparo festín habían sido ya consumidas al estilo de un bufé, en las mesas montadas caprichosamente con borriquetas y con tablones de contrachapado. De la ensalada de patata Russet de Stockard, del pollo frito de Annie y de mi pastel casero de moras no quedaba nada desde hacía rato.

—Nos falta un miembro de la familia —continuó Birch, y se extendió entre todos nosotros un silencio entristecido (hasta el salvajillo de Ricky paró quieto unos instantes)—, y su pérdida es un vacío enorme que nunca se podrá cerrar. —En ningún momento se mencionó el nombre de Jackson; también su familia directa se encontraba ausente. Decían las malas lenguas que el señor Booth había dejado a CeCe definitivamente en el mes de abril, y que ella y su prole no volverían nunca más. Pero Birch no se extendió sobre el tema. Alzamos nuestros vasos de cerveza artesanal, mientras el estandarte con el escudo de armas de los Winslow ondeaba por encima de nosotros.

Según marcaba la tradición, el festejo era una cena con espectáculo. A los Rickys y a las Maddys de la familia, demasiado pequeños para memorizar frases, los vestían de duendecillos y hadas y, disfrazados con sus alas traslúcidas, enarbolaban espadas de Peter Pan y varitas de Campanilla, con la carita maquillada con espirales de purpurina de color turquesa. A los chicos mayores (y a los hombres que se consideraban jóvenes) les correspondía representar los fragmentos memorizados de los artesanos zoquetes de *El sueño de una noche de verano* de Shakespeare. Los desventurados enamorados Píramo y Tisbe llevaban casi un siglo cortejándose cada uno a un lado del reticente muro, y a los Winslow seguía pareciéndoles desternillante.

«¡Oh, noche espantosa! ¡Oh, noche de color tan negro! ¡Oh, noche que lo eres cuando no es de día! ¡Oh, noche! ¡Oh, noche! ¡Ay, ay, ay!». De Píramo hacía Banning, con una faldapantalón de su mujer. El público se tronchaba de risa al verlo. A decir verdad, tenía sentido de la oportunidad, como si su prematura madurez de señor de negocios fuese tan solo una desviación de su verdadera vocación dramática. No dejaba de lanzar bravuconadas y de comportarse con arrogancia, un asno disfrazado de hombre.

Cuando el prólogo terminó de presentar a nuestro Píramo, la descuidada Annie me abordó en mi manta, plantó sus manos anchas en uno de mis antebrazos y me suplicó que la ayudara, con un susurro histérico. Ev nos miró echando chispas, hasta que me levanté de la manta y me fui con Annie a ver a Maddy, que se encontraba sentada en el escalón bajo del Refectorio llenándose la boquita rosada con los restos de una bandeja de brownies.

—¡Ha tragado nueces! ¡Nueces! —Annie hipaba como la Gallinita Roja del cuento tradicional, y me tiré unos buenos diez minutos en el cuarto de baño con la pequeña, que no paraba quieta y tenía un subidón de azúcar, ayudando a su madre a limpiarle los morros de chocolate y observándola con atención por si aparecían síntomas de anafilaxia.

Sorteada la crisis, regresé a nuestra manta. Había planeado pasarme la noche poniéndome piripi con Ev, pero donde antes había estado ella sentada se hallaba ahora Abby, dormitando. Los Winslow estaban absortos en la obra de teatro. Apoyé la mano en la cabeza caliente de la perra, me reí con Banning Winslow y no podía creer la suerte que tenía de que a esas personas les gustase tanto Shakespeare.

Entonces entró Tisbe.

Sí, fue todo un reto reconocer a «la damisela» en cuestión bajo aquella peluca roja y el vestido *vintage*. Pero sus pecas infinitas en las mejillas, los labios rosas, suaves…, hasta el último detalle aparecía resaltado por mi sensación de vergüenza.

El público se moría de risa con sus aspavientos, y las carcajadas prosiguieron mientras él iba diciendo sus frases en falsete. Estaba ridículo, efectivamente, haciendo de enamorada de su propio hermano. Pero además era electrizante. Nadie apartaba los ojos de él.

Si me hubiese levantado, habría llamado la atención. O al menos eso me dije, embelesada con cada uno de sus gestos, hasta que se clavó la daga y se desplomó sobre el cadáver de su hermano, provocando un grito de Banning y consiguiendo que el público les dedicase una cerrada ovación.

Después de la cena, me escabullí entre la masa enfebrecida de las hadas y duendes menudos. Al fin eran libres, libres del colegio, libres de las inhibiciones necesariamente impuestas a los niños de ciudad, capaces al fin de lanzarse de cabeza a aquel estallido de viento, sol y sudor que marcaba el arranque del distendido período estival. Con los niños era mejor. Ellos eran o leales o monstruosos, y la diferencia entre lo uno y lo otro estaba clara. Estuvimos lanzando palos para los perros, y luego, mientras caía la noche y los mosquitos se ponían las botas con su festín particular, estuvimos cogiendo pelotas de tenis de entre los setos, hasta que los mayores fueron recogiendo uno por uno a los angelitos y se los llevaron a casa.

Disgregada la concurrencia, parecía que no habría ningún problema en volver andando al Refectorio. Abby dormía lealmente en la manta de Ev, soñando; era la única manta que quedaba en la gran pradera de césped. Me dio pena despertar al animal, y eso que ya habían quitado las borriquetas y habían dejado los tableros de contrachapado apoyados en el muro de la casa.

Estaba yo sola, frente a aquella casona que se asemejaba a un granero. Por la doble puerta con pantalla mosquitera se filtraba el suave sonido de una guitarra, que llegaba hasta mí bajando por los anchos escalones. ¿Dónde estaría Ev? ¿Debería volver a Bittersweet a ver si estaba bien? Sin embargo, lo que hice fue subir la escalera en dirección a la tentadora luz y asomarme a mirar por la mosquitera. Y me quedé mirando el amplio espacio.

Había una serie de mesas redondas repartidas por una sala; el suelo era de madera noble perfectamente pulida y sus tablones eran tan anchos que debían de ser los originales.

Justo enfrente de mí, al fondo, otra doble puerta comunicaba la casa con la carretera principal de Winloch. A la derecha estaba la cocina industrial, separada del salón principal por una pared en la que se había practicado un gran vano, para que pudiera pasarse la comida del salón a la cocina y viceversa. A la izquierda, una escalera subía a una segunda planta, y pegados a la escalera había varios sofás grisáceos de varias plazas, donde se encontraba reunido un grupito de personas. Me preocupé al pensar que tal vez estaba interrumpiendo alguna tradición sagrada de los Winslow. Pero solo eran Indo y un puñado de los adolescentes (Arlo, Jeffrey y Owen, todos ellos bastante más pequeños que yo) que se habían pasado la mayor parte de la velada al otro lado de las canchas de tenis tratando de fabricar un cohete con una botella.

Al lado de los chavales, un hombre sentado de espaldas a la puerta tocaba la guitarra. Era una música exquisita, una melodía preciosa que iba desarrollándose a base de florituras y revoleos, una canción que procedía de regiones más cálidas, de lugares de danzas y de océano, y sentí que tiraba de mí, que su ritmo se instalaba en mis caderas y me palpitaba en la zona de la clavícula. Me di permiso para entrar en el salón y tiré de la puerta mosquitera, que se abrió haciendo mucho más ruido de lo que había pretendido.

Al oír el chirrido de las bisagras, Indo se volvió.

—¡Mabel! —exclamó.

Los chicos levantaron la cabeza.

La música cesó en medio de un rasgueo.

Indo cruzó el salón y me envolvió en su abrazo impregnado de pachuli.

El hombre se giró. Por encima del hombro de Indo, reconocí aquellas pecas, aquellos cabellos rubios sucios. Era Galway.

—Ando buscando a Ev —balbucí, tratando de retirarme. Pero Indo me sujetaba con fuerza, y me llevó hacia el único hombre de toda la Costa Este que me aterraba ver.

—¿Conoces a mi sobrino?

Galway sonrió. Se levantó. Sus ojos me recorrieron arriba y abajo, juguetones.

—Sí.

CAPÍTULO 14

El collage

Me puse de lo que solo logro imaginar como una tonalidad carmesí, y sentí la intensidad de la mirada de Galway.

—Debería irme, en serio.

—Tonterías. —Indo me agarró del brazo—. Es el momento ideal para enseñarte esos archivos de los que te hablé. Vamos a poner a prueba tu temple. Mujer, no pongas esa cara de susto, que era broma. Casi. Pero, en serio, ¿podrás resistirte? Ahí arriba están, esperando a que alguien haga algo con ellos, a que alguien desvele sus secretos. Galway me ayudó hace unos años a meterlos en cajas, y desde aquel día nos hicimos muy buenos amigos, y mi pobrecita espalda ya no me deja subir por escaleras normales... No os hagáis viejos nunca, preciosas criaturas... —Y siguió hablando de este modo, mientras me empujaba para que subiera por aquellos escalones desvencijados.

Para mi gran consternación, Galway subió detrás.

Indo encendió las tenues luces de techo y, muy entusiasmada, señaló las cajas de cartón, mordisqueadas por los ratones, que había apiladas en el centro del inmenso desván mal ventilado.

—No sabes la ilusión que me hace —dijo, juntando las palmas de las manos—. Galway me ayuda mucho con estos asuntos, y sé que los dos os lo vais a pasar pipa cuando os pongáis juntos con todo esto.

Me avergonzaba tanto encontrarme junto a ese hombre que apenas podía pensar. Mantuve gacha la cabeza y procuré concentrarme en el sonido de la voz de Indo.

Había cajas por docenas, y estaban hasta arriba de recortes de prensa, papeles personales y documentos empresariales. Comprendí de golpe la inmensidad de la tarea que tan alegremente había accedido a acometer aquella fría tarde de la semana anterior. ¿Indo pretendía que yo encontrase algo concreto en medio de aquel revoltijo? Y si lograba encontrarlo, ¿ella... qué, me iba a dar su casa? Tenía serias dudas.

—¿Y exactamente qué quieres que encuentre? —pregunté, cuando pude articular palabra.

—Primer punto del orden del día —declaró—, échale el guante a esa carpetilla manila donde guardo lo relativo a mi cuadro. Sí, Galway, le conté que tus padres se quedaron con mi cuadro. Ya me conoces, no puedo tener la boquita cerrada. Me temo que la carpeta no tiene nada que la diferencie de todo lo demás, por lo que tendrás que hurgar un poco, pero, bueno, forma parte de la diversión, ¿verdad que sí? Y mira todo bien para detectar historias jugosas, nunca se sabe dónde podrías encontrar material. Es una escritora en ciernes, ¿lo sabías, Galway? Con la mente rápida de los detectives. Sobre todo, querida, sobre todo mantén los ojos bien abiertos para dar con cualquier cosa que tenga que ver con... Bueno, está bien, de acuerdo, dejaré que tú solita encuentres tu camino.

A continuación se lanzó a una disquisición acerca de sus afamados ancestros («¡Fueron unos visionarios! ¡Pioneros en

su campo!»), hasta que Galway me preguntó intencionadamente:

—¿Pero tú no estabas buscando a Ev?

Le consideré el enemigo, pero como vi ahí una posibilidad para batirme en retirada, respondí en tono de disculpa
que sí, que tenía razón, que Ev se había sentido mal durante
el picnic y que debía realmente ir a buscarla para ver cómo
estaba.

—Ay, querida —exclamó Indo, soltándome—. Tendrías
que haberlo dicho. —Bajé a toda prisa las escaleras del desván,
mientras ella decía a voces—: Si se trata de algún problema
femenino, dile que venga a verme, que tengo unas hierbas fabulosas que me prepara mi contacto en Boston.

En cuestión de segundos estuve de nuevo en mitad de la
noche sin luna, maldiciéndome por haber cometido el disparate de poner un pie en aquella casa, maldiciendo a Galway por
haber estado tocando esa guitarra... Y no fue hasta hallarme
lejos del Refectorio que reparé en el detalle de que no llevaba
encima ninguna linterna y que solo tenía una vaga idea de hacia
dónde debía dirigirme.

—¡Abby! —llamé, pero hasta la perra me había abandonado. Me dije que no debía pensar en vampiros. El crujido de
mis pisadas en la grava era una buena señal, por pequeña que
fuese, de que iba en la dirección correcta.

El Refectorio quedó oculto cuando una luz destelló en mi
dirección. El haz de luz centelleó varias veces sobre mí y yo me
detuve, como un ciervo ante los faros de un coche, y aunque
no las tenía todas conmigo acerca de quién sería el que empu-
ñaba esa linterna, di gracias igualmente. Y fue justo quien me
temía: Galway. A solas. Venía sin resuello.

Me tendió la linterna sin decir nada, y me vi obligada a
darle las gracias. Éramos dos y solo había una linterna. Uno de
los dos tendría que acompañar al otro a su casa. Dado que nos

encontrábamos a medio camino de Bittersweet, proseguimos hacia allí.

Carraspeó. Yo di gracias por que estuviera todo oscuro. Y fuimos caminando en mitad de la noche. Por fin, él dijo:

—No se lo voy a decir a nadie.

Yo no respondí.

—Tiene su gracia, la verdad, si te paras a pensarlo —continuó diciendo. Por su manera de decirlo, me pareció que sonreía.

Yo clavé los ojos en el haz de luz y recé por que no dijese nada más del tema.

—Esa mañana había ido a buscar a Ev —añadió—, pensé que a lo mejor estaba durmiendo y por eso...

—Vale —dije yo, y me volví hacia él y le alumbré a la cara—, está bien.

Él levantó una mano para protegerse los ojos.

—Solo quería decirte que...

—Lo pillo. —Mantuve la luz apuntada directamente hacia su cara, incapaz de contener la rabia que me causaba la manera que tenía esa gente de vivir la vida, alegremente, como si no pasara nada—. Lo pillo, es para morirse de risa, y ahora puedes restregármelo todo lo que quieras y humillarme, me viste... haciendo... eso..., pero no se me escapa que tú eras el que estaba fisgando y espiando, que tú eras un... —busqué la palabra atinada—, un mirón, un pervertido. —Y, diciendo eso, me largué. Me importaba un pimiento tener yo la única linterna, o que hubiese sido él el que me la había proporcionado.

Abby salió a mi encuentro a poca distancia ya de una Bittersweet negra como la pez. La noche se llenó del tintineo de su collar y de sus jadeos con la lengua colgando. Me lamió la mano como una perra fiel. Fui derecha al hueco de debajo del porche, donde en un periquete encontré la bolsa de reciclaje que yo había dejado aparte y cogí las tres revistas de la parte superior. Agucé el oído por si oía las pisadas de Galway, pero lo único que se oía eran los sonidos de la noche.

Nos metimos sigilosamente en la casa durmiente. La puerta del dormitorio estaba cerrada —un alivio, ya que Ev, que me había dejado tirada toda la noche, era la última persona a la que deseaba ver—. Encendí la lámpara del salón, saqué unas tijeritas de uñas del botiquín, cogí una libreta y un rollo de cinta adhesiva de la bandeja de artículos de escritorio y me acomodé delante de la chimenea apagada. Entonces, abrí el número del *Life* del 1 de septiembre de 1961, una revista de 1987 de venta por catálogo y un *Town and Country* del 47. Sabía exactamente las páginas que quería y las rasgué con mano experta, ya con más sosiego, dejando volar mi mente hacia las otras publicaciones que aguardaban debajo del porche. Esto solo era el principio. Extraje lo que más me gustó: la ilustración de portada del *Town and Country* de una mujer con un vestido largo, asomada a una barandilla hacia un velero; una fotografía de Jacqueline Kennedy con la cara lavada, del *Life;* y la risueña familia rubia del catálogo de L.L.Bean que había estado deseando recortar desde que me había fijado en ellos. Las tijeritas las emplearía para el trabajo más minucioso.

Mi ira fue remitiendo. Seguí trabajando, recortando, pegando con cinta adhesiva, hasta que ante mí tuve un cuadro acabado. Solo en ese momento me recosté en el respaldo de la butaca roja. Abby apoyó la cabeza en mi regazo. Debí de quedarme traspuesta, porque lo siguiente que oí fue un motor de coche que no me resultó conocido, alejándose en mitad de la noche, y el ruidito de la puerta mosquitera contra los tacones de Ev. Me erguí, miré en derredor el salón todo revuelto, desorientada, irritada por haberme equivocado respecto de su paradero. Antes de que me diese tiempo a recoger un poco, se plantó delante de mí.

—¿Era John? —pregunté.

Tenía las pupilas dilatadas, el pelo alborotado, el carmín corrido.

—¿Por qué razón iba a pedirle a John que me trajera en su coche a estas horas? —Empujó suavemente a Abby con la punta del zapato—. Debería llevársela a su casa por las noches.

Entonces reparó en mi collage. Yo quería que me contase sus secretos, pero ella rescató mi obra de entre el revoltijo de papeles y la observó con atención.

Familia rubia. El lago. Camisetas de polo. Gafas de sol. Insignias. Botes de remos. *Beautiful people*. Pasta.

—¿Somos nosotros? —preguntó, encantada. Sin darme tiempo a responder, cogió dos chinchetas de la pared. Centró el collage encima de la repisa de la chimenea y lo clavó con las chinchetas en las esquinas. Entonces, se retiró un poco y lo miró ceñuda—. ¿O lo estabas haciendo para tu madre?

—¿Por qué iba a hacerlo para mi madre? —repuse, extrañada.

Ella me miró y pestañeó.

—¿Porque te mandó el paquete aquel?

Resoplé por la nariz.

—Por favor. Yo no hago manualidades para mi madre.

Regresó hacia mí.

—¿Y por qué no? Es decir, ya sé que antes de que viniéramos te hizo llorar. Pero parece... maja.

—Las madres siempre parecen majas cuando no son tu madre.

—¡La mía no! —Dio un resoplido y se dejó caer en el suelo, a mi lado. Yo me reí con ella.

—La mía solo es maja para hacer ver que yo no lo soy —agregué, una vez que nuestras risas se hubieron apagado un poco. Al instante, me sentí culpable: mi madre era la que me había instado a «ser dulce». A lo mejor sí que era tan maja como pensaba Ev y era únicamente mi mente cruel la que transformaba eso en malicia.

Ev se puso a hacerme una trenza. Nos quedamos las dos en silencio.

—¿Piensas...? —empezó a decir cuando iba por el tercer intento de hacerme la trenza—. ¿Piensas que habría sido mejor si me hubiese ido con John?

—¿Pero es que no estáis... saliendo?

—Las chicas también podemos echar una canita al aire. —Su voz sonó triste, como si hasta ella misma se sintiera decepcionada con su comportamiento.

—Pero yo pensaba... —Sus dedos entretejieron con habilidad las trenzas que me había hecho. Caí en la cuenta de que hacía tiempo que nadie me había tocado. No pude evitar decirle lo que pensaba, aunque al salir de mi boca las palabras sonaron simples, tontas—: Yo pensaba que querías a John.

Ella guardó silencio unos segundos para reflexionar.

—Le quiero.

—¿Pero él a ti no?

Sonrió orgullosa.

—John LaChance ha querido casarse conmigo desde que yo tenía seis años.

—¿Entonces qué problema hay? —Noté que los tirones en el pelo estaban empezando a irritarme.

—Es complicado. —Me dio un fuerte tirón del cuero cabelludo—. Él... no puede darme lo que necesito. No puede darme todo. De momento.

—Pero eso no es amor —insistí yo, pensando que era una egoísta—. El amor es sacrificio. Es poner al otro por delante de ti.

—Exacto —dijo—, eso es justo lo que yo le dije. No le estoy pidiendo mucho, solo que cumpla su palabra, ¿entiendes? —Se reclinó, sin soltar mi trenza, y entornó los ojos valorándome con la mirada—. Es que tú tienes buen corazón,

Mabel. —Soltó la trenza—. Lamento ser yo la que rompa tu burbuja.

Abrí la boca para decirle que no era en cuentos de hadas en lo que yo creía, sino en la ternura con que había visto que John la cogía de la mano.

Pero ella ya había cambiado de tema. Indicando el collage con la cabeza, dijo:

—Mañana puedes hacer a tu familia.

La observé mientras echaba el cerrojo de la entrada. Fuimos a cepillarnos los dientes, las dos juntas; apagamos las luces y cerramos la puerta del dormitorio. También echó el cerrojo de esa puerta.

Permanecí atenta a su respiración hasta que se quedó dormida. Era preferible dejar que creyera que las vivencias del momento me habían inspirado aquel trabajo manual. Que no sospechase que se trataba de algo que yo ya había hecho cientos de veces. Me enorgullecía por haber sabido morderme la lengua. Por no haber respondido: «No, Ev, yo nunca hago a mi familia».

CAPÍTULO 15

La chica

No tenía ni idea de adónde se marchaba Ev furtiva-
mente, ni quién era su misterioso «otro hombre»,
pero, a medida que fue transcurriendo el mes de junio, ella cada
vez pasaba menos tiempo en Bittersweet. También John se
mantenía llamativamente apartado de nosotras. Yo echaba de
menos su encanto tímido, echaba de menos esos momentos en
que Ev se ponía a canturrear para sí mientras trajinaba en la
cocina cuando sabía que él iba a venir, y echaba de menos los
lametazos de Abby en las yemas de mis dedos. Pero siempre
que le preguntaba por él, la respuesta de Ev era coger una manzana Empire del frutero repleto que teníamos en la mesa de la
cocina y desaparecer por la carretera. Volvía al caer la tarde, y
a veces después de medianoche, sin soltar prenda de dónde
había estado. Permanecí atenta por si detectaba el rugido del
desconocido motor de coche que había oído por la noche,
pero desde ese día ella volvía a casa sin el menor ruido.

Querida mamá:
Estoy empezando a comprender que soy una persona a la que
persigue la soledad. Decir que mi aislamiento es algo que va

conmigo sería no romperse mucho el coco: sé perfectamente que desde hace años ha estado en mi naturaleza considerarme una isla. Pero, te lo juro, ¡pensé que esta vez sería diferente! Me habría contentado de mil amores con ser la confidente de Ev, y eso que tengo la sensación de que ya se ha aburrido de mí. ¿Qué dice eso sobre mi ansia? ¿Soy insaciable? ¿No capto las indirectas? No diría que la culpa sea tuya, mamá, pero lo de papá es harina de otro costal.

Uy, qué digo, si entre tú y yo no puede pasar nada real… ¿Cómo es esto posible?

Ir a nadar es una delicia. Me compré un traje de baño con la tarjeta de L.L.Bean de Ev. No te preocupes, se lo devolveré. Y puedo andar metida en el agua dos buenos minutos sin tener que buscar asidero. Perdona que no te mande esta carta, pero así es mejor para las dos. Creo que estarías de acuerdo, seguramente.

Cuando dejaron de captar mi atención cosas como escribir cartas imposibles de enviar a mi madre, recortar fotos de revistas, medio ahogarme y decir que estaba nadando, o fingir que leía a Milton, me remangué las mangas de la camisa en el desván del Refectorio y me puse manos a la obra. La caza del tesoro que me había propuesto Indo me proporcionaba una distracción, una oportunidad para matar el tiempo, unas horitas del día o de la tarde durante las cuales podía olvidarme de mi soledad. Pero además me brindaba otra cosa. Por tonto que pueda parecer, Indo me había despertado la curiosidad. No podía resistirme a la oportunidad de acceder al mecanismo interior del clan Winslow (a fin de cuentas, yo era la chica que había estado documentándose sobre ellos durante la primavera a través de préstamos interbibliotecarios).

¿Olvidaba la vehemencia con que a Tilde parecía repelerle Indo, especialmente en relación con el asunto del Van Gogh?

¿Creía que de verdad Tilde aprobaría que husmease en los archivos de la familia? Pues no. Pero se había portado como una bruja tanto con Indo como con Ev. Además, los «archivos» no eran sino un montón de papeles abandonados por los que me encontraba fisgando, casualmente, sin un objetivo definido.

Había algo más, algo con lo que ni en broma se me habría ocurrido soñar pero con lo que soñaba de todos modos: la insinuación que de pronto me había soltado Indo de que su casita iba a quedar disponible. Todavía hoy me ruborizo al mencionar aquella esperanza rememorada. Porque, vamos a ver, ¿quién iba a ser tan imbécil para creer en los desvaríos de una vieja excéntrica? Además, en realidad ni siquiera sabía lo que ella misma pretendía encontrar. Por otro lado, ¿Ev no había puesto sobre el tapete esa imagen de nosotras como dos ancianitas sentadas juntas en el porche? Sin duda que sí. Lo que pasaba era que a lo mejor yo había empezado ya a recelar de su constancia y a buscarme otras vías para adueñarme de Winloch. Fuera como fuera, me conozco lo suficiente para admitir que cuando alguien siembra una insinuación en una imaginación como la mía... En fin, digamos solamente que el primer día que me senté con el archivo de la familia, yo ya tenía hecho el cálculo de cuánto podría costar sustituir el retrete de Clover.

Los papeles de los Winslow, comidos por las polillas y poblados de nidos de ratones, me hacían estornudar. Los bordes de las hojas, arrugados y finos como cuchillas, se deshacían en mis manos como la hojarasca seca al final del otoño. Después de la gran cantidad de estaciones que habían pasado aguardando en el desván, habían adquirido olor a viejo, a moho. Unos papeles eran gruesos y pesados y estaban escritos con tinta de estilográfica que había ido perdiendo intensidad. Esos documentos antiguos contenían sietes escritos a la europea, es decir, cruzados con una rayita horizontal, o estaban redactados con máquina de escribir, de manera que, al pasar los dedos por el dorso de las hojas, podía palpar el relieve de unas palabras inversas impresas en el papel hacía cien años. Las hojas más actuales eran finas como hojas de papel cebolla y ya empezaban a amarillear. Algunas estaban escritas con tinta de mimeógrafo, esa tinta de mareante olor dulzón, mientras que otras aparecían cubiertas de texto escrito a mano que denotaba fracasos más recientes en la enseñanza y en la ejecución correcta de la caligrafía.

Pero al margen de si los documentos de los Winslow eran recientes o antiguos, el conjunto de papeles como tal estaba que daba pena. No había manera de encontrar orden coherente por ninguna parte. Tardé unas cuantas medias jornadas en colocar simplemente los montones de papeles de acuerdo con algún tipo de cronología. Eché mano de Arlo, Jeffrey y Owen, deseosos de acción, para que subiesen por la chirriante escalera del desván varias mesas de comedor que no se usaban, y apilamos los papeles, por décadas, en cada una de ellas, tras lo cual los chicos se fueron en busca de aventuras más apasionantes.

Había muy pocos papeles de los tiempos de Samson (una copia de la escritura original de Winloch, media docena de fajos de papeles de tal o cual empresa suya), y a continuación, de la época posterior a la muerte de Samson, cuando el primer Banning cumplió la mayoría de edad, un montoncito de papeles relativos a bonos de guerra, la sucesión, una caja de cartas personales y unos cuantos recortes de periódicos en los que aparecía mencionada su hermana Esther, que había llegado a médico. Alguien se había tomado la molestia de conservar esos artículos de prensa, y leí con profunda admiración lo que decían sobre el coraje y el empeño de aquella mujer.

Había también varios documentos relativos a una bancarrota acaecida en algún momento de la década de 1930 (no conseguí descifrar si el borrón que se veía al final del guarismo del año era un 2 o un 9). Pero como me pareció raro que los Winslow hubiesen caído en bancarrota y aun así hubiesen conservado este paraíso, devolví aquel documento a su montón, pese a que me dejó grabado a fuego un signo de interrogación.

A partir del momento en que Bard, el padre de Birch y abuelo de Ev, llegó al poder a mediados de la década de 1930, se producía un incremento importante en el volumen de papeles. Había pedidos de obras, escrituras, recortes de periódicos, muchos más kilos de papeles generadores de muchos más kilos de polvo. Más de una de aquellas tardes de junio la dediqué a seguir el rastro de la compra de una parcela (al parecer, Bard fue una especie de terrateniente), seguí su evolución a lo largo de varios años y al final, cuando perdí el rastro, meneé la cabeza, cayendo en la cuenta de lo imprecisa que era mi tarea y de lo bien que alguien como Indo parecía conocerme. Se suponía que solo tenía que buscar una carpetilla manila, y sin embargo ella había tenido razón: no iba a poder resistirme a la tentación de una historia jugosa.

Tiré de mí misma y bajé del desván. Al pasar, le dije adiós a Masha, la cocinera rusa de Winloch, una señora hermosa de cabellos blancos. Ella dejó de remover un instante la minestrone y me respondió con un ademán brusco de la cabeza.

Mi rincón favorito de Winloch se encontraba en el extremo de nuestra caleta: la piedra plana y lisa en la que se había posado la gran garza azul el primer día que me había aventurado a alejarme de Bittersweet. Era una piedra grande con sitio para un cuerpo nada más, y se llegaba fácilmente a nado, o bien, si no te importaba hacer primero un poquito de escalada, bajando por la pendiente escalonada, por entre las matas rasposas. Me gustaba que el sitio se hallase entre la finca privada y las tierras de propiedad pública. Desde la agradabilísima piedra caliente podía volver la cabeza hacia fuera, al vaivén de la bahía exterior, a un palmo de distancia, por donde entraban a toda velocidad las lanchas motoras en dirección a la bahía de Winslow, y donde a lo lejos destellaba un puerto deportivo, blanco y plata, cuando le daban los rayos del sol; o podía volver la mirada hacia el lado de dentro, hacia Bittersweet, y distinguir nuestra playita arenosa, aun cuando la escalera, la casita y el resto de Winloch quedaban ocultos. Allí era donde más en mi elemento me sentía: escondida, pero observando.

Estaba convencida de ser la única persona que conocía la existencia de aquel lugar, lo cual era una soberana estupidez, dado que llevaba tres semanas en total en Winloch mientras que los Winslow habían pasado allí más de cien años. Pero una mañana en que iba yo bajando torpemente por el bosque, con mi mochila repleta de cosas para picar y libros, con toda la mañana por delante para pasarla en soledad, cuál no fue mi sorpresa al descubrir que había una chica tumbada ya en mi sitio. Estaba bocabajo, con su larga melena rubia derramada sobre la espalda, cubriéndole prácticamente toda la espalda desnuda hasta rozarle con las puntas la parte de abajo de un biquini de color albaricoque. Me la imaginé como una selkie, uno de esos seres mitológicos de tierras celtas, una muchacha que se había despojado de su piel de foca para convertirse en humana. Pero, al oírme, levantó la cabeza y simplemente vi a una chica. Una chica que se parecía tanto a Ev como Indo, pero en versión infantil: desgarbada, insegura, a punto de convertirse en una belleza.

Levantó la mano para protegerse los ojos del sol.

—¿Eres la amiga de Ev?

Me agaché en cuclillas, al tiempo que ella se incorporaba y se sentaba.

—May.

—Lu. —Metió la mano en su bolso y sacó un par de cigarrillos. No debía de tener más de catorce años.

—¡No! —Debí de poner cara de espanto. Ella los guardó de nuevo en su sitio y sacó dos chupa-chups—. ¿Eres la hermana de Ev? —pregunté. Me costaba no escrutar su rostro, que por momentos era de exquisita factura y de pronto dejaba de serlo. Tenía un lunarcito en la mejilla derecha, única imperfección que le detecté, si es que podía llamarse imperfección—. Creía que estabas en un campamento de tenis. —Me senté a su lado.

Ella resopló.

—Ya, es que soy de un deportista…

—Pues en mi instituto te obligaban a hacer abdominales y ya te puedes figurar lo bien que se me daban.

Me miró de hito en hito (los muslos rellenos, la tripa blanda) y soltó una risilla sincera, pero antes de que su gozo se transformase en una carcajada en toda regla, la contuvo abruptamente y encogió los hombros con gesto pícaro, hundiendo las orejas entre ellos. Una fugaz expresión de placer cruzó un instante su rostro, a la vez que señalaba por encima de mi hombro en dirección a la caleta y, con la otra mano, se llevaba un dedo a los labios.

—No estamos solas —susurró.

Di media vuelta, esperando ver una criatura de gran tamaño, como otro ser humano o un perro tal vez, pero, hasta donde alcanzaba mi vista, no había nada que ver. Lu señalaba con su dedo en dirección a lo que parecía ser un palo medio sumergido en el agua, un madero en descomposición que iba poco a poco hundiéndose hacia el lecho del lago.

—Es una tortuga —susurró ella, y cuando estaba inclinándome hacia delante, incrédula, el palo se sumergió de golpe en el agua. Lu dio un gritito ahogado, loca de alegría. Estuvimos mirando con mucha atención toda la cala por si volvíamos a ver emerger la cabeza. Finalmente apareció, muy a la izquierda de donde yo estaba mirando. Lu fue la primera en divisarla.

—Nadan más rápido de lo que caminan —explicó.

—¿De qué especie es?

—Probablemente una tortuga pintada. Podría ser una tortuga mordedora, pero tendría que verle el caparazón para estar segura. No te preocupes —dijo, viendo la cara de susto que ponía—, nos tienen mucho más miedo ellas a nosotras que nosotras a ellas.

—¿Qué otros animales viven aquí? —pregunté.

Se le iluminó la cara.

—Antes había nutrias; se sabía que estaban porque al principio de la primavera aparecían mejillones partidos en la orilla. Y ratas almizcleras; hicieron su ratonera en ese rinconcito de ahí, entre las piedras. Tierra adentro hay castores; todo el mundo anda siempre despotricando contra ellos porque taponan los arroyos con sus presas y eso hace que suba el nivel freático. Y ¿qué más…? Ah, sí, águilas pescadoras. No habitan en la ensenada, pero vienen aquí a pescar, y también cerca de los salientes rocosos, por la mañana y por la noche. Se las ve remontar el vuelo y luego se dejan caer, como si sus cuerpos fueran flechas, y atrapan lubinas pequeñas o pececillos. ¡Ah, y el zorzal del bosque! —Cerró entonces los ojos, con un pie metido en el agua—. Canta al amanecer y al anochecer. La melodía más bonita del mundo.

Lu se calló de pronto y levantó la vista hacia mí. Me miró con intensidad, la frente arrugada de preocupación. En aquella mirada reconocí a una chiquilla poseedora de una mente inoportunamente sensible y perspicaz, una mente que había aprendido a camuflar. Yo moví la cabeza en señal de afirmación y entonces ella sonrió de verdad, tras lo cual siguió hablando. Sus conocimientos del mundo natural manaban de su boca como si con aquel simple gesto mío le hubiese otorgado un don.

—¿Qué más...? ¿Ciervos de cola blanca? Y a veces verás pasar un zorro rojo, un segundo nada más, corriendo por la pradera. Y hay osos negros, bueno, supuestamente. Yo nunca he visto ninguno. Familias de codornices. Familias de faisanes en el bosque. Las codornices son mucho más asustadizas, pero si consigues verlas, las crías son esa monada de pomponcitos velludos con piececitos veloces que van a su lado. Y abre bien los ojos y verás al picamaderos crestado.

—¿Y cómo es?

—Como un dinosaurio.

Yo me reí.

—No es broma.

Ella asintió con cara de saber de qué hablaba.

—Lo sabrás cuando lo veas. —Las dos comprobamos que la cabeza de la tortuga seguía donde antes, asomando por el agua—. Dice papá que hay catamounts. Se sabe si hay porque de vez en cuando te encuentras un ciervo muerto en la cuneta de la carretera de Winloch.

—¿Qué es un catamount?

—Un puma del Este. —Para tranquilizarme, meneó la cabeza—. Pero tampoco he visto nunca uno de esos. —Nos quedamos las dos calladas, sentadas en la roca, mirando las cabrillas que formaba la brisa en la superficie del lago tranquilo—. Te encanta este sitio, ¿eh? —comentó, mientras desenvolvía el chupa-chups y se lo metía en la boca, empujándose el carrillo con él.

Yo pasé la mirada por la brillante extensión de agua, pensando en toda la vida palpitante que había tanto encima como debajo de ella. Me dieron ganas de decirle que tenía una suerte tremenda de poder decir que eso era suyo. En cambio, dije sin más:

—Es como estar en el paraíso.

CAPÍTULO 16

Las rocas

Luvinia Winslow fue la primera persona que conocí en Winloch con quien habría hecho buenas migas fácilmente en cualquier otra parte. No era tan guay como Ev, pero no sabría decir si era por su personalidad o porque aún era una cría. Era lista, y no le daba miedo presumir de ello (era la primera de la clase en Matemáticas, «de los niños y de las niñas», aclaró rápidamente), pero también tenía una inocencia como no había visto nunca en las estudiantes de internado que había conocido. Y era de una generosidad innata: en las primeras veinticuatro horas, Lu cogió flores de la pradera para poner en la mesa de la cocina de Bittersweet, preparó para mí una medida de masa madre y me enseñó a nadar a crol al estilo australiano. De las contadas interacciones que presencié entre ellas, inferí que Ev trataba a Lu de un modo muy similar a como me trataba a mí: tan pronto la adoraba como la ignoraba por completo, pero, en vez de experimentar celos, me sorprendí a mí misma sintiéndome contenta de ocupar la misma categoría que les estaba reservada a las hermanas menores.

—¿Has ido ya a nadar a Rocas Lisas? —me preguntó Lu, estando las dos sentadas en la cala de Bittersweet, donde nos habíamos encontrado cada mañana desde los tres días que hacía que la conocía. Era como si hubiésemos sido amigas desde mucho antes.

—No. —Rocas Lisas era la preciada zona de baño a orillas de la pradera de Trillium, donde los Winslow retozaban y se daban chapuzones en familia. Era un lugar céntrico y disponía de una franja lisa y suave de arenisca lo suficientemente grande para dar cabida a dos docenas de personas, y desde la cual se veía una amplia panorámica que abarcaba el pico Mansfield, las montañas de Adirondack y la bahía de Winslow. Aunque de ese lugar me habían hablado ya casi todos los Winslow con que me había cruzado, desde los chavales que allí se dirigían para hacer submarinismo en los alrededores de la plataforma de nado hasta Emily y Annie y otras mamás jóvenes que subían el altozano para bajar hasta allí con su grey de chiquillos, pertrechadas con manguitos, gorritos y un montón de botes de crema solar, a mí nunca me habían invitado a ir. Habría sido fácil coger la toalla y bajar yo sola a la amplia terraza de piedra por las escaleras de Trillium, pero tenía la nítida sensación de que cada uno de los Winslow se me habrían quedado mirando un pelín más de lo normal, y solo de imaginármelos observándome colectivamente me ponía como un tomate.

Lu insistió en que fuésemos en ese preciso instante. Encontramos a Ev aún acostada. Me miró con cara de pocos amigos por haberla despertado, por invitarla, por la evidente cercanía que se había generado ya entre Lu y yo.

—Nunca he estado en Rocas Lisas —dije, y le hice cosquillas en los dedos de los pies— y tú llevas toda la semana no se sabe dónde. Me debes una tarde.

—Yo no te debo nada —replicó Ev malhumorada.

—¿Qué te pasa? —pregunté. Me había propuesto no preguntar nada concreto sobre su triángulo amoroso, y sabía que delante de Lu no me contaría nada.

Se limitó a suspirar.

—Pues entonces venga —insistí yo, y cogí *El Paraíso perdido* de nuestra mesilla de noche, sin querer hacer caso de la irritación que me provocaba su reciente falta de interés hacia mí. Debería haber sido ella la que me hubiese invitado a ir a Rocas Lisas. Al final salió de la casa detrás de nosotras, como un alma en pena. Entonces, Lu y yo la amenazamos con tirarla al lago, y eso le arrancó una sonrisilla y, de pronto, por un instante fugaz, la devolvió a la mejor versión de sí misma.

Bajamos por la escalera de madera que habían construido en el lindero de la pradera de césped de Trillium, justo cuando el sol estaba pasando por el centro de su recorrido. Íbamos cargadas de provisiones, entre otras cosas unos sándwiches de pavo que Masha la cocinera había preparado en un periquete. Algo en lo que Lu y yo no nos parecíamos: mientras que a mí jamás se me habría ocurrido pedirle a alguien que me hiciese el almuerzo, Lu había dado por hecho que era nuestra única opción.

Por las rocas se habían repartido unos cuantos de los padres y madres, pero aún era temprano para que hubiesen llegado los adolescentes y los adultos sin niños, y a la vez era lo bastante tarde para que los que tenían críos pequeños se hubiesen marchado ya, a darles de comer y a que durmieran la siesta. Disponíamos de sitio de sobra para extender las toallas. Me apliqué la crema protectora a pegotes, y entonces me quedé mirando a Lu extender con habilidad una fina capa de crema en su piel dorada. Al ver mi cara llena de manchas, se rió y con sus dedos delgados me extendió bien el producto. Ev nos vio y puso los ojos en blanco, y se dispuso a dar otra cabezadita tumbada en la piedra caliente.

Me puse las gafas de sol y, al abrir *El Paraíso perdido*, metí entre las últimas páginas del libro las cartas que había escrito a mi madre y que no le había enviado. Lu arrugó la frente al ver lo que estaba leyendo, mientras abría su número del *People*.

—Te vas a quedar dormida —canturreó.

La historia oficial que yo contaba (si me preguntaban) era que iba por el Libro Tercero. Pero Lu me conocía mejor de lo que imaginaba, porque lo cierto era que no había sido capaz de leer más de una página seguida sin quedarme traspuesta. Como consecuencia, aunque había dedicado un montón de horas a la causa, en sentido acumulativo, no tenía ni idea de lo que ocurría en el libro porque (1) era fruto de una mente más inteligente que la mía y (2) porque no retenía en mi memoria lo que había leído el día anterior.

Fui pasando las hojas, con miedo, hasta la página que había señalado doblando una esquinita, y empecé a leer:

Así, con el año
retornan las estaciones, pero no retorna para mí
El día, sea el dulce atardecer o la mañana,
Ni la visión de la flor vernal ni de la rosa del estío,
Ni rebaños ni bandadas ni la faz divina del hombre,
Sino nubes, y una oscuridad que nunca se acaba.

Una revista de cotilleos saltó por encima de mi libro y aterrizó en mi cara.

—Ya me darás las gracias luego —soltó Lu, con cara de póquer.

Yo nunca había sido muy de playa, por lo que tardé un par de horas en entender que nuestras tareas del día abarcarían (y no excederían) nadar, leer, chismorrear y haraganear al sol. Todo el rato quería levantarme para hacer algo, y no paraba de pensar en los papeles de los Winslow que me esperaban en el desván del Refectorio, pero cada vez que movía un dedo Lu me plantaba la mano en el brazo y volvía a decirme que disfrutara sin más.

—Si quieres, podemos salir con un bote —dijo, y añadió con desdén—: Pero eso es más para los chicos.

Después de comernos los sándwiches, Ev dijo que estaba muerta de sed, recogió sus cosas y se volvió a Bittersweet. Deduje que debía irme con ella, desde luego era lo que habría hecho solo una semana antes, pero Lu me lanzó una mirada como queriendo decirme que no fuese tan floja. Así que me quedé.

Llegaron los chicos. Arlo, Jeffrey y unos cuantos de los adolescentes más pequeños se fueron derechos al agua y se zambulleron con mucho aspaviento, se sumergieron y nadaron a mariposa hasta la plataforma anclada a unos veinte metros. Vi que Owen depositaba cuidadosamente sus cosas donde los demás habían soltado las toallas, y a continuación nos miraba girando la cabeza. Fue una mirada furtiva, sin querer parecer intencionada, como mirando toda la extensión de las rocas. Pero yo vi que buscaba a Lu, que pasaba totalmente, absorta en su revista.

—¿De quién es hijo? —pregunté mientras le veía meterse andando en el agua.

—¿Quién?

—Owen.

—Ah, no es de la familia —respondió Lu sin levantar la vista de la página—. Es el mejor amigo de Arlo del colegio.

Así pues, era un blanco legítimo.

—Parece majo.

—Sí.

—¿Has hablado con él?

—Una vez o dos.

—Lu —dije con un tono más duro—, me parece que le gustas.

Eso llamó su atención. Se incorporó para sentarse. Le miró mientras él nadaba cuidadosamente hacia la plataforma, donde Arlo y Jeffrey saltaban y le llamaban por su nombre.

—Tiene diecisiete años —susurró, asombrada.

—Y es muy mono. —Era la clase de chico que me habría encantado en el instituto: educado, de cabello leonado, sin un gramo de grasa. La clase de chico que no me habría hecho ni caso. Era guapo de una manera que contrastaba con el estilo de pura raza de los Winslow; probablemente sus antepasados, igual que los míos, habían sido proletarios.

Lu levantó de nuevo la revista. Pero a juzgar por el rubor de sus mejillas, vi que no le molestaba la idea de gustarle a Owen.

Guardo un recuerdo indeleble de las numerosas tardes de ese verano que pasé en Rocas Lisas, un recuerdo ligado a la reconfortante sensación de que las cosas siempre habían sido como eran y a la convicción de que seguirían siéndolo por siempre jamás. A medida que transcurría la tarde, por la escalera iban llegando más Winslows, se llamaban alegremente los unos a los otros, y yo iba empezando a ver conexiones entre ellos que no obedecían exactamente a los vínculos de sangre sino a afinidades personales, y a comprender que el acto de sentarse en las rocas a ver el mundo pasar era un componente esencial de lo que significaba ser un Winslow.

Les gustaba dar paseos en el lago, ya fuera en canoas, en barcas de remos, en esquifes, barquitas o kayaks. Tan pronto como los pequeños despertaban de la siesta, alguien, un tío o un primo, se llevaba a un puñadito de críos en el Sunfish y les daba unas lecciones de vela. Birch tenía una Chris-Craft, una lancha de madera de la década de 1930, con la cubierta de teca. Todos los inviernos la embarcación entera se desmontaba y se volvía a barnizar, y le pulían los elementos cromados hasta dejarlos flamantes. A media tarde se llevaba a los chicos mayores con un par de esquís de agua y se dedicaban a pasar a toda velocidad por delante de nosotros, por turnos, trazando grandes círculos en la superficie del lago.

A los Winslow les gustaba hablar de embarcaciones casi tanto como navegar en ellas: que si los Boston Whalers hacían un ruido horroroso, que si acercarse al zumbido de los Jet Skis era un espanto, que si los nuevos ricos franco-canadienses armaban un jaleo tremendo cuando se tiraban de los yates, todos pegados unos a otros. El clan al unísono admiraba la belleza de líneas de los clásicos veleros Friendship y los colores primarios de los spinnakers que zarpaban del puerto deportivo y que pasaban a toda velocidad por delante de Rocas Lisas en las regatas de los jueves por la noche.

También hablaban sin parar de los perros: cuál se había rebozado en excrementos de ciervo, cuál había desobedecido durante el paseo, cuál era una perra buena, cuál podía estar solo con los niños sin temor a que pasase nada, a cuál habría que llevárselo de la orilla y dejarlo arriba, en la casa. A medida que fue transcurriendo el verano, todo Rocas Lisas (y, ya puestos, todo Winloch) quedó impregnado del olor rancio de unos perros que se pasaban el día con el pelo mojado, un olor que jamás habría podido imaginar que sería capaz de aguantar y que al final acabé adorando.

Y, por último, se hablaba de los angelitos, de la docena aproximada de querubines Winslow que correteaban a orillas del lago y que metían los deditos en el agua o se quedaban sentados en cuclillas. Los más pequeños iban desnudos y los más mayores con bañador; los de cinco y seis años usaban manguitos o chalecos salvavidas, y gracias a eso sus mamás podían sentarse a charlar en sus sillas de aluminio, para las que buscaban alguna zona lisa en la que ponerlas, rascando la piedra al colocarlas. Los niños llevaban gorritos y el cuerpo totalmente cubierto de crema protectora, y de tanto en tanto se los envolvía en alguna toalla húmeda que acababa invariablemente arrastrada por el suelo, manchada y de color marrón. Viendo el deleite con que Lu se unía a los pequeños en la orilla, me daba cuenta de que hacía nada ella misma había sido una cría. Al niño más mayor le sacaba solo una cabeza. Sin embargo, algo definitivo había ocurrido que la había separado de ellos. De todos modos, no resultaba difícil imaginársela unos pocos años antes, en el borde del lago.

Cuando la tarde daba paso al anochecer, las atentas mamás recogían a sus polluelos y las rocas adquirían un ambiente de cóctel, con aroma a bourbon, sauvignon blanc y camembert, y se impregnaban de una dicha pasajera y borrosa que se precipitaba inexorablemente y siempre demasiado pronto hacia los repetitivos rituales nocturnos de la cena, el aseo y el descanso.

Al empezar a oscurecer, Lu y yo recogíamos nuestros trastos y volvíamos al Refectorio, donde Indo y sus perros tenían la costumbre de comer y cenar. Durante el día los chavales mayores entraban en la casona a tomar un segundo almuerzo, y siempre había algún pariente o dos, un niño que se había despertado tarde de su siesta, acompañado de un adulto, o un tío mayor que había ido a pasar unos días a la finca, pero sobre todo por las noches, cuando apenas éramos un puñado, no podía evitar sentir cierta pena de aquella casona enorme, levantada con el objeto de que se reunieran a comer allí un centenar de Winslows y que reverberaba con el eco de nuestras quedas conversaciones.

—Ahora todo el mundo tiene cocina propia —se lamentó Indo una noche brumosa de junio. Estábamos acurrucadas con nuestras tazas de té—. Antes el Refectorio era el corazón de Winloch. —Entonces nos obsequió con un ramillete de recuerdos de cuando se reunían a cenar cien personas allí, y de cuando organizaban espectáculos de talentos los viernes por la noche y de los amoríos clandestinos con el personal del servicio. A dos mesas de nosotras, Arlo, Jeffrey y Owen debatían acerca de cómo hacer un puente para poner en marcha una motora. Vi que Owen lanzaba miradas en dirección a nosotras repetidas veces. Y se quedaba mirando unos segundos a Lu.

—Mi madre era alemana —continuó Indo—, por lo que montábamos noches especiales dedicadas a la cerveza, donde se servía escalope vienés y los sirvientes iban vestidos con *lederhosen*. Para vuestra información, ¡no es fácil arrancarle a alguien un *lederhose* en el calor del momento!

Al instante, ansié poder estar un ratito a solas con Lu (¿había hablado con Owen desde que le habíamos visto en Rocas Lisas?), pero vinieron a decirle que la esperaban en Trillium, donde iba a tener lugar una cena en familia.

—Vayamos dando un rodeo hacia tu casa —se empeñó Indo tan pronto como nos hubimos quedado a solas—. Fritz no ha hecho ejercicio como Dios manda en todo el día. —Fuimos caminando en dirección a Bittersweet, tranquilamente, al paso del perro salchicha—. Bueno, ¿qué? —me preguntó—. ¿Te has pensado mi oferta?

—¿Tu oferta? —Me hice la sueca, por si se le había olvidado.

—Lo de mi casa. La oportunidad de heredar...

—Pues claro que lo he pensado —la interrumpí, con alivio al ver que iba a poder plantearle mis interrogantes—, pero ni siquiera sé por qué querrías darme tu casa. Es tuya. ¿Y puedes realmente regalarla? ¿No hay ninguna norma en el reglamento sobre darle la casa a una extraña? Y todavía ni siquiera he encontrado tu carpetilla...

—¡Ve por partes, por Dios santo, cálmate! —A Indo le hicieron gracia mis preguntas—. Vamos por partes. —Se detuvo y miró a un lado y otro del camino como para comprobar si había espías. Una vez se hubo cerciorado de que estábamos solas, me plantó sus dos grandes manos en los hombros y me miró a los ojos—. No es solamente que necesite la carpeta. Es que necesito pruebas sólidas de cualquier asunto desfavorable.

Como si eso significase algo para mí.

—¿Y cómo se supone que voy a saber...?

Ella levantó un dedo como para reñirme.

—Te estoy dejando que te tomes tu tiempo, ¿no te acuerdas?

—Ya, pero ¿«desfavorable»? ¿Qué se supone que quiere decir eso? ¿Y «pruebas sólidas»? No sé qué son...

Justo en ese momento apareció Ev como una furia por la curva del camino. Indo quitó las manos de mis hombros y comprendí que mi labor con los papeles de los Winslow debía ser secreta.

—¡Te he estado buscando por todas partes! —Ev me rodeó con sus brazos como si hubiese sido yo la que había estado pasando de ella toda la semana—. Mañana unos cuantos nos vamos de escapada y no puedes faltar.

—¿De escapada?

—En velero.

En otras circunstancias me habría muerto de miedo solo de pensar en salir a navegar por primera vez en mi vida, pero Ev decía que me necesitaba a su lado. Aun así, yo había hecho planes para ir a nadar por la tarde con su hermana.

—Lu puede venir, ¿verdad? —Pensando en la oportunidad de hacer de alcahueta, decidí jugármela—. ¿Y los chicos?

Ev puso los ojos en blanco, desdeñosa.

—Bueno, ¿cuántos vamos? —tanteé—. ¿Queda sitio? Es que no quiero que se sienta excluida.

Ev cedió a regañadientes.

—Podría venirnos bien contar con algunas manos más.

Indo se había apartado disimuladamente. Estaba limpiándole los pelos tiesos a Fritz.

—Perdona, Indo —dijo Ev con desdén—, solo es para los de menos de veinte años.

La fugaz mirada dolida de Indo me resultó tan familiar que estuve a punto de suplicarle a Ev que me dejase fuera del grupo en ese mismo instante.

CAPÍTULO 17

La travesía en velero

Pero en cambio a la mañana siguiente me encontraba en el pantalán bamboleante de Winloch, a primera hora y perfectamente despejada, Ev mirando por un lado y Lu y los muchachos por el otro, a ver quién divisaba la vela blanca y el spinnaker que anunciarían nuestra travesía. Había cabrillas. La brisa del lago ponía la piel de gallina. Yo me había levantado al alba, mucho antes que Ev y Lu (esta se había quedado frita en el sofá mohoso del porche, sin apenas dejar marca en él), y muy ufana preparé un picnic a base de emparedados de lechuga y pollo.

—¿Pero tú para qué crees que nos vamos de excursión? —me había preguntado Ev, chinchándome, cuando hubo emergido de la cama veinte minutos después de la hora a la que habíamos quedado que estaríamos en el embarcadero.

Yo fruncí las cejas, sin entender.

—Nos vamos a comer por ahí —había contestado ella, tras lo cual me había estrechado contra sí para abrazarme—. Tan formalita tú, Mabel Dagmar. —Aunque notaba el tono burlón de su voz, hice el esfuerzo de reírme con ella, ya que por fin íbamos a pasar el día juntas.

Era la primera vez que montaba en velero y estaba segura de que la liaría y acabaría haciendo volcar el barco con todos dentro. Mientras esperábamos en el pantalán, Lu se me acercó como una gata agradecida.

—No te preocupes, de todos modos los chicos no nos dejarán mover un dedo —dijo. Arlo y Jeffrey estaban tirando palitos al agua, mientras que Owen permanecía callado, sentado al lado de Lu. Que yo supiera, no se habían cruzado ni una sola palabra, pero bueno, me recordé a mí misma, la niña solo tenía catorce primaveras y yo en su lugar no lo habría hecho mejor.

—¡Ahí vienen! —exclamó Ev, agitando los brazos hacia un punto blanco que se veía a lo lejos, en el horizonte. Yo seguía sin saber quién venía a buscarnos. El punto fue convirtiéndose en una embarcación y seguí sin reconocer a ninguno de los hombres de la cubierta. Uno era alto y ancho y el otro redondo y con barba.

Miré fijamente el barco que iba acercándose y Lu fue explicándome lo que hacían los hombres a bordo.

—Están acercándose trazando una curva amplia para entrar ciñendo, lo que significa que arriarán el spinnaker. —Me pareció entender lo que quería decir: que el barco venía en línea recta desde muy lejos, pero que no podían llegar hasta nosotros con el ángulo con que venían, de modo que iban a dar una curva cerrada hacia nosotros (ceñir) y que bajarían esa tela blanca enorme como un balón que me había llamado la atención en la parte delantera del velero—. ¿Lo ves? —añadió cuando una de las figuras saltó donde ella había estado señalando con el dedo—. Se pasa a la cubierta de proa. Y ahora arría el spinnaker. —La figura fue recogiendo la gran vela blanca con forma de champiñón mientras el barco viraba hacia nosotros—. Mira, con un brazo la va bajando y con el otro va enganchando la driza en el foque —que deduje era la vela más pequeña que el hombre ató al cable que antes había mantenido izado el spinnaker— y ahora van a escorar para ir entrando. —Antes de que pudiera preguntar qué quería decir «escorar» exactamente, lo entendí. Con el foque colocado en su sitio y bien sujeto, de pronto el velero se ladeó terriblemente hacia la derecha al coger el viento de lado y enfiló hacia nosotros. Yo pegué un chillido.

—Que no va a volcar —me tranquilizó Lu.

El barco llegó a unos cincuenta metros del embarcadero y abarloó a toda velocidad derecho hacia nosotros. Las velas rugían y se agitaban violentamente. Retrocedí unos pasos al ver que se nos echaba encima y entonces, como si ejecutasen una danza coreografiada, los marineros soltaron a la vez las cuerdas que tenían en las manos («Se llaman escotas», dijo Lu a voces), las velas protestaron vivamente y el barco fue derecho hacia el muelle, a toda velocidad. Ev y Arlo asieron la cuerda de la parte delantera del velero y alguien me aupó a bordo.

Me acurruqué y me tapé la cabeza para protegerme del aleteo aterrador de las lonas y del griterío circundante, hasta que llegó un momento en que todos a una tiraron de los diferentes cabos. Las telas se aquietaron encima de nosotros. Nos alejamos del embarcadero a una velocidad espantosa; cuando asomé la cabeza, estábamos ya a unos seis metros del muelle. No me podía creer la cara de tranquilidad que tenían todos.

—Ya le pillarás el tranquillo —dijo Lu, caritativamente. Pero yo ya podía asegurar que no pensaba repetir la experiencia en un plazo breve de tiempo.

Al final cedí a la seductora insistencia de Ev de que fuésemos al timón, donde estaban los dos hombres que pilotaban la embarcación. Me atreví a echar un vistazo al agua y me dio la sensación de que navegábamos a cientos de millas por hora. Ev insistió en que me acercase adonde estaban los dos hombres. De pronto, en medio del mareo, caí en que todo aquello había sido una encerrona.

Eran dos tipos talluditos. Uno de ellos, Eric, era alto, rubio y guapo y saltaba a la vista, por cómo Ev se lo comía con los ojos, que era para ella. El otro se llamaba Murray. Era rechoncho, tenía la cara sonrosada y el cuello del polo subido, rozándole su cuello velludo. Tenía una de esas barbas decepcionantes que tardan semanas en crecer: desgreñada y rala. Satisfecha de haberme buscado plan, Ev y Eric se pusieron a besuquearse.

—¿Eres de por aquí, May? —me preguntó Murray al ponerme bruscamente una copa de champán en las manos.

Le dije que no con la cabeza y busqué a Lu, pero Owen y ella se habían sentado ya en la proa, uno al lado del otro, y contemplaban juntos nuestro futuro, en silencio. Egoístamente, lamenté haberle invitado.

—Es una belleza —dijo Murray, alardeando. Pensé que se refería a Lu, pero él dio unos golpecitos con los nudillos en el costado del barco y siguió diciendo—: El padre de Eric la compró en el 73, pero nadie lo diría: han cuidado muy bien de ella, muy, muy bien. —Señaló los detalles de la madera barnizada—. Fíjate nada más en los acabados metálicos. —Sus hinchados labios rosas vibraban mientras él seguía parloteando. Me enteré de que Eric y él eran vástagos de familias prominentes de Burlington—. Pero nada en comparación con los Winslow —declaró con evidente admiración. Se veía claramente que, sin ser gay, estaba deslumbrado con Eric, el cual era como los héroes sobreactuados de las películas de Disney. Pobre Murray, pensé mientras daba un sorbito a mi champán y observaba a Eric haciéndole gestos para que se pusiera al timón, para así poder llevarse a Ev al interior del barco.

—Creo que han estado viéndose a escondidas —musité, recordando el rugido de aquel coche desconocido perdiéndose en la noche. Los seguí con la mirada hasta que la puerta del camarote se cerró detrás de Ev.

—No me sorprende. —Murray eructó y me guiñó un ojo con gesto irónico—. Eric sabe cómo echarles el lazo.

Los minutos fueron pasando lentamente. Murray se pavoneaba de estudiar en la Columbia Business School, mientras yo le miraba el fino bigote, donde se movía un trocito de comida (después de mucha deliberación, concluí que debía de tratarse de un trozo de huevo duro). Lu pasó por nuestro lado con una cerveza.

—No deberías beber. —Me sentí como una antigua institutriz. Vi a Owen por encima de su hombro, esperándola.

Ella dio un trago largo, levantó el botellín a modo de saludo y guiñó un ojo.

—Ya lo sé. —Después de que se alejase de mí, solo pude pensar en Ev, justo debajo de mis pies, haciéndole quién sabe qué a Mr. Disney. Imaginé que lo que me entró en esos momentos era lo que significaba marearse en alta mar.

—¡Tierra a la vista! —gritó Murray viendo que la orilla iba agrandándose delante de nosotros. Los chavales obedecieron sus indicaciones, hasta que apareció de nuevo Eric en cubierta, con cara de sentirse bastante satisfecho consigo mismo. Ev salió unos minutos después de él, con el pelo alborotado y frotándose la nariz.

—¡Pero qué guapísima estás hoy! —chilló como enajenada, asiéndome la mano a la vez.

Yo, por primera vez en mucho tiempo, deseé estar lejos de ella, lo más lejos que me fuese posible.

Desembarcamos. El brazo de Lu se enroscó en el mío.

Di gracias por aquel toque de afecto.

—¿Y? —le pregunté en un susurro, tratando de ser divertida. Delante de nosotras, Owen, Murray y los chicos salieron pitando al sitio donde íbamos a comer. Ev y Eric aún estaban a bordo.

—Me cogió la mano —respondió Lu en tono de confidencia. Cogí sus dedos temblorosos y le di un apretón para transmitirle mi apoyo, como si supiese lo que era besar a un chico.

En la zona de la piscina del Mansfield Club había un puñado de golfistas panzones bebiendo whisky (versión Murray con veinticinco años más). Éramos con diferencia los más jóvenes del lugar, con lo que dábamos mucho el cante, aunque solo fuese porque tres de nosotros éramos chicas. Eric entró pavoneándose por debajo del toldo como si fuese el amo del lugar, pidió Coca-Colas para todos en la barra exterior y vertió con disimulo en los vasos de él y de Ev sendos chorritos de ron de una petaca que llevaba escondida. Nos sentamos junto a la piscina de color azul turquesa.

—¿Ahora ya estás contenta, nena? —le preguntó Eric a Ev. Y a mí me dijo, alardeando—: Es que no paraba de hablar de este sitio, y como mi padre es socio...

—Yo tomaré una ensalada césar —anunció Ev. Tenía la mirada ida. No era la primera vez que la veía colocada, pero sí la primera que la veía así en pleno día. Me recordó un accidente de tráfico que había visto una vez al pasar por la I-5: irresistiblemente inquietante. Sugerí a Lu que nos fuésemos a dar una vuelta, pero parecía que a ella el estado alterado de Ev no la afectaba en absoluto. O era tan inocente que no se había dado cuenta, o estaba tan acostumbrada al tema de la droga que esto prácticamente ni lo había registrado.

—¿Por qué no hay nadie? —pregunté.

—Está a tope los fines de semana —presumió Eric—. Los viernes por la tarde, Solo Adultos. —Señaló con un gesto hacia Ev y añadió—: Por suerte, llevábamos a este pibón con nosotros, que si no no os habrían dejado entrar a ninguno de vosotros.

Ev soltó una risilla y hundió la cara en el cuello de él.

—Entonces deberían tener actividades más de «Adultos». Que salgan aquí unas cuantas *strippers,* ¿eh, chicos? ¿Tengo razón o no? —Murray sonrió con lascivia y levantó la mano para chocarla con los adolescentes, los cuales soltaron unas risotadas. Todos menos Owen. Me gustaba ese chico.

—Yo tomaré una hamburguesa —dije yo, poniéndome de pie—. Con patatas fritas con cobertura de queso fundido.

—Ev no pestañeó ni una sola vez al oírme pedir semejante destrozadietas.

Dentro, el club tenía una iluminación suave y el suelo enmoquetado. Yo me había esperado algo estilo Adirondack, con categoría, pero viendo aquello habría podido perfectamente encontrarme en Texas en los años setenta. Recorrí un pasillo largo en dirección a unas puertas dobles, por las que el camarero me había indicado que se llegaba a los aseos de la entrada, y por el camino fui pensando en las chanclas que se había puesto Ev esa mañana, preguntándome si cumplían con el código de vestimenta del lugar. Un ayudante de camarero cruzó las puertas y vino derecho hacia mí. Llevaba una bandeja llena de platos, en equilibrio sobre un hombro, y a punto estuve de pasar delante de él sin mirarle a la cara. Pero justo cuando nos cruzábamos, le miré.

—¿John? —dije, deteniéndome en seco, sorprendida y contenta de verle.

Él se quedó de piedra al reconocerme, primero conmocionado y a continuación con cara de ira.

—¿Qué haces aquí? —preguntó. Me di cuenta de que era la primera vez que no le veía como siempre le había visto, es decir, tranquilo.

—Pues hemos…, hemos venido en velero —respondí, mientras John miraba a un lado y otro del pasillo.

—No puedes decirle a nadie que me has visto —dijo.

—Vale.

—Si los Winslow se enteran de que trabajo aquí... sería un desastre.

—Lo pillo. —Continué por el pasillo enmoquetado en dirección a la entrada. Noté que me seguía con la mirada mientras yo me alejaba. Al llegar a las puertas dobles, giré sobre mis talones—. Ev está aquí con Eric, ¿sabes?

Él apretó los dientes involuntariamente. Conque era verdad: la quería.

Me acordé de cómo Ev había hablado de él la noche que descubrió mi collage, su tono nostálgico. El amor era una fuerza más poderosa que cualquier cosa que pudiera separarlos. Si ellos mismos no lo veían, alguien tendría que ayudarles.

—Deberías luchar por ella —me oí a mí misma decir—. Se merece a alguien mejor que él.

John bajó la vista al suelo como si fuese un crío avergonzado. Movió la cabeza afirmativamente, una sola vez, y dio media vuelta con su bandeja cargada de platos tintineantes, para alejarse a grandes pasos por el pasillo.

CAPÍTULO 18

El rescate

*R*egresamos empujados por el viento del sur, después de horas acurrucados junto a la piscina azotada por el viento. En el trayecto de vuelta estuve observando a Owen y Lu. Algo había cambiado entre ellos; aunque no se tocaban, se notaba que orbitaban uno alrededor del otro, como dos imanes que no pudiesen separarse. Me sentí orgullosa de mis dotes de alcahueta cuando echamos el ancla, a gran distancia de Winloch, momento en que Eric descorchó otra botella más de champán.

—Se acabó lo que se daba, chicos —anunció Ev, señalando el agua. Pensé que Lu se mofaría de ella, pero no. Lo que hizo, en cambio, fue quitarse la camiseta y los pantalones cortos, descubriendo su biquini húmedo, y tirarse de cabeza. Owen la observó sin disimular su admiración y se tiró al agua detrás de ella, completamente vestido. Arlo y Jeffrey se tiraron también, agitándose en el aire y haciéndose los machotes, lo cual estropeó la imagen perfecta que formaban los brazos y las piernas largos, preciosos, de Lu nadando en dirección a la orilla de Winloch.

—Hay mucho trecho hasta la orilla —dijo Murray, levantando una ceja chulesca hacia mí. Yo ya me daba cuenta de ese detalle, pues por supuesto ya había calculado que, a no ser que me embutiese en un chaleco salvavidas birlado, no iba a haber manera de huir del barco. Y aunque hubiese podido escapar, no podía dejar sola a Ev.

—¡Fiesta! —exclamó ella, y lo celebró levantando el puño. Entonces, Eric le plantó un beso patoso en la boca. Ella le rodeó con los brazos y le devolvió el beso en un abrazo prolongado, lento, húmedo, que me encogió el estómago.

Murray se me arrimó.

—No, gracias —dije yo, lo más amablemente que pude. Él levantó las palmas de las manos y reculó, y entonces se fue a popa y se lio un canuto. Total, que o pasaba la velada con el rijoso de Murray o me ponía de sujetavelas con el serpenteante monstruo de dos espinazos que eran Ev y Eric. A lo lejos divisé a Lu y a los chicos, subiéndose al embarcadero. A nuestro alrededor empezaba a oscurecer. Llegó una nube.

Me aposté cerca de Ev y aguanté hasta que por fin levantó la vista hacia mí.

—¿Te la puedo robar? —dije a Eric poniendo una vocecilla falsa—. Cosas de chicas.

La soltó haciendo el mismo gesto de levantar las palmas de las manos con que Murray había respondido a mi rechazo, una pose con la que venía a decir «Llévatela, so chiflada», que me sacó de mis casillas, aun cuando satisfacía mi necesidad de hablar con ella a solas. Eric se fue con Murray a popa y dio una calada larga al porro.

—¿Qué? —dijo Ev en tono cansino.

—¿No crees que deberíamos irnos a casa?

Ella puso los ojos en blanco.

—No seas cría, Mabel. Pásatelo bien.

Miré a Murray.

—No me lo paso bien con esa cosa.

—Pues yo sí —replicó con voz pastosa, balanceándose. Intentó agitar la mano para llamar a Eric, pero no le salió. Estaba peor de lo que había pensado.

—¿Qué has tomado? —pregunté. Por toda respuesta, me sacó la lengua—. Vamos a decirles que nos lleven a casa, ¿vale? —continué—, y así nosotras cenamos tan ricamente y…

No sé cómo se las apañó para ponerse de pie y, pasando por delante de mí, se fue dando tumbos en dirección a Eric. Él, cual auténtico héroe Disney, acudió raudo en su auxilio. Y esta vez ella se aferró a él con ahínco, pegándose a su ancho pecho y dedicándole una sonrisa, echando atrás la cabeza. Él le apartó el pelo de la cara, y entonces, cogiéndola por la muñeca, se la llevó por la puerta del camarote. Yo me fui derecha para allá, con intención de cortarles el paso, pero Eric me echó a un lado empujándome.

—Fuimos a ese sitio para darle celos a John —dije.

Los ojos de Ev refulgieron como si por un instante fugaz hubiese vuelto en sí. Pero respondió con la voz pastosa:

—No sé de qué me estás hablando.

—Ev. —Intenté cogerla del brazo.

—¿Qué te pasa, acaso eres lesbiana? —me espetó ella, y desapareció escaleras abajo hacia el camarote.

Herida y atónita, me quedé mirándola mientras ella bajaba y un instante después noté que una mano se me posaba con fuerza en el hombro y que otra se deslizaba alrededor de mi cintura, por detrás.

—Ey, ey, ey —me susurró Murray al oído—, vamos a disfrutar de esta paz. —Traté de luchar con él, pero no tenía nada que hacer, me tenía inmovilizada.

—Ev —exclamé yo, pero la mano de Murray, como una araña, subió de mi hombro a mi boca y me la tapó con fuerza, dejándome sin aire. Intenté darle una patada, zafarme por donde fuera, pero estaba emparedada entre él y la puerta cerrada del camarote. El aliento le oía a rayos, a una mezcla de regaliz y marihuana, y noté su erección empujando mi pierna por debajo de su ropa como un roedor horrible. Tarareaba algo, gruñía pegado a mi oreja, mientras se frotaba contra mi cuerpo.

—Murray. —Una voz conocida, a nuestra espalda.

Murray me quitó inmediatamente las manos de encima y se alejó unos pasos, riéndose, como un niño al que hubiesen pillado con la mano metida en el tarro de las galletas. Me di la vuelta, sin resuello, tosiendo al tiempo que trataba de recuperar el aliento, de recuperar la libertad, y mis ojos se cruzaron con los ojos de Galway. Venía andando lentamente hacia nosotros por la cubierta del velero. Me pregunté si había estado de polizón todo el rato.

—He oído que dabais una fiestecita —dijo con gesto grave.

—Estábamos divirtiéndonos, ¿vale? —Murray realmente creía que yo podría confirmarlo.

Galway me tendió una mano. Yo se la cogí y me percaté de que estaba temblando.

—Vale —le dijo a Murray—, vas a bajar ahí y vas a sacar a Ev.

Murray se metió las manos en los bolsillos y miró la cubierta. La verdad es que por una fracción de segundo me dio pena. Entonces, recordé la sensación de su cuerpo detrás del mío.

—Que bajes a buscarla —dijo Galway, sin rastro de su sonrisa—, o le cuento a tu madre quién fue el que malversó realmente los fondos de la familia.

Murray resolló. Desapareció por la puerta del camarote. En cuanto se hubo marchado, Galway se volvió hacia mí.

—¿Te ha lastimado? ¿Te ha hecho algo?

Yo no podía hablar. Galway señaló la popa.

—Tengo el bote amarrado ahí mismo. ¿Crees que podrás bajar por la escalerilla tú sola, mientras espero a Ev?

Asentí débilmente. Pasé las piernas por la barandilla de la parte trasera del velero y descendí a la barca por la escalerilla.

—¿Murray? —le oí que preguntaba, con autoridad. Entonces se oyó de repente mucho jaleo, cuando Ev salió del camarote de mala gana, insultando a Murray y a Galway, llamándoles gilipollas y cosas peores, y ya no supe nada más hasta que Galway la obligó a bajar al bote de remos, tras lo cual desató la cuerda y quedamos libres, gracias al cielo. A nuestras espaldas se oyó el chirrido metálico de la cadena del ancla al recogerse, y el petardeo del motor del velero resucitando. Luego nosotros remamos de vuelta a la orilla. Ev iba hecha una furia, yo tiritando y Galway en silencio, fuerte.

CAPÍTULO 19

El descubrimiento

Salí del silencioso dormitorio justo después del amanecer, con la mente despejada y un buen enfado. Ev estaba sin sentido, despatarrada en la misma posición en que se había derrumbado hacía unas horas, presa de un ataque de histeria, pero yo me había despertado temprano de mis pesadillas habituales: el sonido espantoso y torrencial del río de aguas heladas, la mano tratando de asirse a algo y asiendo solo el aire. Para combatirlas y olvidarme de ellas, planté la tetera ruidosamente en el fogón e imprequé sobre el piloto de la cocina hasta que prendió. Luego, al ver que no quedaban cereales para mí, le propiné una patada a la puerta de la alacena.

Oí unas pisadas y reuní fuerzas para soltarle todo lo que tenía que decirle, sobre lo egoísta y estúpida que era. Hasta cabía dentro de lo posible que emplease el calificativo «guarra».

—¿Te encuentras bien?

Me volví, y a quien vi fue a Galway, medio dormido, con el pelo revuelto y los ojos empañados, envuelto en el cobertor del sofá.

—¿Has dormido aquí? —pregunté yo sin poder creerlo. La pregunta me sonó mezquina.

Él se frotó los ojos. Asintió. Yo intenté imaginarme a alguien que pesase más que la sílfide de Lu durmiendo en el vetusto y desvencijado sofá de anea del porche... Solo de pensarlo me dolía la espalda. Volví a centrarme en los armarios de la cocina. Tenía que haber pan por alguna parte, o Cream of Wheat para hacerme unas gachas, o algo.

—¿No tienes que trabajar? —pregunté escuetamente, entre los portazos que iba dando con las puertas metálicas a medida que ponían de manifiesto su inutilidad.

Sentía su mirada.

—Es sábado.

En esa casa no había nada de nada. Al final, me di la vuelta y le miré a los ojos.

—¿Te hizo daño? —preguntó él con voz queda. Me llevé una sorpresa al detectar que estaba rabioso. Hacía muchísimo tiempo que nadie se enfadaba por algo que me hubiera pasado. Negué con la cabeza, a pesar de que estaba frotándome una muñeca y sentía ganas de llorar. Me dije que no derramaría ni una lágrima—. ¿Seguro? —insistió, dando un paso hacia mí.

Revisé mentalmente cómo me encontraba, sin engañarme, repasé cada uno de mis músculos y hasta el último centímetro de mi piel, y realmente sentí que estaba bien. Tenía suerte, pensé, y experimenté una sensación repentina de reconocimiento. Y, me gustase o no, Galway había sido mi suerte.

—Estaba muerta de miedo —admití—. Pero estoy bien.

—Murray venía a Winloch cuando éramos pequeños. Siempre estaba persiguiéndome para que fuese con él a matar ranas. Una vez, un conejo.

—Cosas de chicos —dije yo con benevolencia.

Galway negó con la cabeza.

—Esos tíos son unos psicópatas.

La tetera pitó. La aparté del quemador y abrí el pitorro para que dejase de silbar. Me habría gustado despertar a Ev, pero en esos momentos lo que deseaba era que durmiese todo el día. Me daba horror enfrentarme a su resaca, a su triángulo amoroso y, aún más, a la ira impotente que me había acosado toda la noche y que empezaba a batirse en retirada.

En ese preciso instante se oyó el trino dulce y perfecto de un pájaro en el bosque. Galway y yo nos quedamos escuchando inmóviles, hasta que el ciclo de notas se hubo repetido cuatro veces. El embrujo de su melodía me hizo recordar las promesas que albergaba Winloch, de las que me había hablado Lu. Amanecía. Era el zorzal del bosque.

La sonrisa de Galway era dulce y cariñosa.

—¿Tienes hambre?

Masha nos hizo tortillas, patatas fritas caseras y beicon en lonchas gruesas. El aroma a salado que llenaba el Refectorio desierto me provocó un acceso de júbilo. Al parecer, Masha le había cocinado contundentes recetas a Galway desde que era niño. Se trataban con naturalidad, como una tía que mimase a su sobrino predilecto, pero no se me escapaba que ella era la cocinera y él un Winslow. Con todo, cuando los platos estuvieron listos, Galway la animó a sentarse con nosotros. La cocinera nos enseñó fotos de sus nietos de Nueva Jersey, unos críos todos con las mejillas como manzanas, y contó dos o tres anécdotas sonrojantes de Galway de niño. Sin haberlo pretendido, acabé riéndome, repitiendo plato, desprendiéndome de la sensación de Murray pegado a mí.

Pero cuando hube limpiado mi plato y Masha estuvo de nuevo en la cocina, preparando chili para el almuerzo, nos quedamos callados y yo dije casi sin querer:

—Debería volver a la casita.

Un sentimiento de desesperación se abatió sobre mí al contemplar las puertas abiertas al día gris y prever una mañana en soledad en el frío porche de Bittersweet, tratando de leer *El Paraíso perdido* y evitando escribir otra epístola más a mi madre, aguardando y a la vez temiendo el despertar de Ev. Ahora que tenía el estómago lleno, no podía soportar lo que Galway debía de pensar de mí, entre lo que había visto en la ventana de Bittersweet y de lo que me había salvado en el yate. Era buena persona, eso lo podía ver ahora, y era algo que me hacía aún más aborrecible la idea de que sintiese lástima de mí.

—Me ha dicho Indo que has hecho avances en el tema de los papeles —dijo Galway con entusiasmo. Al parecer, era inmune a mi estado de ánimo, o bien se había empeñado en ser un bálsamo para mi desazón.

—Defíneme avances.

—Pues hace unos años dediqué algo de tiempo a esos papeles —explicó—. Me avergüenza reconocer que me resultaron interesantes, por así decirlo.

—No he encontrado la carpeta de Indo —dije yo con abatimiento, recordando que ella me había pedido que no me limitase solo a buscar esa carpeta, y maldiciéndome a mí misma por haber estado rebuscando obedientemente. Pensar que en la familia de Ev todos me tenían por alguien perteneciente a la misma categoría que Masha era algo que me provocaba una punzada de dolor, pero ¿no eran precisamente esos los roles en los que nos habíamos encasillado cada uno de nosotros? Indo me había dicho «¡Salta!» y yo había preguntado que a qué altura.

Pese a todo, ahí estaba la insinuación de Indo de que repartiría conmigo su fortuna, de que tal vez los papeles me darían la oportunidad de ganarme el derecho a volver el verano siguiente. Y Galway estaba tratando de distraerme, y eso quería decir que no tendría que ver a Ev, y a lo mejor se le ocurría una manera de satisfacer el ansia de saber de Indo. Subimos al desván. A esas horas allí arriba ya faltaba el aire. La madera llevaba reteniendo el calor todo un mes y Galway abrió una rendija en las ventanas de cada extremo del inmenso desván para que se formase corriente. Yo me quedé algo retraída mientras él se ponía a trabajar. Sus manos hábiles rebuscaron entre mis pilas de documentos, concentrado el semblante. No estaba acostumbrada a hallarme en compañía de personas tan apasionadas por la investigación como yo, y sentí un recelo creciente. Su manera de ladear la cabeza y manifestar ensimismamiento se parecía tanto a la mía que en un instante de paranoia me pregunté si no estaría burlándose de mí.

—Esther —dijo con admiración, levantando un papel de la mesa en la que yo había apilado todo lo que había podido encontrar que hiciese referencia a la generación de su bisabuelo—. Era un sargento. —Sonrió burlón y leyó en voz alta un fragmento del frágil recorte de prensa amarillento que tenía en la mano—: «La doctora Esther Winslow dirigió unas palabras a la Sociedad Científica y Médica del Smith College el jueves pasado, sobre el tema de la Histeria y el Temperamento Femenino: "Les aconsejo, señoras, que no concedan mucho crédito a la errónea percepción de que nuestros cerebros son en absoluto menos formidables que los del sexo contrario. La experiencia demuestra que las hembras somos mucho menos propensas a dejarnos influir por los órganos sitos debajo de la cintura de lo que nos hacen creer nuestros contrarios, y sin lugar a dudas mucho menos propensas de lo que lo son ellos mismos"».

Me hizo gracia. Galway asintió.

—Era la rebelde. La típica hija segunda.

—Pero no fue antepasada tuya directa, ¿verdad?

Galway rebuscó entre los papeles y me mostró un árbol genealógico dibujado a mano, hecho hacía treinta años, según mis cálculos, dado que de nuestra generación solo aparecía Athol. Galway se puso a mi lado y me indicó el nombre de Esther, acercando tanto el brazo al mío que noté el calor que desprendía su piel.

—Fue la segunda hija de Samson y Bryndis, de los cinco que tuvieron. Banning fue el único varón y nació después de ella. Hacia 1880 aproximadamente.

—Y Banning fue tu bisabuelo.

Galway asintió.

—Entonces, ¿por qué no están aquí en Winloch los descendientes de las hermanas de Banning? —pregunté, mientras pasaba el dedo por la lista de los nombres de las hermanas del bisabuelo Banning: Abigail, Esther, Katherine, Margaret y Victoria—. ¿No lo construyó Samson para todos vosotros?

—Pues verás: Esther no tuvo hijos, o mejor dicho no quiso que sus «órganos» femeninos la dominasen y además creo que se tomaba con tal intensidad su carrera profesional que casi nunca se tomaba vacaciones. Abigail se casó y se fue a vivir a otro lugar, creo que a Maine, donde tuvo su cuota de residencias de verano. Katherine veraneaba aquí pero toda su vida fue una solterona. —Yo hice una mueca de desagrado—. Sí, ya sé, es una expresión horrorosa —dijo él—. Margaret... —Esbozó una sonrisa irónica—. Una vez Indo me contó que Margaret era lesbiana y que se había ido a vivir a San Francisco.

—¡Qué me dices! —exclamé yo fingiendo que me horrorizaba.

—Pero puede que solo haya sido una proyección de la propia Indo. ¿Y Victoria? —Levantó la vista hacia las vigas como si en ellas pudiese encontrar la respuesta—. Creo que se fue a Boston.

—Sabes muchas cosas sobre la familia de tu bisabuelo —dije, al tiempo que me preguntaba si habría algún motivo no confesado por el cual todas aquellas mujeres, las hermanas de

Banning, se habían marchado de Winloch, o si su marcha podía achacarse a que eran otros tiempos, unos tiempos en los que los hombres heredaban y las mujeres entraban a formar parte de la familia del marido al contraer matrimonio.

Fui con Galway a la mesa, reflexionando aún sobre el tema de los secretos.

—¿Cómo sabías lo de Murray? —pregunté, vacilante—. ¿Lo del desfalco?

Él alzó las cejas.

—Pues lo que pasa con esta familia es que si la aguantas el rato suficiente y luego recuerdas lo que te entra por los oídos, puedes atar cabos y descubrir la verdad sobre prácticamente todo el mundo. Todo queda dicho de otras maneras, normalmente hablando de un barco o de un perro o de unos impuestos. Entonces, sopesas la fuente y la información, piensas en por qué se filtró tal dato y luego descifras su significado auténtico.

Acercó un par de sillas que había en los aleros de la enorme habitación y volvió a concentrarse en los papeles. Yo me puse también manos a la obra en la mesa que estaba a su lado, en la que había organizado los documentos del abuelo de Galway, Bard, el cabeza de familia de la generación inmediatamente posterior a Banning Winslow y sus hermanas.

—¿Conociste a tu abuelo? —pregunté, después de consultar una vez más el árbol genealógico.

—¿A Bard? No le gustaban mucho los niños. Le interesaba más el dinero. Los fondos de la familia. Ese tipo de cosas. Murió cuando yo tenía nueve años. Pero su hermana, la yaya Pippa, aún está con nosotros.

—¿Aquí? —pregunté.

—Suele quedarse un par de semanas. Tiene noventa y cinco años. No hay quien pueda con ella. A Jackson y a mí nos dejaba beber cerveza en el porche de atrás de su casa, donde no podía vernos nadie. Creo que le gustaba porque se sentía acompañada.

El espectro de su primo rondó a nuestro alrededor.

—¿Estabas muy unido a Jackson? —pregunté.

Galway dejó los papeles que tenía en la mano.

—Era intenso. Hasta cuando éramos pequeños, se lo tomaba todo como algo personal. Luego se alistó con los marines, ya sabes… Creo que tenía que demostrar muchas cosas.

—¿Como qué?

—Por sus venas corría sangre Winslow. —Pensé preguntarle si eso quería decir que también Galway sentía que tenía que demostrar muchas cosas, pero él siguió hablando—. ¿Sabes?, me apuesto lo que sea a que vendrá a la boda. Me refiero a la yaya Pippa.

—¿Qué boda?

—La boda. Mañana.

Me eché a reír.

—¿Mañana se celebra aquí una boda?

—En la pradera junto a Trillium. Mi primo Philip se casa con su novia de la universidad. Les doy dos años.

—¿Es una visión cínica de ellos en concreto, o tu opinión sobre el matrimonio en general?

Él carraspeó. Yo notaba su mirada en mi rostro.

—Tengo la sensación de que no te he compensado por haberte observado a escondidas.

—Por favor…, no hablemos de eso…

—Me siento fatal. Y he aprendido la lección. Nunca más volveré a escudriñar en las ventanas de otras personas.

Sonreí a mi pesar, al tiempo que percibía que el cuerpo entero se me ponía rojo de vergüenza.

—Y luego lo de Murray… Yo no soy como él, ¿vale? Solo quiero que sepas que no tengo por costumbre…, esto…, acechar a mujeres inocentes.

Yo moví la cabeza con gesto afirmativo. El corazón me palpitaba a toda prisa.

Estaba nervioso. Se frotaba una mano con otra.

—Pero también quiero que sepas, y espero que no te parezca atrevido, quiero que sepas que no me desagradó lo que vi. —Entonces, me sostuvo la mirada, casi sin pestañear, y detecté en sus ojos algo que ya le había visto aquel día en la ventana, un tinte afectuoso, soñador. La boca se le abrió, la mirada se le dulcificó y yo sentí que se me cortaba la respiración unos segundos en el pecho—. Que no me resultó…, que no era desagradable, ¿entiendes?

Se me escapó entonces, involuntariamente, una risa cortante, rápida, nerviosa, y él volvió a cerrar los labios, que había dejado entreabiertos. Posé de nuevo la mirada en los papeles y poco a poco fue instalándose entre los dos un silencio nuevo, cargado de algo electrizante.

Los papeles relativos al nieto de Samson, Bard Winslow; a su mujer, Kitty; a sus hermanas mayores, Pippa y Antonia; y a su hermano menor, Samuel (quien había muerto a la tierna edad de seis años), eran un conjunto voluminoso pero no contenían nada particularmente personal. No se trataba de material compuesto por recortes sueltos, sino más bien documentos de naturaleza jurídica y financiera. Libros de contabilidad, contratos, declaraciones de impuestos.

Había empezado a ver borroso cuando Galway se sentó a mi lado. Al instante, me sentí viva de nuevo. Estuvimos trabajando un rato más en silencio, pasándonos papeles mutuamente, casi rozándonos los dedos. Le pregunté cómo funcionaba la junta de dirección de Winloch.

—Winloch viene a ser un país en pequeño. —Él se rio al ver que yo ponía los ojos en blanco, pero me instó a que reflexionase sobre la analogía—. En la línea directa de Samson, el primogénito de cada primogénito se convierte en «rey» a la muerte de su progenitor. Y aparte está la junta, que viene a ser una especie de parlamento. Y luego está la población general.

—Entonces tu padre es un dictador.

Él sonrió con cara burlona.

—No exactamente. Hay todo un sistema de controles y contrapesos. Para que la junta pueda aprobar nada, él tiene que conseguir el voto favorable de por lo menos dos tercios del grupo.

—¿Con cuánta frecuencia le echan atrás alguna propuesta?

Galway admitió que ahí yo llevaba razón.

—Mi padre sabe ser muy persuasivo.

—¿Podría entrar de repente en casa de otra persona y adueñarse de lo que le diese la gana?

Galway suspiró.

—No irás a creer que le robaron el cuadro a Indo, ¿no?

Hasta que le oí preguntármelo así, no había caído en la cuenta de que de alguna manera eso era precisamente lo que yo opinaba.

—Indo es una mujer adorable, e inestable, y lleva años enfadada con mi padre por pitos o por flautas —explicó—. Técnicamente, mi abuela nunca pudo regalarle ese cuadro. Porque en realidad pertenece al patrimonio Winloch.

—Un patrimonio que tu padre, o cualquiera de los primogénitos que le sucedan en el trono de este pequeño feudo, puede utilizar para apoderarse de los bienes ajenos.

—No es así —insistió él.

—¿Entonces cómo es?

—En efecto, técnicamente todo lo que hay en Winloch pertenece al patrimonio Winloch. Y, en teoría, eso quiere decir que nada de todo esto es realmente nuestro y, en teoría, mi padre es el que toma las decisiones importantes y, en teoría, él podría señalar con un simple gesto de la mano todo lo que alcanza su vista y quedarse con ello. Yo no soy el dueño de Queen Anne's Lace, igual que Ev no es la propietaria de Bittersweet. Pero, en ese mismo sentido, tampoco Trillium es de mi padre. Fue un sistema que se ideó para que no hubiese desequilibrios, al tiempo que se protegía el lugar y se evitaba cualquier transformación en un fallido experimento socialista. Jamás un Winslow podrá apoderarse injustamente de nada que sea de otro Winslow. Es una cuestión de honor.

—¿Los hijos heredan las casas de los padres?

—Muchas veces sí, solo que técnicamente no son sus propietarios. La tradición es más fuerte que cualquier estipulación que se apruebe legalmente.

—¿Y cuando heredan, quién tiene prioridad? ¿Los varones o las mujeres?

Exhaló un suspiro.

—Los hijos varones.

Estaba empezando a comprender por qué las hermanas de Banning habían abandonado Winloch. Aunque sentía el corazón palpitar, debía hacerle aún una pregunta más.

—Digamos que una persona quisiera dar su casa a alguien de fuera de la familia. Digamos a… un amigo. ¿Eso cómo se haría?

Galway negó con la cabeza.

—Creo que quien tendría la última palabra sería el cabeza de familia. ¿De dónde has sacado…?

—Ah, lo leí en uno de los papeles. —Indiqué vagamente una de las cajas a medio llenar, para despistarle—. Un primo o algo así. Me cuesta bastante saber quién es quién en vuestra familia.

Galway arrugó la frente.

—¿Podrías encontrar ese papel? No tenía noticias de que algo así hubiese ocurrido.

Me froté los ojos.

—Andaba por ahí, creo —dije yo sin precisar—. Si te soy sincera, se me está mezclando todo ya. —Él se puso a rebuscar en la caja que yo había señalado. Mientras él miraba, yo me quedé clavada mirando los documentos relativos a la bancarrota que había descubierto anteriormente. No fue un intento mío para distraerle. Pero había dicho algo que me hizo ver aquel papel con una mirada nueva.

—Winloch se conserva en forma de fideicomiso —repetí.

—Fue lo que quiso Samson.

—¿Has visto esto? —Le pasé los papeles en los que se pormenorizaba todo lo relativo a la bancarrota. Él los leyó atentamente unos minutos y arrugó la frente. Entonces, levantó la vista hacia mí con cara de no entender.

—Eso es de 1932, me parece —dije yo, viendo los números por encima de su hombro—. Tres años después del desplome de la Bolsa.

Él asintió.

—Y esto —añadí, entregándole un estadillo financiero en el que se veía que los Winslow poseían cientos de miles de dólares en activos— es de dos años después nada más.

Él miró el documento con avidez.

—Muchísimas familias se declararon en bancarrota y lo perdieron todo —proseguí—. Pero apuesto a que no fueron muchas las que salieron del *crack* no solo conservando un lugar como Winloch, sino encima más ricas aún que antes.

Él ladeó la cabeza. Me fijé en el color verde de sus ojos, un verde muy concreto, una tonalidad ahumada que me recordó a los pinos de casa.

—¿Y? —dijo.

—¿No te pica la curiosidad?

—¿Sobre qué?

—Sobre lo que hizo tu abuelo, tercer rey de Winloch, para conservar este lugar. —No se trataba tanto de que yo creyera que iba a descubrir algo que a Indo podría merecerle la pena, sino más bien que por fin mi mente había dado con algo que merecía la pena investigar. No podía ni imaginar que fuese a dejarlo escapar. Pero vi que él vacilaba—. Oh, venga, ¿crees que estoy tramando algún plan diabólico para hundir a los Winslow?

Él sonrió de tal modo que se le achinaron los ojos.

—Pues claro que no.

—Entonces, averigüemos lo que ocurrió. —Me incliné hacia su oreja. Sentí que mi entusiasmo ardiente se condensaba allí mismo. A solo unos centímetros de su piel, me sentí poderosa—. Será divertido.

CAPÍTULO 20

La boda

Finalmente Ev salió sigilosamente de nuestro dormitorio bien pasadas las ocho de la tarde, encorvada, como quebradiza. Sobria por dentro y por fuera. Me dio mucha rabia no leerle inmediatamente la cartilla por el horrible aprieto en que me había metido con Murray, pero en el fondo, viéndola en un estado tan patético, con aquellos ojos hundidos, sentí lástima de ella. Le serví en un cuenco parte de las sobras del chili de Masha y me senté con ella en la mesa de la cocina. Clavé la mirada en la ensenada, invadida por las sombras del anochecer, en la que revoloteaban como dardos los murciélagos a la caza de mosquitos.

Se lo comió todo sin rechistar.

—¿Más? —pregunté.

Ella negó con la cabeza, y al mismo tiempo se le llenaron los ojos de lágrimas. Estiré un brazo para cogerle la mano, tensa, pero ella la apartó.

—No seas tan buena conmigo —dijo entre sollozos.

—¿Es que prefieres que te cuente que Murray es un depravado y tú una mala amiga por haberme dejado sola con él?

Ella asintió, hipando y llorando. Parecía una niña pequeña.

—¿Qué hiciste con Eric?

Sus labios se curvaron en una sonrisa melancólica.

—Todo lo que me pidió.

—Vales más que eso.

Ev negó con la cabeza.

—Es como si estuviera contaminada y contagiase todo lo que toco, y a todas las personas a las que me acerco. No deberías... Tendrías que mantenerte alejada de mí, Mabel. Lo digo en serio. Vete a casa con tu familia. Vuelve a tu casa.

Me dieron ganas de ponerla a caer de un burro. Pero me dominé. Yo sabía lo que era sentirse así. Creer que eras una paria. Ponzoña. Alguien que destroza todo lo que toca.

Me gustase o no, me vino de nuevo el recuerdo de la voz de mi madre diciendo: «Sé dulce».

Me levanté de la silla. Rodeé los hombros de Ev. La abracé hasta que se le secaron las lágrimas.

Esa noche nos acostamos juntas en la misma cama, como dos niñas pequeñas; nos acariciamos el pelo mutuamente e hicimos sombras de animalitos en el techo. La lámpara del monito, en la mesilla de anticuario que había entre su cama y la mía, proyectaba una agradable corona de luz que abarcaba toda la habitación. Ev me dijo en susurros que lo sentía mucho y que se sentía fatal, que me compraría una cosita para compensarme por la escena con el horrible Murray y sus horribles manos. Sus pies toparon con los míos. Sus dedos se descongelaron.

—Mabel, Mabel, Mabel —murmuró cuando estaba quedándose dormida—, no cambies ni un poco, te quiero tal como eres.

El día siguiente hizo un día perfecto para una boda. Ev, Lu y yo salimos a recoger flores silvestres, tal como nos había encargado Tilde con una sonrisa contenida y tensa, y regresamos de los prados de Winloch cada una con una masa ingente de tallos y flores que nos tapaban los brazos (rudbeckias, lirios atigrados, margaritas), tras lo cual nos dirigimos a Trillium a echar una mano con los arreglos florales, que había que ir colocando a lo largo del sendero hasta la carpa donde se celebraría el enlace («No puedo entender por qué no podían contratar a una florista», se quejó Tilde). Todas estábamos de mejor humor: Ev, supuse, por librarse del drama con Eric; Lu, por Owen; y yo, por lo que había descubierto en el desván del Refectorio y por la persona junto a la cual lo había descubierto. Aunque en sí los papeles relativos a la bancarrota no eran nada, me daba cuenta de que, al contrastarlos con la impresionante riqueza de la que habían presumido los Winslow solo dos años después, sacaban a la luz una historia, un hecho secreto e incluso puede que inconfesable. Y al pensar que no tenía que desentrañar yo sola esa historia, el corazón me dio un vuelco.

La prometida del primo Philip era un ser dulce como una tarta de manzana. Me confundió con una criada, y yo la verdad es que en parte entendí que de pronto me pidiese que le consiguiese otro par de medias, ya que no había manera de averiguar dónde se había metido la falange del servicio doméstico de los Winslow. En el segundo dormitorio, la futura suegra de la novia comparaba vestidos, indecisa, mientras Tilde, en la pradera que teníamos debajo, insistía a voces en que la empresa de alquiler de carpas tenía que volver, sí o sí, para desplazar la carpa tres metros a la izquierda porque tal como estaba no se iba a ver la ceremonia. Mientras tanto, la brisa había estado impregnando toda la extensión de hierba con el mareante aroma a incienso que salía del porche de Indo, hasta que se mandó a alguien a apagarlo. Aunque Ev y Lu miraban todo aquel circo un poco desde fuera y ponían los ojos en blanco, tanto ellas como las otras primas, muchas de ellas primas políticas, trataban a la prometida de Philip con mucho cariño. Yo conjuré el sentimiento de envidia, aun cuando una joven que no sería yo iba a convertirse ese día en una Winslow para siempre.

La ceremonia nupcial estaba prevista para las cinco de la tarde, y después se daría un cóctel en Rocas Lisas y después baile bajo las estrellas. Fui a cambiarme a Bittersweet y, ya con el vestido, entré en casa de Indo a hacer un pis.

—He encontrado una cosa —le comenté—. Papeles relacionados con la bancarrota, fechados en los años treinta. ¿Era lo que querías?

Ella se había tendido en el canapé, vestida con un quimono y con una toalla húmeda enrollada en la cabeza. Se llevó un dedo a los labios.

Me acerqué un poco más.

—¿Por qué no te sinceras simplemente y me dices qué es lo que quieres que encuentre? Nos ahorraría un montón de tiempo.

Tiró de sí para incorporarse y sentarse. Parecía que le costaba lo suyo.

—Querida, es importante que entiendas de qué estamos hechos. Qué nos ha hecho ser los Winslow.

Tomé asiento.

—Vale, muy bien, eso más o menos ya me lo habías dicho. Lo capto: sois todos muy elegantes y muy misteriosos y estáis convencidos de que esto es un pequeño país del cual nadie más puede ser ciudadano. Pero también percibo que los Winslow no sois exactamente amistosos con los de fuera. Puedo imaginar que tu hermano no se va a volver loco de alegría si se entera de que ando fisgando en vuestros secretos.

Ella me dio unos golpecitos en la rodilla.

—Por desgracia, no tengo a nadie más en quien confiar.

—¿Y qué te hace pensar que sí puedes fiarte de mí?

Ella se levantó y salió del salón.

—Oye, yo no tengo por qué ayudarte, ¿eh? —le dije—. Podría simplemente dejar la búsqueda.

Aguardé sentada en su sofá. Pasaron fácilmente quince minutos antes de que reapareciese de nuevo, ataviada con un *dashiki* que sabía que haría saltar las tuercas a Tilde.

—Ah, pero yo sé que no lo harás —replicó entonces, cantarina, como si nuestra conversación no se hubiese interrumpido ni un solo segundo.

Comimos estupendamente: bogavantes enteros, cangrejos, bolas de *risotto*, ostras, codornices y pasta primavera, y alcachofas a la plancha, y muchas cosas más, rematadas con tartitas de chocolate fundido con una bola encima de helado recién hecho. El festín casi justificó el jocoso brindis de treinta minutos que se marcó el padre de la novia, quien trató en vano de compensar el hecho de que obviamente él no había costeado todo aquel despliegue. Los camareros llevaban pajarita. Vino y licores corrieron en abundancia. A pesar de que era una boda «rural» (calificativo al que más de una vez durante aquel día había recurrido Tilde, diciéndolo como si para ella fuese un hecho decepcionante), nunca en mi vida había asistido a un evento de tal elegancia.

Al oír los primeros compases del conjunto musical, Ev, Lu y todos los jóvenes Winslow se levantaron y se pusieron a bailar. Era una canción sobre un amor perdido, que yo no conocía y que todos los demás se sabían de memoria. Me quedé en mi asiento. Estaba mirando con atención todo lo que ocurría ante mí, cuando de pronto noté que alguien me daba unos toquecitos en el hombro. Me volví y me encontré a Galway de pie detrás de mí, tendiéndome una mano.

Le di la mía, creyendo que me invitaba a salir a bailar. Pero en vez de eso me llevó a la otra punta de la carpa, por delante de las mesas redondas festoneadas con rústicos arreglos florales y cirios encendidos, hasta que llegamos a una que se encontraba en la zona más próxima al agua del lago, donde había una mujer bajita con el pelo blanco, rodeada de admiradores. Entre los caballeros maduros y embelesados que la rodeaban se encontraba Birch. Yo le tiré de la mano a Galway, porque me daba vergüenza que me presentara a la señora. Él a su vez me estrechó la mía y respondió con una sonrisa tranquilizadora.

—Abuela Pippa —dijo, agachándose en cuclillas delante de la matriarca—, quiero presentarte a mi amiga Mabel.

La mujer levantó la mirada hacia mí y un instante después una expresión de alegría le iluminó el rostro arrugado, que ya antes lucía un gesto afectuoso y franco. La edad no había hecho sino acentuar su gran belleza. Me tendió la mano desde su posición sedente para estrechar la mía.

—¿Qué tal, querida?

Los hombres a nuestro alrededor me miraban mientras yo me agachaba delante de la anciana. Galway apoyó una mano en mi cintura y noté que me ruborizaba.

—Veo que eres una persona especial —me dijo, pero en el fondo me di cuenta de que en realidad estaba describiéndome para Galway, como estampando su sello de aprobación.

—Es la compañera de habitación de Genevra —la informó Birch, interviniendo desde arriba.

El semblante de la abuela Pippa reflejó un fogonazo de irritación. Sin embargo, la dama no se dejó arrastrar por ella. Lo que sí hizo fue cogerme suavemente la cara con ambas manos. Fue un gesto cercano, un ademán que no me esperaba para nada.

—Pero se quedará con nosotros, ¿verdad? ¿Qué demonios le habrá contado Galway?

—Pippa —la reconvino Birch, cortante—. Deja tranquila a la chica. No tiene ningún interés en nosotros los viejales.

La mujer apartó los dedos de mis mejillas con la misma rapidez con que me los había acercado a la cara y yo de pronto me sentí como atontada. Todo se ladeó. Me eché para atrás, trastabillé (me había puesto unos zapatos de plataforma de Ev) y Galway me sujetó.

—¿Te encuentras bien? —preguntó, pero yo sabía que los demás nos seguían con la mirada y lo que yo deseaba en aquel momento era volverme invisible.

Me aparté de él y salí fuera apresuradamente. Cuando salía de la carpa oí que Birch comentaba a los congregados:

—Alguien ha bebido más de la cuenta.

Me puse como un tomate. Traté de contener unas lágrimas que me ardían en los ojos. No sabía muy bien por qué, pero me sentía horriblemente avergonzada. ¿Qué había querido decir con eso de «Se quedará con nosotros»? Oí que Galway me llamaba, pero yo seguí andando a toda prisa y a punto estuve de tropezar con una raíz del gran árbol que habían plantado en la esquina de la parcela de Trillium. Reuní ánimos y me dirigí a la señorial casa.

No había nadie. Estaba todo a oscuras. Se oía el retumbar de los sonidos amortiguados del festejo. Me di cuenta de que me pitaban los oídos por el volumen con que tocaba el grupo musical, y que a decir verdad estaba un pelín más bebida de lo que creía. No daba con ningún interruptor de la luz. Entonces me acordé de una linterna que ese mismo día había visto justo al entrar en el porche acristalado. Me senté encima del retrete y me permití temblar, liberando toda la sensación de extrañeza que me había dejado la conversación. Cuando mis manos hubieron dejado de temblar, me levanté para lavármelas. Al ver mi cara en el espejo me llevé un susto; tantas horas había pasado mirando a los Winslow que había esperado encontrarme un rostro de rasgos aguileños y boquita de piñón. En lugar de eso, me encontré con mi cara de pan, mis pómulos indefinidos y mis ojillos comunes, demasiado separados. El vestido me apretaba demasiado, era demasiado negro y contenía demasiado poliéster. Me escabulliría por la puerta de atrás y me iría a Bittersweet.

Mis pasos me llevaron al salón acristalado donde Tilde y Birch habían dado su fiesta de inauguración de la temporada de verano, hacía solo unas pocas semanas. La puerta del porche estaba abierta y se oía el cricrí acompasado de los grillos, así como el sonido de unas risas vibrantes que llegaba desde el baile. Recordé la incómoda escena entre Indo y Tilde durante la cena de inauguración del verano, que de alguna manera había estado dedicada a mí. Pero aparté el recuerdo de mi cabeza, en beneficio del Van Gogh. Lo que en esos momentos deseaba, para consolarme, como un bálsamo contra el extraño giro que había dado la noche, era simplemente contemplar aquel magnífico cuadro en la penumbra.

La pared en la que tendría que haber estado apareció vacía. Dirigí la linterna al espacio vacío, una y otra vez, buscándolo desesperadamente. Pero el Van Gogh había desaparecido.

—Lo han guardado para protegerlo de los extraños —dijo una voz. Me pegué un susto de muerte. Primero pensé que sería Murray, luego Galway, pero por fortuna (o por desgracia) no era ninguno de los dos. El haz de la linterna iluminó a Athol, sentado al fondo del salón, con su bebé dormido en brazos. Había estado allí todo ese rato—. Perdona que te haya asustado —dijo, sin sonar contrito en absoluto.

—Es un cuadro tan bonito... —expliqué—. Se me ocurrió venir a verlo, nada más.

Athol pestañeó, deslumbrado por el foco de la linterna. Yo desplacé el haz para que no le diera en la cara. Oía perfectamente su respiración pausada, y la respiración algo obstruida del bebé dormido.

—¿Quieres tomar algo, May? —me preguntó, pero el tono de su voz era como el que hubiese empleado si hubiese estado riñendo al pequeño Ricky.

—No. No. Iré a buscar a Ev.

Salí a toda prisa al porche y, una vez que la puerta mosquitera se cerró detrás de mí, caminé cada vez con más impulso. Di gracias de estar de nuevo en el mundo de los grillos. Me disponía a volver a la fiesta, cuando me topé de bruces con Galway.

—¿Estás bien? —me preguntó.

—Me parece que tu hermano se ha pensado que quería robar algo.

Galway se rio.

—¿Cuál de mis hermanos?

—Athol.

—Lo único que puede temer es que el tiempo le arrebate sus rizos de oro —dijo en voz bien alta, como si quisiera que Athol le oyese. Y agregó, dirigiéndose solo a mí—: Se lo toma todo demasiado en serio.

Me fijé en que otra vez me temblaban las manos, y dejé que Galway me cogiese una. Su tacto me tranquilizó. Entonces, dijo:

—Quiero enseñarte una cosa.

CAPÍTULO 21

El beso

Me llevó a la parte de atrás de Trillium, adonde no llegaban ni el sonido de la música ni las voces de la gente. Estaba más oscuro aún que en el bosque. No se veía tres en un burro. Pero parecía que él conocía el camino: dónde había que desviarse para no chocar con un árbol, dónde había alguna raíz con la que habría podido tropezar o una piedra por encima de la cual teníamos que pasar. Su voz era amable y me cogía con firmeza.

De pronto, se detuvo y estiró un brazo para palpar el tronco que había justo delante de nosotros. Percibí que era un árbol enorme. Era muy alto, y más grande que los demás árboles. Aun así, me llevé una sorpresa al ver que se ponía a trepar por él. Se volvió hacia mí y me dijo:

—Sígueme.

Probé la estabilidad de un tablón que habían clavado firmemente en la madera. No podía hacer otra cosa más que subir.

Galway iba trepando con cuidado, comprobando siempre cada peldaño a medida que ascendía, y yo le seguía muy de cerca, dando gracias a que la oscuridad me impedía ver la distancia a la que estaba quedando el lecho del bosque. Los peldaños eran seguros y estaban bien clavados, pero a medida que nos alejábamos del suelo, empecé a preguntarme cuánto tendríamos que subir para recoger el premio que nos deparaba la copa del árbol. ¿Unas vistas panorámicas? ¿Una cabaña secreta majestuosa? ¿Una nave espacial? Podía esperarme cualquier cosa.

Entonces, la espesura de la copa del árbol desapareció de golpe. Casi rozábamos las estrellas. Noté que Galway se subía en una cosa ancha que había por encima de mi cabeza. Estiró un brazo hacia abajo y me ayudó a subirme a la plataforma en la que estaba él. El corazón se me salía por la boca. Juré no moverme ni un centímetro, en ninguna dirección, no fuese a ser que me matase de una caída. Me agarré a él por el codo con todas mis fuerzas. Y, a pesar de todo, me di cuenta de lo grandes y brillantes que eran las estrellas. Una pasó velozmente por el firmamento, dejando una estela brillante.

Luego pasó otra. Y otra más. Era mágico, y eso que sabía que se trataba simplemente de meteoritos. Nos quedamos quietos, uno junto a otro, con la cabeza echada hacia atrás, señalando, mudos, las estrellas fugaces cada vez que veíamos una cruzar el cielo. También contemplé el mundo que se extendía a nuestros pies: el lago, visible solo allí donde reflejaba las luces de la bahía. Entonces, se vieron unos fuegos artificiales.

—Justo a tiempo —murmuró Galway.

Iban muy seguidos, y volaban muy alto. Los estaban lanzando en Burlington. El cielo por encima de nuestras cabezas se abría con su resplandor.

—¿Son por la boda? —pregunté, impresionada.

—Es el Día de la Independencia.

Se me había olvidado totalmente que estábamos en el fin de semana del 4 de julio. Caí en la cuenta de que no había visto ni banderines ni ningún tipo de decoración en ningún rincón de Winloch.

—¿Aquí no soléis celebrarlo?

—Mi madre opina que es una horterada. Antes decíamos que celebrábamos la Toma de la Bastilla, pero no dejaba de ser pretencioso. —En lo alto seguían estallando fuegos artificiales, de color rojo, verde, y en forma de tirabuzones de luz dorada—. Como si no fuese pretencioso celebrar el Día de Winloch y que todo el mundo tenga que ir de blanco. Será el próximo fin de semana.

Miré al cielo y percibí que Galway se acercaba a mí. Estuvimos viendo los fuegos artificiales, los dos callados, escuchando los zambombazos de la otra orilla del lago, cada vez más intensos. Mientras el cielo se iluminaba, él se puso delante de mí, me cogió la cara con las manos y me besó.

Sabía a moras. Olvidé todos mis miedos de no saber besar bien y le besé a mi vez. Y dejad que os diga: ese primer beso superó todo lo que había imaginado antes. Parecía sacado de mis sueños. Bajo las estrellas. Con nuestros cuerpos llenándose de calor, cada vez más juntos. Los dos envueltos en una dulce verdad. Con el lago a nuestros pies como una lámina de cristal.

Nuestros cuerpos se tocaron, pero con delicadeza. No sabía si él se mostraba tímido por respeto a mí. Pero me gustó esa callada sensualidad entre él y yo. No había nada de la agresividad ni del ansia de Murray. Paramos para contemplar la traca final. Pensé que me besaría nuevamente. Sin embargo, en vez de besarme, dijo:

—No sabes la rabia que me da, pero esta noche me tengo que volver a Boston.

—Oh.

—Asuntos de trabajo.

—¿A qué te...? —Me dio vergüenza no saberlo ya, pero no pude evitar preguntárselo, porque entre que Ev no me había hablado de él y que le trataba con menosprecio, al final había acabado pensando que lo mismo se ganaba la vida como asesino a sueldo—. ¿A qué te dedicas exactamente?

Él se rio y se pasó los dedos entre los cabellos.

—Trabajo en la lucha por los derechos de los inmigrantes.

—Ah, qué bien.

—En esta familia, es lo más parecido a ser un sicario. —Ni que me hubiese leído el pensamiento.

Lancé una última mirada a las estrellas fugaces.

—Me encantaría quedarme —dijo con voz soñadora. Y entonces metió de nuevo un pie por el hueco del suelo. Fuimos bajando con cuidado por la escalera. Su cuerpo estaba justo debajo del mío. Y al llegar abajo, me besó en la nuca.

Las horas siguientes de la celebración las pasé bailando con Lu, sin importarme si los adultos me miraban o no con ojos escrutadores. Ev se había largado mientras yo había estado con Galway, pero ni siquiera eso me importaba. Me entregué encantada a la valentía abotargada que la embriaguez suscitaba en mí.

Finalmente, a las dos de la mañana cesó la música. Me dolían los pies de bailar y estaba borracha y sola. Lu se había ido con Owen a alguna parte. Me acerqué hasta el Refectorio, andando a trompicones, y subí dando tumbos la escalera hasta mi guarida del desván. Estaba demasiado beoda, demasiado feliz, para ponerme realmente a trabajar, pero allí arriba me sentía muy a gusto, era el sitio ideal para serenarme y recapitular: había dado mi primer beso, y había sido con Galway Winslow. Recordé todos los detalles mientras pasaba los dedos por los papeles de su familia: sus manos cogiéndome la cara, el sabor de su boca. Inmóvil, cerré los ojos y reviví una y otra vez cada detalle.

Mis manos se posaron en el árbol genealógico que habíamos estado mirando juntos, con todos esos nombres de poderosos varones que habían ido legando su reino al correspondiente primogénito. Recorrí con la vista la línea que trazaba el linaje de Samson Winslow y su mujer, Bryndis Iansdottir, hasta su primogénito, Banning, y su esposa, Mhairie Williams. Si se miraba el árbol familiar de abajo arriba, también destacaban los primogénitos: Athol había descendido de Birch y Tilde, y Birch había nacido de Bard y Kitty Spiegel.

Pero en ese punto se quebraba la perfecta línea de sucesión. Y es que el padre de Birch, Bard Winslow, de la segunda generación de vástagos de Winloch, no era el primogénito de su familia. Había tenido un hermano mayor, que le había sacado dos años: Gardener Winslow, nacido en 1905.

Lo primero que pensé fue que Gardener había debido de fallecer siendo un niño, una razón que posiblemente explicaba, desde una perspectiva histórica, el hecho de que la obvia línea de sucesión se hubiese alterado. Retorné a los papeles de los Winslow y busqué su nombre. Casi me había dado por vencida, cuando encontré una copia de un certificado de casamiento fechado en 1938: el del enlace de Gardener Winslow con una jovencita llamada Melanie.

—¿Entonces por qué este primogénito no fue el heredero? —me pregunté, musitando para mí en voz alta. Y miré de nuevo el nombre de Bard, su hermano pequeño, que destacaba flamante en el árbol genealógico de la familia.

Volví a rebuscar en los demás papeles: la documentación de 1932 relativa a la bancarrota, el prolijo estadillo financiero de 1934, el árbol genealógico que situaba la muerte de Samson Winslow en 1931. Esos papeles me estaban contando una historia. De acuerdo con los documentos de la herencia, el padre de Bard, Banning, fue el patriarca de Winloch durante solo cinco breves años, desde el fallecimiento de su padre en 1931 hasta 1936, pero vivió aún hasta bien entrada la década de 1950.

Miranda Beverly-Whittemore

¿Y si —pensé, y a medida que la pregunta fue formulándose en mi interior, empezó a acelerárseme el pulso— y si Bard Winslow hubiese hecho algo tan extraordinario para poner a salvo la fortuna de su familia que no solo había rescatado a los Winslow de una bancarrota segura, sino que además le había permitido a él posicionarse como aspirante al mando de Winloch, desbancando a su hermano mayor, así como derrocar a su padre varios decenios antes de tiempo?

Si Bard había hecho algo tremendo para conservar Winloch para su familia, yo quería averiguar qué había sido.

Bajé a toda pastilla las escaleras y llegué al gran salón desierto. Fui corriendo al teléfono. En el listín telefónico de la familia encontré el número de teléfono de Galway en Boston. Marqué. A esas horas debía de estar ya en su casa y yo podría oír su voz.

El teléfono sonó cinco veces. Casi iba a colgar, cuando una voz de mujer, medio dormida, respondió:

—¿Dígame?

—Perdone —dije yo con demasiada efusividad para ser las cuatro de la madrugada—. He debido de marcar mal, quería llamar a Galway Winslow.

—Aún no ha llegado a casa —respondió la mujer medio dormida, momento en el que yo rápidamente colgué.

«Aún no ha llegado a casa». Eso quería decir que era también la casa de ella. A lo mejor compartía piso con una mujer, o había otra explicación. Pero lo que aquello podía significar casi me provocaba sarpullidos. Me sentí súbitamente exhausta y triste. El impulso que había cogido empezó a debilitarse. Las conexiones que había establecido mentalmente perdieron vitalidad. No era capaz de recordar qué me había entusiasmado tantísimo hacía un momento, arriba. Me pesaban los brazos y las piernas, tenía la lengua pastosa. Aunque me había despejado, el alcohol seguía surtiendo su efecto pernicioso en mí y me parecía que desde allí hasta Bittersweet había una distancia inmensa. Sola, dando tumbos, salí a la noche.

¿Realmente era de noche todavía? Después de todos estos años me cuesta recordarlo. Pero sí me veo caminando cuidadosamente por la carretera, como si fuese un ave volando por encima de mí misma, viéndome, y distingo mis brazos y mis piernas, aún juveniles, mi silueta oprimida, sin linterna, avanzando con cierta prisa hacia la casita, hacia mi cama, de modo que a lo mejor ya me estaba dando la bendita luz del amanecer.

Sentí que me espabilaba, y sentí ganas de ver el agua. Caminé con sigilo, con más sigilo de lo que quizá habría podido caminar. Bajé así hasta la pequeña cala, con la idea de contemplar el lago por última vez esa noche.

Cuando iba por la mitad de la bajada, un sonido estridente me detuvo en seco. Primero pensé que se trataba del alarido de un animal moribundo, el grito de un ser salvaje que hubiese caído en una trampa. Un grito de dolor, un aullido. Pero al aguzar el oído me di cuenta de que era una risa. Una risa humana. Un bostezo. Y a continuación otra tanda de gañidos. Me agaché en cuclillas y me moví de allí para intentar ver mejor lo que había más abajo, sobre la piedra en la que había conocido a Lu. Y entendí qué eran esos sonidos.

Allá abajo estaba Ev, desnuda, sentada a horcajadas encima de la cara de un hombre desnudo. Se aupó un poco, bañada en la luz del amanecer, y aulló hacia el cielo. Los pechos se le movieron arriba y abajo. Luego volvió a bajar y los pechos le rozaron a él el vientre. Yo sabía lo que estaba haciéndole el hombre pero nunca lo había visto y, desde luego, nunca lo había hecho. El placer de Ev era contagioso. Corcoveaba encima de la boca de él, y poco a poco su voz fue volviéndose cada vez más aguda y enfebrecida, acorde con su sensación de placer, entonces se le entrecortó y finalmente se rompió. Al final, se derrumbó encima de él.

Se quedaron inmóviles unos segundos. Él estuvo acariciándole la espalda, hasta que ella se desenganchó. Entonces fue cuando le vi la cara. No era Eric, como yo había temido, sino John. La tumbó boca arriba y, allí mismo, encima de la piedra, a la vista de cualquier barco que hubiese pasado por delante, se la folló.

La única persona que los estaba mirando era yo. Y miré a John y a Genevra hasta el final, hasta que, al correrse él, Ev se puso a sollozar amargamente, le echó los brazos alrededor del cuello, dijo su nombre y le dijo que le amaba. Parecía desesperada. Y parecía dichosa. Él se arrodilló delante de ella y la cogió en sus brazos, y hundió la cara en su cuello. Permanecieron así unos instantes, abrazados, desnudos, hasta que reparé en que verdaderamente se nos echaba encima el día y que, si no quería que me pillaran espiándoles, iba a tener que subir corriendo y meterme en la cama.

Julio

CAPÍTULO 22

El secreto

Esa primera semana de julio la pasé nadando como un pececillo, como si mi vida dependiera de ello. De qué pretendía alejarme nadando, o adónde pretendía llegar a nado, era algo de lo que no estaba muy segura, pero si los acontecimientos del fin de semana anterior habían sido una indicación de lo que podría ocurrir dos breves días después, lo que pudiera depararme el resto del verano era algo que de ninguna manera podía imaginar.

Cada día nadaba a crol hasta la plataforma flotante de enfrente de Rocas Lisas. Allí hacía un alto, lo bastante prolongado como para tumbarme un rato al sol hasta que se me secaba el bañador. También aprovechaba para contar los verdugones que me dejaban las picaduras de mosquito en los muslos y en los gemelos. Esos bultitos rosados me picaban como un demonio, pero mi fuerza de voluntad había crecido en proporción directa a los litros de sangre que me habían chupado y, metiendo las manos debajo de las piernas, me enorgullecía de mi fortaleza. Cada día contemplaba desde allí la orilla, por encima de mis rodillas (no había pasado tanto tiempo con ellas desde que era una niña). Tenía que pestañear para poder ver por encima de las aguas cegadoras del lago, que empezaban a menguar, y divisar aquellos esbeltos cuerpos Winslow de perfil.

Galway y yo no habíamos vuelto a hablar desde que habíamos estado juntos en la plataforma del árbol. Periódicamente, revivía en mi cabeza el sonido turbio de aquella voz de mujer que cogió el teléfono de Galway casi al amanecer, incluso al mismo tiempo que buscaba la presión ahogadora del ejercicio físico en mis fatigadas articulaciones. Desde esa madrugada, no me había atrevido a llamarle otra vez. Y el martes por la tarde, sentada con los pies colgando en la plataforma de natación, que se mecía suavemente en el agua, mirando hacia el deslumbrante lago, llegué a convencerme de que el beso, y hasta el mismísimo Galway, solo había sido fruto de mi solitaria imaginación.

También se me había quedado grabado el deje amenazador con que Athol se había dirigido a mí, algo que casi me movía a risa a plena luz del día, sobre todo estando sentada en el borde de la plataforma de nado, protegiéndome los ojos con la mano mientras miraba la orilla, donde Athol enseñaba a nadar a Ricky. El pequeño pataleaba y agitaba los brazos en el agua, gritando con una mezcla de pánico y diversión, mientras su padre, que cada día que pasaba estaba más moreno, le mantenía a flote. Birch observaba desde la orilla, y me acordé de cómo había reñido en tono cortante a la abuela Pippa, recalcando que yo no era más que la compañera de cuarto de Ev cuando la señora me había cogido inexplicablemente la cara con las dos manos. Tanto en el primer diálogo como en el segundo, yo había experimentado una mezcla de extrañeza e inquietud en la boca del estómago, sin saber determinar el motivo.

Pero aparte de Athol, de Birch, de la abuela Pippa, de Galway y de ese somnoliento «¿Dígame?», por muchos metros de agua que cubriese al día, me resultaba imposible borrar de mi recuerdo la imagen de John y Ev fundidos el uno en el otro. La expresión «hacer el amor» siempre me había parecido una cursilada. Pero ahora entendía lo que quería decir. Es más, lo anhelaba para mí. ¿Era normal quedarse mirando a dos personas conocidas mientras se montan la una a la otra, mientras cabalgan cada una a lomos de la otra, como si fuesen animales, y querer lo que ellos tenían, aunque la mecánica en sí de lo que un cuerpo le hacía al otro te diese risa? ¿Sentir que una mano dentro de tu ser más primigenio se estira para querer asir lo que ellos tenían, con tan profundo anhelo que casi te dan ganas de llorar, o de gemir, o de correrte tú misma?

Así pues, nadaba. Nadaba para un lado, nadaba para el otro, salía, entraba... hasta que me parecía que ya no podía nadar más. Y entonces volvía a nadar. Lu me acompañaba a veces, y me daba consejos sobre cómo poner mejor los brazos o los pies, y yo fui mejorando mi estilo y me alegraba de que el duro esfuerzo estuviese empezando a notarse en mi físico. A ratos, me hablaba de Owen, felicísima: que si se habían besado detrás de las canchas, que si él le había metido la mano por la blusa, que a ella sus dedos le había parecido que albergaban una promesa... Entonces, el miércoles, me dijo susurrando:

—Le he tocado la..., ya me entiendes. —Justo en ese momento Owen y los chicos acababan de saltar de la plataforma flotante y la habían dejado bamboleándose, con nosotras sentadas encima.

—¿Alguien te ha explicado algo sobre el sexo? —le pregunté mientras los chicos echaban una carrera a nado hasta la orilla, salpicando a Athol y Ricky sin la menor consideración.

Lu suspiró.

—¿Me lo vas a contar tú?

—No. Pero te puedes quedar preñada. Tienes catorce años, Lu.

Imaginé que me soltaría algún comentario desdeñoso, al estilo de Ev. Pero, en vez de eso, me rodeó con sus brazos mojados y me plantó un beso en el hombro, inesperadamente.

—Gracias por preocuparte —dijo, y se tiró rápidamente al agua. Mucho después de que hubiese llegado a la orilla, yo aún podía notar el cosquilleo de su beso en mi piel.

Ev se había ido esa mañana con su maleta en una mano. Yo había abierto los ojos y le había preguntado con voz ronca aún:

—¿Adónde vas?

Ella respondió, simplemente:

—No te preocupes. No me voy de juerga, tranquila.

Pero yo por supuesto me había preocupado. Me había levantado de la cama, y había estado angustiada hasta que encontré la notita que me había dejado sobre la mesa del comedor: «Mi madre me ha secuestrado para una "escapada" a Canadá. EL COLMO DE LOS COLMOS. Y reza por que solo sea una noche». Se había ido hacía unas horas y, aunque me sentía liberada, echarla de menos era otro tipo de trampa.

Dado que nadie me esperaba en casa, decidí pasarme un ratito por la de Indo durante el camino de vuelta a Bittersweet. Se había ido unos días a Boston, justo después del fin de semana. Pero la noche anterior había oído los resoplidos de su vieja ranchera, subiendo con gran esfuerzo la cuesta y después cruzando la gran pradera. Me dirigí a su casa con paso firme, con el corazón latiéndome cada vez más rápido, pensando en contarle lo que había descubierto en el desván. Pero en cuanto lo hube meditado bien, fue como si el hallazgo, fuese lo que fuese, se me escapara entre los dedos, igual que el beso de Galway. ¿Unos papeles sobre una bancarrota de hacía una eternidad? ¿Un estadillo financiero posterior, con datos positivos? ¿La revelación de que Bard no había sido el primogénito? Eran detalles propios de una historieta de misterio de Nancy Drew, y probablemente no serían una novedad para los Winslow. Aparte de eso, no había encontrado nada que se pareciese a la dichosa carpeta manila de Indo. Una brisa fría me revolvió los cabellos húmedos, justo cuando llegaba a la casa, y estuve a punto de seguir sin detenerme. Indo no me iba a legar Clover. Según lo que me había dicho Galway, no tenía potestad.

Pero no —me dije—, quiero verla, y quiero preguntarle por esa carpeta. Tiene que haber algún detalle que estoy pasando por alto. Mabel Dagmar, tú siempre tan optimista.

Me alegré de ver que la ranchera estaba aparcada delante de Clover. Cerré la mano para llamar con los nudillos, cuando de pronto la puerta se abrió.

Era Birch.

—Hola, hola —me saludó con una alegre sonrisa—. ¿Vienes a ver a Indo?

—¿Está dentro?

—Pues acaba de echarse a dormir la siesta.

Oí el sonido familiar de unas uñas de perro arañando el suelo. Era Fritz, que venía corriendo hacia nosotros, ladrando como loco, con sus congéneres al retortero. Me arrodillé, lista para rascarle detrás de las orejas. Pero cuando el perro casi estaba en la puerta, uno de los náuticos de Birch se desplazó hacia delante como accionado por algún resorte propio y acabó debajo de la panza rechoncha del animal, de manera que el pobre cruzó volando la cocina y acabó estampándose contra la puerta de debajo de la pila. El perro dio un gañido. Quedó desmadejado en el suelo como una muñeca de trapo. Mientras, Birch salía por la puerta y cerraba dando un portazo, sin dejar de sonreír ni un segundo.

—¡Vente a merendar! —exclamó, y añadió—: Ya volverás luego, cuando se haya levantado. —Me asió por el hombro desnudo y me empujó en dirección a Trillium.

—¿Lo tomas con leche? ¿Azúcar? —me preguntó Birch cuando una mujer salió al soleado porche con el té en una bandeja. Uno de los dos perros de agua tumbados a los pies de la silla de anea de Birch levantó la cabeza y gruñó al oír el tintineo de los platos, pero la doncella no le hizo ni caso y depositó el servicio de plata en la mesa, tras lo cual se retiró tan rápidamente como había llegado. La bandeja estaba repleta de galletas caseras con pepitas de chocolate y, aunque estaba intentando no comer nada que contuviese mantequilla, azúcar o trigo, olían de maravilla y, por respeto a la criada, sentí que debía probar al menos una.

Me acordé de Fritz volando por la cocina de Indo y me estremecí. ¿Es que Birch había estado aguardándome en casa de Indo? De haber sido así, ¿con qué motivo? ¿Había descubierto que Indo me había ofrecido su casa, y que yo andaba husmeando en la historia de su familia? En traje de baño, me sentí desnuda bajo su mirada escrutadora. Crucé los brazos por encima del pecho y deseé que, si iba a echarme, lo hiciese pronto.

—¿Sabes algo de Ev y Tilde? —pregunté, y me sentí aliviada por que su mujer no estuviese allí para escrutarme también. Sucumbí a un mordisquito de galleta.

Él negó con la cabeza.

—Ya sabes cómo pasan el tiempo las mujeres. Se les va haciendo compras y no tienen un instante para llamar a casa. —Yo sabía que Ev prefería hacer cualquier cosa antes que pasar horas a solas con su madre. ¿Cómo lo decía en su notita? «El colmo de los colmos». Me pregunté si Tilde había descubierto los devaneos de Ev y John. A lo mejor por eso yo estaba en un apuro. Si es que estaba en un apuro.

Como si hubiese sonado la alarma de un temporizador interno, Birch sirvió con gran parsimonia el té de la tetera.

Sobre las tazas de finísima porcelana, colocó un colador de plata. El líquido era negro, humeante. Los movimientos de sus manos eran metódicos, rituales, aplicados en todo momento. Solo descansó después de haber dado un primer sorbo a su té.

—Mira, querida —dijo, recostándose en su silla de anea—, me parece que no te hemos expresado debidamente cuánto valoramos que veles por nuestra Genevra.

—Ella también vela por mí —respondí y, nerviosa, me zampé otra galleta—. Es una amiga maravillosa.

—Tú eres la amiga maravillosa.

Di un sorbo de mi té. Estaba amargo. Pero ya le había dicho que no lo tomaba con azúcar.

—De hecho... —Dejó la taza en la mesa—. Me da no sé qué mencionártelo, porque no quisiera generar tensiones entre vosotras. Se os ve pasarlo muy bien juntas.

Yo dejé también mi taza en la mesa.

—Durante nuestra primera cena del verano, me dijiste algo sobre lo que denominaste..., a ver cómo era..., la ¿«inspección»?

—Sí —aclaré yo—, la tradición de los Winslow de asegurarse de que, cuando alguien hereda una de las casas, está todo en su debido estado de limpieza y...

Él levantó una mano.

—Voy a detenerte en ese punto. Verás, querida, en la tradición de los Winslow no existe nada parecido a una «inspección». Una vez que una casa pasa a alguien, no nos asomamos a ver cómo la tiene. Es su propiedad particular y es cosa suya cómo la decore y cómo la cuide. Sin duda, habrás visto la casucha de Indo. Dudo de que superase inspección alguna, así se tratase de una inspección de alguien de la familia o una visita del técnico de seguridad o lo que fuese, si es que hubiera algún tipo de norma así en vigor.

—Pero Ev me contó que... —Mi menté estaba tratando de componer el puzle de lo que Ev me había contado acerca de la inspección. La primera vez que me había hablado del tema había sido cuando llegamos a la estación de Plattsburgh.

Birch arrugó la frente.

—Querida, me temo que... —Suspiró—. Eres buena persona, lo veo claramente. No estás acostumbrada a que los demás te manipulen para conseguir lo que desean. Nosotros adoramos a Genevra, pero... a lo largo de los años ha tenido sus... problemillas. Con la sinceridad, entre otras cosas.

La cara me ardía.

—¿Me estás diciendo que lo de la inspección era un cuento? ¿Que me la jugó? ¿Por qué iba a hacer eso?

Birch se inclinó hacia delante. Se llevó los dos dedos índices a los labios, juntos, y cerró los ojos durante unos segundos.

—Genevra está a punto de recibir un buen pellizco de dinero. Su propio fondo de inversión. Al fin y al cabo, ya tiene dieciocho años. Pero antes de recibirlo, la transferencia ha de ser aprobada por, en fin, por la junta y a continuación por mí, como cabeza de esta familia. Estoy seguro de que su intención no fue hacerte daño. Simplemente quería esmerarse para causarnos buena impresión a Tilde y a mí, con una casa bonita. Y creyó que si se inventaba alguna rimbombante historia sobre una inspección, te... motivaría. Te animaría a ponerte manos a la obra con el mayor ahínco. Para que cuando yo viese la casa, viese también que de una vez por todas está preparada para heredar lo que cree que le corresponde.

Me recosté en mi silla.

—Por si te ayuda a sentirte mejor, a prácticamente todas las personas a las que quiere les ha hecho cosas parecidas. Está en su naturaleza. Pero no por ello el trago deja de ser penoso.

—No sé qué decir. —Mi mente estaba reproduciendo hasta el último aspecto de mi amistad con Ev. Reavivando los recelos que mi madre me había animado a adoptar al principio de esta. Regañándome por haber despreciado las advertencias de mi madre, considerándolas fruto de su paranoia. No podía creer que Ev hubiese podido mentirme tan fácilmente y que me hubiese amenazado con que podrían mandarme a mi casa. Pero, claro, con eso precisamente fue con lo que me motivó para que me tirase una semana entera hincada de hinojos, frotando sin parar, ¿verdad que sí?

Birch continuó.

—Me da miedo que lo que voy a decir te parezca excesivamente permisivo por nuestra parte, pero en realidad el que te mintiera es un hecho que apenas tendrá trascendencia para la cuestión económica. No me hallo en condiciones de impedir que mi hija reciba su fondo solo porque le dio por inventarse un cuento chino. Sin embargo, eso no quiere decir que lo que hizo no vaya a tener repercusiones de tipo personal. Mabel, quiero pedirte disculpas en nombre de mi hija. Es... un puro desafío, esa chiquilla, y yo entenderé perfectamente que quieras hacer las maletas.

—No —repliqué rápidamente, aterrada de pensar que quisiera echarme—. No, estoy dolida, necesitaré hablarlo de tú a tú con ella, pero...

—Y este es el otro punto del asunto —me interrumpió—. Voy a pedirte una cosa. Bueno, a lo mejor pensarás que se lo perdono todo, pero... Verás, Mabel, quería preguntarte si crees que este descubrimiento de su farsa es algo que pudiera quedar entre tú y yo. No porque crea que el comportamiento de Genevra es excusable. Sino porque me preocupa.

—¿No quieres que le diga que sé que me mintió?

Él asintió.

Miré hacia el interior de la casa y distinguí la silueta de la criada, que se dedicaba a alguna tarea mecánica como limpiar el polvo, doblar algo, sacar brillo. Echaba el brazo adelante y atrás, haciendo diligentemente alguna tarea que habrían hecho mis antepasados. Me pregunté si podía oírnos. Me pregunté si el Van Gogh estaría puesto en su sitio en la pared.

Me metí otra galleta entera en la boca.

—¿Por qué te preocupa que mienta?

—Siempre ha tenido problemas, digamos. Le costaba diferenciar la realidad de la ficción. Pero el auténtico peligro es que puede comportarse de una manera bastante autodestructiva. Oyendo ahora lo que te hizo, estoy seguro de que te costará imaginar cómo podría tratarse a sí misma de un modo más penoso que como te ha tratado a ti, pero te puedo asegurar que Genevra ha intentado…, esto…, hacerse daño más de una vez.

—¿Ella ha intentado…? —Me pregunté si estaba insinuando que había intentado suicidarse. La sola idea me puso la piel de gallina. Pero habiendo visto el estado lamentable en que se encontraba el día después de nuestro paseo en el yate de Eric, no me sorprendía del todo.

—Es nuestra hija. Nos parece horrible pensar que pueda ser… cruel…, pero aún más horrible nos parece que pueda hacerse daño a sí misma. Te he pedido que vinieras porque quería enrolarte. Como aliada mía en este asunto.

Fue un alivio que no pretendiera echarme de allí, y que considerase que tal vez podría ayudarles a todos a avanzar.

—Echaré una mano en lo que buenamente pueda —respondí.

—Todo esto me resulta incómodo, estoy seguro de que te habrás dado cuenta… —Yo asentí—. Pero quiero saber si me informarás si te llama la atención algún comportamiento extraño por parte de Genevra. Bueno, las travesuras típicas ni caso. A lo que me refiero es a si la vieras hacer algo… peligroso. Como tomar decisiones que tú temieras que no la beneficiarían. Espero que te lleves la impresión de que puedes acudir a mí. Que no lo veas como chismorreos.

—En absoluto —dije yo rápidamente—, en absoluto. —Sentía que mi cuerpo entero se serenaba de puro alivio, incluso si echaba la vista atrás a todo lo que había presenciado solo en la semana anterior. Pero, en definitiva, era un mundo muy diferente del mío y a los Winslow parecía que les traían realmente al fresco ciertos comportamientos que a mi madre la habrían mandado a la tumba. Me dieron ganas de preguntarle al padre de Ev si no le importaba definirme cuáles consideraba él que serían conductas preocupantes: ¿sexo al aire libre?, ¿fumar tabaco? Así, por lo menos sabría si yo misma debería preocuparme. Pero él siguió hablando:

—Lo que necesites, Mabel, lo que sea, no tienes más que decírmelo. —Carraspeó—. Puede resultar violento hablar de cuestiones económicas, pero quédate tranquila, ahora formas parte de esta familia y en esta familia cuidamos de los nuestros.

Se me saltaron las lágrimas sin querer. Ningún padre me había hablado de este modo en mi vida, y menos aún el mío propio. Pero antes de que pudiera formular una respuesta adecuada, Birch se había puesto de pie. Dio un sorbo largo a su taza de té y a continuación la dejó ruidosamente en el platillo.

—Y ahora, si me disculpas... —Dicho lo cual, dio media vuelta y desapareció en el interior de la vivienda. Los perros emitieron algún ladrido amortiguado y salieron patinando detrás de él—. Llévale unas galletas a la vieja regañona de Indo —me dijo finalmente, por encima de un hombro. Y ya no le vi más.

Me terminé el té a solas, esperando que Athol no me encontrase allí y me acusase de birlarles la porcelana. Luego, disfruté del sol que entraba a raudales en el amplio porche acristalado, despojado de cachivaches innecesarios, mientras repasaba mentalmente cómo iba a manejar a Ev, dando gracias porque se hubiese marchado fuera y yo no tuviese que enfrentarme aún a ella. Al final había sido un día redondo: los muebles de anea, las vistas, mi barriga llena. Por un instante fugaz, me planteé tumbarme en el balancín del porche a echar una cabezadita. Supuse que a Birch no le importaría.

De pronto caí en la cuenta de que ya no oía a la criada. Me arranqué del cojín húmedo y me aventuré por el salón acristalado. El Van Gogh estaba de nuevo en su sitio. Sentí su influjo como una polilla atraída por una llama, sentí que de nuevo me arrastraba hacia él, hacia los árboles que ascendían cual espirales hacia el cielo de la noche. Nunca había visto ninguna obra de arte que supiera, oliera y oyera. Solo quería estar cerca del cuadro, consumida por él, desarmada en su compañía.

La criada reapareció, y al verme se sobresaltó.

—Es un auténtico Van Gogh —dije yo en voz baja.

Sus ojos danzaron por encima del cuadro durante un instante fugacísimo y volvieron a bajar al suelo. De haber sido yo entonces una persona diferente, como lo soy hoy en día, esa mirada me habría dicho todo lo que tenía que saber. Sin embargo, lo que vi reflejado en los ojos desviados de esa mujer fue solamente el hecho de que yo no tenía ni idea de cómo tratar a alguien como ella sin ofenderla, por lo cual le pedí disculpas.

Ella me entregó una bolsa del pan a rayas vacía. La llené de galletas y eché un último vistazo a aquel secreto (sin saber siquiera que era un secreto), tras lo cual salí de la casa por mi propio pie.

CAPÍTULO 23

El libro

Al día siguiente Ev seguía sin aparecer. Clover estaba en silencio cuando llamé con los nudillos. Una Indo con mala cara abrió un par de centímetros la puerta.

—¿Qué es eso? —preguntó, señalando con desconfianza la bolsa del pan, en la que me había resistido toda la noche a meter la mano.

—¡Galletas! —exclamé yo alegremente, y me di cuenta de que había echado de menos el olor a incienso de Indo y de su casa. Las galletas me valieron el acceso a su hogar.

Nunca había visto a Indo moverse por Clover con tantísimo esmero, como plantando un pie tras otro con mucho cuidado, no fuese a pisar sin querer en una especie de trampa mortal que la borraría del mapa. Estaba más flaca de lo habitual. Cuando hizo descender el cuerpo para tomar asiento delante de la amplia mesa del porche, lanzó un gemido.

—¿Te encuentras bien? —le pregunté.

Probó una galleta. Cerró los ojos y masticó con mesurado placer. En contraste con el porche de Trillium, el de Clover era un espacio húmedo y lleno de vida, con los tablones del suelo alabeados aquí y allá y trozos de pintura mugrienta descascarillándose como si el color de la pared fuese la piel de una serpiente en plena muda. También los muebles estaban faltos de una buena mano de pintura, con partes cubiertas de moho; la anea húmeda amenazaba con derrumbarse bajo nosotras de un momento a otro. Comprendí que Indo no tenía ayuda de nadie. Intenté no pensar en lo que eso presagiaba para mi propio futuro.

—Me he enterado de que LuLu tiene un noviete —dijo finalmente mientras se chupaba restos de chocolate de las yemas de los dedos.

—Es un chico encantador.

—Es un crío.

—Sí, pero empiezo a pensar que son mejores que los mayores.

—Querida, eres más sabia de lo que aparentas. —Me sonrojé ante semejante comentario, que no se sabía si era un cumplido o una burla—. ¿Y tú?

—¿Yo? —pregunté.

—¿Ningún amorío? —Me miraba de una manera muy directa. Estaba segura de que ya conocía la respuesta a esa pregunta; cualquiera que hubiese visto a Galway llevarme por la carpa hasta la yaya Pippa sospecharía probablemente que había algo entre nosotros. Pero no dije nada. Al final, terminó su examen—. Probablemente sea mejor así —concluyó—. Te ahorrarás un buen desengaño. ¿Y qué tal va tu búsqueda en el archivo Winslow?

—Pues mira —repuse con tono resuelto—, me sería de gran ayuda saber qué tipo de información, o de prueba, como dijiste tú, ¿no?, estoy buscando exactamente.

—Sí, sí. —Agitó una mano como si la aburriesen mis peticiones.

—No he encontrado nada que se parezca a la carpeta de papel manila que me describiste. ¿Podría estar en otro sitio que no sea el Refectorio?

—Pues sitios hay a montones —respondió ella tranquilamente—, la mayoría cerrados con llave. Me temo que te mandé a una misión inútil.

—¿Es que ha desaparecido algo del archivo? —insistí.

—¿A qué te refieres?

La pregunta había brotado de mis labios como por voluntad propia. Pero ahora que se la había formulado, supe
por qué. Indo había sido quien me había mandado a buscar
entre los papeles, la que me había prometido cosas en función
de lo que descubriese entre ellos, la que me había suplicado
que la ayudase a encontrar alguna prueba relativa a un asunto que se negaba a poner en palabras. Así pues, allí no estaba
la carpeta, evidentemente. Y ahora actuaba como si no tuviese la menor importancia. De modo que a lo mejor no la tenía.
A lo mejor estaba poniéndome a prueba. Queriendo ver
cuánto era capaz de perseverar cuando me empeñaba en conseguir algo.

—Necesito otra fuente. Otra forma de encontrar lo que
sea que andas buscando. Si es que de verdad quieres que lo
encuentre.

A Indo se le borró la sonrisa de la cara. Se quedó callada
casi un minuto entero. Entonces se levantó sin decir ni una
palabra y salió del porche. Fritz se fue tras ella, con sus andares
patosos, mientras los otros perros roncaban en su colchoneta
medio deshecha. No la oía. ¿Qué debía hacer? ¿Quedarme sentada en su mesa? ¿Marcharme? Daba la impresión de que la
hubiese ofendido. Me levanté y recogí las miguitas de galletas
de la mesa. En ese momento Indo volvió con paso firme al
porche, con un libro viejo, ajado, con la tapa estropeada, y me
lo plantó en las manos. Olía ligeramente a tierra.

—Deberías marcharte —dijo, rotunda, en voz baja.

—¿Qué es este libro?

Me apretó el dorso de las manos con las suyas.

—Buena chica —susurró—. Escóndelo bien. No te fíes de nadie.

Lo siguiente de lo que fui consciente fue de que estaba en el camino de acceso a la casa de Indo, pestañeando por el brillo del sol y preguntándome qué había dejado ahora a mi cuidado, exactamente.

CAPÍTULO 24

Las tortugas

*L*u estaba esperándome en el porche de Bittersweet, sentada de lado en el sofá de anea, con los pies colgando por uno de los reposabrazos. Al oírme llegar, se levantó dando un brinco.

—¡Tengo una sorpresa!

Le dije que enseguida estaba con ella, que me hacía pis (no se me ocurrió otra excusa). Debajo del lavabo encontré una toalla llena de agujeros que yo había insistido en no tirar a la basura el día del zafarrancho. Envolví con ella el libro negro que me había traído secretamente de casa de Indo y metí el paquete en el hueco del armarito, detrás de la crema solar, de un bote de insecticida y de unas sales de baño sin estrenar.

—¿Una sorpresa? —pregunté al reaparecer.

—¡La he hecho yo! —exclamó, y me dio una pulsera de la amistad hecha con hilos de seda de bordar, de color azul eléctrico, carmesí y jade. No me llevé una decepción, era un obsequio tan válido como cualquier otro que me hubiesen hecho, pero supongo que había contado con que los regalos de los Winslow serían, en fin, regalos caros. Me quedé dubitativa unos instantes más de la cuenta.

—¿No te gusta? —preguntó Lu, con los ojos empañados.

—¡No, me encanta! —repliqué con demasiada efusividad, y puse un pie en el sofá para ponerme la pulsera en el tobillo—. ¿Me la puedo poner aquí?

—Me lo puedes decir si no te gusta.

—Es preciosa. Me encanta que me la hayas hecho tú misma. —Pero vi que la había herido, por cómo se envaró cuando le di un beso en la mejilla.

Me pasé la hora siguiente ardiendo en deseos de echar una ojeada al libro de Indo, y cada dos por tres dejaba de prestarle atención sin querer, imaginando qué podría ser ese libro y qué contendría. Pero era evidente que Lu no tenía intención de irse en breve, lo dejaba bien claro su terca presencia en la casa. Como yo me distraía y eso aún la irritaba más, traté de compensarla pidiéndole detalles sobre Owen. Pero ella solo me respondió encogiéndose de hombros evasivamente y espetándome, como si le hubiese ofrecido un plato de arsénico:

—Se ha ido a pasar el día con sus amigos.

Por eso le había sentado mal mi reacción, porque yo era su única opción.

—¿No te sientes sola? —me preguntó—. Pensé que, al haberse ido Ev, te sentirías sola.

Me di cuenta de que por primera vez en mucho tiempo la respuesta era «No».

—¿Qué puedo hacer para animarte? —le pregunté después de haber jugado un montón de rondas al Rápido, que solía ser su juego de cartas favorito. Lu me había dado una paliza en cada partida, pegándome fuerte en el dorso de las manos. Habíamos estado jugando sentadas con las piernas cruzadas en el suelo frío del minúsculo porche de Bittersweet. Le había hecho tostadas de pan de centeno con queso fundido, pero se las había comido a regañadientes y quitándoles la corteza. Cada cosa que le proponía le parecía mal: no quiso ir a nadar, ni que cocinásemos algo juntas, ni dar un paseo. Me vine abajo al caer en la cuenta de que pasar la tarde con ella era exactamente como cuidar de los niños de la vecina de mis padres.

—Lo que sea —le aseguré, deseando ver a mi amiga Lu de siempre—. Haré lo que sea con tal de sacarte de este apalancamiento. —Ya que me veía pasando el día con ella en vez de con el misterioso libro que me había dado Indo, lo menos que podíamos hacer era pasarlo bien.

Lu se cruzó de brazos, a la defensiva, y sacó el labio inferior en señal de protesta contra lo que ella interpretaba como un tono condescendiente por mi parte. Pero entonces se asomó a mirar por la mosquitera, pues le habían llamado la atención unos carboneros que revoloteaban entre los matorrales y los árboles, justo al lado de nuestra puerta.

—¿Tenéis algún tipo de cereal? —me preguntó, y antes de que me diese tiempo a responder, se levantó de un salto y se fue a la cocina, de donde salió con un puñado de copos de avena. Pasó por encima de los naipes, que acabábamos de repartirnos para iniciar otra partida, y salió por la mosquitera.

Los pajarillos, que formaban entre todos una especie de mancha blanca, negra y parda, se sobresaltaron con el chirrido de los goznes. Lu les esparció avena por la tierra reseca del pie de las escaleras del porche, se sentó en el último escalón, recogiendo los pies, y abrió la palma de la mano, donde se había dejado un último puñadito de copos. Se quedó inmóvil como una estatua.

Los carboneros, con su cogote negro, revolotearon y trinaron para llamarse unos a otros con gran algarabía, anunciando la buena nueva. Bajaron dando saltitos desde los árboles hasta el matorral y vuelta otra vez, ganando confianza, hasta que uno de ellos reunió el valor suficiente para bajar a la tierra, a unos palmos de Lu. Ella permaneció inmóvil. El pájaro picoteó la avena y entonces llamó a sus amigos, que se unieron a él. Rodearon a Lu con precaución, sin quitarle ojo al festín que tenía en la palma de la mano. Ella ni se movió ni tosió ni estornudó. Yo observaba la escena, embelesada.

Aquel primer carbonero se arriesgó. Voló a la palma de la mano de Lu y de nuevo alzó el vuelo tan rápidamente como había llegado. Pero como ella se había quedado quieta de tal manera que su cuerpo parecía otro arbusto, y con la confianza de ver que no quería atraparlos ni hacerles ningún daño, los pajarillos comenzaron a posarse animosamente en su palma y a coger con el pico la comida. Se llevaban los copos para comérselos aparte y regresaban, hasta convertir a Lu en el único elemento inmóvil en medio de una algarabía de vaivenes alados y trinos. Los carboneros dieron buena cuenta de la avena. Cuando se hubieron ido y de nuevo sobrevolaron rozando el agua del lago, Lu se volvió hacia mí, sonriendo dichosa.

—Te llevo a Punta Tortuga.

Usamos una yola blanca que estaba amarrada en el embarcadero de Rocas Lisas. La última vez que me habían llevado a remo a alguna parte había sido cuando Galway me había rescatado de las pezuñas de Murray. Me sentí feliz de salir con Lu ese día en barca, y de no seguir en peligro aquel otro. Ella se rio de lo fuerte que me agarraba al salvavidas («No es necesario que lo lleves cogido, ya lo tienes atado al cuerpo») y me ofreció remar a mí, pero yo me contentaba con cerrar los ojos en la popa y rezar por mi pellejo.

Cruzamos la bahía de Winslow en línea recta, por la zona resguardada donde empezaban a echar amarras los yates al dar comienzo una semana más. Mujeres en biquini saltaban de la parte trasera de sus inmaculados veleros. Me volví para echar un vistazo por encima del hombro. A lo lejos, cada vez más pequeñas, divisaba Trillium y Clover. Al final los árboles acabaron ocultando las casas. Era por la tarde. Una de las familias jóvenes apareció en Rocas Lisas, pero desde donde estábamos no distinguía quiénes eran. Observé el semblante de Lu. Remaba muy concentrada, y había en sus ojos una serenidad que no quise romper con una conversación. Remaba deprisa, acompasadamente, de espaldas a nuestro lugar de destino.

Al aproximarnos al otro lado de la bahía, lo que siempre había tomado por una compacta orilla en el horizonte se reveló como una costa formada por tres puntas alargadas, bisecada por dos calas particulares. Avanzamos en línea recta hacia los salientes rocosos. En esta parte estaba todo más tranquilo.

—¿Esto aún forma parte de Winloch? —pregunté cuando nos adentrábamos en una cala en sombra. El agua no era muy profunda y debajo de nosotras distinguí un arrecife de arenisca, y percas y pececillos más pequeños escondiéndose debajo del bote.

—Creo que sí —respondió ella—. Nunca ha venido nadie a molestarme. —Me impactó esta idea de que Lu, como Winslow que era, no conocía la sensación de que alguien la echase de una propiedad privada—. Aquí es adonde vienen los pescadores de ciudad antes del amanecer —siguió diciendo—. Usan unas horribles barcas de pesca de amarre, con motores de dos o tres caballos de potencia, y no los apagan en ningún momento. Echan las redes al agua y, hale, van despacito por toda la zona, mientras aguardan a que pique algo. —Puso los ojos en blanco—. Eso no es deporte, si quieres saber mi opinión. Además, van demasiado pegados a la orilla.

Usó el remo para empujarse y apartarse de ese cabo que pertenecía a una propiedad ajena, esa punta que estábamos rodeando en la yola. Yo, mientras tanto, iba pensando que no tenía mucho sentido extrañarse de que nosotras sí tuviésemos privilegios especiales para merodear por aquí, y no salí tampoco en defensa de los pescadores de ciudad.

—¿Hay alguna ley sobre eso? —pregunté—. ¿Sobre estar demasiado cerca de la orilla?

—Papá siempre cuenta la historia de un canadiense que llegó con su red de arrastre hasta Rocas Lisas y la abuela Pippa bajó y le cortó la red con una cizalla. —Se rio—. Y también a veces algunos… pues se bañan en bolas, o sea, como para decir a los de las barcas: Te jodes.

—O para darles un espectáculo gratis.

—También. Pero no creo que nadie quiera ver a la tía Stockard como Dios la trajo al mundo.

Querida mamá:

Cada vez que llega el verano y finalmente consigo convencerte para que vengas conmigo al río, tú te empeñas en taparte la mayor extensión posible de piel. Vas con pantalones cortos para esconder los muslos. Una camisa para disimular los brazos. Sombrero y gafas de sol, no por protección, sino para que no te reconozca nadie y te invite a nadar.

Las ricas son diferentes. Están convencidas de que la gente quiere verlas en cueros, por mucho que no sea así. Sinceramente, casi prefiero ver sin ropa a la mayoría de ellas que a ti.

La pregunta es: ¿Quién seré yo? ¿La tía Stockard, chiflada y borrachuza, que no tendrá reparos en hacer el numerito delante de los veraneantes que pasan en barca? ¿O Doris Dagmar, temerosa de sus propios pechos? Seguro que hay un punto intermedio.

Lu indicó la punta de tierra que teníamos delante.

—Ahí es donde viven las tortugas —dijo, y yo experimenté de nuevo un sentimiento de auténtico afecto hacia ella. Era una chiquilla malcriada pero en gran medida no era culpa suya, sino más bien el resultado de tener catorce años y de haber sido educada por ricos. Aun así, daba un poquito de vértigo pensar que en apenas unos años se independizaría y blandiría alegremente sus elitistas opiniones ante el mundo adulto. La suya era una curiosa especie de ingenuidad, y me pregunté si alguien le echaría una mano con ella.

Remamos hasta la siguiente cala. El delicioso tramo de tierra que separaba las dos puntas formaba una playa arenosa, poblada de juncos, un remanso de paz.

—Antes aquí jugábamos a que éramos princesas indias —dijo Lu—. Cuando nuestra madre se ponía pesada con nosotras, Ev y yo cogíamos algo de comer y nos veníamos remando. —Sentí un arrebato de envidia de esa infancia de niñas protegidas que yo nunca viví.

Lu remó en línea recta hacia la orilla. Saltó de la yola y apartó de un puntapié una madera que flotaba en el agua, y entonces tiró de la barca hasta la arena y ató la amarra al tronco de un pino.

Una vez en tierra firme, se puso a hablar por los codos mientras trepaba delante de mí con gran agilidad por una pared de roca de tres metros de alto. Luego nos adentramos en el bosque y finalmente bajamos por un camino apenas utilizado que recorría la cresta del cabo. Los mosquitos nos habían encontrado y teníamos que agitar los brazos como dos piradas mientras hablábamos.

—Aquí arriba hay arándanos silvestres. Imagino que ahora es demasiado pronto para que hayan salido, pero cuando Ev y yo éramos pequeñas los cogíamos y bajábamos con las manos llenas al cobertizo que nos habíamos construido. No, en serio, nos hicimos un cobertizo con palos y tablones. Oh, May, cómo me hubiera gustado que hubieses podido verlo, era perfecto, y aquí es donde anidan las tortugas, en primavera puedes encontrar sus caparazones blancos justo fuera de los hoyos, lo que hacíamos era… ¡Oh!

De repente lanzó un grito, se interrumpió y se quedó clavada en mitad del camino. Casi me di de bruces con ella. Fueron pasando los segundos y mis sentimientos pasaron por todos los estadios posibles, desde irritación (no podía ver qué había delante de ella), a preocupación (se había doblado por la cintura y pensé que igual tenía náuseas) y confusión (cuando exclamó: «¡Oh, no! ¡Oh, no! ¡May!»). Cuando se puso a llorar, me salí del angosto caminito para poder ver lo que tenía delante.

Lo que había era una tortuga muerta. Se trataba de un ejemplar grande: el caparazón tendría unos treinta centímetros de diámetro. Estaba tendida boca arriba, con las cuatro patas renegridas, abiertas como una estrella, endurecidas como si fuesen de piel curtida. De ellas salían unas garras curvas con pinta de muy afiladas. Era como si el animal hubiese muerto en una pelea. No tenía la cabeza.

—Dios mío —dijo Lu, conteniendo el aliento y tapándose la boca con una mano. Había empezado a cernirse sobre nosotras un olor a podrido, salado a la vez, y temí que se pusiera a vomitar, porque entonces yo también vomitaría. La cogí por la cintura y tiré de ella hacia delante, alrededor de la tortuga muerta. La sorteamos. Al pasar por encima del animal, ella no le quitaba los ojos, pero le daban arcadas. No teníamos más que llegar al extremo del cabo y reflexionar. Un animal podía morir en cualquier momento.

Mientras seguíamos por el sendero, fui captando un sonido muy raro, un zumbido fuerte, colectivo, proveniente de la Naturaleza. Pero nunca había oído nada parecido. Dejé que Lu se pusiese delante de mí y fuimos hasta el extremo rocoso. Cuando finalmente terminó la zona boscosa, sentí que me flaqueaban las rodillas y noté que me mareaba. Intenté que Lu se diera la vuelta antes de verlo, pero fue inútil. La pobre lanzó un grito acongojado y su cuerpo entero se vio sacudido por una mezcla de dolor y náuseas, mientras contemplaba aquella escena macabra: un montón de tortugas, unas doce o más, todas con el mismo rígor mortis que la primera que habíamos visto, cubiertas por una masa de moscas voraces e infestadas de gusanos. Los cadáveres se hallaban en estados diversos de descomposición. Unos cuantos estaban medio comidos. Lu se arqueó para vomitar en un arándano pero no consiguió echar nada. Era como si el zumbido inundase horriblemente el mundo entero.

CAPÍTULO 25

La noche

Cuando regresamos al campamento, Lu se lo tomó con sentido común. A esas horas ya no íbamos a encontrar a nadie en ningún sitio, pero lo primero que haría a la mañana siguiente sería acercarse al Refectorio para llamar a la universidad. Tenía que haber alguien que estuviese haciendo algún estudio sobre tortugas.

—Es el calentamiento global —lloraba, con los ojos enrojecidos.

—¿Pero no había dicho todo el mundo que este invierno había hecho mucho frío? —pregunté yo—. A lo mejor el lago se heló. A lo mejor se quedaron fuera y ya no pudieron volver al agua. —Ella negó con la cabeza y otra vez se echó a llorar.

Oí un coche que se acercaba y me armé de valor. ¿Eric? ¿John? ¿Galway? No, era el Jaguar blanco de Tilde. Y en un abrir y cerrar de ojos Ev ya estaba con nosotras, con los brazos cargados de bolsas de boutiques. Me sorprendí al comprobar lo endurecido que tenía el corazón cuando ella entró por la puerta, pues no se me olvidaba que me había mentido con lo de la inspección. De todos modos, me venía bien que llegasen refuerzos. Ella consolaría a Lu, ella la acostaría y ella la abrazaría hasta que se durmiese.

Pero no, en vez de eso se plantó delante de nosotras, sin sentarse, y nos miró sonriendo con cara burlona.

—¿A qué huele? —dijo, y entonces, dirigiéndose a Lu, gruñó—: ¿Es que no tienes dónde estar? —Más lágrimas, lágrimas ardientes, anegaron los ojos de Lu. La niña se levantó sin decir nada y salió de la casa. La puerta mosquitera se cerró con un portazo. Ev se quedó desconcertada—. ¿Pero qué le pasa a esa?

—¿Qué tal la escapada? —le pregunté a mi vez, después de reunir fuerzas.

—Mi madre tiene un gusto espantoso —se quejó ella, y me lanzó una bolsa—. Te he comprado un jersey. —Dicho esto, salió y se encerró en el dormitorio.

Yo me encerré en el cuarto de baño. La bombilla del techo envolvía en un onírico resplandor rojizo los tablones de madera desbastada de pino con que habían hecho el suelo, las paredes y el techo. Por la ventana de buharda se veía el cielo del anochecer, de un morado oscuro. Me preparé un baño muy caliente en la bañera de patas de león, que llenó el cuartito de olor a azufre, pues esa agua dura tenía que subir desde un pozo situado a cien metros de profundidad. Pero di gracias por hallarme envuelta en un olor que ya no era el hedor a tortuga putrefacta, por muy fuerte o desagradable que pudiera ser.

Con el baño listo, y teniendo presente la advertencia de Indo («No te fíes de nadie»), busqué a tientas el libro en su escondite de debajo del lavabo, casi esperándome que alguien se lo hubiese llevado. Pero allí estaba, donde yo lo había dejado, envuelto en su toalla vieja. No me atreví a sentarme en la bañera con aquel valioso libro en las manos, por si se me caía al agua, así que me senté en la alfombrita violeta recién comprada por Ev, en la que se había gastado mucho más dinero de lo necesario.

Era un libro pequeño: si lo sostenía en posición de plegaria, las cubiertas apenas eran más grandes que mis manos. Todavía tenía ese olor a viejo que había percibido al principio cuando Indo me lo había puesto en las manos. Al abrirlo, el lomo se quejó con un leve crujido. El papel era más grueso que el que se usaba en la actualidad, y tenía los filos biselados.

Sus páginas en blanco se habían usado para escribir un diario. Todas las hojas, de cabo a rabo, estaban cubiertas con una letra cursiva inclinada hacia abajo, siempre con la misma tinta negra. Deduje que se trataba de letra de mujer, antes incluso de haber encontrado el nombre de su propietaria en la primera página nada más abrir la tapa: Katrine Spiegel Winslow. Mentalmente, repasé el árbol genealógico hasta donde me alcanzaba la memoria. Era Kitty. La mujer de Bard. La madre de Birch e Indo.

«Jueves, 2 de enero —rezaba la primera entrada—, un precioso regalo de Año Nuevo de B. en el que dejar por escrito toda nuestra vida juntos. Él ya ha regresado a Boston, estará quince días. Es fácil echar de menos a Mutti y a Papa y a Friedrich cuando se pone a nevar. Tenía la certeza de que B. y yo íbamos a ampliar nuestra pequeña familia, pero las vacaciones trajeron malas noticias. Doy gracias al optimismo de B. y a la compañía que me hace Pippa. La hermana que nunca tuve. Viene todos los días a merendar conmigo y me cuenta noticias sobre las desgracias del mundo. ¿Es malo alegrarse de ver que estás mejor que las masas oprimidas?».

Era como si la voz de Kitty llenase por completo el pequeño cuarto de baño de madera. Busqué por toda aquella primera anotación, a ver si daba con el año exacto. Era probable que aún no hubiese tenido niños («Yo tenía la certeza de que B. y yo íbamos a ampliar nuestra pequeña familia») o bien que solo tuviese uno o dos niños, lo cual, supuse, podría considerarse aún una «pequeña» familia. Por tanto, es posible que hubiese empezado el diario en los tiempos en que aún no había nacido su primer bebé, la pequeña Greta, y en todo caso antes del nacimiento de su segunda hija, Indo, en 1937.

Asumí que la Pippa que aparecía mencionada en el diario era la señora mayor que me había cogido delicadamente la cara con las dos manos. Cuando se escribieron esas líneas, ella había sido una chica joven, y todavía más guapa. Volví de nuevo a pensar en el árbol genealógico que había encontrado en compañía de Galway. La abuela Pippa era la hermana de Bard. Así pues, deduje que esa «B» del escrito de Kitty era Bard, su marido, lo cual convertía a Pippa en la cuñada de Kitty.

Al leer la mención de Kitty a sus padres y, cabía suponer, su hermano, pensé en mi propia familia (uno, dos, tres). Me pregunté qué había hecho que Kitty estuviese tan lejos de su hogar.

Repasé una vez más ese primer fragmento en busca de alguna pista sobre la fecha en que fue escrito. Birch tenía más de setenta años, fácilmente. Era un hombre fuerte y vigoroso, pero ya mayor. Y dado que sus hermanas Greta e Indo eran mayores que él, Greta probablemente habría nacido a principios o mediados de la década de 1930. Pensé, con cierto vértigo, en el dinero que había salvado a los Winslow de una ruina segura en 1934 nada menos. Y si no me equivocaba respecto a la edad de Greta (ese «nuestra pequeña familia» podría simplemente querer decir que Kitty y Bard aún no habían tenido descendencia), entonces ese dinero pudo haber llegado a la familia justo coincidiendo con la época en la que Kitty empezó a escribir este diario.

Otra manera de datar el comienzo del diario era fijarse en ese comentario de «las desgracias del mundo». La Gran

Depresión ya había azotado el país o estaba en ello. Eso quería decir que probablemente había escrito eso pasado ya el Martes Negro de octubre de 1939 (en Historia Contemporánea de Estados Unidos yo había sacado Sobresaliente).

—¿Se puede? —preguntó Ev desde el otro lado de la puerta de madera, sobresaltándome.

—Mmmm —repliqué, tratando de ganar tiempo mientras envolvía, histérica, el diario con la toalla y lo metía en el armarito.

—¿Estás haciendo caca o qué?

—Un momentito —respondí, mientras me quitaba la ropa a toda velocidad y saltaba a la puerta. Descorrí el pestillo y me metí corriendo en la bañera, no sin antes tirar de la cortina de la ducha para cerrarla—. Adelante —dije, y me zambullí en el agua. Metí hasta los brazos.

Ev abrió la puerta.

—¿Qué hace la alfombrilla al lado del lavabo? —La oí entrar con pasos pesados y sentarse encima de la taza cerrada del váter—. ¿Y por qué tienes cerrada la cortina?

Porque tú dijiste que era lesbiana, pensé. Porque no quiero verte en estos precisos instantes. Porque me mentiste.

Asomó la cabeza por un lateral de la cortina. Yo noté que sus ojos me recorrían el cuerpo desnudo.

—¡Vaya! —dijo al cabo de un minuto—. ¡Estás genial!

Yo arrugué la frente.

—Tienes los brazos totalmente tonificados. Y estás morena de la cabeza a los pies. Se te ve realmente... fuerte.

Intenté no dejarme ganar por sus cumplidos. Pero me miré yo misma y me di cuenta de que tenía razón. Era verdad que estaba estupenda.

—Te he echado de menos —añadió.

Yo no dije nada.

Ev pasó todo el día siguiente sin separarse de mí. Yo había planeado bajar unas horas a solas al sitio que más me gustaba de toda la orilla del lago, con el diario de Kitty. Sin embargo, ese viernes la cosa pintaba gris. El día empezó con una llovizna incesante que enfrió y nos obligó a cerrar a cal y canto nuestro cuartel de verano. Yo estaba preocupada por Lu y pensé acercarme a Trillium para ver cómo se encontraba, pero Ev no me dejaba ni a sol ni a sombra («¡Venga, vamos a hacer galletas!», «¡Vamos a elegir un color para la moldura!»). Quiso que fuésemos juntas de excursión bajo la llovizna hasta la playa de las Bolitas («El barro del lago cubre los juncos empujado por el agua y, al secarse, forma en ellos una especie de bolitas pequeñitas increíbles. ¡Oh, te va a encantar!») o que saliésemos a dar un buen paseo en yola bajo la lluvia («¿Has visto la panorámica desde la cala de los Enamorados?»). Pero fingí que estaba enferma, tumbada en el sofá, con la esperanza de que me dejase meterme de nuevo en la cama y se fuera en busca de mejor compañía. No hubo quien la disuadiera. Todo el rato trataba de conquistarme con un buen humor que me resultaba desconcertante. Con un sentimiento de amargura, me pregunté en qué andaría John tan ocupado para que ella no se alejara de mí.

—¿Estás enfadada conmigo? —preguntó cuando puse mala cara al ver el sándwich caliente de queso que me había preparado.

Birch me había pedido que no dijese ni una sola palabra. ¿Y no se había hecho la simpática desde que había vuelto a casa?

Di un mordisco al bocadillo. No estaba del todo mal.

—Supongo que hirió mis sentimientos que no me dijeras con antelación que te ibas a Montreal. —Mientras se lo decía, consideré que esas palabras describían todo lo que me había molestado. Me hirió saber que era capaz de dejarme, sin más.

Me rodeó con los brazos.

—Lo sé, corazón. Mamá me secuestró, básicamente. Por lo menos te dejé una nota, ¿eh?

No tuvo que hacer nada más para que la perdonara.

Es triste y hermoso a la vez que unas pocas horas puedan reemplazar todas las que nunca existieron. Echamos la vista atrás y cogemos un puñado de horas que nos valen para demostrarlo: «Así era todo, perfecto», en lugar de tirar de lo que sabemos en nuestro fuero interno, en lugar de recordar todos esos otros días que hubo antes y que hubo después. En todos estos años me he despertado a menudo en plena madrugada, recordando el sencillo placer que fue aquella tarde con Ev, cuando finalmente me permití disfrutarlo. Si durante el resto del verano no hubiese pasado nada digno de reseñar, si hubiese estado lleno de noches como esa, habría olvidado todo lo que hicimos: me enseñó sus seis canciones favoritas de campamentos de verano, y resopló sin ningún reparo mientras se reía de mi chiste del Mayflower de segundo curso. Habría olvidado que subimos la bolsa llena de revistas que yo había salvado de la quema, y que nos pusimos a hacer collages de cada una de las familias que integraban el clan Winslow (uno muy pulcro de la de Athol, otro caótico para la de Banning, y uno muy hippie de los Kittering), hasta que acabamos con una docena de cuadros en total con los que forramos las paredes del cuarto de baño. De cenar tomamos salsa de espaguetis, huevos duros y arroz blanco. Hicimos chocolate a la taza con pequeños malvaviscos. Pusimos a Frank Sinatra y, cuando terminó la música, nos llevamos una alegría al ver que había dejado de llover, y escuchamos la melodía lejana de «La Vie en Rose» amplificada por el agua del lago (alguien en alguna parte estaba oyendo a Edith Piaf).

Yo había lanzado aquí y allá el término *postlapsarian* como preparación para mi seminario sobre Milton, porque al usarlo parecía una experta en la materia. Lo cierto es que no tenía ni idea de lo que significaba la palabra, en absoluto. Bueno, sí sabía que antes de que Adán y Eva comieran la manzana no sabían lo que era el sufrimiento. Y sabía que al comer de aquel árbol habían caído (el *lapsus*). Sabía que por eso Dios los había expulsado del Paraíso. Y que todos nosotros vinimos después, sin poder entrar ya en el Edén.

Post. Lapsarian.

Vivimos en un mundo que contiene sufrimiento, en el mundo que crearon Adán y Eva en el instante en que mordieron la manzana. Todos nosotros, todos los seres humanos, tenemos un instante (si no muchos) en el que caemos. Para algunos, esa transgresión implica sexo. Para otros sencillamente las dudas o una ira que todo lo domina, y que nos impulsa a tomar decisiones irreversibles.

Pero sea cual sea la transgresión, en el fondo da lo mismo. Lo que importa en ese lapso, en esa caída, es nuestro destino. Los seres humanos estamos condenados a ello. Peor aún: nuestro sino es echar la vista atrás con añoranza, con nostalgia, rememorar cómo era nuestro mundo antes de que cambiásemos, y quiénes fuimos Antes.

No podemos olvidar nunca.

Y tampoco podemos volver nunca atrás.

Recuerdo esa noche con Ev, las dos juntas, nadie más. Felices. La recuerdo porque fue la última.

CAPÍTULO 26

La madre

*A*brí los ojos a la mañana siguiente por el sonido taladrante de unas pelotas de tenis. Volvía a hacer sol. Pero cuando recordé que era fin de semana, se me vino todo abajo. Vendría Galway, o no vendría. Yo le preguntaría por aquella mujer, o no le preguntaría. Él recordaría que me había besado, o no lo recordaría. Pensé que por eso había ansiado tan desesperadamente enfrascarme en el relato de Kitty. Porque no quería enfrentarme a mi propia vida.

Ev, en la cama, rodó de costado y se frotó los ojos.

—¿Qué pasa?

Yo meneé la cabeza y esbocé una sonrisa.

Buscó a tientas mi *Paraíso perdido* en la mesilla de noche que compartíamos.

—«Despierta, / mi bella, mi esposa, tesoro mío» —leyó en alto con la voz ronca—, «Supremo bien que me otorga el cielo, delicia de mi corazón, / Despierta: mira que alumbra ya la mañana, que la frescura del campo nos está llamando».

Entonces oí el sonido de roce que hizo un papel al resbalar de entre las páginas del libro.

—¿Qué es esto? —preguntó ella.

Eran las cartas a mi madre. Me senté de golpe.

—Son cosas mías —gruñí, y traté de coger en vano las hojas caídas al tiempo que salía disparada de mi cama.

—Ostras —dijo ella, esquivándome para que no se las pudiera quitar.

Mi mente se puso a trabajar a toda velocidad. ¿Qué había dicho de ella en esas cartas? ¿Había visto su nombre escrito en alguna? Iba a tener que buscar un escondrijo mejor.

Le tendí una mano abierta.

—¿Me las das, por favor?

Ella me las entregó a regañadientes y suspiró.

—Necesitamos salir de aquí.

Tenía razón. Seguramente no era saludable pasarme el día aguardando a que Galway apareciese por el camino de la casa. Ev me arrojó los pantalones vaqueros. Lo siguiente que recuerdo es que ya estábamos vestidas y Abby nos ladraba desde la camioneta de John, que nos esperaba con el motor al ralentí delante de la entrada.

No se me pasó por la cabeza que me iba a tocar hacer de sujetavelas hasta que pasamos a toda pastilla por delante del Refectorio en la Ford de John. Las dos parejas de personas mayores que estaban jugando al tenis con sus blancos conjuntos deportivos se nos quedaron mirando al pasar: sus rostros y sus raquetas se volvieron al vernos como si fuesen girasoles y nosotros el sol. Aunque Ev y John no hacían nada que diera pie a cotilleos (ni se tocaban ni se hablaban), yo sospeché que no hacía falta nada de eso para dar comienzo a un rumor en Winloch. Cuando pasamos por delante de la casita desierta de Galway, me volví para verla por la ventanilla abierta de mi lado. Mi corazón aún se hundió un poquito más y se enfangó en una sensación de enojo cuando vi salir como una flecha a Quicksilver de detrás de Queen Anne's Lace. El perro corrió detrás del vehículo un buen tramo, con algo que se retorcía, impotente, en sus fauces.

—¿Adónde vamos? —le preguntó Ev a John en cuanto estuvimos en el bosque. Le puso una mano en el muslo.

La camioneta de John fue internándose, hasta más allá de donde yo había llegado andando, y mucho más rápido de lo que podían llevarme las piernas. Entonces, sentí un arrebato de agradecimiento por todo lo que Ev me había aportado. Me costaba imaginar que hacía solo dos días había estado sometida a las volubles pasiones de una chiquilla de catorce años y que había estado muriendo de ganas por leer el diario de una muerta. Una familia de siete faisanes cruzó el camino a todo correr delante de nosotros: seis crías siguiendo fielmente a su madre. Y antes de que reanudáramos la marcha, se habían puesto ya a resguardo.

Continuamos adelante, solo que con más cautela. Cuando todavía no habíamos salido del bosque de Winloch, John aminoró.

—Un momento, ¿de qué vas? —preguntó Ev. Se había puesto totalmente rígida.

John viró a la izquierda y bajó por un camino pedregoso que descendía abruptamente desde la pista forestal, por la cual habríamos salido de Winloch.

—Íbamos a tener que hacerlo en algún momento.

—Pero antes quiero hablarlo —repuso ella.

—Ya lo hemos hablado. Tenemos que decírselo.

—Pues yo no estoy preparada.

—¿Decirme qué? —pregunté yo. Los dos se volvieron hacia atrás, sorprendidos, como si se hubiesen olvidado de que estaba allí.

—A ti no. —Ev arrugó la frente—. A su madre.

Descendimos por aquel camino de baches sin decir nada. El chasis gemía con cada entrada y salida de los ejes en los boquetes del suelo, del tamaño de nuestros neumáticos. Las lluvias y el hielo habían arrancado la grava de la pista y la habían echado a la zanja del lateral, dejando en su lugar una superficie de barro apisonado. Ev se cruzó de brazos. John no cejaba. Yo estaba a punto de preguntar: «¿Dónde está su madre?», cuando de pronto llegamos a una cuesta empinada que tiraba hacia la derecha, tras la cual apareció una casa de color marrón, en estado de semiabandono. Un sedán de dos puertas, lleno de abolladuras, ocupaba el camino de acceso a la vivienda, aparcado al lado de un cacharro oxidado, un viejo tractor con aspecto feroz. Si la casita de Indo se hallaba en perpetuo estado de extravagancia, la casa de la madre de John era de esas que solo habitaban los pobres del campo.

John apagó el motor y abrió su puerta con un solo gesto. Nosotras, en silencio, les seguimos con la mirada a él y a la perra, que le acompañaba meneando la cola, hasta que entraron en la casuchilla. Lo último que vimos desaparecer fue la cola de Abby.

—Esa mujer me odia —dijo Ev. La construcción entera pareció estremecerse bajo las pisadas de John y Abby, como si dos seres más en su interior fuesen demasiados.

Yo le di unas palmaditas en el hombro.

—¿Cómo puede nadie odiarte a ti?

Tardé diez minutos en convencer a Ev de que, si pretendía causarle buena impresión a la señora LaChance, quedarse escondida en el coche no iba a ser lo más acertado. Y cuando nos acercábamos a la puerta, cubierta de manchas de humedad, me apretó la mano. Era la primera vez que la veía aterrada.

Llamó con los nudillos. A través de la mosquitera nos llegó una bocanada de aire caliente: el aliento de Abby. La gran sonrisa de John al ver a Ev me recordó a Galway. Aparté de mi mente el recuerdo del beso de aquel hombre y entré con ellos.

La casa de la señora LaChance se llamaba Echinacea y, desde el punto de vista arquitectónico, era como las demás casas de Winloch: unas pocas habitaciones y vistas panorámicas. Al estar en la zona boscosa del campamento, su estructura era la encarnación de lo que yo había temido que fuese Bittersweet la noche en que llegamos. Todos los elementos de Echinacea expuestos a las inclemencias del tiempo (alféizares, cubierta, barandillas) estaban recubiertos de una gruesa capa de esponjoso musgo. En los rincones del salón había polvo acumulado, el mismo que asomaba por detrás de unos muebles mohosos que recordaban a las rocas que había aquí y allá por todo el bosque de alrededor. Había señales evidentes del afán humano por poner límite a la Naturaleza invasora (olor a desinfectante, restos de limpiacristales en un espejo), pero no había nada que pudiera con la podredumbre que lo corroía todo. El olor omnipresente a descomposición me recordó a mi casa.

Me obligué a sonreír. John nos llevó a una cocina de linóleo de color verde oliva, como del año 1963 aproximadamente, escasamente iluminada por un tubo fluorescente que zumbaba, y a continuación salimos al enclenque porche que asomaba directamente al lago, una plataforma precaria sin nada debajo. Allí encontramos a una mujer delgada, impecable en su almidonado uniforme blanco de enfermera. La mujer se levantó exclamando: «¡Genevra!» y, eufórica, estrechó a Ev entre sus brazos. Era alta. Su acento pertenecía a otro universo. Ev se quedó atrapada en el abrazo hasta que la mujer se separó de ella y retrocedió un poco, para cogerle la cara con las manos.

—¡Qué mayor estás! —añadió, y dio un suspiro, con una mezcla de desilusión y orgullo.

Vi que John se sentaba en cuclillas al lado de la vieja silla de ruedas, junto a la cual se había tendido Abby, y reparé entonces en que la silla estaba ocupada por un cuerpecillo frágil. El ocupante, que a duras penas semejaba una persona, estaba sentado de cara a las vistas del lago, el cual solo se vislumbraba entre unos arces ralos, justo delante de un despeñadero de piedra caliza. Era una panorámica impregnada de melancolía, desprovista de las posibilidades de escapismo fácil del que tanto disfrutaban los Winslow.

El único indicio de que había un ser humano en esa silla era la respiración incesante de la figura que la ocupaba, quien no movió la cabeza ni siquiera cuando John la tocó.

Ev se acordó de mí.

—Te presento a May —dijo—. May, esta es Aggie, mi vieja niñera.

—¿A quién estás llamando vieja? —bromeó Aggie, tras lo cual me saludó con un abrazo fortísimo. Desprendía un delicioso aroma a pimienta. Cuando me liberó de su abrazo, estuve a punto de estornudar—. Voy a prepararos algo de picar. —Ya en el umbral, miró cariñosamente a Ev. Y se metió en la cocina.

—Mamá —dijo John con suavidad, justo cuando nosotras volvíamos la mirada hacia la figura de la silla de ruedas—. Mira quién ha venido a verte. —Giró la silla para que su madre pudiera vernos. Yo me había esperado ver a una vieja, pero la mujer tenía la cara tersa, carente por completo de arrugas, lo cual le daba un aire aniñado. Su cutis era casi traslúcido, y se le veían las venas de la zona de la frente. Tenía los ojos de John.

—Hola, señora LaChance. —Ev no le tendió la mano ni se inclinó hasta el nivel de la mujer. Como bien sabía yo, cualquiera habría podido tomar a esa joven alta y guapa por una engreída, cuando en el fondo solo estaba nerviosa.

—Gracias por su hospitalidad. —Me agaché y apoyé mi mano en la mano de la señora LaChance. Ella escondió los dedos.

—¿Quién es esta? —preguntó la señora LaChance con una voz llena de vida, mirando sin apuntar a mí.

—Es May, mamá —respondió John.

—Digo esa —le corrigió la mujer, que no le había quitado los ojos de encima a Ev.

—Soy Genevra —dijo Ev, y miró a John con ojos muy expresivos—, pasaba por aquí y he bajado a saludarla.

—¡No! —chilló la señora LaChance con ferocidad ahora—. ¿Aggie? ¿Aggie?

Aggie apareció en la puerta.

—Llévatela de aquí —rugió la señora LaChance. John estaba demudado, blanco como una sábana.

—Pauline —le rogó Aggie, acercándose—. Vamos a ser amables. —Como la señora LaChance volvió a protestar, Aggie le susurró a John—: Nos habéis pillado justo cuando iba a echarse una siesta. —Y dirigiéndose a mí, dijo—: Llévate a Ev a dar un paseo.

La voz de la señora LaChance había alcanzado un matiz histérico. Prácticamente chillaba.

—¡Que no entre en mi casa!

Abby se puso a ladrar, lo cual no hizo sino terminar de crispar la escena.

Aggie me indicó la puerta del porche con un movimiento de la cabeza. Cogí a Ev por el brazo y me la llevé de allí mientras oía que la enfermera reprendía a la señora LaChance, diciendo:

—Vamos, vamos, yo sé que no era eso lo que quería decir. Ev es una niña encantadora.

Pero todos sabíamos que la señora LaChance había dicho justamente lo que había querido decir.

Cuando llegamos al estrechísimo caminito que discurría por el acantilado, por el que resonaron nuestras pisadas con un ruido sordo, Ev estaba llorando.

—¿Has visto?

Desde este lado del campamento las vistas del lago no eran tan bonitas. La escarpada piedra caliza daba paso, más abajo, a un montón de rocas de formas irregulares.

Cogí la mano de Ev y traté de dar con algo adecuado que decir.

—No está bien, la mujer —dije, pues no quería ir al fondo del asunto.

—Siempre nos ha aborrecido —repuso Ev en tono de queja, y me apartó—. Hasta cuando éramos pequeños.

—Bueno, trabajó para vosotros, ¿no?

—¿Qué quieres decir con eso?

Pensé en mi madre, a la que un cliente había puesto a caer de un burro porque su abrigo Burberry había resultado dañado por una plancha de vapor; y en mi padre, que se quedó sin mil preciosos dólares por pagar al asesor legal cuando uno de sus clientes amenazó con demandarle.

—Servir a otras personas no es fácil.

—¿Y quién te piensas que le dio un techo bajo el que vivir cuando murió su marido? ¿Quién paga a Aggie? ¿Quién tiene empleado a John y la deja a ella vivir sin tener que pagar un alquiler?

—A lo mejor por eso precisamente le caes mal.

Ev tardó unos segundos en asimilarlo y puso los ojos en blanco.

Eché a andar hasta el final del caminito, unos metros más allá. El sendero se las traía. El pico de la península, no más ancho que mis dos pies, quedaba a unos veinte metros del agua, fácilmente.

—Me dijo que íbamos a hacer un plan chulo —se quejó Ev.

Yo me reí.

—Y esto no era lo que te habías imaginado, ¿no?

Se sentó en una roca, dejándose caer con todo el peso de su cuerpo. Yo me senté a su lado. Nos quedamos mirando pasar una chalana.

—Nunca nos va a dar su aprobación —dijo con más serenidad—. No sé ni por qué lo intenta John.

—Pero ¿qué es lo que tiene?

—Sufrió un colapso nervioso cuando murió su marido. Eso fue hace como veinte años. O sea, que ¿no te parece que ya podría estar recuperada? —Me miró, entornando los ojos—. No te asustaste al verla.

No podía contarle mi secreto. Aún no.

—En tiempos trabajé como voluntaria con personas así.

Cogió un palo y lo arrojó por el borde del acantilado. Oímos que se hacía trizas al caer.

—¿Vas a por John? Tengo que salir de aquí.

Me planteé responderle: «Si de verdad le amas, algún día tendrás que enfrentarte a ella». Pero mantuve cerrada la boca e hice lo que me pedía. Cuando iba por el caminillo de cabras por el que volví sobre nuestros pasos, pensé en el tacto frío de los dedos de la señora LaChance al posar mi mano en la suya.

Oí la voz de John antes de alcanzar a ver su silueta en el porche, en cuclillas al lado de la silla de su madre.

—Mamá, tienes que darle una oportunidad. —El viento soplaba hacia mí y me trajo sus palabras, dichas en voz baja. Si se hubiese dado la vuelta, me habría visto. No quería que pensase que estaba cotilleando. Pero aun así me escondí detrás de un árbol y agucé el oído para captar la respuesta de su madre.

—Cualquiera, menos una de ellos —dijo con voz ronca—. Cualquier chica, y te diré que sí.

—Merezco tener lo que tuvisteis papá y tú —alegó él—.
La vida pasa volando. Y si encuentras el amor, luchas por él.

—Es una Winslow —sentenció la señora La Chance, poniendo punto final a la conversación.

Entre los árboles distinguí los colores intensos del vestido de Ev, que ya volvía por el camino en dirección a donde estaba yo. Me puse rápidamente en el camino también y eché a andar hacia la casa. John salió por la puerta del porche, llamó a Abby con un silbido y dejó que la puerta se cerrase dando un portazo.

—¿Y Ev?

Le pasó la mano por el lomo a su perra, mientras esta olisqueaba el suelo en busca de una ardilla lista que se había escondido debajo del porche.

Salimos del campamento a toda pastilla. En el trayecto, yo me esperaba que saltasen chispas entre John y Ev. Sin embargo, en cuanto salimos del bosque de Winloch y empezamos a atravesar la pradera, momento en que el sonido de nuestro motor tiñó el mundo de amarillo al hacer salir en desbandada a un montón de jilgueros lúganos, John echó el brazo alrededor de los hombros de Ev.

—Una llamarada de lúganos —murmuró ella*.

—Una carga de garzas —respondió él.

—Una matanza de cuervos.

—Un rumor de estorninos.

---

* «A sparkle of goldfinches» es la expresión original que Ev reproduce de memoria, y John le sigue el juego; toman las expresiones del libro de *An exaltation of larks* (1968), en el que el compositor, actor y escritor estadounidense James Lipton recogió cientos de expresiones populares anglosajonas empleadas desde tiempos inmemoriales para designar colectivos, grupos de personas, de animales o de cosas. En este caso, los personajes juegan a recordar las expresiones relativas a aves. *[N. de la T.]*

Ella pegó la cara a la curva del cuello de él.

—Una tropa de gorriones.

—Una exaltación de alondras.

Se me ocurrió de repente que los dos se conocían desde hacía más tiempo de lo que a mí me conocía nadie al margen de mi familia.

—Una bandada de gansos —añadió ella, riéndose.

—No era bandada, era banda.

—Banda era cuando están en el agua. Y se dice bandada cuando van volando.

—Entonces vale. Pero en pronunciación te canto falta.

—¿Falsa?

John se tronchó de risa.

—Los juegos de palabras están estrictamente prohibidos en esta camioneta.

—Da igual cómo lo pronuncie —le rebatió Ev con vehemencia—, no se descuentan puntos por errores de pronunciación.

Su tono solemne le hizo mirarla muerto de risa.

—Muy bien, listilla, entonces ¿cómo llamas tú a un grupo de codornices?

—Una camada.

Él negó con la cabeza, muy seguro.

—Colonia.

Y continuaron con el juego. Atrás quedaron la madre de él y Winloch.

CAPÍTULO 27

El día de fiesta

A la mañana siguiente Ev y yo estábamos desayunando café, en albornoz, cuando apareció John vestido de blanco de la cabeza a los pies. Por el contraste con el inmaculado tejido de algodón de unos pantalones holgados, una camisa y una gorra, su tez bronceada parecía aún más oscura. Ev soltó un silbido de admiración, y yo procuré no mirarle con demasiada avidez.

Él puso los ojos en blanco.

—Es una gracia que tu madre obligue al servicio a ponerse de blanco también.

Ev se rio alegremente.

—¿Y vuestra ropa blanca? —Nos dedicó una mirada ceñuda.

Yo no entendía nada. Miré a Ev, miré a John. Sin embargo, ella sí parecía que sabía perfectamente de qué estaba hablando. Los dos se rieron de mi cara de pasmo y al final Ev me anunció con voz cantarina:

—¡Hoy es el Día de Winloch! ¡Hamburguesas de queso, fútbol, fuegos artificiales! ¡Ponte la ropa blanca que tengas!

Me quedé sin habla. Las únicas prendas blancas presentables que tenía eran una camiseta y unos pantalones de abuela.

—¡Mira la cara que pone! —se rio Ev, señalándome—. ¡No sufras, te compré unas cositas en Montreal! —Se levantó de la mesa dando un brinco y salió, pasando por delante de John muy pegada a él para plantarle un casto beso (un poco largo, en todo caso) en los labios. Unos minutos después, regresó con un vestido de color marfil colgado en una percha. A simple vista ya me di cuenta de que me sentaría de maravilla.

Mientras le expresaba mi agradecimiento, John rodeó con los brazos a Ev y la besó en el cuello.

—Evie, eres la chica más dulce que conozco.

—No tienes ni idea.

—Algún día —dijo él, abrazándola con fuerza—, algún día te daré todo lo que quieras. Una casa enorme. Seis dormitorios. Uno para cada bebé.

Ev resopló.

—Y un montón de cuartos de baño. Y una cocina con lo último de lo último.

—No sé quién te crees que va a cocinar en esa cocina. —Ev intentó zafarse. Pero él no la soltaba.

—Te lo prometo —dijo él—. Todo lo que quieras, Evie. Todo.

—¡Un tiovivo! —Estaba empeñada en quitarle hierro al tema.

—Vale, un tiovivo —accedió él con indulgencia—. ¿Qué más?

—Una máquina para hacer algodón de azúcar.

—Cuidaré de los dos. —Lo dijo tan bajito que casi no lo oí. Finalmente ella se soltó de sus brazos.

—Tengo que ducharme.

—Faltaría más.

Ev señaló mi vestido con un gesto de la cabeza.

—Me alegro de que te guste. —A continuación, se escabulló por delante de él y se metió en el baño.

—¿Así que hoy eres del servicio? —pregunté.

—Lacayo, sherpa, a su servicio. —Dio un sorbo del café de Ev, que ya se había enfriado.

Entonces le pregunté algo que llevaba tiempo intrigándome.

—¿Y qué tal es trabajar para los Winslow?

Él me escudriñó con tanto interés que sentí que necesitaba explicarle mi pregunta.

—Mis padres tienen una tintorería.

Y la mirada de recelo fue desapareciendo de su semblante mientras reflexionaba sobre la pregunta que le había hecho.

—Pues es como si llevase toda la vida trabajando para ellos. —No lo decía en tono de pena, sino de sinceridad. Yo me pregunté si esa era la razón por la que amaba a Ev, porque para él era natural cuidar de una Winslow. Pero nada más cruzar ese pensamiento mi mente, me reprendí a mí misma. ¿Quién era yo para juzgar los motivos por los que alguien se sentía unido a otra persona?

—¿Y qué opinan los demás? —le pregunté, pensando en los hombres que había visto faenando por el campamento, con la piel tostada como los granjeros. Al llegar a Winloch los había visto por todas partes. Dejaban aparcadas en las cunetas de los caminos sus camionetillas blancas de empleados de la propiedad, y oía sus martillazos en las tablas del tejado del Refectorio. Me di cuenta de que al pasar de junio a julio había dejado de reparar en su presencia, lo cual quería decir que en esos momentos tenían menos tarea o que yo me había habituado tanto a que otros atendiesen todas mis necesidades que ya no me fijaba en las personas que se ocupaban de satisfacerlas. Algo me decía que se trataba más bien de lo segundo—. ¿De dónde vienen?

—Son de por aquí. Sus padres y sus abuelos ya trabajaban para los Winslow. —Entonces se quedó callado. Oímos el agua correr tras la puerta del cuarto de baño—. Aquí hay mucho que hacer. Hay que montar los embarcaderos, las colchonetas de agua, reparar las cubiertas, ya sabes. Segar todos los jardines, plantar. Luego hay que apuntalar los terraplenes de debajo de las casas para frenar la erosión, con lo cual hay que traer rocas, manejar la excavadora, ese tipo de cosas. Y arrancar las malas hierbas. Vigilar los campos de drenaje, que no haya arbolitos jóvenes y que se evaporen bien las aguas residuales. Hay que cambiar una bomba séptica de un sótano, y reemplazar las vigas de madera de unos cimientos con unas de acero. Si se pudren los tablones de las terrazas, hay que cambiarlos. Y en invierno hay que dejar cerradas las casas, lo cual quiere decir que hay que cerrar el paso del agua, drenar las tuberías, limpiar los tejados, destapar sumideros, trasladar muebles, pintar.

Nunca le había oído decir tantas palabras seguidas.

—¿Y trabajas en el bosque? —le pregunté, deseando que su voz siguiese envolviéndome como una ola.

—Claro. Hay que desbrozar los retoños de algunas especies, como el pino blanco o el pino rojo, porque lo que se quiere es que crezcan los ejemplares de madera dura. Mira, en tiempos de mi abuelo todo esto eran tierras de labranza. Y lo que aparece cuando ya no se cultivan son las coníferas. Pero lo que da buena madera para la lumbre en otoño y en primavera son los árboles de maderas nobles. Por eso hay que quitar el pino, así el arce y el roble reciben luz suficiente para…

—¡Hey! —La voz alegre de Ev interrumpió su explicación. Había salido al salón con una toalla enrollada alrededor de su atlético cuerpo y con otra puesta a modo de turbante en la cabeza—. ¿Me vas a ayudar a elegir un conjunto, o qué? —Y se marchó con andares sugerentes al dormitorio.

John prácticamente babeó al levantarse para irse detrás de ella.

—Discúlpame.

Yo me dediqué a fregar varias veces los platos hasta que hubieron terminado.

Esa tarde, vestidas las tres con nuestros vestidos de color alabastro, Lu, Ev y yo nos entretuvimos en clavar banderitas bordadas con el escudo de Winslow, con un metro de separación aproximadamente, a lo largo del límite del jardín de Trillium, siguiendo las indicaciones de Tilde. John llegó con la camioneta repleta de cosas, dando marcha atrás. Me quedé mirando a Ev mientras ella a su vez observaba la conversación entre él y su madre (John con la gorra cogida en la mano y Tilde dándole instrucciones), y me pregunté cómo se sentiría Ev. Pero cuando él se cargó al hombro las bolsas de hielo y se fue detrás de Tilde al porche, ni él ni Ev se miraron. Así pues, yo también bajé la cabeza y empujé bien el palito de la siguiente banderita para clavarlo en la mullida tierra.

—¿Crees que vendrá Galway? —pregunté con toda la naturalidad que pude, cuando hubimos terminado con el encargo.

—Seguramente estará con su novia —contestó Lu sentándose en el suelo.

—¿Tiene novia? —Intenté mantener la calma.

Lu vio a lo lejos a Owen, subiendo por la escalera desde Rocas Lisas. Comprobó que su madre no pudiera verla y echó a correr hacia él. Ev se tumbó a mi lado y observó a los dos adolescentes, entornando los ojos, mientras ellos se daban un abrazo furtivo.

—¿Tú alguna vez has besado así a John? —pregunté.

—¿Delante de la casa de mi madre? —Ev respondió negando enfáticamente con la cabeza. El calor había ido en aumento, pero no había llegado a ser desagradable. De los lirios de día que bordeaban la hierba salían y entraban abejorros—. ¿A qué viene ese repentino interés por Galway? —preguntó.

La mentira salió con toda facilidad.

—Ah, bueno, es que él sabe lo que me interesa la genealogía Winslow y...

—¡Por favor, qué muermo! —Me soltó un cachete y yo la miré enojada. Ella se tumbó boca arriba. Su melena rubia se abrió como un abanico sobre la hierba cortada al milímetro, y abrió y cerró con aire soñador los ojos, poniéndose la mano encima de la tripa—. Tengo una noticia que...

—¿Genevra? —La voz de Tilde impidió que Ev me dijese lo que estaba a punto de decir.

—¿Sí, mamá?

—¿Habéis sacado los manteles? Pero, chicas, cómo se os ocurre, os habéis puesto perdidas.

Ev salió corriendo hacia su madre como una niña pequeña.

Los hombres encendieron la barbacoa. Las mujeres sacaron la ensalada de patatas, la limonada y el kétchup. Llegaron los invitados de blanco y saborearon las sabrosas hamburguesas de jalapeños con lonchas de queso cheddar de Cabot, mientras los perros babeaban sentados debajo de la mesa de los niños, esperando que cayera algún trozo de algo. Los Winslow se habían puesto sus mejores galas estivales (camisetas con cuellos de polo, vestidos de algodón), todos de blanco. Y me di cuenta de que finalmente había entrado en la fotografía que había decorado nuestra habitación de la residencia. Cerré los ojos y dije para mí una oración de agradecimiento a Jackson Booth, mi santo patrón, la razón por la que me encontraba allí.

Estaba en el porche al lado de Ev, de pie, decidiendo si podía permitirme una segunda mazorca untada de mantequilla, cuando de pronto ella abrió la boca y me agarró del brazo. Seguí su mirada, que se perdía más allá del acristalamiento.

—La tía CeCe —dijo, y dejó su plato en la mesa para irse corriendo al interior de la casa.

Lo único que yo sabía de CeCe Booth era que su único hijo se había quitado la vida y que ella durante el funeral había estado destrozada, hasta el punto de dar vergüenza (por lo menos, según los Winslow). Había oído algún que otro chismorreo, como que su carácter sobreprotector había sido el motivo que había llevado a Jackson a alistarse en el ejército, y que su dependencia sin precedentes había agobiado tanto a su marido que la había abandonado. Pero para mí todos esos comentarios desfavorables eran habladurías sin más. La inevitable consecuencia de una tragedia. Sabía demasiado bien lo rápido que se juntan los lobos...

La mujer se había parado cerca de Trillium. Se la veía deshecha de dolor, como si solo hubiese hecho falta un leve toque para que se desmoronase. Llevaba el pelo, castaño, recogido caóticamente, y vestía un jersey de lana gris demasiado abrigado y demasiado grande. Se abrazaba con las manos como si fuese a resquebrajarse. La observé mientras se acercaba a la casa de su hermano mayor. Imaginé que sus familiares la abrazarían. Y así fue: la abrazaron sus hermanas Stockard y Mhairie, sus sobrinas Lu, Antonia y Katie, y la abrazaron también los amigos de la familia que eran vecinos de la finca y que se habían enterado de la tragedia. En esos momentos la rodeaban, diciéndole palabras de consuelo con voz apenada. Pero mucho más instructivo fue fijarme en quiénes no la recibieron abriéndole los brazos. Desde mi posición privilegiada, en el porche, la división resultaba clamorosa, aun cuando el motivo de la escisión no fuese evidente. Birch ni la miraba, y sus hermanas mayores, Greta e Indo, se quedaron sentadas, llamativamente, en sus sillas Adirondack, en el césped del jardín. El desaire de Indo me impactó. Una cosa era que fuese una mujer excéntrica, pero generalmente, dentro de su rareza, era amable y hospitalaria. Yo había dado por hecho que se acercaría a darle un abrazo a la única persona que parecía aún más fuera de lugar en Winloch que ella misma. Pero, en fin, a lo mejor era justamente eso lo que pasaba, a lo mejor Indo no deseaba que la vinculasen con alguien a quien todos percibían como una persona débil.

Tilde cruzó todo el jardín de Trillium como una exhalación recordando a los invitados que rodeaban a la doliente mujer que en el porche tenían cerveza bien fría. Y esperó a que todos ellos se hubiesen apartado de CeCe para acercarse a su cuñada a susurrarle algo al oído.

CeCe se puso rígida. Entonces, con voz quebrada por la desesperación, repuso:

—Solo quiero unirme a la fiesta, Tilde. No voy a echar nada a perder.

Tilde se inclinó hacia ella para decirle algo más, a lo que CeCe exclamó:

—Pues claro que tengo la emoción a flor de piel. —Lo dijo alzando gradualmente la voz. Y empezaron a saltársele las lágrimas.

Ev reapareció a mi lado y cogió de nuevo su plato con gesto de satisfacción.

—¿Va todo bien? —pregunté.

Ev vio que estaba observando la conversación entre su madre y su tía.

Tilde había puesto una mano en el brazo de CeCe y esta estaba tratando de soltarse.

—Nos había prometido que no se presentaría —respondió Ev lacónicamente.

—¿Por qué?

—Entristecería a todo el mundo. Justo lo que está haciendo ya.

—¡Pero es que su hijo se mató! —repliqué espeluznada.

—Por el amor de Dios, Mabel, no te metas —me espetó. Dicho lo cual, se fue a perderse entre los invitados.

CAPÍTULO 28

Fuegos artificiales

Escarmentada, comí y bebí yo sola, aprovechando para observar la aceptación paulatina de CeCe en la celebración, aun cuando a duras penas se la veía con ánimo de celebrar nada. En cuanto empezó el partido de fútbol, Ev se largó sin siquiera mirar hacia donde estaba yo. Athol y su mujer, Emily, discutían sobre cuál de los dos se había dejado la mochila para llevar al bebé y, unos minutos después, Lu y Owen desaparecieron para darse el lote en Rocas Lisas. Fritz y Harvey, los perros de Indo y Tilde respectivamente, se disputaba a gruñidos un muñeco con sonido, riña que terminó cuando Indo le ladró a Fritz y se lo llevó a casa de la correa.

Yo abrí mi sexta cerveza (¿de verdad había bebido tantas ya?) y decidí pirarme sin encomendarme a nadie. Atravesé el salón acristalado y, al pasar por delante del Van Gogh, me pareció oír unas pisadas y, recordando mi conversación con Athol, salí pitando por la puerta de Trillium. Eché a andar por la carretera que cruzaba la pradera. Pasé por delante de las otras dos casas y de Clover. Fritz vino hacia mí corriendo y ladrándome malhumorado como si hubiese sido yo la que lo había echado de la fiesta. En cuanto empecé a subir por la cuesta, se detuvo en seco y dio dos o tres ladridos amortiguados, satisfecho, como diciendo: «¡Ea!», y dio media vuelta parar volver a la casa de Indo.

Estaba oscuro en el bosque y me tropecé en la subida por la pendiente. Pero al dar un trago a la cerveza, me entró el hipo y reconocí que mis tumbos podrían tener más que ver con que estaba beoda que con la caída de la noche. Podría haber bajado por la pista que llevaba a Bittersweet. Sin embargo, casi sin darme cuenta había seguido por la carretera principal y estaba pasando por delante del Refectorio, camino de la casa de Galway. Sucumbí. Y apreté el paso hasta que a lo lejos divisé la casita.

Estaba a oscuras y en el camino de acceso no había ningún coche. Aun así, me asomé a todas las ventanas, una por una, quedándome con los únicos elementos de él que pude distinguir: una taza dejada en la encimera de la cocina, la cama perfectamente hecha en el pequeño dormitorio casi desnudo. Acaricié el letrero de madera en el que estaba grabado el nombre de la casa, al lado de la entrada: Queen Anne's Lace. Galway era seguramente la persona a la que menos podía yo asociar con blondas y encajes*. Podría haber sido gracioso, si no fuese porque todo indicaba que no pensaba volver nunca más.

Apoyé, taciturna, la cabeza en el marco de la puerta. De pronto oí un grito que me hizo echarla para atrás automáticamente, un grito agudo, intenso, corto. Me quedé petrificada. Había venido de la parte de las casas de los otros hermanos. Pensé en Ev y John. Pero como no me seducía la idea de volver a encontrármelos metidos en faena (más por mi instinto de conservación que por otra cosa), me dije que no había sido

---

* En inglés Queen Anne's Lace significa literalmente «puntillas de la reina Ana». [N. de la T.]

nada, y apoyé de nuevo la frente en el marco de la puerta. Pero otra vez lo oí, esta vez más como un chillido. Un chillido de mujer.

Pensé en Murray, en lo que había tratado de hacerme a mí. Si alguien estaba lastimando a una mujer de esa manera, tenía que impedirlo. Salí del porche de Galway con mis torpes andares y entonces me detuve unos segundos para recomponerme. Me di unos cachetes en la cara para espabilarme un poco y recobrar algo de sobriedad. Pero aunque me escoció un poco la mejilla, el mundo siguió bamboleándose. Reemprendí la marcha con paso decidido en dirección a las otras dos casas, por Boy's Lane.

En el lapso entre Queen Anne's Lace y las casas de Banning y Athol no oí absolutamente nada. Empecé a tener dudas. Casi se me había hecho de noche y me planteé regresar adonde tirarían los fuegos artificiales, simplemente; en cualquier momento empezaría a oír los estallidos en el cielo. Pero de pronto se oyó de nuevo el mismo grito agudo, así que proseguí muy decidida. Abandoné la pista de grava y continué por la hierba para que no se oyeran mis pisadas. Mientras iba acercándome era imposible saber de cuál de las casas había salido el grito. Por eso, elegí la de Banning, a mi izquierda. La rodeé, agachada, dando gracias a que la oscuridad me ocultase. Al llegar a la parte de atrás me puse de puntillas para echar un vistazo por la primera ventana. Estaba segura de que vería alguna cosa espeluznante. Sin embargo, en el salón no había nadie, solo estaba desordenado. Volví a agacharme y repetí la acción con el dormitorio principal.

Entonces volví a oír el grito, un grito rápido e intencionadamente amortiguado. Había salido de la casa de Athol. Noté que me subía la adrenalina. Cogí un palo largo del jardín y avancé con sigilo hasta la parte trasera de la casa, donde sabía que podría echar un vistazo por el porche de atrás de Athol.

Iba muy agachada y casi no podía respirar. Cada sonido que hacía mi cuerpo me hacía estremecerme. Estaba segura de que tropezaría sin querer con alguno de los ruidosos juguetes de Maddy y me delataría.

Cuando estuve en el filo de la casa me agaché lo más pegada al suelo que pude y miré.

En el porche trasero de la casa de Athol titilaba un farol de queroseno. Pero para mis ojos acostumbrados a la oscuridad era como si fuesen cien. Allí, encima de la mesa, estaba Athol tumbado sobre una mujer, tapándole la boca con la mano mientras la penetraba. Entraba y salía de ella una y otra vez, golpeándole la cabeza contra la pantalla mosquitera. A su lado, en el suelo, Quicksilver dormía como si aquello pasase todos los días. Rompí a llorar. Daba la impresión de que estaba haciéndole daño. Tenía que hacer algo.

Entonces la oí reírse.

—He dicho «más fuerte» —le ordenó—, agárrame y dame más fuerte.

Vi su cara. Era la *au pair*. Y comprendí: ella quería esto. Athol no estaba haciéndole daño. Formaba parte del juego.

Ella le besó y él le devolvió el beso con lengua de tornillo. Se me encogieron las tripas. Esto no se parecía a lo de John y Ev. No se parecía nada al amor. Eran simplemente dos personas fornicando en el bosque. Quicksilver levantó la cabeza como si me hubiese olido. Eché a correr, convencida de que de un momento a otro me encontraría a ese perro mordiéndome los talones.

Llegué a Rocas Lisas justo cuando empezaban los fuegos artificiales. Vi que Emily estaba en una silla plegable, con sus niños sentados encima, dormidos, envueltos todos en un chal, y me pregunté si tendría idea de dónde se encontraba su marido. En ese preciso instante Ev entrelazó su brazo con el mío.

—Perdona lo de antes —susurró. El cielo se tiñó de rojo en un estallido. Ev me llevó hasta una toalla, donde nos sentamos las dos, un poco apartadas del resto de la familia. Todos miraban asombrados la purpurina dorada resplandeciente que caía del cielo. El bebé de Emily se despertó con los zambombazos y sus berridos se oyeron por todo el lago.

—Tengo que contarte una cosa —dijo Ev en voz baja.

Yo solo quería empaparme de los fuegos artificiales, ansiaba sentirlos retumbar dentro de mí, hacer saltar por los aires lo que acababa de presenciar, pulverizar lo que ahora sabía, lo que sabía de Athol y de la *au pair*. Quería que Ev se callase.

Sin embargo, me susurró:

—Estoy embarazada.

CAPÍTULO 29

El enigma

Ché cuentas: si a principios de julio estaba de diez semanas, Ev había concebido antes de que nos viniéramos al norte. Esa noche, en nuestra habitación, mientras ella fantaseaba en voz alta con tricotar una mantita de bebé y comprar un coche seguro, yo me preguntaba si John era el padre. Pero a no ser que hubiese bajado a Nueva York a primeros de mayo, el bebé que llevaba en sus entrañas era de otro hombre.

No me sentí con valor para preguntárselo.

—¿Lo sabe John? —Eso fue a lo más que me atreví.

—¿Por qué te crees que quiere que me camele a su madre? —Menos mal que la habitación estaba a oscuras, pues así no pudo ver mi gesto de estremecimiento al oír la displicencia con que lo había dicho—. No sabes cómo me alegro de habértelo dicho ya —soltó aliviada—. Estaba que me moría, pero él quería que no saliese de nosotros dos.

—Pues dentro de nada se te va a empezar a notar —respondí con un tono neutro—. ¿Qué dirá tu madre?

—De ella no voy a tener que preocuparme.

Me quedé callada unos segundos.

—¿Es que no lo vas a tener?

—Pues claro que lo voy a tener —repuso. Pero no me explicó lo que había querido decir.

Me daban ganas de gritar: ¿Y yo qué? ¿Y la universidad qué? ¿Y qué hay de nosotras dos de viejecitas, sentadas juntas en el porche de Bittersweet? ¿Es que sabía ella de qué iba un parto? ¿Estaba tomando vitaminas? Me sumí en un sueño agitado, feliz de poder contar con la distracción de mis pesadillas, para variar.

A la mañana siguiente, Ev volvió a Bittersweet de su paseo diario con cara de estar por los suelos. Dudé si preguntarle qué iba mal, porque me daba que habría tenido otra riña de enamorados y no me apetecía que se me echase encima por inmiscuirme. Pero ella pareció encantada de poder desahogarse.

—No se lo digas a nadie —empezó, entre sorbo y sorbo de la taza de Earl Grey que le había puesto delante—. Y, por favor, no me mates.

—¿Qué ha pasado?

—Hemos pensado largarnos.

—¿Quiénes? ¿Adónde?

—John y yo, melona. Fugarnos juntos. Mi padre está a punto de asignarme el fondo. Es nuestra oportunidad para empezar una vida nueva.

—Un momento —dije yo; volvía a surgir en mí la desconfianza hacia ella—, ¿has estado planeando fugarte con John? ¿Desde cuándo?

Ella hizo una mueca.

—Desde principios del verano.

Me faltó el canto de un duro para coger y salir por la puerta. Para preguntarle cómo era posible que me hubiese traído a este paraíso a sabiendas de que pensaba dejarme tirada aquí. ¿Se había pasado semanas fingiendo que poco a poco iba arraigando una especie de felicidad doméstica total, cuando en realidad había estado callándose semejante secreto? ¿Y me había amenazado con mandarme a Oregón, para apretarme las tuercas, a sabiendas de que precisamente allí era adonde me mandarían en cuanto ella se hubiese pirado y los Winslow hubiesen pasado página? Pero no me hizo falta decir nada, porque vio perfectamente lo herida que me sentía.

—Bueno, no tienes de qué preocuparte porque eso ya no va a pasar —dijo, y se echó a llorar, como si fuese ella la única que merecía compasión.

Suspiré.

—¿Por qué no?

Las lágrimas casi no la dejaban hablar, pero pudo decir:

—Dice que tenemos que llevarnos a su madre.

—¿Y qué?

—¿Cómo que y qué? Que yo no pienso ir a ninguna parte con esa mujer. Me odia. Me mataría mientras duermo, seguro. —Negó con la cabeza—. Él no lo entiende. Ella nunca nos dejará ser felices. Pero no quiere dejarla aquí. Así que no nos vamos a ninguna parte.

Cogí su mano. En mi opinión, se había puesto exageradamente melodramática. Pero era verdad que la señora LaChance tenía pinta de ser una buena pieza como suegra. Además, ¿acaso no me alegraba de saber que su plan de escaparse con John hubiese quedado en nada?

—Todo saldrá bien —dije, pero me salió con una entonación ascendente, como si en realidad fuese una pregunta.

Ella movió la cabeza afirmativamente.

—Te ama. —Al decir esas palabras, me pregunté si con el amor bastaría.

Esa semana la pasé leyendo el diario de Kitty. A la luz de las revelaciones de Ev, la insinuación de Indo de que a lo mejor un día Clover sería mía se había cargado de un matiz más apremiante.

John tenía que mantener la fachada de normalidad mientras decidían qué hacer, de modo que se pasaba el día entero trabajando, de la mañana a la noche. Ev estaba pletórica de ideas para el bebé y se empeñaba en pasar conmigo todos los minutos que John estaba ocupado. Pero yo necesitaba espacio. Así pues, me enfrascaba en la preparación de cenas sanas para las dos o me hacía la absorta en la lectura de *El Paraíso perdido*, hasta que ella se iba a la cala a darse un chapuzón o se tumbaba a dar una cabezada. Entonces yo aprovechaba para pasar a la acción: me iba al cuarto de baño y sacaba del fondo del armario mi querido libro envuelto en la toalla, lo desenvolvía y me sumergía en otro mundo, hasta que oía las pisadas de Ev y otra vez tenía que esconderlo.

Echándole un vistazo rápido de principio a fin, inferí que el diario de Kitty abarcaba todo un año, desde la anotación de enero que había leído yo aquel primer día hasta una anotación de finales de diciembre, que decía sencillamente, casi con tristeza: «Primera nevada. Este año ha tardado. El Tannenbaum está adornado. Encendí una vela y recé».

Entre ambas anotaciones, las hojas, lisas y amarillentas, aparecían llenas de la letra perfecta de Kitty, inclinada a la derecha como si siempre estuviese queriendo ir adelante. Usaba tinta negra y plumín fino y anotaba las fechas así: «Lunes, 14 de julio» o así, sin indicar el día de la semana: «26 de junio». Pero no mencionó el año en ningún momento.

Desde la primera anotación, yo había deducido que escribió el diario un año entre 1929 y 1935. Sin embargo, al margen de alguna que otra mención ocasional a las desgracias del mundo, no se extendía acerca de lo que sucedía más allá de las cuatro paredes del salón de su casa. Eso era lo que más decepción me producía. Había creído que el diario resultaría esclarecedor, que arrojaría algo de luz sobre tal o cual secreto jugoso, pero el tema del que escribía Kitty era ni más ni menos que su propio ombligo. Mencionaba tan escasamente lo que tenía lugar en el resto del mundo (la Gran Depresión, la tormenta que empezaba a formarse y que desembocaría en la Segunda Guerra Mundial) que daba la sensación de que en ningún momento levantaba la cabeza de la página el tiempo suficiente para mirar por una ventana. De lo que sí escribía era de su cubertería de plata: «B. insiste en que baje a Nueva York a echar un vistazo en Tiffany, pero le he insistido en que lo que elija su madre me parecerá bien»; de sus perritos falderos: «Fitzwilliam es un doguillo encantador, respira jadeando y todo lo soporta»; y de las visitas: «Esta semana recibimos a Claude, Paul y Henri. B. y yo estamos deseando ofrecerles refugio hasta que decidan dónde quedarse».

El miércoles había terminado una primera lectura. No había sacado nada en claro. Por eso, empecé otra vez, releí las anotaciones saltándome el orden, tratando de dar con algo secreto, algo sobre el caudal inesperado, o sobre la bancarrota. En esa segunda pasada sí encontré un secreto, pero se trataba de un tema personal que me dio mucha pena: «B. ha tenido un lío con una de las criadas, P. Me ha asegurado que es agua pasada, pero no deja de parecerme un horror, un desastre cuyas consecuencias tendré que pagar yo, una historia que me pesa terriblemente». Supongo que no debía haberme sorprendido que Bard le hubiese puesto los cuernos a Kitty con una criada. Por horrible que me pareciese, no me costaba imaginarlo, sobre todo si pensaba en Emily y en sus críos contemplando los fuegos artificiales, mientras Athol se cepillaba a la *au pair*. Pobre Kitty, pobre Emily.

El viernes por la tarde me disponía a iniciar la tercera pasada del diario, con Abby jadeando a mis pies (John y Ev se habían metido en el dormitorio a hablar seriamente; detrás de la puerta cerrada se oía el runrún de la voz grave de él, salpicado de vez en cuando por la voz quejica de ella), cuando alguien llamó a la puerta. Escondí el diario y, maldiciendo la intrusión, salí a tientas del cuarto de baño.

—¿Sí? —dije, viendo ya a alguien que aguardaba en los escalones de la entrada con la cabeza vuelta hacia la carretera. El hombre se volvió al oír mi voz. Era Galway.

—Hola. —Su tono era tranquilo.

Le respondí sin abrir aún la mosquitera.

—Hola.

Abby asomó alegremente la cabeza por la puerta para que la acariciase.

—¿Qué está haciendo la perra aquí? —preguntó Galway.

—John está arreglando el lavabo del cuarto de baño.

Suspiró.

—Siento no haber podido venir al Día de Winloch.

Yo levanté las manos en un gesto de liberación.

—Me habría gustado verte —dijo él con cautela.

Me encogí de hombros.

—¿Puedo compensártelo? —Empezó a juguetear con la madera del marco de la puerta, a unos centímetros de mi brazo. La pelota había quedado claramente en mi tejado.

—No hace falta.

—¿Me dejas que te invite a cenar?

—En serio, no hace falta que tengas ninguna atención conmigo.

—Estás disgustada.

—¿Por qué iba a estarlo?

Él bajó la mano.

—Porque te besé y luego desaparecí.

Me ardía la cara.

—Por favor —insistió—. ¿Mañana por la noche? Algo informal. A las ocho.

—No sé.

—He encontrado algo —insinuó. Yo estuve a punto de responder: «¿Una novia?», pero él siguió hablando—: Un dato en los registros financieros de los Winslow.

Si le decía que ya tenía planes para el día siguiente por la noche, que iba a hacer no sé qué cosa alucinante, le habría bastado con darse un paseíto desde su casa para encontrarme tumbada en el sofá y pillarme en el embuste. Además, hasta su compañía me parecía mejor que pasarme otra noche desentrañando los misterios del diario de Kitty o soportando la vena que le había dado a Ev con lo de ser mamá.

—De acuerdo —le dije. Le di con la puerta en las narices y Abby gimió. Mientras me iba hacia la cocina, noté que él me seguía con la mirada hasta que desaparecí de su vista.

CAPÍTULO 30

La disculpa

Al día siguiente un aire helador subió del lago y se coló en Bittersweet, metiéndose por debajo de las puertas y filtrándose por las rendijas de las ventanas, como si la centenaria construcción no fuese más que un precioso puzle para el viento. Preparé unos huevos revueltos en la cocina, surcada de corrientes de aire, tapada con el cobertor de mi cama, mientras Ev intentaba encender fuego en la estufa, infructuosamente. Acabamos envueltas en una humareda, en medio de los ladridos incesantes de Abby, a quien John había dejado con nosotras. No nos quedó más remedio que abrir las ventanas, con lo que la casa se enfrió aún más. Después de eso decidimos meternos en la cama.

—Tengo que contarte una cosa —anuncié.

Al oír mi voz, Abby arañó la puerta de nuestro cuarto. Como nosotras no respondimos, empezó a gemir. Ev puso los ojos en blanco y lanzó su almohada contra la puerta.

—Solo quiere cuidar de ti —dije yo—. Probablemente huele al bebé. —Abby había estado siguiendo a Ev allá donde iba, cosa que a Ev la molestaba sobremanera y a mí me divertía.

—¡Me está poniendo de los nervios! —chilló Ev. La perra lanzó un último gemido suplicante y a continuación se marchó, presumiblemente para echar un vistazo a su cuenco de comida. Al alejarse se oía el rasgueo acompasado de sus uñas en el suelo de madera.

Ev se tumbó en la cama.

—¿Y cuál es el notición? ¿Estás embarazada también?

Yo vacilé. No me quedaba otra. Me vería arreglarme y querría conocer los detalles. Y aunque me resistiese a contárselo, él vendría a recogerme, con lo cual no decir nada solo serviría para que su aparición resultase más incómoda. Además, aunque ella no viese su coche, no tenía más que preguntar a unos y otros y alguien le diría que nos había visto salir juntos de Winloch. Era mejor dar la cara.

—Que esta noche voy a salir con Galway.

Ev empezó a reírse por lo bajo.

—No sé qué tiene de gracioso.

—Un momento, ¿lo dices en serio?

—Oye, no es una cita ni nada parecido, ¿eh? —dije yo a la defensiva, y me bajé de la cama—. Solo quedamos para charlar sobre la genealogía de los Winslow.

—Santo Dios, Mabel, qué obsesión con mi familia. Pone los pelos de punta.

—Pues lo creas o no, investigo para mí —me oí a mí misma replicar—. Ya sé que cuesta creer que haga algo para mí nada más.

Ella puso los ojos en blanco, por toda respuesta.

—En fin —continué—, solamente te lo he dicho porque no quiero que te formes una idea equivocada sobre Galway y yo.

—No —replicó con sarcasmo—, ¿por qué iba nadie a formarse una idea equivocada sobre Galway y tú?

Me vestí en silencio. Me puse dos jerséis. Tenía la intención de salir a buscar a Lu y Owen.

Notaba perfectamente que Ev me escudriñaba desde detrás de su revista.

—Deberías andarte con cuidado.

—Sé arreglármelas.

—Con Galway.

—¿Es que no valgo lo suficiente para ir a cenar con tu hermano? —le espeté.

—Yo solo digo que es complicado, ¿vale? No te hagas ilusiones.

Me volví hacia ella, furibunda.

—No puedes tumbarte boca arriba. Harás daño al niño. —Salí del dormitorio hecha un basilisco, maldiciéndome a mí misma por preocuparme, por demostrarle que me importaba, por haber decidido hablarle de mi cita, para empezar. Pero sobre todo porque sabía que ella tenía razón.

Desde que habíamos encontrado las tortugas muertas, Lu había dedicado infinidad de horas a un biólogo marino de la universidad, un barbas que era todo un ratón de biblioteca. Primero habían hablado por teléfono, un sinfín de llamadas telefónicas a lo largo de un montón de días. Y después en persona en varias ocasiones, las veces que él había acudido en coche desde Burlington hasta la puerta misma de Trillium, para que ella pudiese llevarle en barca a Punta Tortuga, al otro lado de la bahía de Winslow, y así él pudiese contemplar aquel horror con sus propios ojos. Habían recogido muestras del agua, de la tierra y de la carne de los animales, y él había llamado a sus colegas de Fish and Wildlife, pero hasta la fecha nadie había encontrado una explicación a la desaparición de la colonia de tortugas. La reacción de Lu a esa incertidumbre fue la de actuar con una determinación recalcitrante. Y yo pude percibir, la única vez que vi al pobre científico, simplemente por cómo se encorvaba cuando Lu le preguntó por quincuagésima vez si de verdad no creía que el calentamiento del planeta era la causa, que el hombre lamentaba en lo más profundo haber contestado la primera llamada de ella.

Con todo, me admiraba su fortaleza.

«Somos los administradores de esta tierra», había oído que le explicaba a su padre con gesto solemne. Por eso, cuando finalmente los encontré a ella y a Owen en Rocas Lisas ese día helador, a punto de salir con la yola para cruzar la bahía, aunque lo último que deseaba era que me llevasen en barca a toda pastilla por las aguas revueltas de un lago, accedí a zarpar con ellos para acompañarles en otra ronda de recogida de muestras.

Remaba Owen. Lu iba sentada detrás de él, en la proa, y yo iba frente a él. Mientras avanzábamos por las aguas agitadas, me di cuenta de que apenas le había oído hablar alguna vez. Él se apartó los cabellos, de color castaño con reflejos rojizos, de la frente con sus dedos finos y se ruborizó al ver que le miraba; a lo mejor la timidez explicaba que fuese tan callado.

Finalmente llegamos a la cala de al lado de Punta Tortuga. Habían despejado un tramo de la playa para poder sacar fácilmente la barca. Me pregunté cuántas veces habían estado allí desde que Lu y yo habíamos descubierto las tortugas muertas.

Ella echó a andar hacia la punta a toda velocidad. Owen y yo la seguimos más despacio, y cortamos trozos de matorral y hierbas en la zona donde se encontraban las tortugas. Yo preferí no mirar con mucha atención cuánto había avanzado el proceso de descomposición, pero el hedor a putrefacción seguía en el aire. Metimos las muestras en tarros de mermelada, lavados y con las etiquetas quitadas, y Lu nos dio cinta de carrocero para que anotásemos la fecha y la ubicación aproximada de la planta de la que habíamos tomado la muestra. Lu apretaba la mandíbula y tenía el semblante concentrado. En cuanto hubimos llenado la bolsa de loneta con dos docenas de muestras, la seguimos sendero abajo hasta la playa.

—¡Se me olvidaba! —exclamó. Cogió el último tarro que quedaba sin usar y salió corriendo al extremo del cabo sin dar explicaciones.

Sonreí a Owen.

—Se lo está tomando muy en serio —dije, y, aunque no era mi intención, me salió en tono condescendiente. Supongo que ya me sentía parte del mundo de los adultos, en el que hasta el biólogo marino de vuelta de la vida creía que no todo tenía respuesta, que no todo tenía una solución.

—Las tortugas no se mueren así porque sí —repuso Owen—. Yo no sé mucho de tortugas, pero ella sí, y estoy dispuesto a hacer lo que haga falta para echarle una mano.

—Ayudar es bueno. Pero a veces suceden cosas horribles, sin más, y no se puede hacer nada.

—Eso no lo creo —declaró, y me sorprendió su convicción. Alzó la vista: Lu ya bajaba por el caminito de la punta, corriendo entre los árboles, con otra muestra más en la mano—. No. No lo creo en absoluto.

Las sombras se extendían por las canchas de tenis cuando estaba llegando a casa, y Ev seguía en su cama. Abby roncaba en la alfombrita alargada, a su lado. La perra levantó la cabeza y me observó mientras yo rebuscaba por mis cajones. Una vez hubo comprobado que no había traído un filete a casa, volvió a bajar la cabeza y dio un suspiro, contrariada.

—El embarazo me ha transformado en una ermitañita rara —dijo Ev unos minutos después. La voz le salió débil. Llevaba horas sin pronunciar palabra.

—No debí hablarte con tanta brusquedad —respondí, disculpándome, y me volví para mirarla.

—No, si tienes razón… No sé nada de bebés.

Me senté en mi cama.

—Irás aprendiendo.

—Soy más fuerte de lo que parezco —convino ella. Carraspeó—. En cualquier caso… siento haberme metido en tus asuntos.

—No pasa nada —dije, sorprendida de oírla disculparse. Nunca había oído esas palabras de su boca. De pronto me entraron ganas de contárselo—. Me besó.

—¿Estuvo bien?

—Sí. Pero cuando le llamé a su casa, respondió una mujer. Así que tienes razón. Complicado.

—¿Le preguntaste por ella?

Negué con la cabeza.

—Veré lo que puedo averiguar —prometió.

Di una patada de broma a su cama.

—Pero levántate…

—Es que se está genial aquí dentro.

—Pero no tengo qué ponerme y me tienes que maquillar.

CAPÍTULO 31

La cita

Cuando Galway aparcó delante de Bittersweet, ya me había puesto unos vaqueros y una de las camisetas de Ev, que a ella le quedaba holgada pero que se ceñía provocativamente alrededor de mi torso. Llevaba un sujetador negro y un tanga sexi a juego, y me había recogido la melena en una coleta baja. Hasta llevaba maquillaje. Ev dio un gritito al ver mi metamorfosis y, en cuanto las ruedas del coche de su hermano hicieron crujir la grava de la entrada, se escabulló.

—Vaya —dijo Galway cuando salí a recibirle a las escaleras. Él se había puesto un blazer y una camisa, pantalones de pinzas y mocasines. Hasta ese momento siempre le había visto con ropa de campo.

—Qué elegante vas. —Mi voz sonó dura.

—Y tú qué… —sus ojos me recorrieron de arriba abajo y se detuvieron unos instantes en mis pechos sin ningún reparo— guapa.

Carraspeé.

—Debería cambiarme.

Él me agarró la mano. Había olvidado lo suave que era su piel. Tiró con delicadeza de mi mano para atraerme hacia él. Su coche estaba impecable, sin desperdicios, ni mapas ni ningún elemento personal. Hacía una noche templada, pero llevaba las ventanillas cerradas. De todos modos, preferí no bajar la mía, no fuese a alborotárseme el pelo y echar a perder la magia que Ev había obrado en mí. Fuimos en silencio hasta que hubimos salido de Winloch. Luego giramos hacia el sur, en dirección a Burlington.

Pasamos por delante de unos afloramientos rocosos y de unas ovejas que pastaban al pie de enormes árboles de sombra. Él me miró un par de veces. Pero no decía nada, y el silencio empezó poco a poco a cargarse de significado. No habría sabido decir si era un significado romántico o desagradable.

Él carraspeó.

—Bueno, ¿y qué tal te ha ido?

—Ah, pues bien.

—Estupendo. —Y seguimos adelante en silencio.

Puso el intermitente al llegar al letrero de Burlington, pero nada más salir volvió a abandonar la carretera principal para dirigirse de nuevo hacia el sur, por Spear Street. Desde allí arriba yo miré con nostalgia el edificio de la universidad. Y, más allá, Church Street, donde hacía unas semanas había pasado una tarde paseando sin rumbo fijo con Lu. Me dio cierta pena, porque había estado deseando pasar una velada en la civilización. En una esquina de la calle peatonal había un restaurante francés informal. Ya me había imaginado pidiendo el filete a la plancha con patatas fritas.

—¿Adónde vamos? —pregunté mientras pasábamos por lo alto de una línea divisoria, con terraplenes a ambos lados de la carretera. El sol estaba a punto de ponerse, por detrás de las montañas de Adirondack. Entre las montañas y nosotros el lago rielaba. Entorné los ojos para tratar de ver mejor los triangulitos que eran las velas de los veleros, que cruzaban, blancos, tiesos, las aguas besadas por la luz dorada del atardecer.

—Te va a encantar. —Fue lo único que dijo. Volvimos a cambiar de dirección, esta vez para descender por la ladera hacia el lago, de nuevo entre los arces.

Recorrimos unos cuantos kilómetros más por carreteras rurales. Entonces, pasamos por un puente cerrado y por delante de una casa (que aunque era más grande que la mía de niña, deduje que solo se trataba de un antiguo garaje), y entramos en una finca señorial que parecía más un parque o la sede de un manicomio que una casa particular. Una flecha indicaba el camino al Restaurante de las Granjas, y avanzamos despacio, con cuidado, entre prados de hierba bellamente segada y grandes edificios de aspecto recio, con tejados de cobre, verdosos ya por el liquen. Llegamos a una elevación y desde allí pudimos contemplar lo que, a falta de una palabra mejor, cabía describir como un palacio. Era de una majestuosidad propia de las mansiones de las novelas de Jane Austen, solo que en versión americana: ladrillo rojo, tejado de cobre, muros redondeados. Y con unas vistas alucinantes al lago, a su espalda.

—En tiempos fue de unos amigos de Samson.

—¿Esta casa?

Él hizo un gesto amplio.

—El conjunto entero. —A su lado, Winloch era un arrabal.

—¿Y hoy en día?

—Es una propiedad protegida, gestionada por una organización sin ánimo de lucro. Tienen un granero que han reconvertido en establos para que los niños se acerquen a ver animales, una granja de vacas, venden queso, tienen un huerto, senderos y ofrecen visitas guiadas por la casa. Cultivan todas las hortalizas que cocinan en el restaurante y la carne también la sacan de los animales de aquí. —Abrió la puerta de su lado—. ¿Vamos?

Rodeó el coche para venir a mi lado, esperó a que saliera y entonces caminó un poco detrás de mí con la mano apoyada cerca de la parte baja de mi espalda. Parecía una cita. Pero por cómo me hablaba, sin demasiada efusividad ni demasiado interés, acabé pensando que el beso había sido una alucinación mía, así como la química que había sentido, y hasta nuestra complicidad antes de que las cosas se hubiesen puesto románticas. Entre él y yo había habido algo tangible y ahora me daba miedo que hubiese desaparecido.

Entramos en el vestíbulo de la mansión, que comunicaba directamente con el restaurante. El *maître,* vestido de esmoquin, levantó una ceja al verme. Una morena alta salió garbosamente del restaurante haciendo tintinear las llaves de su coche. Llevaba un vestido negro impecable.

Mis tacones frenaron en seco sobre los anchos tablones de madera de cerezo del suelo. Me miré. La camiseta se me transparentaba y se me veía el sujetador. El tanga se me había subido y los vaqueros se me habían escurrido un poco. Comprendí que, sin darse cuenta tal vez, Ev me había transformado en una versión de mí misma que le hacía sentirse mejor a ella.

Ajeno a lo que ocurría, Galway avanzó sin mí. Aunque yo no oí lo que decía, observé horrorizada que mencionaba nuestra reserva al *maître.*

—Un momentito —replicó el hombre, muy estirado, y, tras lanzarme una mirada intencionada, se metió en el comedor.

Galway se volvió hacia mí con cara de no entender nada. Debía de estar a unos seis metros y, sin embargo, parecía una distancia insalvable. El violín que se oía en el interior del salón atacó unos acordes más vehementes, y yo sentí que me salían raíces debajo de los pies. Él acercó una carta y antes siquiera de llegar a mi lado ya mencionó dos o tres platos recomendables.

—Tienen un *risotto* de cacahuete con pipas de calabaza tostadas increíble. Oh, y el escalope de ternera está delicioso.

Meneé la cabeza como una niña pequeña.

—Vamos. —Él intentó por segunda vez cogerme de la mano—. Toda la comida la preparan con ingredientes de aquí.

—Yo aparté la mano—. ¿Qué pasa? —preguntó, justo cuando reaparecía el *maître*.

—Deberías haberme dicho que era un sitio fino.

Él agitó la mano restándole importancia.

—¿Qué más da?

—A mí sí me importa.

—Te presto mi chaqueta si quieres. Pero, en serio, Mabel, estás bien.

La primera lágrima ardiente rodó por mi mejilla.

—Es que no quiero estar bien —conseguí decir, tras lo cual di media vuelta y me fui corriendo a la enorme puerta de la entrada, tragándome las lágrimas. Choqué con el portalón y luego me di cuenta de que tenía que apretar el cierre para liberarlo. Notaba claramente la mirada del *maître* clavada en mi espalda como un hierro candente.

En el aparcamiento oí que Galway venía detrás de mí, pero apreté el paso hasta que hallé cobijo emparedada entre su coche y el coche de al lado. No entendía lo que pasaba, o al menos no sabía cómo expresarlo con palabras. Solo sabía que me sentía humillada. Me recordó a lo rara que me había sentido cuando me había presentado a la abuela Pippa, con todas esas miradas de la élite escrutándome. Y a cuando Indo me había hecho sus vagas promesas, antes de pedirme que husmeara en los documentos. Y a cuando Ev me había confesado que había estado planeando fugarse. Ninguno de ellos había conocido nunca la sensación de vergüenza que se tenía al verse en un lugar que no era tu sitio.

—A la gente hay que avisarla si piensas llevarla a un sitio elegante —grité entre lágrimas.

—Pensé que te lo había dicho —murmuró él.

—Al ver lo que me había puesto... Por favor, si parezco un puñetero chiste, Galway. Podrías haber dicho que iba a ser así.

—Pues a mí me parece que estás guapa.

Me crucé de brazos.

—No me mientas.

—Yo no miento.

—Entonces, ¿quién es ella? —grité.

Se quedó en blanco. Iba a tener que decírselo con todas las letras.

—La noche que me besaste te llamé a Boston. Ella me dijo que no estabas en casa. —Su expresión me lo dijo todo. Susto, comprensión, pánico. Abrió la boca para defenderse, pero yo añadí—: Recuerda, Galway, tú no mientes.

Abandonó toda lucha interior. Se llevó las manos a la cara y se recostó en el coche. Cerró los ojos. Movió la cabeza en gesto afirmativo. Con eso bastó para que también yo abandonase toda lucha interior. Las nubes brincaban por el cielo rosáceo del anochecer. Una ráfaga de viento proveniente del lago pasó por encima de nosotros y alborotó las copas de los árboles.

—No es lo que parece —dijo.

—Bueno, ¿y entonces qué es?

Él rio, desarmado.

—Estoy saliendo de una relación —dijo finalmente—. Puede resumirse en eso. —Me miró a los ojos—. Tendría que habértelo dicho. Pero no pensé que... Escucha, sé que esto te va a parecer un disparate pero realmente... me gustas. Sentí algo la primera vez que... —rio—, bueno, no exactamente la primera vez que te vi, es decir, aquello fue genial, pero me refiero a... la primera vez que hablamos. Me sentí como si ya te conociera. Como si te conociera de hacía mucho tiempo. Es un disparate, vale, es malo y es un cliché...

Yo sabía exactamente lo que quería decir.

—Y no quería echarlo a perder —continuó—, hurgando en mis problemas, problemas que no tienen nada que ver contigo. Era una... Era amiga mía de antes. Y pensamos, o yo esperaba, que podría ser algo más. Pero se acabó. Desde luego, hubo un punto final cuando te conocí. —Se cortó—. Lo siento mucho, de verdad. —Se acercó un poco a mí—. De verdad, me gustaría poder compensarte.

—No tienes que compensarme de nada.

—Lo he dicho mal —se corrigió, poniéndome una mano en el brazo—. Lo que quería decir es que de verdad quiero llevarte a cenar. Porque creo que podríamos pasarlo bien juntos.

Una sonrisa involuntaria asomó a mis labios.

—¿Como ahora mismo?

Él asintió efusivamente.

—Totalmente, esto es justo lo que tenía en mente.

De repente sentí hambre. Volví la cara para mirar otra vez la mansión.

—Vale —dije, tendiéndole una mano—, dame tu chaqueta.

Él negó con la cabeza y sonrió con una sonrisa burlona; a continuación abrió la puerta de mi lado con la llave.

—Nos vamos a otro sitio.

—Pues tengo hambre ahora.

—Ya, pues mala suerte. —Sonrió, y se le arrugaron los ojillos.

Volvimos hacia la ciudad. Pero cuando estábamos casi en la universidad, nos desviamos por una carretera que salía de Burlington, cruzamos la autopista y seguimos las señales que indicaban el aeropuerto. Un letrero luminoso anunciaba con mucho ahínco un sitio llamado AL'S FRENCH FRYS. Y nos metimos en el aparcamiento.

—Cuando éramos pequeños no nos dejaban venir aquí —dijo Galway, mientras apagaba el motor. Abrió el maletero y vino a mi puerta con una sudadera de la Universidad de Vermont, con capucha. Me la puse. Las mangas me colgaban de los brazos, tapándome las manos. Por primera vez en toda la noche me sentí a gusto.

Reservados con asientos tapizados en escay rojo, batidos, platos a la plancha sencillos y rápidos de preparar... Engullimos comida grasienta y nos zampamos de dos en dos las gruesas patatas fritas.

—Creía que eras vegetariano —dije yo, mientras él le daba un mordisco tremendo a la segunda hamburguesa de queso.

—¿Quién te ha dicho eso? —Rio con la boca llena.

—Es que se te ve demasiado... avanzado para comer carne —respondí, cosa que le hizo troncharse de risa.

Luego nos fuimos al centro, a tomar helado y a pasear hasta que cerraron las tiendas y solo quedamos él y yo y los chavales de la calle bajo el parpadeo de las luces navideñas enredadas en las ramas de los árboles. Miré la hora en mi reloj: las once. No había otro sitio adonde ir. Y yo era menor de edad y no contaba con ningún carné falso.

—¿Cómo es tu familia? —me preguntó. Encontramos un banco en mitad de Church Street y nos sentamos a ver a una hippie bailando descoordinadamente delante de su chucho y de un grupo de chicos. Habrían podido estar perfectamente en Portland, en la plaza del centro: las mismas prendas de tejido de cáñamo, el mismo olor a falta de agua y jabón y la misma mirada perdida. Se oía el retumbar de la música de un local a tope de marcha, a una manzana.

—Mi familia no es... No son importantes.

—Los Winslow tienen pasta —dijo él—, pero eso no significa que sean mejores que los demás.

—Yo opino que... más que lo que somos, es lo que creemos que somos. Si crees que eres el tío más poderoso del mundo y te comportas como tal, la gente reacciona en consonancia. Si crees que no eres nada, no eres nada.

—¿No pensarás que no eres nada, no? —Le tembló la voz como si no pudiese soportar la sola idea.

La hippie se apoyó en una roca y se dejó caer hasta el suelo. Uno de los chavales callejeros ocupó su lugar. Iba sin camiseta y tenía una melena larga llena de rastas. Bailaba que daba pena.

—Tengo un hermano —repliqué yo, como si fuese una especie de respuesta.

—Vale. —Galway era la primera persona a la que se lo había dicho desde que me había mudado al Este. Asintió como si comprendiese que era una noticia grave, y eso que desconocía por completo el contenido.

—Y él... Él me enseñó lo que soy. No es que sea mala exactamente, no es eso. Pero que lo puedo ser. Que soy capaz de... cosas que otras personas no son capaces de hacer. —Sabía que lo que estaba diciendo era críptico y difícil de seguir, pero también sabía que tenía que decirlo. Galway se merecía una escapatoria.

Me cogió de la mano.

—Bueno, yo sé que no eres nada. Y que no eres mala.

Era demasiado tarde. Le había deseado y ahora iba a obtenerle. Habría podido decirle infinidad de cosas en ese momento, pero habrían salido de mi boca como cenizas quemadas que habrían formado un cúmulo de pena y eso habría modificado para siempre la manera en que Galway podría conocerme. En vez de decir nada, decidí tomar lo que deseaba. Le apreté la mano, a mi vez. Nos quedamos así en el banco, viendo al chico, que se tiró sobre el enladrillado y fingió un arrebato de éxtasis, tras lo cual salió otro bailarín a sustituirle, y luego otro y otro más, hasta que las luces navideñas se apagaron y Galway me llevó de vuelta a Bittersweet.

CAPÍTULO 32

La escena

Lu llamó con los nudillos en la puerta mosquitera para traerme la buena nueva de que el viento había cesado. Consiguió convencer a Ev para que viniera con nosotras y las tres salimos camino de Rocas Lisas justo cuando el sol de mediodía se abría paso entre el cielo encapotado. Lu iba en biquini, yo con mi bañador reductor de L.L.Bean y Ev con una camisa para disimular la barriguita de embarazada que yo prácticamente no veía pero que ella insistió (en cuanto Lu se alejó lo suficiente para no oírla) en que delataría su estado de buena esperanza.

Era un día idóneo para estar en Rocas Lisas. El lago estaba sereno y lo bastante cálido para quedarse flotando en sus aguas lánguidamente durante horas. Como había bajado el nivel de agua, había roca seca de sobra para que los Winslow pusiesen sus toallas. Y el sol calentaba lo suficiente para poder pasarse un montón de horas fuera, tan desnudos como lo permitía el debido recato. A medida que el verano había ido pasando, la mayoría de los papás habían ido relajándose en cuanto al rato de siesta impuesta a sus criaturas, de modo que los

270

chiquillos se pasaban la tarde entera jugando sin que sus vigilantes, dormitando en la orilla, les interrumpiesen. Las voces agudas de los niños Winslow, sus carcajadas como hipos accidentados, constituían un agradable contrapunto al sexto capítulo de *El Paraíso perdido*. Cuando me di cuenta de que acababa de releer cincuenta veces la última página, cedí al calor del sol, cerrando los ojos al feliz resplandor, y cedí también al recuerdo de la mano de Galway en la mía y, mientras sentía el calor del sol desde lo alto, invadió todo mi cuerpo la conciencia de que él y yo íbamos a tocarnos otra vez, no solo con las manos.

—Hola, chicas.

Abrí los ojos como pude, cegada por el sol, y vi a Galway de pie delante de mí. Me ruboricé, por lo que acababa de estar imaginando que hacíamos él y yo, y por el calor de mi entrepierna, y por la mirada hambrienta con que me miraba tendida delante de él. Me incorporé para sentarme, tímidamente, mientras Lu y Ev murmuraban un saludo, adormiladas. Se quitó la camiseta por encima de la cabeza y se sentó. Yo procuré que no se me abriera la boca. Acercó su hombro desnudo al mío, en un gesto íntimo de saludo.

Pasamos la tarde uno al lado de otro, compartimos una bolsa de patatas, nos metimos con sus hermanas por su afición a las revistas de moda, fuimos nadando hasta la plataforma y volvimos. Estábamos atados por una cuerda elástica; daba igual a qué toalla de qué primo se acercase él, o lo lejos que me fuese yo nadando, pasada la plataforma, que tanto él como yo sentíamos el tirón del otro.

Ese día, Rocas Lisas era un hervidero. Parecía que todos nos movíamos siguiendo el compás del sol de la tarde. Cuando Owen y los primos se tiraron para atrás desde la plataforma de nado, dando una voltereta en el aire antes de caer al agua, todos les vitoreamos, como también los pasajeros de los veintidós veleros que cabeceaban en la bahía. Y cuando Mhairie apareció con una neverita llena de helados, recibió aplausos.

Se hicieron las tres de la tarde. Tilde bajó por la escalera y una cautela muda se apoderó de todos nosotros. Los primos se fueron nadando hasta la plataforma.

—Bueno, bueno, bueno —dijo Tilde, arrimando una silla plegable a nuestro pequeño campamento. Ev se hacía la dormida—. Parece que está todo el mundo aquí.

Galway se levantó, dejando en el suelo la toalla en la que se había pasado casi toda la tarde, y se volvió hacia Lu en vez de a mí.

—Voy al agua un rato —anunció.

—Mm-hum —respondió Lu sin prestarle atención, enfrascada en su revista.

—Que no murmures así —la riñó Tilde, mientras Galway se iba ya camino del agua. No pude evitar seguirle con la mirada. Y con el rabillo del ojo vi la mano de Tilde dándole un pescozón a Lu.

—Ay. —Lu arrugó las cejas y se frotó la cabeza.

—¿Cuántas veces tengo que decirte que no te chupes el pelo, cariño?

Lu se miró la punta empapada de su trenza. Se había pasado casi todo el día chupándosela sin darse cuenta.

—Perdón. —Se enfurruñó. Pero Tilde ya se había levantado.

—¡Poneos los bañadores! —ordenó Tilde en dirección a la patulea de críos que jugaban en la orilla. Los pequeños no hicieron ni caso, y siguieron entrando y saliendo a todo correr con cubos llenos de agua. Me senté erguida y, haciendo visera con la mano, miré hacia donde Tilde clavaba sus ojos de halcón, al tiempo que les reprendía de nuevo y farfullaba algo entre dientes.

Los niños se habían pasado el día en diversos estados de desnudez. Desde que nos habíamos adueñado de nuestro trocito de roca, habían pasado por delante de nosotros pequeños culitos a la carrera, y Lu y yo habíamos comentado lo monos que eran esos pares de almohaditas iguales de los chiquitines que echaban a andar. Partes íntimas perfectas, penes temblorosos, la inocencia y la apertura de los niños jugando al sol, a la orilla de un lago. Ahora, al mirar hacia allí, reparé en una primita de unos ocho años, parecidísima a Ev y a Lu. Era una prima lejana que había venido a pasar un par de semanas. Aunque le sacaba una cabeza al niño más mayor del grupo, no dejaba de ser una niña pequeña en el fondo y estaba desnuda, como habían estado muchos de los otros niños. Parloteaba como loca sobre construir un estanque para que se bañaran las hadas. Estaba de espaldas a Tilde y sus glúteos brillaban por el reflejo del sol en el agua. De pronto se hizo un silencio general. Tilde iba derecha hacia ella.

—¡Hannah! —ladró Tilde. La pequeña se quedó de piedra al reconocer el sonido de una persona mayor enojada. Casi todos los niños se habían ido corriendo a buscar refugio en sus padres, los cuales hablaban en murmullos sobre el paradero de la madre de Hannah. Tilde se plantó en cuestión de segundos delante de la niña—. Hannah, ponte algo de ropa, ya no puedes ir por ahí así. Con los nenes no pasa nada. ¡Pero tú ya eres una niña mayor! —Exasperada al ver la impotencia de la cría, Tilde se volvió hacia los adultos, que la miraban sin saber qué decir, y preguntó—: ¿Es que nadie tiene una toalla? —Como ninguno respondió, se dirigió muy airada a la silla vacante más próxima, donde había una toalla de felpa, y tapó con ella a la niña con gestos agresivos. Hannah se puso a llorar a lágrima viva.

—¿Qué ha pasado? —se oyó decir a una voz angustiada. Todos nos volvimos hacia la escalera, por la que bajaba la madre de Hannah, quien se abalanzó hacia su inconsolable niña. Casi todos nosotros desviamos la mirada, incómodos. Ev guardó sus cosas a toda prisa en su bolsa y se marchó por la escalera, enfurecida. Tilde intentó explicarse. Yo vi a Galway a lo lejos, en la plataforma flotante, y cogí a Lu por la muñeca. Nos fuimos andando con cuidado en dirección al embarcadero, lejos de la movida. Mientras las dos mujeres discutían, apreté la mano de Lu y echamos a correr por la larga pasarela de madera, cada vez más rápido, hasta que saltamos juntas a las fauces sonoras del agua, en busca de nuestros chicos.

CAPÍTULO 33

El baño

Galway, Lu, Owen y yo nos quedamos con los primos en la plataforma flotante hasta mucho después de que Tilde, Hannah y su madre y el resto de la familia se hubiesen ido a casa. Casi no hablamos de lo que había pasado, y deduje que no era tanto porque se hubiesen sorprendido del ataque de Tilde, sino porque precisamente no les había sorprendido nada. Owen y los primos se pasaron casi todo el rato debatiendo sobre un plan para hacer dinero que llevaban maquinando desde hacía un tiempo:

—Entonces, nada más hacerse de noche, cargamos la yola con galletas, café, cerveza, vino, ese tipo de cosas, y nos vamos remando, llamamos a unos cuantos cascos de yates...

—Deberíamos pensar en un menú, así podemos hacer una sola ronda y volver.

—¿Podemos aceptar dinero canadiense?

—¿Dónde coño vamos a conseguir vino?

Yo me había tumbado en el regazo de Galway. Él me acariciaba los cabellos. Sonreí, inmune a posibles críticas. Me importaba poco quiénes pudieran verme desde las ventanas de Trillium, o si les agradaba lo que veían.

Cenamos todos juntos en el Refectorio (falda de ternera con puré de patatas, de manos de Masha, y un par de cervezas birladas). Los chavales discutieron acerca de la idoneidad de inflar los precios y de si debían vender pilas o no, y Galway me cogió de la mano por debajo de la mesa. Cuando iniciamos el regreso a Bittersweet (donde podríamos animar a Ev, no me cabía duda), me sentía dichosa y saciada.

Antes de que nadie más se diese cuenta, vi la camioneta de John aparcada detrás de la casa y comprendí que no iba a darme tiempo de avisarles de que teníamos visita. Por suerte, Abby nos oyó acercarnos. Fuera lo que fuera lo que John y Ev habían estado haciendo mientras los demás nos encontrábamos en el Refectorio, cuando los seis subimos por la escalera del porche ellos estaban perfectamente separados el uno del otro, Ev leyendo tranquilamente en el sofá del porche y John trajinando con el tablón suelto que nos había prometido en junio que arreglaría.

Yo había esperado encontrarme a Ev abatida por cómo la había visto marcharse de Rocas Lisas. Pero se la veía tan pletórica como yo misma me sentía, y di gracias por que estuviésemos las dos de tan buen ánimo.

—Hemos venido a secuestrarte —dije—. Vamos a bañarnos en bolas.

Ev sacudió la cabeza.

—Mi madre os va a matar.

—Justamente —repuso Galway—. ¿Qué fue lo que dijo nada más matarse Jackson? «Los Booth se bañaban desnudos y ahora mira lo que les ha pasado».

Hasta Arlo y Jeffrey se rieron por lo bajo; estaban nerviosos y entusiasmados con la idea de bañarse desnudos con chicas, aunque dos de ellas fuesen primas suyas y la otra fuese yo. Owen cogió a Lu de la mano. John se enjugó el sudor de la frente y se levantó del suelo.

—Pues yo me apunto —dijo.

Bajamos de puntillas a la cala de Bittersweet. Había salido la luna y su luz plateada lo envolvía todo con un resplandor onírico. Los grillos cantaban. Unos destellos bajos muy cerca del agua anunciaban la presencia de luciérnagas.

—Oh, es perfecto —susurró Lu a Owen con voz de arrullo, y vi que él acercaba a sus labios los dedos de ella. Busqué a tientas la mano de Galway y se la cogí.

—Yo me quedo con ropa —declaró Ev cuando empezamos a desvestirnos en la orilla.

—Y un cuerno. —John se mantenía a distancia. Si hubiesen estado a solas, o solo conmigo, la habría estrechado en sus brazos.

—Es que tengo frío —gimió ella con voz aguda.

Supuse que le daba miedo que le viesen la barriga, pero era muy de noche, así que le di un toque con el codo para animarla. A regañadientes, empezó a desabrocharse la camisa.

Éramos como una maraña de brazos y piernas desnudándose. Los primos fueron los primeros en tirarse al agua. Ev los chistó para que no hiciesen tanto ruido. Se fueron nadando animosamente a la roca plana de la punta de la cala, se subieron encima, a la luz de la luna, y se tiraron por el otro lado, hacia la bahía grande de más afuera. Yo intenté no mirar su desnudez, pero me picaba la curiosidad de ver lo que revelaban sus cuerpos rosados.

Me desvestí de cara a Galway y sentí que me comía con los ojos. Me resultó sorprendentemente fácil estar sin la camisa, y me bajé la parte de arriba del bañador. Dejé caer los pantalones cortos al suelo. Él estaba ansioso pero se comportaba con educación. Se quitó la camiseta con destreza sin quitarme los ojos de encima mientras me desvestía. La brisa de la noche era una caricia fresca en mi piel. Me di prisa para quitarme el resto del bañador, lista ya para tirarme al agua. Cuando él se quitó el bañador, sus ojos y los míos se cruzaron. Estaba desnudo delante de mí. Su sexo pendía a pocos centímetros del mío, como una interrogación y una invitación. Mantuve la mirada fija en sus ojos, pero sabía que tanto él como yo queríamos ver más allá de nuestra visión periférica. Sonrió con una amplia sonrisa, me cogió de la mano y tiró de mí hacia el agua.

Nos metimos andando y fuimos adentrándonos cada vez más, chapoteando, con el lecho del lago, rocoso, arcilloso, crujiendo bajo nuestras pisadas, y juntos nadamos hasta el borde de la cala. Lu y Owen se zambulleron detrás de nosotros y se dijeron algo en susurros de alegría. Enseguida se tiró John también. Solo quedaba Ev en la playita, todavía medio vestida, reacia a desnudarse.

Desde debajo del manto de árboles de la ensenada pudimos al fin divisar la Vía Láctea, un reguero de estrellas que salpicaba el firmamento. Galway se aupó a la roca y se volvió para tenderme la mano. Salí y me puse a su lado y los dos nos quedamos quietos, uno junto al otro, al borde de aquella inmensa extensión de agua, en el lugar en el que el cielo y el lago se tocaban, como Adán y Eva. Entonces él se tiró de cabeza y yo le seguí.

En la bahía, el cricrí constante de los grillos era más tenue. Desde la orilla nos llegaba el runrún de las conversaciones nocturnas. Me tumbé bocarriba en el agua y contemplé el cielo estrellado. El sustantivo «cielo» parecía quedarse corto; lo que veía no estaba encima de nosotros sino alrededor, como si el agua y el aire fuesen una sola cosa. Las luciérnagas titilaban como estrellas vivientes.

Galway se acercó a mí nadando. Su cuerpo estaba caliente, sus labios eran suaves, más mojados, me lamían, y cuando le rodeé la cintura peligrosamente con las piernas, él agitó los brazos para mantenernos a los dos a flote, y noté que se endurecía su anhelo. No pensaba hacer el amor con él, no allí, no la primera vez. Pero era emocionante sentir su deseo, saber que podría colmárselo. Los primos, más jóvenes, se acercaron nadando. Galway me besó una vez más y me soltó.

Volví nadando a la roca de Bittersweet para descansar y me aupé. La brisa era fresca. Distinguí a los chicos, que se habían ido nadando lo más lejos posible. Y me fijé, con grata sorpresa, en que Ev y Lu estaban flotando boca arriba, una al lado de otra.

Al mirar hacia abajo vi que John venía vadeando hacia la piedra, por debajo de mí. Se aupó para salir del agua, justo a mi lado. Yo intenté apartar la vista, pero me vino de pronto el recuerdo de la noche en que los había visto a Ev y a él juntos. Y, al igual que el hambre que había percibido en Galway, me abrí yo misma, como si fuese la propia Ev, la Ev que había conocido en el colegio, deseada y deseosa de cualquier miembro atractivo del sexo opuesto.

Así pues, miré. Y daba gusto ver lo bien que estaba hecho ese hombre. Más musculado que Galway. Más moreno. Una polla fresca, ancha, en reposo en un nido de vello oscuro. Aparté los ojos cuando se hizo sitio a mi lado.

—Gracias —me dijo, y señaló a Ev—. Por decirme que luchase por ella.

La brisa me endureció los pezones.

—Merece ser feliz.

—No te equivocas.

Galway y yo cruzamos la pradera del Refectorio cuando se ponía la luna. Apenas nos decíamos una palabra. Durante la noche se había instalado entre los dos un sentimiento de inevitabilidad que las palabras no iban a alterar. No estaba melancólica, pero era lo más parecido a lo que sentía. La cosa era así: mañana echaría la vista atrás y lo que en esos momentos estaba a punto de pasar ya habría pasado.

Queen Anne Lace's era más pequeña que Bittersweet. Y estaba dividida en cuatro partes iguales, casi como cortadas a cuchillo: un dormitorio, un saloncito, un cuarto de baño y la cocina. Las veces en que yo me había asomado a cotillear por las ventanas de la casa, siempre había deducido que estaba sin arreglar, que casi no cuidaban de ella. Sin embargo, ahora que me encontraba dentro, me di cuenta de que probablemente era la construcción mejor conservada de todo Winloch desde el punto de vista histórico.

En el salón, muy sencillo, las paredes eran de madera basta y el techo se había hecho con vigas fabricadas con troncos. La guitarra de Galway estaba colgada por encima de una pequeña estufa de leña, que tenía una antigua marmita de hierro con tres patas, y en torno a ese hogar central había muebles hechos a mano, aprovechando los materiales que ofrecía la Naturaleza: una mecedora hecha con tres ramas de árbol, una sencilla mesa confeccionada a partir de un tronco caído y cepillado. En una butaca tipo confidente, tapizada con lino, habían puesto cojines bordados a punto de cruz. De las paredes colgaban platos de alpaca. Me acerqué a ver uno de ellos y vi que llevaba el escudo de armas de Winloch. Había libros por doquier, y antiguos. Cuando Galway se metió en la cocina, cogí uno para observarlo detenidamente y vi que lucía un ex libris con el nombre de Samson Winslow.

Podía imaginarme perfectamente a Ev soltando críticas sobre la decoración pero, ahora que conocía a Galway, entendí por qué su casita me daba tanta sensación de seguridad y me parecía un lugar encantador, a pesar de su aspecto antiguo. Había rescatado y coleccionado todo lo que sus familiares habían desechado. Mientras que ellos habían reformado y remozado, él había conservado.

Me quedé mirando el ramillete de ranúnculos puesto en una jarrita de bebé, encima de la mesita auxiliar, y me di cuenta de que era posible que lo hubiese puesto allí esa misma tarde, previendo mi llegada. Sentí una oleada de deseo ante su certeza.

—¿Whisky? —preguntó, volviendo de la cocina con una botella y dos vasos. Di un sorbito con cuidado y él se sentó a mi lado en el sofá.

El silencio nos quemaba igual que el alcohol dentro de mi pecho.

—¿Cómo es tu casa de Boston? —le pregunté, nerviosa, en el instante en que él me preguntaba a mí:

—¿Qué asignaturas vas a coger a la vuelta del verano?

Las dos preguntas nos salieron como dos espadas dirigidas cada una contra el otro, creando así una distancia para enmascarar la extrañeza de lo que estábamos haciendo, allí, los dos solos, juntos, y mantuvimos un tira y afloja en el que cada cual insistía en que el otro hablase primero, pero sin tener nada importante que decir ninguno de los dos. Solo sentíamos que teníamos que rellenar con palabras el silencio, el conocimiento de lo que nos disponíamos a hacer, para posponerlo, para valorarlo, para reconocer debidamente lo que iba a pasar. Era como un baile. Primero él, luego yo, luego él, luego yo, así todo el rato, hasta que acabamos riéndonos. Entonces, nos quedamos mirándonos. Y él levantó el brazo para salvar el espacio que había entre los dos y apoyó la mano en mi nuca, y entonces nos acercamos el uno al otro, como atraídos por un imán, y nos besamos con una furia que desconocía en mí, como si él fuese lo único que yo hubiese deseado en toda mi vida. Cada roce de nuestras manos, cada hueco que desaparecía entre los dos, estaba lleno de afecto. Yo solo sabía que su lengua era suave contra la mía y que sus manos recorrían mi espalda, y sentía en las yemas de los dedos la fuerza de los músculos de sus piernas, y su torso y el mío pegados con fuerza.

Mi cerebro, la parte de mí que nunca se desconectaba, parecía desvanecerse. Era todo cuerpo. Cuerpo hambriento. Ardiente. Antes de abandonarme por completo, me aparté.

—Ya no estás con ella —le dije, como echando un triunfo en la partida. Su última oportunidad para escapar.

—No, no —respondió, jadeando, como si no pudiese respirar sin mí. Y me besó de nuevo. Y me levantó para llevarme en brazos a su dormitorio, donde pasamos toda la noche, entrelazados uno con otro, encontrándonos en un lugar que no había conocido hasta entonces. Hicimos el amor una y otra vez, hasta que el planeta fue asomándose a la mañana. La noche era nuestra.

CAPÍTULO 34

La mañana

*P*ing. Ping. Ping. Ping.
Un sonido a lo lejos. De agua.

Mis ojos pestañearon, a su pesar, y se abrieron. El mundo seguía azul. El cuerpo de Galway dormía detrás del mío; éramos dos cucharas puestas juntas. Repasé mentalmente: tripa caliente, exhalaciones rítmicas contra mi nuca, mano apoyada en mi cadera, posesivamente.

Percibió que me despertaba y rodó para tumbarse boca arriba. Bostezó.

Ping. Ping. Ping. Ping.

—¿Qué suena? —susurré.

Él volvió a bostezar ruidosamente, como quejándose, con los músculos tensándose. Era como un oso despertando del largo y profundo sueño del invierno.

Arrimé mi cuerpo al suyo de nuevo, mientras esperaba a que se acomodase, y me fijé con satisfacción en que había unas gotas de sangre en las sábanas. No le había dicho que era mi primera vez (ni segunda, ni tercera), pero la prueba evidente no me dio tanta vergüenza como había pensado. Me dolía un poco pero me sentía satisfecha.

Él fue aquietándose. Pero siguió oyéndose aquel extraño sonido. Yo estaba absurdamente despierta.

—¿Es un pájaro?

—Son las drizas —murmuró él. Era un sonido metálico al que al parecer él estaba acostumbrado. Los veleros echaban amarras solo a este lado del campamento—. Antes todos los mástiles eran de madera.

—¿Entonces no sonaban así?

Él gruñó.

—Ni siquiera ha amanecido.

No debíamos de haber dormido más que dos horas. Me dolían los ojos. Pero los nervios, la emoción y un sentimiento de desconfianza que iba formándose sigilosamente en mi interior (no desconfianza respecto a Galway exactamente, sino respecto a lo que pasaría a continuación) estaban haciendo imposible que me relajase. No sabía cómo ser esta mujer. Me daba miedo tirarme horas allí tumbada si él volvía a quedarse dormido o, peor aún, acabar escabulléndome y marchándome de puntillas. No tenía ni idea de cómo podía salir de esa. Y estaba bastante segura de que era imposible.

Ev. ¿Cómo actuaría Ev una mañana como esa? ¿Hablaría con su amante? ¿Se agarraría a la promesa de la noche y se empeñaría en estirar el poder de la seducción también al día?

Me volví y apoyé la frente en la frente de Galway. El viejo canapé crujió bajo nuestro peso y me di cuenta, con una mezcla de vergüenza y orgullo, del ruido que debíamos de haber hecho toda la noche. La luz del alba se filtraba por las cortinas, de una tela que hacía frufrú. El amanecer trajo consigo la melodía del zorzal.

—Me muero de hambre —dije en voz baja, y noté que los pezones se me ponían duros contra su pecho de terciopelo. Le besé. Sus labios dormidos respondieron una milésima de segundo después de los míos—. Déjame que te prepare el desayuno.

—No hay nada de comer en la casa —respondió como gruñendo. Volví a besarle; notaba la boca pastosa y él me sabía a mí. Abrió un ojo y miró con esfuerzo—. Qué vitalidad tienes...

Me recosté sobre un codo. La melena me caía hasta los hombros, suelta y revuelta. Él levantó una mano y jugó con mis cabellos, me los apartó de la cara, y vi que le invadía otra oleada de deseo.

—Eres preciosa.

De nuevo, uniendo mis labios a los suyos, me sentí insaciable.

Todo su cuerpo se distendió.

—Me das ganas de comer gofres.

—¿De verdad no tienes nada en la casa?

Él gimoteó.

Miré el día que despuntaba al otro lado de la ventana.

—Solo tenemos una opción.

—¿Canibalismo?

—Vamos a tener que saquear el Refectorio —sentencié.

—No voy a poder sobrevivir al viaje de ninguna manera.

Apoyé la cabeza en su pecho. Viendo que finalmente íbamos a movernos, sentí rabia contra mí misma. Si hubiese podido dormir más, habríamos podido quedarnos en la cama, groguis y hambrientos durante días.

—Haz lo que quieras —susurré, y apoyé mi mano en su corazón. Cerré los ojos.

Él se revolvió.

—Seguro que hay panceta.

Se estaba acabando demasiado pronto.

Cualquiera que hubiese acertado a mirar por la ventana de su casa en el momento en el que el amanecer daba paso a la mañana nos habría visto cruzar la ancha pradera y habría adivinado en qué habíamos andado la noche entera. Pero quien nos hubiera visto, se habría guardado la información para cuando pudiera ser útil.

—¿No está Masha? —pregunté en voz baja cuando Galway tiró de mí para entrar en el Refectorio, que no estaba cerrado con llave y que olía a levadura y a la ternera de la noche anterior.

—Se ha ido a ver a sus nietos. —Me pegó a la pared y me besó el cuello, antes de echar a correr hacia la cocina—. ¡Carnes prohibidas! —exclamó con júbilo.

Yo me senté en la encimera de la cocina y él me dio de comer. Panceta crujiente. Huevos revueltos. Magdalenas de arándanos que encontró en el congelador y puso a calentar, y luego roció de miel. También me metió en la boca un dedo suyo untado en miel, tras lo cual escondió las manos por debajo de la sudadera que le había cogido prestada y que me había puesto sin nada debajo.

—Aquí no —susurré cuando intentó ponerme las piernas alrededor de su cintura—. Veo que has recobrado fuerzas —agregué, y me zafé de sus manos y salí corriendo hacia las escaleras. Él vino detrás de mí, como había estado segura que haría.

Una vez en el magnífico desván abovedado que albergaba los secretos de los Winslow, Galway apartó los papeles de la mesa más próxima y me quitó la sudadera, cogió mis pechos en sus manos y me tumbó. Luego metió los labios entre mis piernas. Yo notaba la mesa fría al contacto con mi espalda, y su boca caliente en el centro exacto de mi cuerpo hasta que llegué al orgasmo, con mucha fuerza, rápido, y entonces, antes de que me diera tiempo a recobrarme, me penetró, y acabamos en otro sitio totalmente diferente, juntos, moviéndonos y gritando como un solo ser.

Al otro lado del deseo, nos quedamos abrazados, exhaustos. Me ayudó a vestirme. Yo contemplé el desastre que habíamos formado con los papeles y recordé que me había dicho que tenía noticias.

—¡Es verdad! —exclamó, y se centró por completo en el asunto—. No te lo he contado. Le pregunté al contable de la familia si podía echar un vistazo a algunos de los archivos financieros, le expliqué que estaba trabajando en este proyecto para el árbol genealógico, y me dijo que podía pasarme a verle.

—¿Dónde se guardan?

—En la cámara acorazada de la familia.

Yo enarqué una ceja.

—Ya, es absurdo —dijo él—. Pero tú escucha. Empecé a mirar en torno a la época de la bancarrota, y Banning Winslow estuvo a punto de declararse en quiebra.

—Pensé que lo había hecho.

—No. Habían preparado ya todo el papeleo, eso es lo que nosotros tenemos, pero en el último momento parece ser que le prestaron dinero o que consiguió una nueva fuente de ingresos.

—¿Quién le habría prestado dinero? Si nadie tenía un centavo.

—Eso es lo de menos. Lo que importa es que en mayo de 1933 hay un depósito en la cuenta de los Winslow por importe de doscientos treinta y cinco mil dólares. La deuda de los Winslow se salda de inmediato, y aún sobra para que la familia tire adelante un mes más. En junio aparece otro ingreso: ciento diez mil dólares. Eso se repite. No todos los meses, a veces ni siquiera todos los años. Pero, Mabel, el dinero crece y crece hasta que acaban con un montón de millones, que les rentan un interés elevado. Tienen suficiente para invertir y crecer, y llegan a la época de la posguerra sin problemas.

—¿De dónde piensas tú que estaban obteniendo semejante dineral?

Él negó con la cabeza.

—Ni idea.

—¿Y cuánto tiempo duró eso?

—¿A qué te refieres?

—Me refiero a si, cuando acabó la guerra, cesaron también los depósitos.

Él apartó cautelosamente los ojos de los míos.

—Deberíamos concentrarnos en los años treinta. Ahí es cuando empezó la cosa.

Estaba ocultándome algo. Pero vi que si le presionaba solo conseguiría que se cerrara en banda.

—¿Dices que Banning fue el que estuvo a punto de declarar la bancarrota?

Asintió.

—Él era el que estaba al mando.

—Yo también encontré una cosa. —Le conté lo que había descubierto la noche de nuestro primer beso, que Bard era el segundo hijo de Banning y que había llegado rápidamente al poder, desbancando de un solo plumazo a su padre y a su hermano mayor, Gardener, a mediados de la década de 1930. Le expliqué que aquel cambio de liderazgo me había llevado a sospechar que Bard era quien había salvado sin ayuda de nadie la fortuna familiar. Había hecho algo trascendental para arrebatarle las riendas a un padre que había estado a punto de arruinar a la familia invirtiendo temerariamente todo su patrimonio.

El cómo Bard había desplazado a su hermano mayor como heredero legítimo era otro cantar. Pero yo sospechaba que cuando Gardener vio lo decidido que estaba Bard a derrocar a su padre, él mismo se había hecho a un lado de buen grado. Mientras exponía mis teorías a Galway, mi fe en ellas fue en aumento y tuve la seguridad de que Bard era la única persona que estaba detrás de los depósitos de efectivo que había descubierto Galway.

—Me gustaría saber qué fue lo que cambió —musité, mientras Galway empezaba a recoger los papeles que habíamos tirado al suelo. ¿Por qué empezó a llegar dinero en ese momento precisamente? ¿Por qué Bard se hizo con el poder justo entonces?—. ¿A qué se dedicaba Bard en mayo de 1933? —continué.

—Bueno —respondió Galway, sosteniendo una hoja de papel—, en septiembre de 1932 contrajo matrimonio.

Cierto. Se había casado con Kitty. Pensé en el diario, del que tanto había insistido Indo que contenía secretos pero en el que yo prácticamente no había podido encontrar nada. Era demasiada coincidencia como para pensar que el repentino ascenso de Bard al poder no había tenido nada que ver con los secretos que guardaba el diario de su esposa. Solo tenía que indagar más. Y contarle a Galway que lo estaba analizando. Él sabría qué tenía que buscar.

Estaba a punto de decírselo, cuando se quedó petrificado y se llevó un dedo a los labios.

—¿Qué? —pregunté moviendo los labios, sin emitir ningún sonido.

Él señaló al piso de abajo. Justo en ese momento oí que se cerraba la puerta del Refectorio. Luego, unas pisadas varoniles cruzaron por el suelo de madera. Nos quedamos escuchando. Las pisadas se dirigieron a la cocina y de pronto se detuvieron al ver nuestros platos sucios.

—¿Hola? —se oyó una voz decir.

—Quédate aquí —dijo Galway sin emitir tampoco ningún sonido, y respondió—: ¿Hola? —Comprendí que debía esconderme. Disimulé mis pisadas aprovechando el sonido de las de él y encontré un hueco detrás de un armario antiguo, en un rincón de la otra punta del desván.

Era Birch.

—¿Qué diablos estás haciendo aquí?

—Tenía hambre —dijo Galway.

—Pues menudo desastre has dejado.

—Y pienso recogerlo.

Oí que se abría un grifo. Alcancé a oír las palabras de Birch: «Bien, hijo. Como comprenderás, no voy a ponerme yo a recoger todo lo que tú ensucias».

Después, las viejas cañerías empezaron a gemir y ya no distinguí lo que se decían padre e hijo. Agucé el oído para captar la respuesta de Galway, en vano.

CAPÍTULO 35

El montón de ropa

s que no deseo exponerte a su mirada escrutadora
—se disculpó Galway formalmente cuando su padre se hubo marchado. Me ayudó a recoger el desbarajuste.
Pero, mientras colocábamos los papeles en la mesa en la que
había estado mi cuerpo desnudo hacía menos de una hora, no
se me escapó el detalle de que desde que Birch se había marchado él no había vuelto a tocarme. Galway pensaba volver a
Queen Anne's Lace para dormir unas horas, y tirar después
para Boston para enfrentarse a otra dura semana de trabajo.
No volvería a verle hasta el fin de semana.

—Se lo diremos dentro de poco —me dijo, y yo pensé en
el secreto de John y Ev; en parte dudaba de que nosotros fuésemos a ser muy diferentes de ellos dos.

Aproveché cuando no miraba para guardarme el árbol
genealógico de los Winslow en el bolsillo central de la sudadera. Un gesto desafiante.

Caí en mi cama oliendo al hombre que me había convertido en una mujer nueva. En lo que a mí se refería, aunque el
día apenas comenzaba, para mí habría podido ser media noche

perfectamente. Menos mal que no había ni rastro de Ev, pues no habría sabido explicarle de ninguna manera la transformación que había sufrido mi vida en las horas anteriores. Me dejé llevar por un profundo sueño que pareció durar un siglo entero.

Me despertó un estrépito de algo cayendo al suelo. Una taza, un platillo. Me moría de hambre. Me envolví en el edredón y andando como pude me fui a la cocina, mirando bien por si veía la loza hecha añicos. Pero no había nada. A lo mejor el accidente había sucedido horas antes, Ev había recogido el estropicio y en mi cabeza resonó como un eco hasta que mis sueños no pudieron seguir conteniéndolo más tiempo.

Me sentía como si hubiese salido de una caverna. Quemé una quesadilla y me la zampé tan deprisa que me abrasé la lengua. Me bebí tres vasos de agua y finalmente me acordé de mirar qué hora era; parecía probable que fuese ya lunes por la noche. Pero eran las 4:18 de la madrugada. Había dormido dieciocho horas seguidas.

Desde el sofá del porche estuve escuchando la llegada de la mañana. Primero se despertó el zorzal, luego el trepador y los carboneros cabecinegros. Y en algún punto muy lejano un picapinos golpeteó un tronco. Al final la mañana cogió fuerza y Winloch entró de lleno en el martes. Entonces fue cuando caí en que no sabía dónde estaba Ev.

Primero llamé a Abby a voces. Generalmente la perra acudía presta; se podía oír el alegre tintineo de su collar al venir corriendo por el bosque. Pero agucé el oído y no me llegó ningún sonido. Me puse en la puerta del porche y volví a llamarla, y a continuación silbé. Nada. Las zapatillas de tenis de Ev estaban justo donde se las había quitado, la noche del domingo, antes del baño desnudos. Me parecía que hacía meses de eso. Pero me recordé a mí misma que habían pasado solo treinta y seis horas. Volví al dormitorio. La cama de Ev estaba «hecha» (la colcha arrugada y estirada hacia el cabecero de cualquier manera, que era lo más parecido a una cama bien hecha que Ev sabía dejarla). Con nerviosismo incipiente, recorrí la casa de punta a punta. Reparé en el cuenco del desayuno, sin fregar en la pila, y en la chaqueta de Ev colgada del perchero de pared.

Volví al dormitorio e hice un repaso de sus objetos personales. No terminaba de ver qué era lo que faltaba, pero daba la sensación de que sus cajones, habitualmente llenos hasta los topes, se abrían con demasiada facilidad. Registré su cómoda. ¿Cuántas veces la había visto sentada en el borde de la cama cepillándose los bucles? Nunca iba a ninguna parte sin su cepillo Mason Pearson. Pero ese día no estaba en ningún sitio. Eché un vistazo debajo de su cama de metal. La maleta no estaba. Ev se había largado.

Sentí una mezcla de pánico e ira. Recorría la casa en círculos, obsesivamente, con la esperanza de encontrar una nota, un mapa, alguna pista. Levanté los cojines del sofá; a lo mejor había escondido algo para mí, ¿una notita diciendo que me prometía que mandaría a alguien a buscarme?, ¿un regalo?, ¿una disculpa? Pero no tuve esa suerte.

La noche en que nos habíamos bañado desnudos había estado feliz y contenta, como si por fin John y ella estuviesen en paz. ¿Cómo había podido ser tan tonta? Habían hecho las paces. Él había accedido a dejar a su madre. Se habían fugado juntos. Mientras iba de un lado para otro por todo Bittersweet, corriendo como loca, fui sintiendo cada vez más claramente la certeza de que Ev y John habían ejecutado su plan de huida.

Me duché rápidamente; me fastidiaba tener que asearme. Al lavarme, eliminaba a Galway de mi piel. Me estremecí al frotar las zonas enrojecidas de mi cuerpo que solo unas horas antes me habían parecido señales de amor y madurez. Me tiraba ya de los pelos por lo de esa noche, no soportaba recordarla: si no hubiese estado con él, Ev aún estaría conmigo. Si había podido marcharse era únicamente porque yo no había vuelto a casa. Habría debido cumplir la promesa que le había hecho a Birch y delatarla. Él la habría retenido.

Me puse ropa limpia y salí. Fuera la mañana ya era húmeda. Era el momento de decirle a Birch que su hija se había marchado de Winloch. Había estado de acuerdo en decírselo, ¿cierto? Pero, claro, no tenía ninguna coartada que explicase por qué había estado fuera de la casa cuando Ev se había ido. Y, teniendo en cuenta la reacción de Galway cuando su padre había estado a punto de descubrirnos en el Refectorio, tampoco tenía un buen motivo para contarle la verdad de por qué no había podido impedir que Ev se marchara. Sin embargo, se lo había prometido. ¿Y si Ev estaba en algún aprieto? No me cabía duda de que estaba con John, notaba en las entrañas que definitivamente me había dejado por él, pero ¿y si me equivocaba? No podría perdonarme nunca que Birch no pudiera ayudarla porque yo había guardado en secreto su huida.

Mientras bajaba por la cuesta con paso decidido hacia la gran pradera, en dirección a Trillium, con el sol de la mañana dando calor a mi cuerpo, recordé el tono de voz con que Birch había hablado a Galway en el Refectorio, y su manera de obviar a CeCe, a su propia hermana, el Día de Winloch, y la patada rápida que le había soltado a Fritz a mala idea para hacerlo volar por los aires.

Mis pies se desviaron hacia la puerta de Indo.

Volví a mirar la hora en mi reloj. Eran las siete y media, una hora absolutamente razonable para llamar a la puerta, especialmente hallándome en un estado de preocupación. Indo se tomaría con cordura, con cinismo incluso, la marcha de Ev y aplacaría mis nervios con su pesimismo tranquilizador. Yo me reiría cuando tildase a Ev de niñata consentida y asentiría cuando me dijese que yo era diez veces mejor que Ev.

Di dos toques con los nudillos en la puerta de la cocina, cerrada con llave. Pero no se oyó un alma. El consabido ladrido de Fritz brilló por su ausencia. Probé de nuevo, esta vez en la ventana. El lago rebotó el repiqueteo de mi llamada. Nada.

Para acceder a la vivienda de Indo había otra puerta más, en el lado del lago, cruzando su porche acristalado. Me había fijado en que esa puerta también estaba llena de cerrojos. Pero la madera del marco estaba tan podrida que si empujaba fuerte podría abrirla sin problema. Llamé con los nudillos.

Por toda respuesta oí un gimoteo. Pensé que sería de algún animal, pero no habría sido la primera vez que me equivocaba.

—¿Indo?

Fritz salió pitando del pasillo del dormitorio, cruzó el salón y salió al porche cerrado. Arañó la puerta mosquitera. Y no lo estaba haciendo por instinto de marcar territorio. Quería que yo entrase.

Probé la resistencia del picaporte y evalué a ojo el marco de la puerta. A continuación, eché un vistazo a la otra parte de la pradera por si había alguien mirando. Le di un fuerte empujón a la puerta y la deshecha madera cedió.

Fui detrás de Fritz al interior de la casa, pasamos por delante del baño y entramos en el dormitorio, decorado sorprendentemente como si fuese el cuarto de una persona mayor, y que yo había visto ya el primer día que había entrado en la casa de Indo. Al ir a abrir la puerta rogué para no encontrármela haciendo lo que había visto hacer a Athol y la *au pair* (y también a Ev y John) la última vez que había seguido el reclamo de un sonido que me había parecido de algún animal. Pero al abrir oí un ladrido, solo uno, un ladrido grave, de uno de los retraídos perros salchicha de Indo. Vi entonces que olisqueaba en dirección a Fritz, que toqueteaba con una pata una montaña de ropa apilada en la alfombra de color pistacho. Me acerqué a ver. El cachorro favorito de Indo lamía con fruición el montón de ropa. Y entonces comprendí, al ver la trenza de cabellos canosos que asomaban de debajo de la ropa, que el montón informe era Indo.

Los minutos siguientes transcurrieron como si estuviera soñando. Llamé a Indo por su nombre. Le busqué el pulso. Respiraba, pero tenía los ojos cerrados. Grité pidiendo ayuda, pero allí nadie me oía. Le dije que volvería y me marché a todo correr por el camino por el que había venido. Cuando saltaba desde lo alto del porche empecé a gritar «¡Socorro! ¡Socorro!» y, según me precipitaba en dirección a Trillium (solo me venía a la mente el gesto de fastidio que vería en Tilde), Lu y Owen subieron corriendo por la escalera de Rocas Lisas.

—Indo está inconsciente —dije sin resuello, y señalé hacia Clover—. Se ha desmayado.

Owen, chico con recursos, resolvió:

—Llamaremos a Emergencias.

Los tres echamos a correr hacia el Refectorio. Al alcanzar la casa de Indo, me separé de ellos diciéndoles:

—Está en el dormitorio.

Ellos siguieron corriendo hacia el único teléfono de todo Winloch (¿por qué a mí no se me había ocurrido antes?). Cuando volví junto a Indo, tenía la mano fría.

—Indo, Indo —dije, zarandeándola por los hombros. Fritz le lamió la oreja, como loco, y yo intenté cogerle en brazos, pero el perro estaba decidido a ayudar a su ama. Comprobé el estado de ella: brazos y piernas intactos, ni rastro de sangre, ni de vómito ni de orina. Tras un repaso exhaustivo, me quedé mirando su pecho subiendo y bajando. Luego, le toqué la mejilla: estaba suave y gastada como la mantita querida de un niño pequeño.

Abrió los ojos, pestañeando.

—¿Está lloviendo? —preguntó con voz seca.

No pude contener la risa, una risa histérica, de nervios y de alivio a la vez. Empujé un poco a Fritz para apartarlo.

—¿Qué ha pasado? —volvió a preguntar ella, con cara de pocos amigos.

—Te he encontrado aquí, en el suelo. Lu ha ido a llamar una ambulancia.

Intentó ponerse de pie, pero no podía ni levantar una mano.

—¿Recuerdas lo que ha pasado? —le pregunté yo para que no dejase de hablar—. ¿Por qué estás en el suelo?

Ella negó con la cabeza, perpleja.

—En cualquier momento llegarán los de urgencias para ayudarte.

—No —replicó ella con vehemencia—, ya dije que no quería ver a ningún condenado médico.

—Está bien. —Le cogí la mano, para tranquilizarla a ella pero también para serenarme yo misma.

—¿Qué hora es?

—Las ocho de la mañana.

—¿Y qué haces tú aquí a estas horas? —preguntó. En su manera de preguntar había cambiado algo, ahora estaba plenamente consciente. Parecía saber quién era y dónde estaba.

—Iba a... Vine a preguntarte si habías visto a... —Iba a decir «a Ev», pero ella me interrumpió con un gruñido exasperado.

—No puedo cogerte de la mano; vas a tener que apañártelas tú solita.

Retiré mi mano de la de ella. Pensaba que lo decía literalmente.

—Se me ocurrió que a lo mejor habías visto...

—¿Crees que puedo darte mi casa si no tienes pruebas? Números, cifras, escritos y sumados por hombres de carne y hueso. Ellos lo robaron, ellos lo multiplicaron, ellos viven de él y conocen la verdad sobre su procedencia. Dinero manchado de sangre, dinero manchado de sangre, dinero manchado de sangre. —Gimió como si fuese presa de un dolor insoportable—. ¡Mi pobre madre! Ella me hizo prometérselo, que lo guardaría en secreto, que lo guardaría en secreto, pero ya no puedo. No puedo. Un tumor solo se puede extirpar en una fase inicial, antes de que infecte sin más el organismo entero. El momento del sentimentalismo ya pasó.

—Deberías descansar —dije con firmeza. Me había equivocado: no había vuelto realmente en sí.

Con una increíble demostración de fortaleza, levantó la cabeza para mirarme a los ojos.

—Mabel Dagmar, escúchame bien. Te di el diario de mi madre porque cuenta la verdad. La verdad que tú tienes que encontrar. Si deseas ser una Winslow, vas a tener que cambiar lo que significa ser una Winslow. Vas a tener que derrocarlos a todos.

—¿La verdad? —pregunté dócilmente, mientras oía que una ambulancia se aproximaba atravesando el bosque con su lastimera sirena.

—Fíjate bien en el cuándo —dijo ella, y los ojos se le quedaron en blanco.

—Pero es que lo he leído doscientas veces —susurré yo, a medida que el sonido de la sirena se hacía más fuerte. Ella no respondió—. ¿Qué se supone que estoy buscando? —Era como preguntarle a una pared.

La sirena fue recibida por un coro cada vez más estridente de canes aullando y ladrando que sepultaron el silencio de Winloch, hasta que el atronador vehículo se detuvo delante de la casa. Los técnicos en emergencias médicas descendieron de la ambulancia e hicieron estremecer la casita con su eficacia. Se llevaron a Indo en una camilla a la ambulancia, que seguía emitiendo sus destellos, y la metieron dentro mientras de las casitas cercanas salían varios primos con cara de no entender nada, en bata, ciñéndosela alrededor del cuerpo. En la otra punta de la pradera Birch y Tilde asomaron la cabeza por la puerta de Trillium.

Cuando los auxiliares cerraron el portón de la ambulancia, momento en el que Birch echó a correr hacia nosotros, yo rodeé los hombros de Lu con mi brazo. Dos palabras resonaban dentro de mi cabeza: sangre y dinero.

CAPÍTULO 36

La amenaza

Me llevé a los perros de Indo a Bittersweet, eché en el suelo de la cocina su colchoneta llena de pelos y les ordené que se tumbaran ahí. Fritz me lamió la mano, agradecido, como si no hubiese cambiado nada. Con una punzada de pena, pensé en cuánto lo adoraba Indo. Desde luego, el perro se había quedado a su lado cuando ella se había desmayado. Pero ahora que ya no estaba su ama, era como si le diese igual.

Media hora más tarde Lu llamó con los nudillos en la puerta. Estaba enfurruñada. No le conté que Ev se había ido, pero me dio la impresión de que para ella era un hecho, pues las dos sabíamos que Ev jamás habría dejado entrar en sus dominios a los chuchos de Indo. Me lavé las manos y preparé unos sándwiches de huevo y unas tazas de café solo. Lu se sentó en el sofá del porche, dejándose caer con mucho dramatismo.

—Indo se pondrá bien —dije, tratando de animarla. Pero lo único que conseguí fue que se abrieran las compuertas, porque se echó a llorar a lágrima viva, mojando los trozos de tostada que se había dejado—. En serio —añadí—. Eres una heroína, gracias por haber llamado, a mí ni se me pasó por la cabeza. —Pero ella siguió berreando. Retiré su plato del desayuno—. Hicimos todo lo que pudimos —dije, repasando mentalmente toda la escena y diciéndome a mí misma que así había sido. Entonces, ella musitó algo incomprensible y yo le pedí que lo repitiera.

—Me mandan a un campamento de verano en Maine —dijo a voz en cuello, y de nuevo se echó a llorar, incapaz de contener las lágrimas. Así pues, no eran lágrimas por Indo.

—¿Por qué?

—Por Owen —respondió en un tono que daba a entender que era la respuesta obvia.

—Empieza por el principio.

Se secó la nariz con el antebrazo, como una niña pequeña, y dijo:

—La noche después de que fuésemos todos a bañarnos en bolas, Owen, Arlo y Jeffrey se fueron en barca a vender cosas que habían cogido. No fue nada del otro mundo, lo hicieron como por hacer una gracia. Y claro, ¿qué pasó?, que sacaron algo de pasta. Entonces decidieron repetir a la noche siguiente, más que nada porque se aburrían. Pero entonces papá los pilló o un canadiense se quejó o algo así, y entonces Arlo y Jeffrey culparon de todo a Owen y dijeron que había sido idea suya. Y entonces papá le echó la bronca: que no estaba bien ir a vender…

—¿Por qué no está bien?

—Y yo qué sé, May —respondió, frustrada—. Simplemente no quería que lo volvieran a hacer. Que era denigrante o no sé qué. Y luego le dijo a Owen que tenía que irse a su casa.

—¿Denigrante para quién?

—Para los Winslow.

Miré al techo.

—Como que los Winslow no se dedican al comercio, ¿no?

—¿Me puedes escuchar sin más?

—Sí, sí —respondí, y suspiré, igualmente exasperada—. ¿Por qué te mandan de campamento?

—Se suponía que Owen tenía que haberse ido a su casa ayer. Pero no. Se quedó. Iba a quedarse unas noches más, habíamos encontrado un sitio en el que podría esconderse, pero entonces te pusiste a gritar histérica sobre Indo —lo dijo en un tono acusatorio, como si al pedir socorro hubiese querido confabularme contra ellos—. Nosotros estábamos en las rocas, pero Owen te oyó pedir socorro. —Meneó la cabeza—. No deberíamos haber subido. Todos nos vieron. —Dicho esto, se hundió en el sofá.

Por quien más lo sentí fue por Owen. El resto de los implicados, incluida Lu, parecía haber olvidado que Indo había perdido el conocimiento y que el chico había sido el que había llamado a la ambulancia. Me acordé de su dulzura aquel día en Punta Tortuga y me pregunté si Lu entendía que el chico la quería, y si ella estaba segura de quererle a él.

—¿Cuándo te vas? —pregunté.

—Mañana —respondió ella, y arrugó los labios en un mohín—. Llamó mamá. Está todo organizado.

Estábamos a finales de julio. No se iba a morir por eso.

Entonces, se sentó más recta y empezó a imitar a Tilde con una precisión alucinante:

—Te vas de campamento, Luvinia. Ya va siendo hora de que aprendas una lección sobre relacionarse con personas que no son adecuadas. —De nuevo, se hundió en el sofá y volvió a ser ella misma—. A no ser que... —Sentí su mirada clavada en mi cara—. ¿A lo mejor tú podrías decir algo?

—¿A quién?

—Papá está siempre diciendo que das muy buen ejemplo. Por favor, May. Solo tienes que decirles que, para ti, Owen es una buena persona. Que le confiarías a tu propia hija. O lo que se te ocurra... Tú sabes lo que hay que decir.

Pensé en ello. Lu era buena niña, y de Owen estaba segura de que albergaba la más pura de las intenciones. Aun así, ¿no era una locura inmiscuirme en los asuntos de Tilde? Lu solo tenía catorce años. Si su madre quería mandarla de campamento, estaba en su derecho. Pero no, pensé al recordar la mirada de admiración de Owen a Lu en Punta Tortuga. Debía hacer lo que estuviera en mi mano por ese amor.

—Además, no sé por qué les importa tanto su familia, tampoco es que vaya a casarme con él —añadió con tono de burla, y volvió a pasarse el brazo por la nariz.

—Nunca se sabe.

—Es del Bronx —repuso ella con desdén—. ¿Crees que me casaría con uno del Bronx? —El topónimo le salió de la boca como un desprecio aparentemente nada elaborado. Como si hubiese salido de labios de su madre.

Querida mamá: Vuelvo a sentirme sola. Durante todas estas semanas creí haber encontrado a una persona que era como yo, o por lo menos como sería yo si hubiese nacido en el seno de la familia Winslow. Pero es una de ellos. Peor aún, es como ellos. Dispuesta a empujar a cualquiera a las ruedas del autobús, incluso a su novio, con tal de mantener su estatus. Le haré un gran favor a Owen mandándola lo más lejos que pueda del Bronx.

—Lo siento pero no puedo —respondí.

—Por favor. —Lu me puso ojitos de cachorrito para suplicarme.

—Son tus padres —insistí.

Entonces se apartó.

—Muy bien.

—Tengo que pensar dónde me meto.

—Vale, lo pillo. —Se fue con paso firme hacia la puerta. Allí volvió la cara y me miró por encima del hombro—. ¿Y qué narices piensas hacer cuando les cuente que Ev se ha ido?

—¿Sabes dónde está? —pregunté. Me tembló la voz sin querer.

Lu tenía la sartén por el mango. Me miró desde arriba, con una pose clavada a la de su madre.

—¿Hasta cuándo crees que van a dejar que te quedes si ya no tienes que cuidar de mi hermanita?

Seguí con la mirada a Lu, que se había ido corriendo en dirección a Trillium. Entonces eché el cerrojo. No me daba la gana de que una niña de buena cuna entrase otra vez en mi casa y me amenazase por estar haciendo lo que debía hacer. Si se iba a chivar, se chivaría igualmente y yo no iba a poder impedírselo.

Sabía que debía retomar el diario de Kitty (Indo me lo había dicho con vehemencia), pero a esas alturas dudaba de mi memoria y de la cordura de Indo. Dinero manchado de sangre. Era lo que supuestamente debía buscar en el diario. Pero las cuarenta y ocho horas precedentes parecían ya lo bastante absurdas para añadir a la mezcla un rocambolesco secreto de familia. Lo que más falta me hacía era hablar con Galway. Él me ayudaría a aclararme. Así pues, aplacaría mis nervios con un paseíto hasta el Refectorio y desde allí le telefonearía, y me importaba un pito si me lo cogía aquella chica.

Cogí de la cocina una manzana y una botella de agua, mi *Paraíso perdido* y una sudadera de mi cuarto, y lo metí todo en una bolsa de lona que descolgué del clavo del porche. Me disponía a abrir ya la puerta de la casa cuando decidí a última hora sacar el diario de Kitty del hueco de debajo del lavabo. Rescaté el diario de su escondite y lo envolví con la sudadera. Y metí todo el bulto en el fondo de la bolsa. Me acordé del árbol genealógico que había escamoteado, y lo añadí al paquete. Encima metí una toalla de playa. Al final la gran bolsa llena de lamparones que en su día había servido para llevar los libros de la biblioteca de Antonia y patatas fritas a comidas campestres más felices en tiempos más dichosos acabó repleta a rebosar. Tal vez podría encontrar un rincón apacible en el mundo para aclarar mis ideas.

En ese preciso instante alguien aporreó la puerta. Llamaban con insistencia, fuertemente. Salí del baño y me encontré con la cara de Birch pegada a la mosquitera, y golpeando con el puño en la puerta que nos separaba.

Hice un esfuerzo para decirle unas palabras agradables de bienvenida. Pero ahogaron mis palabras los golpes que daba con el puño y el gruñido que salía de labios de Birch.

—¡Abre la puta puerta, pedazo de...!

—¡Birch!

Se detuvo en seco al oír su nombre, a su espalda. Por encima de su hombro vi a Tilde y a Lu. Jadeaban como si hubiesen tenido que correr para darle alcance. Tilde agarraba sin miramientos a Lu por una muñeca, y la chica estaba llorando.

—Birch, cariño —le conminó Tilde de nuevo como chistaría a uno de sus canes. Su voz tuvo un profundo efecto en su marido. El hombre se apartó de la puerta y bajó la escalera. Yo estaba de piedra. No quería ni pensar en lo que habría podido pasar si no hubiese echado el pestillo, o si Tilde no le hubiese venido siguiendo.

—Mucho mejor —dijo Tilde serenamente, sin soltar en ningún momento a Lu—, mucho mejor, que salga la ira. No te sirve para nada. Y, mira, aquí está tu preciosa hija, aquí mismo; no querrás perder los nervios delante de ella, ¿verdad? —Birch dirigió la mirada a Lu, quien finalmente había conseguido soltarse de la garra de su madre. El padre se pasó los dedos por los cabellos. Por primera vez desde que lo conocía, le vi avejentado.

Tilde levantó la vista hacia mí, que los observaba desde el porche con los ojos entornados.

—¿Qué tal si nos invitas a pasar?

Lo último que deseaba hacer era invitarlos a pasar. Pero ¿realmente me iba a quedar ahí, dentro de una casa cerrada con cerrojo, cuando mis anfitriones habían pedido entrar? ¿Y qué pensaba yo que iba a hacerme Birch? Aun así, la mano me tembló mientras descorría el cerrojo.

Nos sentamos en el salón y fingimos que todo estaba bien, incluso cuando Fritz salió corriendo a refugiarse en la cocina.

—¿Se sabe algo de Indo? —pregunté yo, tratando de entablar conversación. Vi que Lu se frotaba la muñeca, sentada en el sofá del porche con un mohín en la cara.

—¿Por qué no le pides disculpas a May y así ella nos cuenta lo que sabe? —preguntó Tilde rozando con los dedos el dorso de la mano de Birch. Él aún tenía la mirada algo perdida; no era el de siempre, no del todo. Pero dijo que sí con la cabeza. Me resultaba difícil casar esa nueva versión de él con el hombre poderoso que me había recibido en el porche de su casa hacía solo una semana aproximadamente, o incluso con el hombre que acababa de estar aporreando mi puerta—. Lo que Birch quiere decir —me informó Tilde, con tono instructivo— es que Luvinia ha venido a contarnos que al parecer Genevra ha ahuecado el ala. Naturalmente, al enterarnos de su ausencia nos hemos preocupado mucho. Pero él ha perdido los estribos.

—Lo comprendo totalmente. —Traté de parecer convincente y no fulminar a Lu con la mirada por haberse chivado. Me hubiese gustado saber si ella ya había supuesto que su padre se pondría como una furia al oír la noticia.

—¿Hace cuánto que se ha ido? —preguntó Birch con voz temblorosa.

Yo contesté con mucho cuidado, pues no sabía cómo iba a poder escapar si se encolerizaba otra vez.

—Pues descubrí que no estaba esta mañana. Me disponía a contároslo cuando encontré a Indo en el suelo de su cuarto.

Birch tragó saliva. Tilde sonrió con su sonrisa distante.

—¿Lo ves? —le dijo a su marido. Y añadió, dirigiéndose a mí—: Sabía que no nos ocultarías una noticia tan importante.

Birch comenzaba a salir de su obnubilación. A cada segundo que pasaba iba cobrando mayor conciencia del mundo que le rodeaba, y a habitar de nuevo su cuerpo, a vigorizarse.

—¿Sabes adónde se la ha llevado John?

Entonces lo sabía. Supuse que no habían sido demasiado discretos.

Respondí que no con la cabeza.

—La encontraremos —dijo Tilde en tono apaciguador—. Nos aseguraremos de que vuelva a casa, ¿verdad que sí, cariño? —Y dirigiéndose a mí, añadió—: Qué duro es querer a los hijos como nosotros queremos a los nuestros. Fácilmente nos puede la… pasión.

Cuando Tilde se levantó, con la intención de marcharse ya, fue como si se disipase la tensión. Birch chinchó a Lu diciéndole que, si seguía sacando así el labio inferior, se le posaría encima un pájaro. Y le dio una palmada a Tilde en el trasero como si se hubiesen pasado la mañana entera coqueteando. Percibí claramente el alivio con que Tilde y Lu se tomaron todo eso, una sensación que reconocí de mi propia infancia y que, a decir verdad, también yo estaba sintiendo. El asedio al que habíamos estado sometidas se había levantado.

—Pues nada —dijo Tilde, abriendo la puerta mosquitera—, te dejamos tranquila.

Me di cuenta de que tenía la bolsa cogida fuertemente. Dentro había estado el diario de Kitty todo ese rato.

Casi en la puerta Birch se volvió.

—En cuanto a Indo, al final será otro síntoma más de su empeoramiento, me temo.

—¿Qué empeoramiento?

—De su cáncer.

—¿Cáncer? —La idea de que Indo estuviese enferma fue como un puñetazo en el vientre—. ¿Tiene cáncer?

—Santo cielo —dijo él, dando unos pasos hacia mí y estrechándome en un abrazo que yo no deseaba recibir—, estaba seguro de que te lo habría dicho. Se le ha extendido al cerebro. —Notaba el latido de su corazón, dentro de su pecho. Olía a naftalina. Su jersey raspaba—. Le queda un mes, como mucho.

—No tenía ni idea. —Traté de soltarme de su abrazo. Pero sus brazos se resistían a soltarse, como si hubiesen sido programados para sujetarme contra su cuerpo. Solo se desengancharon cuando empujé con fuerza para abrirlos. Sin querer, di un traspié hacia atrás. Y me raspé el talón con la mesa de al lado del sofá.

—Lamento haber sido el que te lo ha contado. —Birch se quedó mirando mientras yo me frotaba la piel rasguñada—. Seguro que te habrá contado más de una chifladura. No te confundas: es una mujer excéntrica pero es que además está perdiendo la cabeza, literalmente. Yo que tú no me tomaría en serio nada de lo que te haya contado, ni prometido.

El diario de Kitty me abrasaba debajo del brazo.

Tilde llamó a Birch a voces desde el camino de acceso a la casa. Él bajo los escalones para irse con ella. A Lu ya no se la veía por ninguna parte. Satisfecha de ver que su marido acudía a su llamada, Tilde echó a andar; estaba lo bastante lejos para no oírnos.

—Ah, Mabel —añadió Birch, volviéndose justo al llegar al camino—, llevo tiempo queriendo preguntarte una cosa. ¿Has llamado últimamente a Daniel?

Los músculos de la boca se me aflojaron de golpe.

—Dice tu madre que en Mountainside le están atendiendo de maravilla.

No podía moverme, hablar o pensar.

—Sé que tu padre se deja la piel trabajando para que él pueda estar allí. Recuerda tu promesa de mantenerme informado.

Dicho lo cual, se marchó.

CAPÍTULO 37

El bosque

*M*e alejé de Bittersweet temblando como una hoja. Las palabras que había empleado Birch eran bastante inofensivas pero a mí me habían dejado tiritando. ¿Había estado en contacto con mi madre? ¿Qué sabía de Daniel?

Me metí por el pinar de detrás del Refectorio. Nunca me había paseado por allí y agradecí la sensación de mis pisadas sobre la mullida alfombra de agujas de los pinos y el ocasional roce de las zarzas en mis piernas desnudas. Pero allí dentro, en el bosque en sombra, la duda me pesaba aún más: si de verdad Ev se había largado, si Lu se marchaba de campamento, si Birch me había amenazado e Indo estaba muriéndose, y si Galway solo iba por allí los fines de semana, ¿qué sentido tenía que me quedase allí? Sin embargo, estaba sin blanca. Y tampoco tenía adónde ir, salvo a la horrible Maryland con mi horrible tía.

Unas pisadas resonaron por el bosque, raudas, sonoras. Con todos los sonidos propios del día (el rugido lejano de una máquina cortacésped, el runrún de una lancha), me resultaba imposible distinguir si ese golpeteo cadencioso provenía de un picapinos o de los operarios que trabajaban en la finca. De tanto en tanto, a medida que me adentraba en el pinar, algún tronco caído cubierto de musgo me bloqueaba el paso. Por encima de mi cabeza las copas de los pinos se frotaban unas con otras, produciendo un sonido íntimo, escalofriante, como si se estuviesen contando secretos sobre mí.

De pronto, sin previo aviso, un bicho gigantesco de aspecto primitivo se posó en un tronco muerto a escasos metros de mí. Me quedé de piedra. La envergadura de aquel pajarraco era impresionante, como las de los pterodáctilos. Plegó las alas ante mi mirada, replegó su cresta roja hacia atrás y procedió a meter el pico con fuerza en la madera en descomposición, a buena distancia del lecho del bosque. Fue un crujido muy fuerte. Y el árbol se meció.

Yo me quedé fascinada contemplando el espectáculo del picamaderos crestado, de cuya existencia me había avisado Lu, y lo contemplé hasta que terminó con su repugnante aperitivo y alzó de nuevo el vuelo. Me llegó perfectamente el sonido del aire deslizándose entre las plumas. Cerré los ojos. Mi actitud estaba siendo absurda.

Birch Winslow había actuado así porque se había preocupado por Ev. Los padres deberían preocuparse por sus hijas. Y solo porque el mío no se preocupaba por mí yo había considerado su comportamiento como algo fuera de lugar. Si me había amenazado (y ya estaba empezando a convencerme yo sola de que no había habido amenaza alguna) solo había sido para estar seguro de que cumpliría mi promesa de informarle sobre el paradero de su hija. Acaso no había sido yo quien había obrado con deslealtad al poner al corriente a mi madre? Además, ¿no me interesaba a mí misma que una persona como Birch Winslow pudiese echar un cable a Daniel? ¿Y no había sido esa, en parte, la razón por la que yo había entrado en la universidad, la razón de todo esto, con el fin de hacer contactos gracias a los cuales mi vida, su vida, nuestra vida pudiese mejorar?

Estuve a punto de arrojar el diario de Kitty en el bosque. Fueran cuales fueran los secretos que escondía, no eran asunto mío. El que ese diario contuviese siquiera algo mínimamente digno de atención había sido un desvarío de una mujer que tenía un pie en la tumba, una mujer que estaba «perdiendo la cabeza, literalmente». Era lo que Indo estaba diciendo cuando en el fondo se refería a su tumor —me dije—. No se refería a que su familia estuviese infestada, sino a que un cáncer estaba invadiéndole todo el organismo. No había modo de saber qué quería decir al hablar de «dinero manchado de sangre». ¿Pero realmente merecía la pena preocuparse?

La caminata me iba internando en el corazón del bosque de Winloch. Andaba dándome manotazos para matar a los mosquitos que conseguían alcanzarme; parecía una loca. Al enjambre se unieron un par de zánganos. Tuve que taparme la cabeza con la toalla para protegerme. Con las chanclas de Ev iba resbalándome todo el rato, pero no me detuve en ningún momento. Algún día me toparía con una carretera. Lo que no sabía aún era si tiraría por ella o no. La alfombra crujiente de agujas de pino dio paso a un lecho rocoso, así como el dosel de copas de los pinos se transformó en otro menos tupido de arces y abedules. Me entregué al parloteo criticón de las ardillas marrones, a los lejanos graznidos de los cuervos jugando. Supuse que mis pasos estaban llevándome hacia la zona de la casa de la señora LaChance. Por eso, viré a la derecha. Pensé que no iba a poder enfrentarme a ella.

Llegué a un claro. Mi presencia interrumpió el apacible almuerzo de una cierva de cola blanca. La cierva me sostuvo la mirada desde el otro lado de la pequeña extensión de hierba, con la cabeza erguida, olisqueando mi hedor a humana hasta que una revelación indeterminada sobre mí la hizo escabullirse en el bosque. Mucho después de que dejase de verse su cuerpo aún se distinguía su cola blanca. Fue un instante de toma de conciencia, un recordatorio de que yo no era ninguna experta en técnicas de supervivencia y de que no podía quedarme eternamente en aquella espesura. Levanté la vista hacia las nubes que pasaban por encima de mí, empujadas por el viento, maté tres mosquitos más y tomé la decisión de seguir el rastro de la cierva.

No tenía ni la más remota idea de cómo se seguía un rastro, así que simplemente eché a andar en la dirección por la que había desaparecido el animal, mientras le daba un mordisco a la manzana que me había llevado, con un apetito que por sí sola no saciaría durante mucho rato. Pensé en Eva y la manzana, me la imaginé vagando por el Paraíso. Anduve y anduve hasta que empecé a notar cansancio y, no lo voy a negar, aburrimiento. Casi me dio risa cuando me acordé de cómo había reaccionado antes, cuando había salido corriendo de Bittersweet para buscar protección en el bosque. Ev regresaría a casa. Galway era mi amante pero no mi novio. Y Birch no era más que un padre pendiente de su prole. Aparte de todo, me rugían las tripas. Me disponía a dar la vuelta cuando de pronto la brisa me trajo una frase de una canción. Estilo Motown. Guiándome por la música, llegué a un claro. Justo enfrente vi una casita. Encima de la puerta tenía un letrero tallado a mano, como sacado directamente de un cuento de los hermanos Grimm: JACK-IN-THE-PULPIT*. Se oía una radio, en lo más profundo de la vivienda.

Aunque era una casita estándar, se parecía más a la de la señora LaChance que a la de Indo. Tal vez las construcciones de ese lado de la bahía, al estar tan metidas en la vegetación, donde la humedad no terminaba de evaporarse, eran más propensas a pudrirse.

---

* Planta de la familia de las aráceas, que es también el nombre de un juego infantil. *[N. de la T.]*

—¿Hola? —me oí a mí misma decir, babeando ya de pensar en la comida que quizá encontraría allí dentro.

Apagaron la radio. Si de pronto saltaba desde el interior un lobo, un mapache, un vampiro o cualquier otro bicho, daría media vuelta y me piraría a todo correr por el bosque. O lo mismo el monstruo acababa conmigo en un santiamén y me chupaba toda la sangre, sin tener tiempo de darme cuenta.

—¿Hola? —respondió una voz de mujer, que asomó por la pantalla mosquitera echándose una toquilla por los hombros.

—¡CeCe! —exclamé yo, regocijada, con una familiaridad impropia. Estaba escrito, me dije—. Soy Mabel —aclaré, quitándome el sudario de la cabeza, y añadí imparable—: La amiga de Ev, ¿recuerdas? Nos conocimos el Día de Winloch. ¡Creo que me he perdido! Quería encontrar un sitio bueno para darme un chapuzón.

—Por este lado no está fácil para nadar. Desde Bittersweet lo tienes mejor.

—Oh. —Intenté que no se me notara la desilusión—. ¿Y me puedes decir por dónde se va a la carretera?

Ella señaló una pista de tierra llena de baches que yo no había visto. Asentí. Y empecé a andar hacia allí.

—¿Quieres comer algo? —oí que me preguntaba.

Me volví.

—¿No te importa?

—Acabo de venir del pueblo con la compra.

CAPÍTULO 38

La hermana

Jack-in-the-Pulpit era una casita limpia a más no poder. Cada cosa estaba en su sitio, y había un sitio para cada una. Pero la casa entera apestaba a tabaco; nada más poner un pie dentro, noté que se me encogían mis asmáticos pulmones. Me di cuenta de que era una de las primeras casas de Winloch en la que entraba sin encontrarme un perro dentro. Me quedé unos segundos mirando la única foto que había en una de las paredes del salón: la de un soldado bastante guapo, de ojos claros, que se parecía a sus sobrinos pero que nunca envejecería.

CeCe preparó una sopa de tomate de lata de Campbell, para las dos, acompañada de una guarnición de tres zanahorias baby. Las raciones que sirvió eran una ridiculez. Ella se tomó la suya mordisqueando las zanahorias como si fuese un ratoncito. Nos sentamos a comer en una enclenque mesa plegable, en la espaciosa cocina de la casa, rodeadas de los mismos electrodomésticos de la época de la guerra de Vietnam que había en Bittersweet. En la otra punta de la cocina ocupaba un lugar destacado la estufa de leña. Detrás de ella había una pared en la que en su día habían colgado varios cuadros de gran tamaño y que todavía lucía la marca que habían dejado. En el suelo también había marcas como cicatrices, como si los muebles de verdad que habían vivido allí durante décadas se hubiesen largado de la casita una noche por su propio pie.

Comí despacio, tratando de no acelerarme, pero cuando terminamos de comer seguía muerta de hambre. Di por hecho que CeCe se había enterado del desvanecimiento de Indo. Sin embargo, cuando se lo dije se llevó una sorpresa. Pero no pareció preocuparse excesivamente. A fin de cuentas, Indo era su hermana. De todos modos, Indo no se había mostrado precisamente cariñosa con CeCe el Día de Winloch. De hecho, CeCe era la única persona a la que yo había visto a Indo tratar así.

—¿Sabías que tenía cáncer? —pregunté. Miré a mi alrededor. Hasta la casa de la señora LaChance me había parecido más alegre. Era como si la tristeza hubiese impregnado Jack-in-the-Pulpit tanto como la nicotina.

—No me sorprende si se muere de eso. —CeCe sacó una cajetilla de un cajón de la cocina y se encendió un cigarrillo. Aunque sus palabras eran duras, no las dijo con aspereza.

—¿Por qué?

—Indo lleva años alimentándose de ira. Culpando a otros. Engañando. Tiene sentido que todo eso acabe consumiéndola.

Debí de poner cara de asombro. Por un momento CeCe se quedó como devastada, la misma expresión que tenía el Día de Winloch.

—Me apena, desde luego —añadió—. Es mi hermana.

—No fue muy amable contigo el Día de Winloch.

—Quienes viven en la mentira generalmente no lo pasan bien en compañía de la única persona que dice la verdad —sentenció, enigmática.

Me levanté de la mesita de formica.

—Tengo que irme ya.

—Oh, por favor, no te vayas —exclamó CeCe cogiéndome por la muñeca con una mano firme como una garra. El olor a alquitrán de su aliento me envolvió desde abajo—. Eres la primera persona que de verdad habla conmigo en semanas.

Volví a sentarme.

—Ev me contó lo de Jackson. Lo siento mucho. —Era verdad que lo sentía, pero además me picaba la curiosidad.

Aplastó la colilla y encendió otro cigarrillo. La cocina se había llenado de neblina. Noté que se me contraían los pulmones. Pero ella no reparó en mi tos.

—Según ellos, no tuvieron nada que ver con su muerte —dijo.

—¿Quiénes?

—Los Winslow. Los que les guardan los secretos. —Me miró entornando los ojos.

—¿Echas la culpa a personas de tu familia?

—Puedo echarle la culpa a quien me dé la gana.

—Pero él acababa de volver de la guerra.

—Neurosis de guerra —musitó—. Se lleva usando esa excusa desde los tiempos en que los hombres empezaron a matarse unos a otros.

Durante unos segundos las dos nos quedamos calladas. Distinguí el tictac cortante de un reloj, en las profundidades de otra de las habitaciones.

—Pero tú no crees que fuese la causa —dije, para darle pie a que siguiera hablando.

—Conozco bien a mi hijo.

—¿No se suicidó?

—Pues claro que se suicidó. Pero nadie quiere hablar de lo que hizo antes de que se metiera el cañón de esa escopeta en la boca y apretase el gatillo. Esa misma semana había ido a ver a Indo a su casa de Boston. Luego a Genevra a la universidad. Y la noche antes había quedado con Birch. Tenía un tema urgente que tratar.

¿Que Jackson había ido a ver a Ev a la escuela? Me puse a pensar a toda velocidad. Se había alojado en mi misma habitación. Jackson Booth en persona.

—Pero no sabes qué tema era ese, ¿no?

—*Au contraire,* mi querida niña. Sé perfectamente de qué se trataba.

Me incliné un poco hacia delante.

—¿Y qué era?

Ella encendió otro cigarrillo. Se recostó en su silla. Dio una calada larga y a continuación exhaló una bocanada de humo gris.

—Fue culpa mía —dijo, como si no me hubiese oído.

—No deberías culparte.

—¿Es que estabas allí?

Traté de pensar en alguna frase filosófica, pero sabía perfectamente que, si eras el culpable de una tragedia, aún te sentías peor si otros intentaban convencerte de lo contrario.

A mis pies había dejado la bolsa de lona. Sabía que si Indo algún día se enteraba me mataría. Pero no pude aguantarme. Saqué mi sudadera de la bolsa y la desenrollé de modo que el diario de Kitty acabó encima de la mesa, entre ella y yo. Indo se moría de cáncer y a mí se me estaba acabando el tiempo. Empujé suavemente el libro para acercárselo.

—¿Reconoces esto? —pregunté.

Ella sujetó el cigarrillo con la boca y cogió el diario con las dos manos. Antes de abrirlo, miró detenidamente la cubierta y la contracubierta y entonces lo hojeó con mucha atención.

Estaba tomándoselo con una calma insufrible.

—¡Es el diario de vuestra madre! —bramé.

No manifestó reacción alguna. Simplemente, fue pasando las hojas, una tras otra. Luego, volvió a la primera página. Observó el nombre de Kitty. Y depositó de nuevo el libro en la mesa. Se quitó el pitillo de los labios y declaró:

—Esa no es mi madre.

Yo abrí el libro otra vez y señalé el nombre de Kitty.

—Sí que lo es.

—Querida, no todos los hombres del mundo tienen hijos con su legítima esposa —enunció ella.

—Oh. —Me quedé cortada—. Perdona.

Ella agitó la mano para restarle importancia.

—Me alegro de que ese monstruo no fuese mi madre.

Estuve a punto de replicar: «Kitty no era ningún monstruo». Pero lo que hice fue preguntar:

—¿Y quién era tu madre?

CeCe apagó su cigarrillo y ya no encendió otro.

—Mi madre se llamaba Annabella. Por ella es por lo que yo tengo este aspecto… mediterráneo.

—¿Pero Bard te reconoció? —pregunté, pensando a toda velocidad. Me puse a buscar en el diario el párrafo en el que Kitty hablaba del *affair* de Bard. A lo mejor se trataba de la madre de CeCe. Pero antes de dar con el pasaje me acordé de que la mujer aludida («la criada») tenía un nombre que no empezaba con A. ¿Qué letra era?

—Alguien lo filtró a la prensa. Tenía dos opciones: o me reconocía o quedaba en evidencia como el sádico que era. Tenía que pensar en sus empresas. En su reputación.

—¿Qué fue de tu madre?

—Desapareció. —Lo dijo sin dejar aflorar ningún sentimiento. Un hecho puro y duro.

—¿Y Kitty te acogió?

—Kitty consentía que Bard me atase a una silla de la cocina y me zurrase cada vez que me «bronceaba» más de la cuenta.

Puede que la loca fuese CeCe. Me había leído el diario de Kitty tantas veces que había acabado tomando a aquella mujer que ya había muerto como una amiga, o por lo menos como una narradora fiable. Me daban ganas de tirarle de la lengua a CeCe sobre su madre. Pero me di cuenta, al ver que se encendía otro cigarrillo, de que ella daba el asunto por concluido.

Busqué el párrafo en el que hablaba del devaneo amoroso de B. Entonces, empujé de nuevo el diario hacia la hija ilegítima del marido de Kitty: «Viernes, 24 de agosto. B. ha tenido un lío con una de las criadas, P. Me ha asegurado que es agua pasada, pero no deja de parecerme un horror, un desastre cuyas consecuencias tendré que pagar yo, una historia que me pesa terriblemente».

—¿A quién se refiere? —pregunté, señalando la P.

CeCe negó con la cabeza.

—Cuando era pequeña no había ninguna mujer cuyo nombre empezase por la letra P. —Hojeó el diario, dejando la página sujeta con el dedo índice—. ¿Cuándo se escribió esto?

—No lo sé —respondí—. No pone el año.

—La señora se lo tomaba en serio. Yo en mi vida he terminado un diario.

Leyó para sí las fechas: sábado, 21 de junio; domingo, 30 de junio; lunes, 14 de julio. Contó con los dedos y empezó a dibujarse una sonrisa en sus labios.

—Mira —dijo, volviendo a los párrafos primero y sexto del diario—. Entre el 2 de enero y el 7 de enero van cinco días, ¿correcto?

—Sí.

—Pues aquí ella escribe: «Martes, 2 de enero». Y aquí escribe «Lunes, 7 de enero».

—Vale.

—De un martes a un lunes van seis días. No cinco.

—Bueno, ¿y qué quiere decir eso? —Me sentía espesa.

—Quiere decir que estas dos entradas corresponden a dos años diferentes.

—Tal vez se equivocó.

Ella negó con la cabeza.

—Créeme, Kitty no se equivocaba.

Cogí el diario de sus manos. Algo me rondaba la mente. Si CeCe estaba en lo cierto, a lo mejor por eso en unas anotaciones Kitty había escrito el día de la semana y en otras no. Repasé la primera semana de anotaciones: el 2 de enero era la única fecha que asociaba a un día de la semana, hasta el 7 de enero. ¿Podía tratarse de un código personal? ¿Una manera de indicar que cambiaba de año? ¿Pero a santo de qué semejante lío?

—Claro, parece que sigue un orden cronológico —dijo CeCe, entusiasmándose por primera vez—, pero en realidad no fue así. De este modo pudo mantener el diario durante decenios.

Recordé entonces lo que me había dicho Indo: «Fíjate bien en el cuándo».

—Entonces, ¿quién es esta? —pregunté, pasando las hojas hacia delante hasta dar con el pasaje que yo había dado por hecho que reflejaba el episodio de la infidelidad de Bard. Señalé con el dedo la clarísima P. del texto.

Ella cogió cuidadosamente el diario que yo le tendía y se inclinó hacia delante para verlo, entornando los ojos como si el texto manuscrito pudiera tal vez revelar algo desconocido hasta ese momento. Entonces, ante mi mirada, ella dedujo de quién se trataba. Dejó el diario en la mesa y se apoyó en el respaldo de la silla como si la hubiese atravesado un rayo.

—¿Quién es? —insistí.

Señaló la puerta.

—Tienes que irte.

Recogí el diario. Pero me moría por entender.

—Solo dime quién es.

—No le digas a nadie que lo tienes. Promételo.

—Lo prometo.

—No has estado aquí.

—Solo diré que hemos comido juntas.

—¡No! —Su voz era cortante como una daga—. Yo no tengo nada que ver con todo esto. —Se fue a la puerta y la sujetó abierta. El humo de su pitillo salió de lado por efecto del viento. Me colgué la bolsa del hombro y me dirigí a la puerta.

—No se lo diré a nadie —declaré, decepcionada—. No sé nada de nada.

Miró con nostalgia hacia fuera, hacia un cielo que se había encapotado y presagiaba tormenta.

—Lo deducirás tú sola —me dijo, como si mi inevitable descubrimiento fuese la mayor tragedia del mundo.

Salí de casa de CeCe. Fuera resonó un trueno. El aire olía a lluvia.

Ella me siguió con la mirada mientras yo me iba por el camino de acceso a la casita. Entonces, doblé por un recodo y me perdió de vista. Casi había llegado a la pista de tierra cuando oí sus pisadas. Me dio alcance en cuestión de segundos.

—Ve con cuidado —me susurró con una voz angustiada, mientras me tiraba de la camisa—. Te forzarán a hacer cosas que no querrás hacer. Y cuando las hayas hecho, nunca lo olvidarás porque ellos se encargarán de que no te olvides. No les invites a tu casa. No les cuentes ningún secreto. —Su gesto era de niña, un gesto de una persona herida.

—Estaré bien —respondí, incómoda, tratando de alejarme. Ella quiso agarrarme pero no pudo.

—Nadie está bien. Nadie está a salvo. Aquí nadie lo está. —Empezaron a rodarle unos lagrimones. A la luz del día su tez estaba grisácea y sus dientes amarillentos. Yo habría consolado a cualquier otra persona, pero su llanto de demente me pareció grotesco. Se dobló por la cintura, entre sollozos.

Yo eché a correr.

CAPÍTULO 39

La revelación

orrí hacia Bittersweet como alma que lleva el diablo, preparada mentalmente para cargarme a quien me topase por el camino. Casi me esperaba que la casa hubiese desaparecido, igual que Ev. Pero no, la casita se encontraba tal como yo la había dejado, aparentemente intacta. Eché un vistazo dentro; Fritz vino a decirme hola y le di una galleta. Una vez hube comprobado que estaba a solas, y asiendo aún con fuerza la bolsa, con el diario dentro, me metí en el hueco de debajo de los tablones del porche. El día del zafarrancho a principios del verano, cuando había escondido todas esas revistas, había guardado en bolsas además un montón de calendarios de pared antiguos. Al parecer, no había habido calendario gratuito que no hubiese hecho las delicias de Antonia Winslow, así se tratase de los de la Protectora de Animales o de los de la compañía aseguradora o el colmado del pueblo. Pero, a diferencia de las revistas, todos esos calendarios estaban ahora mezclados entre el resto del material reciclable. Así pues, me encorvé en aquel hueco cubierto de telarañas y me puse a rebuscar en las dieciséis bolsas de basura que habíamos metido allí dentro, bien atadas; rezaba para que mis dedos encontrasen únicamente papel, y no un nido de comadrejas, una colonia de arañas o un mapache durmiendo la siesta.

Todo lo que al tacto parecía remotamente un calendario lo fui apilando a mi lado, hasta que me dolió la espalda de estar tanto rato encorvada. Comprobé que no hubiese nadie mirando fuera, y cargué todo lo que pude en los brazos para llevarlo directamente al cuarto de baño. No abandoné el diario en ningún momento. Repetí la operación varias veces, hasta que estuve segura de haber rescatado todo lo que podría serme útil.

Llamé a los perros desde fuera para que saliesen a hacer sus necesidades, tras lo cual les dejé entrar de nuevo a tumbarse en su adorada colchoneta. Una vez dentro, e imaginando que Birch y Tilde estarían ocupados con la búsqueda de Ev, eché el cerrojo de la puerta del porche, puse comida a los perros, me lavé las manos, cogí un trozo de queso, una bolsa de patatas fritas y dos manzanas más de la cocina, y me encerré en el baño. Qué gusto me dio oír el segundo pestillo metálico al encajarse en su sitio. Empezaba a entender por qué Tilde los había considerado necesarios.

Me senté con la espalda apoyada en la puerta y traté de serenarme. No me atrevía a permitir que mi mente evocase la imagen de Birch aporreando la puerta o la de CeCe derrumbándose en el camino de acceso a su casa. Su familia le había hecho algo horrible. Eso era lo único que sabía.

Me puse manos a la obra con los calendarios. Empecé ordenándolos cronológicamente. Tuve suerte: se remontaban a mediados de la década de 1920 y llegaban hasta 1986. Solo faltaba algún año aquí y allá. Estaban llenos de notas manuscritas («Cita médico», «Comprar regaliz»), pero las fechas estaban claras, que era lo único que me importaba. Gracias a Dios, Antonia Winslow había sido de las que no tiran nada.

Al principio iba despacio, pero luego le cogí el tranquillo. Primero localizaba una fecha en el diario de Kitty y a continuación, usando el día de la semana mencionado, repasaba los calendarios que tenía a mano para intentar determinar de qué año se trataba. Cada vez que localizaba el año correcto, anotaba el dato correspondiente en un papel, para no escribir en el diario directamente. Cada año Kitty escribía en la sección de enero lo que había pasado ese mes, en la de febrero lo de febrero, y así sucesivamente, hasta que llegaba a diciembre y el ciclo empezaba otra vez. Para denotar el cambio de año, mencionaba expresamente el día de la semana en el que realizaba la anotación. Era una herramienta fácil de descifrar para ella, pero igual de útil a la hora de engañar a una persona menos decidida que yo.

De esta manera había creado un diario que parecía haber sido redactado de un tirón a lo largo de doce meses cuando, en realidad, lo había ido escribiendo en el curso de varias décadas. Corroboraba mi teoría cada vez que llegaba al final de un mes y veía que sus anotaciones eran más breves, los márgenes más estrechos y la letra más pequeña. Porque, a medida que transcurrían los años, trató de meter todo lo que pudo en un espacio cada vez más reducido inevitablemente.

Kitty Spiegel habría podido permitirse el lujo de tener un centenar de diarios. Pero, en vez de eso, había racionado el espacio disponible en uno solo. Ese detalle constituía por sí mismo una pista. A lo mejor tanto Indo como CeCe tenían razón.

Seguí adelante. Estaba catalogando las fechas de enero y febrero. Empecé a darme cuenta de que los años iban repitiéndose en el calendario: que 1928 era idéntico a 1956, y este a su vez era idéntico a 1984. Podía descartar 1928 porque ahora sabía que Kitty y Bard se habían casado en 1932, y ella no había empezado a escribir el diario hasta que estuvo instalada en Winloch. Pero no podía descartar el año 1984 porque Kitty había vivido hasta 1992. Tuve que anotar dos o incluso tres posibles años para cada fecha, lo cual abría un abanico de posibilidades enloquecedor. Había que leer cada anotación desde más de un punto de vista, imaginando múltiples versiones del año en el que tal vez la habría escrito.

Ahora comprendía por qué no había mencionado detalles destacados de lo que estaba teniendo lugar en el mundo que la rodeaba. No se debía a que fuese una ignorante o a que no le interesase nada de eso. Todo lo contrario: era una mujer ingeniosa. No quería que nadie hiciese lo que estaba haciendo yo en esos momentos.

En parte, desearía haber optado por cerrar el diario y marcharme a nadar un rato, después de haber repasado los calendarios y de haber anotado todas las fechas posibles en mi pieza separada (que constaba ya de siete folios). Más aún: ojalá hubiese sacado todo ese montón de calendarios para usarlos como yesca y hubiese prendido una hoguera colosal, y ojalá hubiese echado a las llamas el diario, para dejarlo convertido en cenizas, condenado al olvido. O, si hubiese tenido que indagar más a fondo, ojalá hubiese reflexionado acerca de lo que me había dicho Indo, acerca de ese dinero manchado de sangre; ojalá hubiese pensado en el silencio de la criada delante del Van Gogh; ojalá hubiese comprendido el verdadero secreto del cuadro y me hubiese metido por la madriguera de conejos que Indo había excavado para mí.

En vez de todo eso, abrí el diario por una anotación en la que había reparado anteriormente, porque me había parecido fuera de lugar: «Miércoles, 6 de noviembre. B. se ha comprado zapatos nuevos y los está usando de lo lindo. ¡Qué visión tan adorable, verle bajar con sus graciosos andares a Rocas Lisas con la toalla colgada de esos hombros pequeñitos!».

En las primeras vueltas al diario, esa anotación me había resultado chocante porque las palabras que utilizaba (adorable, graciosos andares, pequeñitos) eran palabras más propias para referirse a un niño, y Kitty usaba la inicial B. para su marido, Bard. Pero en 1940 (el año al que yo deducía que pertenecía esa anotación) Bard debía de tener unos treinta años.

Saqué el árbol genealógico y lo alisé en el suelo, delante de mí. Repasé atentamente todos los nombres de los Winslow, con la esperanza de que uno me diese la respuesta.

Entonces la verdad me salpicó como la corriente fría de un río de aguas rápidas: en la familia de Kitty había otra persona cuyo nombre empezaba por la letra B. Y en 1940 esa persona tenía dieciocho meses: Birch.

Se me quedó la boca seca. Pasé las hojas del diario a toda prisa para volver al principio y repasé una por una todas las anotaciones con esa otra persona en la cabeza. En la mayoría era evidente que B. era Bard: «B. llegó de Boston anoche, al borde de la extenuación. Pobrecito, se deja la piel en el trabajo»; «B. ha adquirido otro balandro más, que amarrará aquí en Winloch. Solo espero que este verano disponga de tiempo para disfrutarlo navegando». Pero había otras en las que no estaba tan claro a quién se refería esa B., o bien era evidente que no se refería a un marido: «B. se ha pasado la mañana estudiando a Henri y, mientras tomaba un refrigerio, me contó la "historia" que le había "contado" Henri»; o «B. sigue canturreando mientras está en el retrete».

Jamás había oído describir a un señor hecho y derecho con esta clase de comentarios. El corazón me palpitaba a toda velocidad. Fui pasando a toda velocidad por meses y años, en busca de menciones a ese segundo B., un B. más joven. A medida que Birch abandonaba la niñez y se convertía en un hombre a lo largo de aquellas páginas cuidadosamente escritas, empezó a complicarse la tarea de diferenciar las anotaciones correspondientes a él de las correspondientes a su padre. Hasta esa época, el contenido del diario de Kitty había sido un ejercicio de historia. Ahora estaba leyendo acerca de una persona conocida para mí. Una persona con mucho poder.

Ahí también habría podido poner punto final. Me había zampado los víveres y mi mente no daba más de sí. Por la mísera luz que entraba por la alta ventana del cuarto de baño, vi que la larga tarde empezaba a dar paso a la noche. Tenía que esconder todos esos calendarios y tomar decisiones. Pero no me quitaba de la cabeza a CeCe. Más concretamente, no podía sacudirme de encima el gesto que había puesto al leer la anotación del diario sobre el lío entre B. y P. Busqué la página donde estaba escrita y volví a leer.

«Viernes, 24 de agosto. B. ha tenido un lío con una de las criadas, P. Me ha asegurado que es agua pasada, pero no deja de parecerme un horror, un desastre cuyas consecuencias tendré que pagar yo, una historia que me pesa terriblemente».

Cogí otra vez mis apuntes. Había fechado esa anotación en el año 1956, cuando Bard debía de tener cincuenta y pocos años. Pero ¿y si la anotación no hacía referencia a Bard? ¿Y si Birch, su hijo, había tenido un lío con una de las criadas? Una doncella cuyo nombre empezaba con la letra P.

A lo mejor la anotación había sido escrita en 1984, hacía poco más de veinticinco años.

Entonces me vino un fogonazo, maravilloso y horrendo a partes iguales: recordé a la alta y corpulenta Aggie corriendo como una flecha por el porche acristalado de la señora LaChance al oír el lamento de la enferma, y tratando de impedir que la madre de John dijese algo peor a Ev de lo que ya le había dicho. Aggie había utilizado el nombre de la señora LaChance una sola vez, pero a mí se me había quedado grabado en la mente, y allí estaba aguardándome.

«Pauline», le había dicho en tono de súplica. Pauline.

CAPÍTULO 40

El regreso

*L*as diferentes hipótesis fueron señalándome un camino.

Si estaba en lo cierto y Kitty había escrito ese diario de tal manera que todos los hechos recogidos en él pareciesen haber tenido lugar durante un solo año cuando en realidad el diario abarcaba cinco décadas, entonces las tapas del libro contenían mucha más información de lo que parecía.

Si había escrito acerca de su familia a lo largo de un período de tiempo tan largo, entonces unas veces esa B. era su marido, Bard, y otras veces era su hijo, Birch.

Si Birch era el que había tenido un lío de faldas con una criada que se llamaba P., entonces esa P. podía ser Pauline. Y Pauline era como se llamaba la madre de John, la señora LaChance.

Si la señora LaChance había tenido un lío con Birch hacía veinticinco años, entonces su hijo, John, podría ser también hijo de Birch.

Si John era hijo de Birch, eso quería decir que John era el medio hermano de Ev.

Si Ev estaba esperando un hijo de John, quería decir que estaba esperando el hijo de su medio hermano.

Dejé caer el diario al suelo. Descorrí el pestillo de la puerta del baño, con la intención de respirar el aire fresco que circulaba por el resto de la casita. Pero entonces contemplé con una mirada nueva todo el espacio, el sofá con los almohadones hundidos, las paredes amarillentas, hasta el lago, que se divisaba por las ventanas de la cocina cubiertas de polvo. Era un lugar emponzoñado. Apestaba. Estaba impregnado de una historia atroz de la que era imposible escapar ya. El asma empezó a contraerme el pecho. ¿Sabía Birch que el diario de Kitty estaba en mi poder? ¿Estaría espiándome con cámaras ocultas, escuchándome a través de micrófonos escondidos? Mi paranoia desembocó en un batiburrillo de pensamientos. Pero el resultado fue el mismo que si hubiese pensado con claridad: había llegado el momento de largarme de Winloch.

Echaría a correr sin mirar atrás y esta vez iría por la carretera, para que se enterasen todos de que me iba. Envolví el diario en su toalla. Pensé en meterlo debajo del lavabo. Pero si alguien sabía dónde lo había tenido escondido, allí sería el primer sitio en el que mirarían. Me puse a andar por toda la casa, a toda prisa, pero ningún escondrijo me convenció: debajo de la cama sería una opción demasiado evidente; debajo del porche quedaría demasiado expuesto a los elementos. Entonces, me acordé del tablón que John había estado intentando arreglar. Me arrodillé y lo localicé a la primera. Con ayuda del capuchón de un bolígrafo, lo levanté. Como cabía esperar, debajo había un hueco de unos quince centímetros de fondo. Metí el diario en su nuevo escondite, envuelto en la toalla, luego apilé los calendarios en un rincón del cuarto de baño y me guardé en un bolsillo el árbol genealógico. Pensé que era demasiado peligroso dejar los folios en los que había apuntado las fechas auténticas de las anotaciones (todo lo auténticas que había sido capaz de deducir) junto al diario, ya que venían a ser la clave para descifrarlo. Pero tampoco podía llevármelos, ya que me delatarían claramente ante cualquiera que conociese el secreto. Y tampoco podía destruirlos, pues me había tomado muy en serio mi investigación. No, los llevaría al alijo de documentos relativos a los Winslow que había encontrado en el desván del Refectorio. ¿Qué mejor lugar para ocultarlos, que en medio de mil otros papeles? El único que podría darse cuenta de que antes no estaban ahí era Galway (pensé en él con una punzada de dolor); él era el único que podría seguir las miguitas de pan que había dejado, si encontraba los calendarios y registraba la casa.

Cogí lo básico: algo de comer y un cepillo de dientes. Aunque Ev había dejado un billete arrugado de cien dólares encima de su cómoda, no lo toqué. Ya les debía demasiado a los Winslow.

Vertí en el cuenco de los perros toda la comida para animales que cabía en él y dejé que Frizt y sus compañeros se pusieran las botas. Decidí dejar en la casa todo lo que Ev me había comprado a lo largo de todo ese tiempo.

Salí deprisa y corriendo. Anochecía. No sé hasta dónde pretendía llegar, teniendo como tenía a los mosquitos pisándome ya los talones, sin luz y con poca comida. A cada paso que daba me asaltaban nuevas y terribles imaginaciones: Athol saliendo de entre la maleza, con un rifle apuntado a mis rodillas; Tilde atizándome por detrás en la cabeza con una pala. Di gracias cuando divisé el Refectorio, mi última parada antes de la libertad. Una vez sana y salva fuera de Winloch, podría telefonear a mi madre para decirle que necesitaba ayuda, y rezar por que me dejase refugiarme en casa, que no me lo negase por haberle mandado solo una carta.

Masha andaba liada pelando patatas cuando empujé las puertas del Refectorio, que, por lo demás, estaba desierto. Levantó la cabeza, iluminada por los tubos fluorescentes de la cocina, y me vio subir las escaleras a toda pastilla. Tal como me sentía, su mirada me pareció la mirada de un depredador.

Di al interruptor de la luz al iniciar la subida por las escaleras. Iba preparándome mentalmente para estar de nuevo rodeada de mis viejos amigos, los papeles de los Winslow, por última vez. Eso ya me serenaba un poco. Y me hizo pensar que a lo mejor era un disparate marcharme y que me había equivocado respecto al diario. A lo mejor Birch solo era un amable señor y el problema era que yo tenía una imaginación calenturienta.

Subí el último escalón.

El desván estaba vacío.

Más que vacío, inmaculado. Ni una mota de polvo, ni un papelito olvidado, ni una pila de muebles arrinconados. Habían volado hasta las mesas. Habían eliminado totalmente hasta el último rastro del proyecto en el que me había embarcado.

El eco de mi derrota retumbaba en el vacío abovedado.

Bajé los escalones de dos en dos y dije adiós a Masha con la mano. También le pedí que echase un ojo a los perros de Bittersweet, pero no me volví para ver qué cara ponía. Me pareció bien tener una testigo, alguien que luego podría contar a los demás que me había marchado en cuanto había entendido cuál era mi sitio.

Eché a correr por la carretera principal. Por ella saldría de Winloch de una vez por todas. Luego ralenticé, al recordar que debía controlarme, pues tenía que trazar un plan. Iría corriendo (o caminando) hasta la tienda por la que habíamos pasado unas cuantas veces al entrar o al salir del campamento. Debía de quedar a no más de diez kilómetros. En la tienda había teléfono. Desde allí llamaría a mi casa a cobro revertido, cruzando los dedos para que me lo cogiese mi madre.

La carretera cruzaba un prado y a continuación se metía en el bosque. Me alegré de estar a cubierto, salvo por los mosquitos. En la densa oscuridad de la noche eran más voraces de lo que había experimentado hasta el momento. Preferí no encender la linterna, por no averiguar la cantidad de bichos que me asediaban. Además, era capaz de detectar por dónde iba gracias al crujir de la grava bajo mis pies.

Oí el motor antes de verlo. El soniquete de la radio llegó a mí entre los árboles antes de que apareciese el resplandor de las luces por detrás de una curva. Me agazapé, dando gracias al tupido bosque de Winloch por proporcionarme protección. No necesitaba alejarme mucho, pues cualquiera que pasase por allí en coche no iría mirando las entrañas del bosque. Desde luego, no esperaba ver a nadie por quien de buen grado saldría a la carretera.

Bueno, por Galway sí habría salido. Al oír cada vez más fuerte el sonido del motor, el corazón me dio un vuelco pensando en la seguridad que me habrían ofrecido sus brazos. Hacía solo unas horas que él me había cobijado. Pero luego se había perdido por los recovecos de mi mente y apenas titilaba en la lejanía como un espejismo. Con verle aparecer a la vuelta de la esquina, podría liberarme de ese miedo paranoico.

Las luces del coche me deslumbraron. Traté de no hacerme ilusiones. Sería Birch. O uno de los operarios de mantenimiento, en su camionetita blanca. O Athol con la canguro. O alguien que venía invitado a cenar.

Vi que el vehículo era una camioneta, pues era más alto que un utilitario, y venían dos personas. Era la camioneta de John. Traía las ventanillas bajadas. Estaban oyendo a Chet Baker.

Salí a la carretera antes de que el raciocinio pudiese detenerme.

Sentí que las luces de la camioneta me alumbraban de la cabeza a los pies.

El chirrido de los frenos. El ronroneo del motor al ralentí.

Abrí los ojos. Me los protegí con un brazo.

El conductor apagó las luces.

Acto seguido, los ladridos de bienvenida de Abby. Seguido de unas pisadas en la grava. Y a continuación, los brazos de Ev alrededor de mí. Su dulce olor.

—¿Qué ha pasado? —preguntó. Sus palabras me pincharon como picaduras de mosquitos—. Tienes una cara espantosa. ¿Adónde vas? ¿Qué haces en mitad de la carretera? Hueles a tabaco. ¿Has fumado? ¿Te encuentras bien? ¿Mabel? ¿Estás bien?

La respuesta salió de lo más profundo de mi ser:

—Me abandonaste.

Ella extendió la mano izquierda.

—Me he casado. —Mi cerebro registró la alianza que había visto en su dedo, mientras ella tiraba ya de mí hacia la camioneta—. Anda, vamos —añadió—, te vendrá bien un buen baño calentito.

CAPÍTULO 41

La prueba

Ev se quedó espeluznada al ver el estado de la cabaña: los perros salchicha, los calendarios, los cajones revueltos. Pero se mordió la lengua y se dedicó a mí. No me puedo imaginar el aspecto tan penoso que debía de mostrar para haber despertado semejantes sentimientos maternales en ella. O quizá fue que su nuevo papel de esposa había sembrado las semillas de la vida doméstica mucho más rápidamente de lo que habría pensado. En cualquier caso, cuando salí, algo más cuerda, de mi baño, todo lo limpia que se podía después de haberme frotado bien en esa agua sedosa, sulfurosa, me encontré con que me había preparado la cena. Abby y los tres perros de Indo estaban tumbados a los pies de Ev en perfecta armonía.

John engulló los espaguetis con fruición.

—Gracias, Evie —dijo al levantarse de la mesa. Le dio un besito en la frente y a Fritz unas palmaditas cariñosas.

—¿Te vas?

—Tengo que ir a verla.

Ev estuvo a punto de replicar. Pero se calló, como solo una esposa puede hacer.

—¿Se lo vas a contar?

Él se quedó mirando el marco de la puerta.

—¿El qué?

—El plan.

La miró. Titubeó imperceptiblemente. Por toda respuesta, dijo:

—Los cimientos están cediendo.

Entonces, salió de la cocina sin volver la vista atrás.

—¿El plan? —pregunté yo, que me había sentado al lado de Ev. Suspiró.

—Nos marchamos otra vez dentro de un par de días.

—¿Por qué?

Ella hizo una mueca al percibir mi tono suplicante.

—Finalmente llegó la pasta. Papá me dijo que si volvía a casa, el dinero estaría esperándome.

Y yo que creía que la había recuperado. Qué idiota, Mabel Dagmar.

—¿Y te vas a marchar de todos modos? Vas a incumplir tu promesa.

Su respuesta fue desagradable.

—No todo el mundo puede ser tan perfecto como tú.

La dejé en la cocina y me fui en pos de John, ya en su camioneta.

—¿Vas a permitir que me deje tirada aquí? —Traté de hablar en voz baja para que Ev no pudiese oírme—. ¿Tienes idea de lo que me harán cuando descubran que os habéis largado? Se suponía que tenía que vigilarla.

Él me miró de hito en hito.

—Pensaba que creías en el amor.

—Hay una gran diferencia entre amar a una persona y arrebatársela a su familia.

—Mabel, no te olvides de que no eres una Winslow —repuso él, abriendo ya la puerta para que subiese Abby. Nunca le había visto tan poco amigable.

Reprimí una risa de burla.

—Mentir no está bien, esconderse... —empecé a decir.

—Ya tengo bastantes cosas de las que preocuparme. —Soltó un suspiro de hartazgo—. Dime que no tengo que preocuparme también de ti.

No me gustó nada darme cuenta de mi tono mezquino, infantil. Como si Ev fuese un juguete por el que nos estuviésemos peleando. De pronto se me aceleró el pulso: no tenía más que decir en voz bien alta quién pensaba que era su padre, y habría ganado la batalla. Si es que realmente quería ganarla. Si es que realmente eso era ganarla. No, antes tenía que encontrar pruebas.

—¿Podrías acercarme a la tienda la próxima vez que vayas hacia el pueblo?

Además necesitaba estar con él a solas.

Se subió en su camioneta.

—Es lo menos que puedes hacer antes de abandonarme aquí —me oí decir.

Arrancó el motor.

—Hablas de una forma que no es propia de ti.

—¿Y de quién es propia exactamente?

Indicó la casita con un ademán de la cabeza.

—De ellos.

Me entraron ganas de contárselo en ese preciso instante, de decirle que él era uno de ellos, mucho más de lo que yo podría serlo algún día. Pero me mordí la lengua.

—Bueno, qué. Lo de la tienda. ¿Vas a poder?

Asintió con un simple movimiento afirmativo y pisó el acelerador. En un abrir y cerrar de ojos, el fulgor rojo de los pilotos traseros se perdía de vista a lo lejos.

Volví. Ev seguía en la mesa y se había quitado la alianza.

—Te dejarán quedarte hasta que acabe el verano —me informó—. Si es que te preocupaba tu situación.

—Ya me las ingeniaré. —Recogí la mesa—. Se me hace raro que estés casada —dije más tarde, por romper el hielo. Y por recordarle, y recordarme a mí, que éramos amigas.

—No sé por qué no quiere decirle a su madre que nos hemos casado —comentó ella con gesto de dolor.

—¿Es que quieres que se entere?

—Bueno, ahora que soy su mujer, ya no podrá impedir que estemos juntos. Por eso le dije que si quería podía traérsela, si es que iba a pasarse todo el viaje lloriqueando por ella. ¿Por qué no, qué narices? Ya que para él es tan importante...

Me pregunté de qué sería capaz Birch. ¿Podría descubrir dónde estaban? ¿Me echaría a mí la culpa?

—Ni siquiera te importa adónde nos vamos, ¿eh? —dijo.

—Sí, mujer.

—A California.

Habría podido preguntarle por qué. O cuándo. O cómo. En cambio, dije:

—¿Estás segura de que es buena idea que se vaya con vosotros?

Dio un golpe en la mesa con las dos manos.

—No —respondió, alzando la voz al tiempo que se levantaba de la silla—, pero no nos queda otra, Mabel. Si quiero estar con John, ella forma parte del lote, y me parece bien. Y me importa un pito si a ti no te lo parece.

Me puse a fregar los platos; además de las manos, hundí también mi cerebro en el fregadero lleno de esa agua apestosa con jabón. Quería limpiarme yo también. Sin embargo, no me quitaba de la mente los detalles del diario de Kitty. La lógica se imponía invariablemente. Había un montón de hipótesis abiertas, pero cada una me llevaba a la siguiente. Y siempre acaba con la misma conclusión: que John y Ev eran hermanos. Medio hermanos, sí, ¿pero qué diferencia había?

Si iba a asumir la labor de decírselo a uno de los dos, necesitaba estar totalmente segura.

—De todas formas —dijo Ev para atraer mi atención—, yo no soy la esposa de la que deberías preocuparte.

—¿Qué quieres decir con eso?

—Hablo de Galway. Está casado.

Saqué las manos del agua caliente y me volví hacia ella. Estaba pletórica.

—En su día me llegaron rumores..., ya me entiendes —dijo—. Pero yo no me podía creer que de verdad hubiese alguien dispuesto a casarse con él. Al parecer, una chica del otro lado de la frontera sur necesitaba permiso de residencia, y no me cabe duda de que no le habrá importado...

—Eso no es verdad —repuse yo, con la voz temblorosa—. No puede ser verdad.

Sabía que era una embustera, pero esta vez no era mentira. Su expresión era sincera, aunque maliciosa, sobre todo cuando arrugó las cejas con aire burlón.

—Pobrecita la buena de Mabel, que le acaban de romper su burbuja. —Se encogió de hombros—. Supongo que tarde o temprano tenías que aprender cómo funciona el mundo.

Entonces lo sentí, algo que nunca había sentido proveniente de ella: una devastación cargada de ira. Que Galway me hubiese mentido era como una patada en el estómago, pero el desprecio que vi en los ojos de Ev al hacerme daño intencionadamente fue casi más insoportable. Me observó con atención para detectar el daño que me había infligido. Entonces, satisfecha al comprobar los estragos, se fue.

Me desperté a la mañana siguiente haciendo como si nunca hubiese conocido a Galway. Mi corazón era una fortaleza. Mi cuerpo, un convento. Mi mente, una biblioteca. En cuanto diese con la prueba, sería libre.

—¿Masha? —llamé a la cocinera a la vez que entraba en la cocina del Refectorio.

La abuela salió de la cámara frigorífica, secándose las manos con el delantal.

—¿Te hago el desayuno? —me preguntó.

Negué con la cabeza.

—Oye, tú llevas tiempo trabajando aquí, ¿no es así?

—Uy, hija. —Clavó los ojos en el techo, pestañeando—. ¿Treinta y seis años? —Aunque aún tenía mucho acento, su inglés era impecable. Pensé con cierta pena que seguramente Galway había tenido parte de responsabilidad en que así fuese. Inaceptable. No debía pensar en él.

—¿Y tú te acuerdas más o menos de la época en que nació Galway? —Galway tenía casi los mismos años que John, y sabía que decir su nombre serviría para despistarla por completo y a la vez ablandarla. Con todo, me costó decirlo en voz alta.

—¿Y qué quieres saber?

—Pues sobre la gente que trabajaba aquí. Las mujeres, concretamente.

Masha se alarmó.

—Oh, es para la investigación que estoy haciendo. Arriba en el desván, ¿sabes, no? Con todos esos papeles que había antes ahí guardados. Galway me pidió que le echase una mano.

Se me quedó mirando sin decir nada un buen rato.

—Pues me cuesta recordar.

—Claro, entiendo —dije yo, notando que el corazón se me salía por la boca—. Pero si puedes, sería genial.

Masha tragó saliva. Sacó un poco el labio inferior como dando a entender que estaba haciendo esfuerzos por recordar.

Pero estaba segura de que sabía perfectamente quién había trabajado allí.

Iba a tener que probar con otra táctica.

—¿Sabías que Ev ha estado acostándose con John La-Chance? —El pánico cruzó por el rostro de la vieja—. Tienen derecho a saber si no está bien.

Masha recorrió con ojos desorbitados todo el Refectorio.

—Te lo suplico —susurró—, no me hagas decirlo.

—No es necesario que me des los nombres de las criadas. Solo dime cuántas mujeres trabajaban aquí en aquel entonces cuyos nombres empezasen con la letra P.

La vieja empezó a temblar delante de mí. Me sentí impelida a tocarla, a consolarla, pero, si hacía eso, me alejaría de la prueba. Había llegado demasiado lejos para parar ahora. Tenía que saberlo. Así pues, me crucé de brazos y esperé.

—Tienen derecho a ser felices —respondió ella—. Te lo suplico, no se lo digas.

—¿Cuántas mujeres trabajaban aquí cuyos nombres empezaban con la letra P?

Lentamente, como si fuese inevitable, Masha levantó una mano, como un secreto, como si contuviese un poder atroz, y de su puño brotó un solo dedo nudoso.

—Bien —dije yo. No «Gracias», ni «Dios mío», sino «Bien». Porque fue un alivio saber finalmente que había estado en lo cierto, y saber el dato con certeza, por terrible que fuese.

CAPÍTULO 42

El adiós

A la mañana siguiente algo pesado cayó a los pies de mi cama. Me froté los ojos para aclararlos y contemplé la habitación. En la otra cama, Ev dormía como un leño. Ni siquiera había empezado a cantar el zorzal aún.

—He venido a decirte adiós —susurró Lu.

—¿Te vas?

—Mamá me va a acercar a la estación de autobuses.

—¿Hasta cuándo te quedas en el campamento?

—No me han informado.

Me senté en la cama y bajé los pies al frío suelo de madera. Le eché un brazo alrededor de los huesudos hombros. Estaba dispuesta a perdonarla por haberme echado a las fauces de Birch. Probablemente no había previsto la reacción de su padre.

—Me ha encantado poder conocerte —dije.

—Que no me estoy muriendo —contestó ella, y se rio. Me dio un beso en la mejilla. Se levantó de un brinco de la cama y se tiró encima de Ev, que seguía dormida y que protestó con un gruñido.

—Adiós, vieja bruja —le dijo su hermana pequeña, en broma—. Me alegro de que hayas vuelto a casa. —Entonces, salió del dormitorio saltando a zancada limpia, no sin antes volverse para soplarme un beso desde la puerta.

Poco después llegó John con su camioneta. Antes de lo que me había esperado. Le saludé con la mano desde la cocina. Él pasó de largo, yéndose derecho al dormitorio para despertar a Ev. Cerró la puerta al entrar. Abby vino a verme a la cocina. Sus ojos de color chocolate me miraron con cara de súplica para que le diese un trocito de las sobras del pollo. Agradecida, me lamió la mano y salió correteando al porche.

Me senté a desayunar un cuenco de copos de avena, mientras fingía leer *El Paraíso perdido*. Pero los soliloquios de Lucifer no consiguieron distraerme. Di permiso a mi mente para meditar acerca de lo que había averiguado, y sobre si debía contarlo o no. ¿Saber que eran hermanos cambiaría realmente las cosas entre John y Ev? Se habían casado ya. Había un niño en camino y estaban planeando cruzar el país para irse a vivir a un lugar en el que no conocían a nadie. ¿Quería contárselo solo por una curiosidad egoísta de mi parte, por un afán de saber qué dirían y qué harían en cuanto les dijese esas palabras? ¿O era algo peor que eso? Quería tener a Ev para mí sola, ¿no? ¿No era cierto que tenía la esperanza de que la revelación quizá apartase a John de ella? ¿La esperanza de que, cuando se hubiese marchado, todo volvería a ser como antes, como al principio del verano?

Pero también cabía pensar que callármelo en secreto podría ser aún más cruel, pues era ocultarle a una persona algo tan demoledor como la verdad sobre su propio origen, sobre unos orígenes que tenía derecho a conocer. Ahora entendía que la madre de John detestaba a Ev por el padre que le había engendrado. Si no le contaba lo que sabía, la señora LaChance se empeñaría en fastidiarles la vida, tratando de apartar a Ev.

Yo habría querido saberlo.

O por lo menos eso fue lo que me dije a mí misma.

El cuenco de avena se me había quedado helado cuando John salió del dormitorio. Se sirvió media taza de café, que se bebió de un trago, derramando unas gotas en su camisa roja de franela. Vio que estaba en pijama.

—¿Quieres que te lleve o no?

Y silbó a su perra.

Salimos de Winloch a toda pastilla. Íbamos los dos callados, pero no porque no tuviésemos nada de que hablar, al menos por mi parte, sino justamente por la cantidad de cosas que teníamos que decirnos. Mi mente se puso a trabajar a toda velocidad mientras acelerábamos por la carretera llena de socavones y pasábamos por delante de los lugares que había acabado conociendo tan bien. Primero Bittersweet, con Ev durmiendo en su interior, desapareció en el espejo retrovisor cuando tomamos una curva. Luego pasamos por delante del Refectorio, desierto salvo por la siempre vigilante Masha. Después cruzamos a toda velocidad por delante de las tres casitas de Athol, Banning y Galway. Al pasar por cada una de las vetustas construcciones, las miré como despidiéndome de ellas. Cuando regresase, volvería con una perspectiva diferente: le habría contado el secreto a John, o no. Habría telefoneado a mi madre, o no. No hablar era una opción tan válida como la contraria.

Derrapamos al tomar la curva en la que dos noches antes me habían encontrado John y Ev, y él carraspeó como si mi recuerdo de pie en mitad de la carretera delante de la camioneta le hubiese zarandeado.

—¿Así que a California, eh? —pregunté.

—Tengo un amigo allí. Trabaja en la construcción. Me va a echar un cable con un trabajo.

Asentí en silencio. No le transmití ninguna de las opiniones escépticas que se me pasaron por la cabeza (te va a dejar en cuestión de una semana, no estáis preparados para ser padres, es tu hermana, coño, por qué narices te empeñas en llevarte a tu odiosa madre con vosotros); en el último punto pareció adivinarme el pensamiento, porque al pasar por delante del desvío a la casita de su madre, que pasamos a mayor velocidad aún que todo lo demás, dijo:

—Mi madre se viene con nosotros.

—Parece que no le cae muy bien Ev —comenté, para presionarle.

—Sí, en fin... Es que trabajó muchos años para los Winslow. No quiere que me haga daño.

—O es que sabe algo.

—¿Qué narices se supone que quiere decir eso?

Salimos disparados del bosque, espantando a los jilgueros lúganos. Alzaron el vuelo desde el prado y se fueron a toda velocidad hacia el norte como una flecha amarilla.

—¿Y si guardó un secreto, y lo hizo para protegerte, pero ahora ya no puede callárselo más porque...?

John pisó el freno hasta el fondo. La camioneta se echó hacia delante y luego hacia atrás. Nos golpeamos la cabeza contra el respaldo. Estiré el cuello, tirando del bloqueado cinturón de seguridad, para ver el animal que se nos había cruzado en el camino, y que había sido el motivo por el que habíamos parado en seco. Pero no había nada. John me miraba a mí.

—Ay. —Me froté la parte de atrás de la cabeza, mientras echaba un vistazo por el espejo retrovisor para ver si Abby estaba bien. Estaba poniéndose derecha, torpemente.

—Me molesta un montón que la gente se ande con rodeos —replicó él.

—Yo no estoy…

—¿Qué es lo que sabes? —dijo sin miramientos.

—No sé nada.

—May, que no me chupo el dedo. Los Winslow tienen sus dramas, pero, hasta donde yo sé, nosotros los LaChance nos las hemos ingeniado para mantenernos por encima de sus líos. Así que, si sabes algo sobre mi madre, ahora es tu oportunidad de decirlo.

Yo estaba empezando a perder los nervios.

—John —le dije afectuosamente, indicando la carretera—, solo quiero telefonear a mi madre.

—Y yo no quiero que Ev se marche de aquí con dudas de ninguna clase. No dejaré que te bajes de la camioneta hasta que me digas lo que sabes. Porque, si no me lo dices a mí, se lo dirás a ella. —Meneó la cabeza—. Ya se odian bastante. Y no pienso echar leña al fuego.

El gorjeo de los pinzones volvió a escucharse entre los juncos que se mecían dulcemente a la brisa que subía del lago. El sol no quemaba.

—No te conviene saberlo —dije yo. Se me empezaron a nublar los ojos.

—Si no me lo dices, lo averiguaré. Eso te lo prometo. Averiguaré la verdad.

Desde que había empezado a sospechar quién era el padre de John, y desde que lo había sabido con seguridad, me había imaginado diciéndoselo. Pero nunca había pensado en las palabras con las que se lo diría. En mi imaginación, me había figurado con los papeles en la mano, los había extendido en los asientos de la camioneta y había ido dirigiéndole paso por paso, a lo largo del diario de Kitty, la anotación en la que aparecía esa P., los calendarios, la indagación, hasta que al final él mismo era capaz de sacar sus propias conclusiones. Él sería el que expresase de viva voz la verdad y yo me liberaría de mi terrible secreto, pero sin tener que decirlo.

Sin embargo, en ese instante, en esa camioneta, todo era tal como había sido con Daniel en el río. Igual de impactante y de nítido: se me estaba pidiendo que fuese la oscuridad.

La respuesta.

El verdugo.

La que hacía lo que nadie más tenía el coraje de hacer.

—John —le dije—, Genevra es tu hermana.

CAPÍTULO 43

La espera

Pensé que iba a pegarme. Pero su mano pasó por delante de mí para empujar con fuerza la puerta de mi lado. Ni una palabra, ni una mirada. Me bajé de la camioneta, él cerró de un portazo y se marchó a toda velocidad, lejos de mí, lejos de Winloch, levantando una nube de polvo marrón. Cuando se despejó la polvareda, lo único que quedó de él fue el rugido lejano del motor y los ladridos de incredulidad de Abby.

Proseguí a pie. No porque pretendiese alcanzarle, sino porque en ese momento regresar a Winloch me parecía algo imposible. La carretera solo ofrecía dos alternativas. No estaba enfadada con John por haberme dejado tirada, pues sabía que me lo merecía. Igual que había pasado con Daniel, aceptaba mi sino. Debía asumir mi culpa. Pero, desde la privilegiada posición que me proporcionaba el habérselo dicho, estaba convencida de que no habría podido hacer otra cosa. Mientras caminaba, me vino el recuerdo del cuerpo de Galway, los movimientos de sus brazos y de sus piernas, las puntas de sus caderas, sus labios carnosos. Me concentré en los detalles más nimios de nuestro juego sexual, las sensaciones que me había procurado, cómo lo había sentido, cómo me había sabido. Y mientras me concentraba en eso, me prohibí desviarme de la senda para adentrarme por el terreno no tan atrayente de su matrimonio, ni por el del futuro de John y Ev, ni el de la familia de la que John venía (Birch, Tilde, CeCe, Indo) y los secretos que guardaban.

No pasó ni un coche. Disfruté de la carretera rural para mí sola, y soñé con que se extendía a lo largo de kilómetros y kilómetros. Gracias a Lu, conocía bien ese mundo, y así pude mirar con deleite las azanorias y las achicorias que bordeaban la carretera de grava, y oír el gorjeo familiar e inconfundible del trepador. Noté que se me bronceaba la piel de los brazos y me encantó sentir que tenía la frente empapada de sudor. Supongo que era consciente de que volver de nuevo a la civilización significaría que tarde o temprano, inevitablemente, tendría que enfrentarme a las consecuencias de mis actos. Por eso, me dio pena que la grava diese paso al asfalto y que, a la vuelta del último recodo, divisase a lo lejos la tienda.

Había hecho casi diez kilómetros andando, teóricamente para telefonear a mi madre. Pero, conforme me acercaba a la cabina, iba sintiendo cada vez menos ganas de oír su voz. Desde que había tomado la decisión de llamarla, mi idea era decirle que volvía a casa. Pero a medida que mis pasos iban llevándome hacia la tienda me di cuenta de que no quería volver. Si volvía, habría sido una reacción residual de quien había sido yo hacía mucho tiempo, una persona que necesitaba que otra persona le dijera quién tenía que ser. La hija con la que Doris Dagmar había hablado por teléfono allá por el mes de junio, la dependiente y arrepentida Mabel Dagmar, había dejado de existir. Y yo me alegraba. Me sentía liberada. Era una mujer que hacía y deshacía. Que controlaba destinos. Si tenía que irme, me las arreglaría yo sola para encontrar mi camino.

Entré en la tienda y me compré un envase de regaliz rojo. Luego, di media vuelta y regresé andando.

Cuando entré, Ev levantó la vista de su libro.

—¿Y John? —preguntó.

Yo no me había olvidado de él. No. La imagen de su mano abriendo de golpe la puerta se me había quedado grabada a fuego. Sin embargo, la larga caminata al sol había surtido el efecto de convertir en un recuerdo lejano la conversación de esa mañana en su camioneta. Y no me había preparado para su pregunta inevitable.

—Oh —dije, tomándome unos segundos para pergeñar una mentira—, me dejó de camino.

Ella estiró el cuello para mirar el camino de acceso a la casita.

—En la tienda.

—¿Te ha hecho volver andando? ¡Pero si son diez kilómetros!

—Me voy al agua un rato. ¿Te apuntas?

Pero las dos sabíamos que diría que no.

Sin Lu ni Galway, habiendo además comunicado mi información a John, Winloch parecía un lugar vacío, casi como si nos hallásemos en un lugar olvidado y Ev y yo fuésemos, nuevamente, sus únicas moradoras.

Hicimos varios collages. No de las familias que queríamos, ni de las familias que teníamos, sino de los puntales de Winloch.

De Indo: flores moradas, sombreros, botas de agua, colecciones de cajas, todo apretujado en una hojita de papel.

De Birch: líneas rectas, un puro encendido, un velero.

De John: el esbozo dibujado por Ev de su espalda musculosa, puesto encima de una fotografía cogida de un catálogo de biquinis de tal modo que daba la impresión de que John estaba sentado al borde de un imaginario precipicio, contemplando un atardecer de Tahití.

Nos embargó la melancolía. Seguramente comíamos y hablábamos, pero solo logro recordar la sensación de soledad de aquella noche cuando finalmente el día tocó a su fin: los grillos, los murciélagos y su loco revoloteo.

Las dos esperábamos a John.

CAPÍTULO 44

La viuda

A las seis de la mañana del día siguiente Ev me despertó. Estaba vestida de la cabeza a los pies. Sus cajones estaban abiertos y vacíos. A lo lejos oí los ladridos insistentes de un perro.

—¿Te vas? —pregunté con la voz ronca.

—Se suponía que John tenía que estar aquí hace una hora.

Me incorporé. Ella se sentó.

—¿No te dijo nada? —me preguntó.

—¿Sobre qué?

—Cuando te dejó en la tienda. No es propio de él. ¿Estaba trastornado por algo? ¿Pasó algo?

Se me aceleró el pulso.

—Estábamos hablando de su madre.

—Lo sabía —dijo ella, mientras se le arrugaba su preciosa frente—. Se suponía que hoy era el día. Iban a venir a buscarme antes de que saliese el sol.

—¿Pensabas marcharte sin despedirte?

Su semblante ceñudo se transformó en una sonriente expresión de indulgencia.

—Pero mira que eres pava.

Sin embargo, yo sabía que su plan había sido largarse a escondidas.

—A lo mejor todavía vienen —dije finalmente.

Ella negó con la cabeza.

—Ha salido el sol.

—Pues mañana, entonces.

—¿Qué te dijo? ¿De su madre?

—Solo que... —Suspiré—. Si te digo la verdad, no me acuerdo. Quiere que os llevéis bien.

—Qué raro que no pasase anoche por aquí. No es nada propio de él.

El corazón seguía latiéndome a toda velocidad. No se me habría ocurrido pensar que, después de contarle que Ev era su hermana, su vida iba a seguir exactamente igual, ¿no? La verdad tenía consecuencias. Yo no quería que Ev se fuese. Pero viéndola en ese estado, preocupada, y sabiendo que si se enteraba de la verdad se quedaría destrozada, me di cuenta de que en el fondo deseaba poder dar marcha atrás. Aun así, si John no venía, Ev se quedaría. Y yo podría quedarme a su lado.

—Levántate —dijo, dándome unas palmadas en las piernas y recogiendo mis vaqueros helados del suelo. A lo lejos, el perro seguía ladrando sin cesar—. Te vienes conmigo.

¿Cómo puedo describir mi estado de ánimo mientras Ev y yo atravesábamos el bosque de Winloch?

Seguridad al sentir el peso de la mano de Ev en la mía.

Confianza en haber hecho lo que debía al contarle a John la verdad. Si hubiese mantenido la boca cerrada y se hubiesen llevado a la madre de él con ellos a California, la verdad habría salido a la luz igualmente.

Aprensión al pensar en la reacción de John ante mi presencia: ¿se pondría hecho una furia, lloraría, soltaría tacos?

Alivio ante la posibilidad de que pudiese haberme dejado a Ev para siempre.

Íbamos atravesando el bosque sin decirnos nada apenas. El perro no había dejado de ladrar, el persistente sonido de sus ladridos salpicaba el sereno aire de la mañana, perturbando el orden natural de las cosas. Entre los pinos se filtraba una luz suave. Estreché la mano de Ev.

Salimos al claro en el que me había encontrado a la cierva, pero no estaba esperándonos. Volvimos a internarnos en el bosque y tuvimos que subir una pendiente de rocas cubiertas de musgo. De vez en cuando la carretera se dejaba ver entre los árboles, pero no circulaba ningún vehículo por ella. Estábamos solas.

—¿Ese perro que ladra te parece Abby? —pregunté, pues los ladridos habían empezado a ser más fuertes. Estábamos lo bastante cerca para distinguir que el perro estaba fatigado. Su voz sonaba quebrada.

Ev negó con la cabeza.

—A lo mejor su madre se ha puesto mala por la noche —dije yo. No podía evitar seguir estirando mi cuento, mi inocencia, aun a sabiendas de que bastaría una explicación por parte de John para que Ev supiese lo que yo había hecho. Aun así, pensé, tenía que haber un modo de evitar que se enterase de que la mensajera había sido yo.

Trepamos por la última roca y a partir de ahí, para evitar una caída de unos seis metros, tuvimos que continuar por la cresta rocosa. Semejante altura nos proporcionaba unas vistas increíbles desde más arriba del tejado de la casa de la señora LaChance. Por lo que lograba divisar, la Ford de John no estaba aparcada en el camino de acceso a la vivienda. El perro seguía ladrando. El sonido provenía de la casa. Era Abby. Dijera lo que dijera Ev, yo sabía que esos ladridos eran de Abby.

Por fin empezamos a bajar, agarrándonos en la roca que se movía un poco. Estábamos a solo treinta pasos de la puerta de la casa de la madre de John.

—¿Y el coche de Aggie? —pregunté yo susurrando.

—John le dio el día libre para que no se enterase de que nos marchábamos.

Cada pisada, cada chasquido de una rama partida, cada crujido de la hojarasca parecía reverberar entre la pared de roca a nuestra espalda y la casita de enfrente. No teníamos forma de saber lo que nos esperaba en su interior. Pero, todavía hoy, sostengo que lo percibí claramente cuando penetré en el vapor que lo envolvía; el aire a nuestro alrededor se había vuelto frío, triste.

—¿John? —llamó Ev sin cortarse. Al oírnos, los ladridos de Abby se volvieron más insistentes. La perra gimió. Su angustia subía de debajo del porche, de eso estaba segura. Tiré del brazo de Ev en esa dirección, pero ella tiró de mí hacia la puerta de la casa. La mosquitera estaba cerrada, pero la puerta de madera estaba abierta, como si hubiese entrado alguien unos instantes antes.

—Ev —la advertí. Pero ella abrió la mosquitera y llamó a John otra vez.

—¿Señora LaChance? —dije yo dócilmente, siguiendo a Ev al interior de la vivienda.

—No la habría dejado sola aquí.

Cuesta recordar las cosas, después de todas las preguntas, después de reproducir qué se encontraba donde se suponía que debía estar y qué se encontraba fuera de su sitio, después del impacto del hallazgo, y de ver la boca de Ev formando una O, cuesta recordar los instantes inmediatamente anteriores a que la encontrásemos.

¿Teníamos miedo?

Entramos en el salón y salimos al porche acristalado. La madre de John estaba en su silla de ruedas, de espaldas a nosotras. Puedo recordar que tenía la cabeza ladeada de una forma extraña. Ev iba medio paso delante de mí.

—¿Señora LaChance? —susurró.

No hubo respuesta.

Ev apoyó una mano en el hombro de la mujer para darle la vuelta. Entonces, la mano de Ev se apartó de ella como un resorte. Vi cómo se retraía, y levanté la vista poco a poco hasta el rostro de Ev, hasta su expresión de horror, y de nuevo la bajé, la pasé por las vistas del lago y la detuve en la máscara mortuoria de Pauline LaChance.

Los moratones que tenía alrededor del cuello mostraban exactamente cómo le habían arrebatado la vida.

—Dios mío —gimió Ev, retrocediendo. Yo me había quedado de piedra. Justo debajo de los tablones del suelo, justo debajo de nosotras, percibí el sonido de un animal llorando, ladrando, luchando por soltarse. Era un sonido que había estado oyéndose desde hacía mucho rato, pero el zumbido de mis oídos lo había acallado.

Me volví. Detrás de Ev vi la puerta del porche colgando de las bisagras. La señalé. Ella salió de un salto, gritando:

—¿John?

La seguí.

Una vez fuera, los ladridos de Abby se oían muy alto. Ev echó a correr por el camino, pero yo llamé a la perra y ella me respondió. Me agaché para mirar debajo del porche y vi, entre las rendijas de los tablones, que estaba atrapada debajo de la escalera. Alguien había tapado la abertura que solía usar con una puerta vieja. Estaba como loca, arañando la barricada, y me fijé en que le sangraban las patas.

—Está bien, bonita —dije con la voz temblorosa, e intenté desplazar la pesada puerta yo sola. Apenas logré levantarla unos centímetros, por lo que tuve que empujar con todo el cuerpo para correrla a un lado y, a la tercera, conseguí abrir un hueco lo bastante grande para que Abby pudiese salir a duras penas. No se quedó a darme las gracias ni a que la consolara. En vez de eso, salió disparada por el sendero del acantilado, derecha a por Ev.

Yo misma eché a correr por el sendero hasta que les di alcance. Bajamos por las curvas cerradísimas, yendo hacia un lado primero, luego hacia el otro. En algún lugar delante de nosotras, donde el sendero terminaba y detrás solo estaba el vacío, Abby se había puesto a ladrar de nuevo. Corrimos para llegar adonde estaba la perra.

Llegamos a la punta y nos paramos en seco. Debajo de nosotras, el lago. A lo lejos, hacia el horizonte, nada más que una extensión de color azul. Ev empezó a hablar, pero las palabras no le salían. Eran como peñascos que se derrumbaban, demasiado pesados, demasiado cargados de su propio impulso para tener algún sentido, ininteligibles en medio de los gimoteos y gañidos de Abby, que se había acercado peligrosamente al filo del acantilado. De debajo de sus uñas ensangrentadas saltaban algunas piedras, que chocaban contra las rocas de la orilla, abajo, muy abajo.

Me quedé mirando una piedra caer.

Allí, al pie del acantilado, con las piernas y los brazos retorcidos en ángulos extraños, estaba John. Estaba tendido de espaldas, mirándonos, mirando el nuevo día.

Pensé por una milésima de segundo que estaba vivo. Que tal vez levantaría la mano y nos saludaría.

Agosto

CAPÍTULO 45

El después

Abby no quería marcharse. Sus ladridos eran como tiros de escopeta. Ev, tirando del collar de la perra, le suplicaba, la regañaba, le ordenaba que se moviera, mientras de la tierra se desprendían terrones que se precipitaban en caída libre encima de John. Luego me tocó a mí tirar de Ev, hacerla volver a la realidad y decirle con claridad y tono adulto que teníamos que irnos. Al final dejamos a la perra allí.

En Bittersweet, Ev me prometió que no saldría del cuarto de baño. Arrastré la colchoneta de Fritz por el suelo del salón y ordené a los perros de Indo que formaran una barricada delante de la puerta del baño. Agucé el oído y capté los ladridos de Abby reverberando por el bosque; eran como lejanos, nítidos chasquidos de espanto, que medían la distancia entre el cuerpo de John y mis orejas. Ev empezó a sollozar y, una vez más, le ordené que se tranquilizase, que iba a pedir ayuda. Que no abriese el cerrojo de la puerta, que no hablase con nadie. Fritz aguardaba en posición de firmes, a mis pies. Los sollozos de Ev fueron amainando hasta quedar reducidos a un leve gimoteo.

No había nadie en el Refectorio. Hice bocina con la mano al hablar por el teléfono:

—Ven a Bittersweet. Ha ocurrido una desgracia.

De vuelta en la casa, Ev y yo nos acurrucamos muy juntas las dos en el suelo del cuarto de baño. Durante toda la espera, que duró horas, ella repitió una y otra vez, como una salmodia: «Es culpa mía, es culpa mía». Los ladridos de Abby iban debilitándose.

—Es culpa mía. Es culpa mía. —No soportaba que le dijese que no.

Galway debió de subir de Boston conduciendo como un loco. Me puse de puntillas para mirar por la ventana de buharda del cuarto de baño, y confirmé que el runrún que traía la brisa era el rugido de su motor. Ev se había quedado traspuesta. Salí a recibirle.

¿Había hablado yo de asesinato? Lo que sí recuerdo es que Galway entró como una exhalación sin pararse a saludarme, para estar con su hermana. Y que súbitamente me entró un sopor irresistible.

Me preparó un cuenco de copos de avena y pasas. A Ev la llevó al dormitorio, con una mano en su espalda. Por la ventana de la cocina se veía brillar el sol.

Tenía experiencia con la muerte clínica. La piel gomosa de un hermano que casi se muere ahogado. La rapidez con que es posible devolver la vida a los pulmones de personas que parecen haber exhalado su último suspiro. Pero no había previsto la grandísima diferencia que había entre eso y la muerte cierta. Con los que están en muerte clínica, el tiempo es oro; con los que ya se han ido, el tiempo deja de importar.

Presa del pánico, me di cuenta de que el mundo estaba en silencio. ¿Cuándo había sido la última vez que había oído los ladridos de Abby?

«John mató a su madre». Esa era la frase, el pensamiento, que yo me repetía en las horas en que aquel día fue dando paso a la noche, que repetí cuando nos tomaron declaración, cuando Bittersweet se transformó en el ojo del huracán. No había sido una coincidencia que el mismo día en que alguien había agarrado a su madre por el cuello hasta asfixiarla yo le hubiese contado quién era su padre. El hecho de que se hubiese quitado la vida tirándose del acantilado no hacía sino reforzar la hipótesis de su culpabilidad. Eso me dijeron y eso me creí y eso repetía: «John mató a su madre».

¿A quién se lo dije?

A Galway, al oficial Dan, a Birch, Tilde, Athol, Banning, por no hablar de la infinidad de primos que desfilaron por la casa con oportunísimas bandejas de comida y que acudieron para conocer de primera mano el testimonio de las traumatizadas jovencitas. Conté la historia (la versión aséptica, para proteger a la criatura inocente) cientos de veces, y siempre perfectamente resguardada en la casita: yo sola en la mesa de la cocina, o junto a Ev, las dos acurrucadas en el sofá del porche, y una de las veces sentada en la cama como si hubiese sido simplemente una pesadilla que un buen sueño reparador podría borrar de un plumazo.

A los policías les pareció bien tomarnos declaración en Bittersweet, con Birch y Tilde presentes y Galway cogiendo apuntes. En ningún momento se habló de llevarnos a comisaría ni de interrogatorios oficiales. Desde el instante en que el oficial Dan llamó a nuestra puerta, tuve claro que, como norma general, los Winslow no eran sospechosos.

—¿Qué viste?

Les conté todo. Todo salvo el detalle de que le había dicho a John que era hermano de Ev (y de Galway, Athol, Banning y Lu).

O sea, hijo de Birch.

O sea, que se había casado con su hermana.

Y ella estaba embarazada de él.

El único que quiso tirarme más de la lengua aquel primer día, en la cocina, fue Galway:

—Me ha dicho Ev que viste a John ayer.

—Me acercó a la tienda.

—¿De qué hablasteis?

—De que iban a irse de aquí. A vivir a California.

—¿Qué dijo exactamente?

—Pues no me acuerdo, Galway.

—Inténtalo.

Le había dicho a John quién era su padre, el día en que habían matado a su madre. La había cogido por el cuello, había apretado las manos hasta asfixiarla y luego se había tirado por el acantilado. Todo por mi causa. Entonces, ¿me culpaba a mí misma?

Vamos a ver, ¿por qué me había creído a pies juntillas? ¿Cómo podía ser culpa mía si yo simplemente había descubierto un secreto ajeno? ¿Por qué demonios había matado a su madre si le profesaba tal lealtad? Y si de verdad amaba tanto a Ev, ¿cómo pudo abandonarlos, a ella y al bebé que estaban esperando?

Abrí los ojos.

—No me acuerdo de nada.

Galway suspiró.

—Mabel, ocurrió ayer.

—Y desde ayer todo ha sido muy intenso.

Se me quedó mirando en silencio un buen rato.

—Está bien —dijo, con un tono cargado de dudas. Abrió la boca para decir algo pero volvió a cerrarla.

—¿Sí?

Vaciló.

—Espero que no estés guardándote nada.

Por primera vez desde el horrible hallazgo, experimenté un sentimiento tan fuerte que parecía al rojo vivo, que me abrasaba en medio de mi estado de aturdimiento. Fue la única vez que noté algo tan intenso en esos días, como un clavo clavado en un desafortunado nervio al que no le hubiese afectado la anestesia.

Me levanté de la mesa.

—¿Como un matrimonio? —pregunté. Mi voz vaciló, a mi pesar. Se quedó perplejo—. Estás casado, ¿verdad? —dije, temblorosa. Él hizo amago de responder, de explicar, pero por su forma de entrecerrar un poco los ojos vi que, en efecto, estaba casado. Antes de darle tiempo a decir nada, bramé—: Fuera de aquí. Fuera, fuera, fuera. —Y eso hizo. Se levantó sin mediar palabra y se marchó.

—¿Y Abby? —pregunté. Se lo pregunté a Birch, al verlo en la puerta de la casa; a Galway cuando regresó, sin poder mirarme a la cara; al oficial Dan esa mañana; a Ev por la noche; y, entremedias, a los primos curiosos. Lo fui preguntando con una insistencia cada vez más teñida de pánico a medida que ellos respondían, uno tras otro, con una mirada de lástima.

—Descansa, querida —me dijo Tilde, que me dio otra pastilla más, poniéndomela en la mano con sus dedos gélidos al tiempo que me ofrecía un vaso de agua.

La camioneta de John no pudieron encontrarla. Como si se hubiese desvanecido en el aire.

—Jamás perdería de vista su camioneta —le dijo Ev a la policía. Yo sabía que ella estaba convencida de que en la casa había habido alguien más, que esa otra persona se había marchado en la camioneta después de cometer el doble homicidio—. Encuentren esa camioneta, se lo suplico —les rogó, pero nadie entendió que era la súplica de una esposa. Y yo tampoco secundé su petición.

Ev y yo no nos quedamos solas en ningún momento. Y en la casita abarrotada de oídos no teníamos dónde meternos para poder hablarnos en susurros. Pero cuando nadie la oía, la escuché repetir su salmodia en voz baja: «Es culpa mía, es culpa mía».

Como no le contó a nadie nada de su casamiento ni del bebé, yo hice lo mismo. Mantuve el pico cerrado. La observaba atentamente. Me cercioraba de que comiese. Le daba vasos de agua, llenos hasta arriba, y me quedaba junto a ella hasta que se los bebía.

Una mañana me di cuenta de que los cerrojos habían volado. El de la entrada, el del baño, el del dormitorio. Los agujeros que habían dejado los tornillos se habían rellenado con masilla, lijado y pintado. Dudé de mis propios recuerdos, así que fui a cobijarme en la seguridad de mi cama.

Dormíamos mucho y muy profundamente. Los mayores entraban y salían sigilosamente, y desde nuestro cuarto los oíamos susurrar, preocupados. Me parecía increíble la maquinaria que se había puesto en funcionamiento para hacer sitio a nuestro trauma y confieso que cuando me despertaba, en plena noche, sobresaltada por el efecto de un horror renovado hacia lo que habíamos visto con nuestros propios ojos y hacia los interrogantes sin respuesta que suscitaba dicha escena (¿Cómo John LaChance había sido capaz de perpetrar un acto tan atroz? ¿Dónde se había metido Abby? ¿Era yo responsable de una violencia tan truculenta?), experimentaba una sensación conocida, de mi niñez, que me tranquilizaba.

Un sueño muy real, terrible e inquietante, de agua helada entrándome como un chorro por la garganta mientras dormía. Mi mente drogada, profundamente dormida, trataba de asirse a la superficie del estado de vigilia, de salir a flote para tomar aire. Y finalmente despertaba y miraba en derredor, sofocaba el llanto, apaciguaba los latidos de mi corazón, aflojaba los puños. Me forzaba a olvidar toda la verdad del mundo terrible, para concentrarme en lo que pasaba a mi alrededor en ese momento. Aguzaba el oído para escuchar el murmullo conocido de los mayores hablando justo al otro lado de mi puerta, u oyendo atentos la radio, cargados de planes y de creencias que frente a una crisis resultaban un recurso válido. Una vez que había comprobado su presencia, me daba la vuelta, me subía el embozo del edredón hasta el cuello y me deslizaba, una vez más, al regalo de la noche.

CAPÍTULO 46

El paseo en barca

Desperté con un sobresalto. La habitación estaba ya toda iluminada. Sin embargo, en mi mente se había quedado grabado el espectro de la cara inerte de John mirándome desde abajo (una imagen que ponía fin invariablemente a mi sueño y que era lo primero que veía al despertar cada día). Ev roncaba en su cama, junto a la mía; si podía tomar como guía los días anteriores, no se levantaría hasta la caída de la tarde, cuando la despertarían para que comiese algo, y después se metería otra vez en la cama, con una pastilla rosa en la boca. No tuve arrestos para preguntarle si no serían perjudiciales para el niño.

Tenía la sensación de haber pasado meses durmiendo. Había dejado de llevar la cuenta de los días que pasaban. Pero había vuelto el calor, de eso sí me daba cuenta. Y alguien, en algún momento, había mencionado que ya estábamos en agosto. Me obligué a salir de la cama antes de que John me arrastrase a otra pesadilla. No soportaba la idea de cerrar los ojos un minuto más; el sueño profundo pesaba tanto que los tenía mal, amoratados, febriles.

Me miré en el espejo del cuarto de baño. Aunque no era
una visión muy agradable (greñas, dientes pastosos), tuve que
reconocer que, después de haberme saltado tantas comidas por
dormir, parecía más que nunca una de los Winslow, con las
mejillas hundidas y el vientre plano. Me eché agua templada en
la cara. Me cepillé a conciencia los dientes. Me calcé unas chanclas de Ev y, dando tumbos, salí por la puerta.

Oh, el mundo. Aquel agosto estaba espléndido, con cada
ondita en su sitio, cada nube surcando el cielo a toda velocidad;
Winloch tal como lo había imaginado Samson Winslow. No
hacía falta sudadera pero tampoco el sudor perlaba la frente.
Al andar, iba levantando polvo con cada pisada.

Cuando llegué a la zona del Refectorio, estiré el cuello
para ver si venía Galway de su casa. Pero por la carretera no
venía un alma y no pensaba acercarme a buscarle. No había
vuelto a verle a solas desde la noche en que le pregunté a bocajarro si estaba casado. Se había pasado por Bittersweet varias
veces, había cuidado de nosotras en persona y nos había protegido respondiendo él a las preguntas del oficial Dan sobre
por qué habíamos tardado tanto en llamar a la policía (al parecer, decir «chicas traumatizadas» seguía funcionando como una
excusa creíble en el rural estado de Vermont). Yo esperaba una
explicación de su parte, una disculpa, una especie de rama de
olivo, que en principio habría rechazado. Pero se había comportado conmigo con una actitud estrictamente profesional,
como si fuese el trabajador social asignado a mi caso.

Me rugieron las tripas. Pensé entrar en el Refectorio para
desayunar, pero no iba a soportar ver a Masha. Era la única que
sabía que yo sabía lo del padre de John. La única que podría
deducir qué le había dicho a John en la camioneta. Y aunque
no le dijese a nadie lo que tenía en la cabeza, me juzgaría con
la mirada y yo no podría soportarlo. Ella me había suplicado
que no se lo dijese.

Por tanto, no me quedaba más remedio que seguir por la gran pradera en dirección a Rocas Lisas. Al llegar a lo alto del montecillo y contemplar las vistas, por encima de los tejados, me di cuenta de que en el fondo no quería ver a ninguno de los Winslow. Había llegado a mis oídos, a borbotones, en susurros, que Indo había vuelto. Pero no tenía fuerzas para enfrentarme a lo que implicaría esa conversación. Tampoco poseía la fortaleza de ánimo necesaria para fingir una sonrisa delante de Birch, ni los medios para defenderme de sus sospechas. Había estado vigilándonos como un ave de rapiña, y, cuando rondaba cerca de nosotras, me pegaba a Ev. Hasta la fecha, se había mostrado tan desconcertado como el resto de la familia acerca de los motivos que habrían llevado a John a cometer semejante atrocidad, cosa que me tomé como una buena señal. Pero no había manera de saber qué pensaba detrás de su fachada de padre preocupado. Venir a esta parte de la finca a solas era un riesgo.

En el prado que rodeaba Trillium soplaba el viento, pues estaba más cerca del agua. Los árboles que flanqueaban el prado se mecían y su queja llenaba el aire de fricción. El borde del cielo estaba teñido de morado, aunque parecía que los nubarrones se encontraban muy lejos de allí. Hacía unas semanas ese lugar había estado poblado de risas infantiles. Y aunque hacía más calor que en todo el verano, y era un día ideal para estar a orillas de un lago, Winloch estaba casi tan muerto como debía de estarlo en lo más crudo del invierno. Nada como una criada asesinada (y un sirviente asesino) para poner fin bruscamente a unas vacaciones de verano.

Me habría sentado bien nadar un rato, pero cuando llegué a Rocas Lisas, que había recuperado su estado de espacio natural, sin juguetes de plástico ni toallas mojadas, me acordé de que no me había llevado el bañador. Y era como si Bittersweet estuviese a kilómetros de distancia. Me quedé mirando los botes de vela amarrados en el embarcadero. En un cobertizo cons-

truido por encima de la cota de marea alta se guardaban chalecos salvavidas y remos. Necesitaba tomar distancia. Y aunque
en mi vida había ido yo sola en una barca de remos, me pareció
que aquel era tan buen momento para empezar como otro cualquiera.

—¿Quieres que te ayude? —preguntó una voz de mujer,
diez minutos después, cuando me hallaba en la barca, cabecean-
do sin moverme, tratando de desatar la boza de la cornamusa
del embarcadero. El chaleco salvavidas me estaba cortando la
respiración. Había empezado a marearme con el bamboleo, y
no poder soltar la dichosa cuerda me estaba irritando por momentos. El agua salpicaba con rabia la orilla. Pestañeando, traté de ver quién era la mujer que me había hablado desde arriba.

Era Tilde.

—¿Qué pretendes hacer? —preguntó, y se agachó en cuclillas para soltar la boza con un sencillo movimiento de la
muñeca. Sostuvo el cabo en la mano, mirándome. Durante unos
segundos gloriosos, me imaginé remando marcha atrás y tirán-
dola al agua—. ¿Puedo subir? —preguntó. Y antes de que me
diese tiempo a contestar, se metió en la barca, haciéndola balancearse de tal manera que tuve que agarrarme para salvar el
pellejo, hasta que se sentó detrás de mí.

Empecé a remar.

Nos dimos un topetazo con la barca de al lado.

—Es que vas sentada al revés —dijo con una voz carente de tono—. Date la vuelta. —Tenía más sentido como ella decía;
de esa manera iba a poder llegar a los escálamos. Pero como me
asusté al deducir que la barca se pondría otra vez a balancearse,
ella me indicó en voz queda cómo debía hacerlo—: Tranquila,
pasa esa pierna por encima, no te asustes, para que esto vuelque
tendrías que ponerte a dar saltos —hasta que quedé sentada
frente a ella. Y ella se ocupó de empujar la barca para separar-
la del embarcadero.

Había estado en la barca, con Lu al mando, un buen puñado de veces. Había supuesto que remar era un trabajo más duro de lo que parecía. El agua era una sustancia extraña, como la memoria: mucho contra lo que empujar, pero nada sólido a lo que agarrarse. Pero cuando vi que los remos, en mis manos, iban zambulléndose una vez y otra vez, y mis brazos empujaban y volvían a empujar, me pareció fácil propulsar la embarcación. Sin darme cuenta, nos habíamos adentrado en el lago mucho más que en ninguna de mis incursiones a nado.

Estaba tan concentrada en hacerlo bien que, hasta que estuvimos muy lejos de la orilla, no caí plenamente en la cuenta de que me encontraba totalmente a solas con una mujer que parecía aborrecerme. Levanté los remos y los dejé apoyados a ambos lados de ella. Sendos regueritos de agua se deslizaron en dirección a sus pantalones blancos.

—Necesitaba un respiro —murmuré.

Tenía un rostro descarnado. La nariz de Ev. El mentón de Lu. La frente de Galway.

—¿Te encuentras bien? —me preguntó. Supuse que las dos muertes nos habían convertido en lo más parecido que llegaríamos a estar de ser dos aliadas.

Me encogí de hombros.

—Es horrible. —Se estremeció, y fue la vez que más sentimiento me transmitió desde que la conocía.

Habíamos empezado a derivar hacia la orilla. Cogí los remos de nuevo y remé con fuerza en dirección a la punta donde se levantaba Trillium. Nunca la había rodeado. Ella fue dándome indicaciones.

—Trata de no retorcer las muñecas. —Luego, un minuto después—: Engancha los pies aquí, debajo de mi bancada, y así te impulsarás con más potencia. —Empezaban a arderme los brazos. Estábamos casi debajo de Trillium. Las ventanas se veían negras, en contraste con la luz de la mañana.

Noté que Tilde alzaba también la vista hacia su casa. Luego, su foco de atención varió y noté que me miraba a mí. Me volví para cruzarme con su mirada.

—Han encontrado su camioneta —dijo en voz baja.

El paradero de la camioneta de John había sido una auténtica causa de consternación para la policía. Habían estado buscándola durante las tres semanas que habían transcurrido desde que encontramos los cuerpos. Corría el rumor de que el oficial Dan estaba a punto de dar el caso por cerrado, salvo por el detalle de que la camioneta no había aparecido. Los Winslow estaban ansiosos por poder confirmar sus conjeturas: que John, borracho, la había dejado abandonada delante de algún bar, antes de regresar a pie a casa para perpetrar el matricidio. Del mismo modo que había sido un consuelo achacar el suicidio de Jackson a su condición de soldado, sería muy conveniente atribuir a la bebida el horrible comportamiento de John.

—¿Dónde estaba? —pregunté, y me di cuenta de que había más oleaje que cuando habíamos partido. Las olas nos zarandeaban.

—En Canadá. Un drogadicto se fue al norte con ella.

Por un instante sentí alivio, un alivio que me sorprendió y que me llevó a preguntarle, esperanzada:

—¿Y ese hombre tuvo algo que ver con el homicidio?

Ella respondió negativamente con la cabeza.

—Hasta el día siguiente había estado ingresado en un centro de rehabilitación.

—¿Dónde encontró la camioneta?

—En la estación de autobuses. Según dice, se la encontró tres días después de que descubrieseis a John y Pauline. Estaba aparcada detrás de un contenedor, oculta.

¿Por qué demonios iba John a dejar su camioneta en la estación de autobuses?

Todo ese tiempo había estado rechazando lo que sabía de John como un hombre sensato y tranquilo, pues prefería quedarme con la versión que me había contado a mí misma desde el principio, a saber: que el caso estaba clarísimo, que a John le había dado un ataque de ira y en algún momento de aquella larga noche había matado a su madre ahogándola. Al darse cuenta de lo que había hecho, se había quitado la vida, saltando a las rocas del pie del acantilado.

A pesar de que a Ev le partiera el corazón, yo así lo creía.

Lo creía aun sabiendo cuánto había querido John a su madre.

Lo creía aun cuando nadie se tirase de espaldas desde un acantilado. Todas las mañanas, en la fracción de segundo que mediaba entre el recuerdo de su cara debajo de la mía y el instante del despertar, me preguntaba a mí misma: si hubiera saltado voluntariamente, ¿no habría caído boca abajo?

Pero tenía que creer que había sido John. Era mejor así. Versión clara. Punto final.

Una ola especialmente fuerte chocó contra el costado de la barca. Entró agua. Tilde apenas reaccionó. A esas alturas, tenía los pantalones calados. Cogí de nuevo los remos y remé con más ahínco, tirando con todo mi cuerpo en cada impulso, luchando contra las olas hasta que bordeamos la punta de Trillium y divisamos la bahía exterior. El viento había arreciado y agitaba las aguas. Bajé la barbilla, seguí remando.

El vendaval que soplaba por todo el lago me zumbaba en los oídos, me alborotaba el pelo. Mirase donde mirase, solo veía cabrillas. La barquichuela cabeceaba y se bamboleaba. Los remos no me servían de nada: el oleaje nos arrastraba inexorablemente contra la orilla. Las rocas rugosas que bordeaban el lago en esa parte se parecían a las rocas sobre las que John se había tirado. Me di cuenta de que estaba remando en cualquier dirección con tal de escapar, presa del pánico.

—¡Trae acá! —gritó Tilde con fuerza para que la oyese a pesar del viento. Se inclinó hacia delante y por un momento pensé que iba a ofrecerse a cambiarme el sitio, pero al instante sentí sus manos sobre las mías. Sus dedos, secos, livianos, se curvaron pegados a mis manos, como asiendo también los remos. Yo tiré de todo mi cuerpo hacia atrás, mientras ella empujaba hacia mí con una fuerza sorprendente. Remando las dos juntas, logramos crear un trecho de lago entre nosotras y la orilla. Una vez que estuvimos a una distancia segura de las rocas, me ayudó a mantener hundido el remo derecho para enderezar la barca. Luego, entre las dos fuimos remando, con la cabeza gacha, en paralelo a las rocas de la orilla de Winloch, con rumbo a una caleta que había un poco más allá, donde el agua se remansaba.

En cuanto estuvimos a resguardo, Tilde me soltó las manos, lo que me produjo una sensación de frescor. Me dolían los brazos. Nos dejamos llevar a la deriva. De pronto, se oyó un trueno. La bahía exterior estaba de color berenjena. Por encima, los nubarrones entrechocaban.

—Hay una alerta por mal tiempo —dijo ella como si tal cosa. Estaba mirándome a mí, no al lago, pero de alguna manera sabía exactamente lo que yo estaba viendo.

—¿Como una tormenta? —pregunté, alzando la voz sin querer.

—Exacto.

Alarmada, comprendí que probablemente Tilde Winslow estaría encantada de verme estampada contra las rocas. Pero si conocía el pronóstico del tiempo, ¿por qué había querido venir conmigo?

Señaló hacia un punto, por encima de mi hombro izquierdo. Yo remé en esa dirección. Enseguida estuvimos en una cala dentro de la otra, un hueco apenas más grande que nuestra barca de remos. El agua acariciaba apaciblemente su orilla. Tilde se estiró y asió la rama baja de un pino, para sujetar la barca.

—Conocí a Birch siendo muy jovencita —dijo, resuelta—. Tanto, que aún no veía el mundo con claridad. Era guapo. Educado. Acomodado. —Los recuerdos le dibujaron una sonrisa—. Un Winslow. El cuento de hadas me encandiló de tal manera que no pensé en qué me convertiría al casarme con él.

Se inclinó hacia delante. Su rostro era hermoso a la luz de la tormenta que se filtraba entre los árboles formando haces, una iluminación extraña que le borraba del cutis las arrugas marcadas. Fue acercándose cada vez más a mí, y yo pensé, curiosamente, en el rostro de Galway segundos antes de que me besara. Noté su aliento suave en el lóbulo.

—Pregúntame —susurró.

—¿Que te pregunté qué?

—¿En qué me convirtió?

—¿En qué te convirtió? —repetí yo obedientemente.

—En una Winslow. —Justo encima de nosotras sonó un trueno—. ¿Tú quieres ser una Winslow? —susurró.

Por supuesto que sí. Por supuesto que no.

Ella tomó mi silencio como un sí.

—Pues no confundas saber algo con tener poder.

—Yo no sé nada —repliqué. La respuesta me había salido con una voz lastimera, desacertada. Su sonido plano reverberó contra las rocas, antes de que el viento lo barriese.

Tilde no apartó la boca de mi oreja. Atenta a su voz, tenía el vello de la nuca erizado. Sin embargo, no podía apartarme. Ella esperó hasta que mi réplica a la defensiva dejó de oírse, y entonces dijo:

—Y no confundas el silencio con la ceguera.

Todo a nuestro alrededor se iluminó con un fogonazo. Levanté la vista y justo en ese momento vi la aguja de un relámpago partiendo en dos el cielo. Le siguió poco después (demasiado poco después) el crujido de un trueno. Di un gritito, sin querer. Tilde no se había inmutado. Me agarró con fuerza del brazo.

—Respeta nuestros secretos, Mabel Dagmar. O hasta aquellos a quienes llamas amigos no podrán protegerte. —Lo dijo con mucha calma, a escasos centímetros de mi cara. No tenía un gesto malicioso, sino simplemente sincero.

Comprendí de qué se trataba: estaba queriendo avisarme.

Asentí. Entre las dos notaba el aire electrizado. La luz de la tormenta nos envolvía en su brillo de plata. Podría haberme esperado cualquier cosa en ese momento: que a Tilde le saliesen alas y garras, como una criatura mitológica, y que me llevase por los aires en medio de los relámpagos, o que sus manos feroces me empujasen de la barca.

En cambio, lo que hizo fue levantar la vista para observar la tormenta y bajarla a continuación, al agua que chapoteaba con más avidez aún bajo la barca bamboleante.

—Pobrecita —comentó con su tono plástico, mientras miraba con atención mi cara como si fuese un espécimen visto por un microscopio—. ¿Te asustan las tormentas? Cambiémonos el sitio.

Era increíble la fuerza con la que esa mujer tan delgada y nervuda remó ella sola hasta devolvernos al embarcadero de Rocas Lisas. Los truenos resonaban en nuestros oídos, y los relámpagos se ponían ellos mismos a prueba en el interior de los nubarrones. Al principio mi miedo había estado compuesto a partes iguales por las profundidades hambrientas y por la mujer que movía los remos. Pero demostró que sabía hacerlo. Rodeó la punta de Trillium y remó rauda, en magnífica forma física, hasta el embarcadero. El empuje del lago hacia la orilla supuso un aliado.

Al volver, vi que una cortina de agua se nos venía encima. Era lluvia, en su estado más devastador. Una pantalla blanca que fue avanzando hasta adelantarnos. Chillé. Pero la tormenta engulló mi voz. Aun así, Tilde siguió remando; casi habíamos llegado. Feliz, me agarré a los tablones del pantalán, até la boza y salí corriendo a buscar refugio.

A esas alturas ya daba igual dónde estuviésemos, bajo techo o no. Porque nos habíamos calado hasta los huesos.

CAPÍTULO 47

El picnic

esperté a la fiera dormida. No se dio por vencida fácilmente, pero recobró la conciencia cuando me puse a cantar a voz en cuello canciones de musicales, una tras otra, unido al aroma a café de la cafetera eléctrica y a la promesa de que podría obtener su dosis de cafeína solo si salía de la cueva.

La Ev que había conocido hacía casi un año había sido una mujer sin el más mínimo defecto: un cutis perfecto, cabellos de armiño, cuerpo delgado pero con curvas. La Ev que salió del dormitorio esa mañana era un cascajo atormentado. Le había salido acné y un eccema, tenía el pelo estropajoso y los brazos y las piernas escuálidos, encajados en el tronco en ángulos extraños. Caminaba encorvada. Y tenía los ojos hundidos.

—Estoy zombi —murmuró al entrar en la cocina, protegiéndose los ojos del resol que reflejaba el lago. Como llevaba una sudadera varias tallas más grande, no distinguía su silueta. Me pregunté cómo estaría el niño. Pero era mejor no preguntar. Cada vez que la miraba, el sonido de su frase angustiada («Es culpa mía, es culpa mía») volvía a resonar en mi cabeza.

Aparté de mí la sensación de culpabilidad que me reconcomía y envolví en papel encerado el último sándwich de pepino.

—Nos vamos de picnic.

Estaba tan debilucha que no podía ni poner cara de desmayo. Decidí que me venía de perlas que todo el mundo hubiese estado diciéndole lo que tenía que hacer. Ahora me tocaba a mí.

—Siéntate —le ordené, y le puse su prometido café. Miré la hora en el reloj de la pared—. Nos vamos en cuarenta minutos.

Ev, que solo un mes antes se habría reído de mi pose alfa, tomó asiento y se puso a masticar obedientemente los huevos revueltos y a beberse el café a sorbitos, que a mí sin embargo me había abrasado la lengua. Le dije que se pusiera cualquier cosa y se fue al dormitorio a vestirse. Yo recogí las blusas, los pijamas, las bragas y los vaqueros que habíamos dejado para lavar, y llené con ellas nuestros sacos de la colada para cuando el encargado pasase a recogerlas, cosa que llevábamos semanas sin hacer.

—Cepíllate los dientes —le ordené.

Veinte minutos después me la encontré zanganeando delante del lavabo.

—¿Has hecho pis? —le pregunté, como si fuese una niña pequeña aprendiendo a usar el orinal. Ella movió la cabeza arriba y abajo, obediente, y se vino detrás de mí.

Salimos por la carretera de siempre. Yo iba unos pasos por delante y ella iba arrastrándose detrás de mí. Tenía la sensación de llevar a remolque a una niña que no quería ir a ninguna parte. Cuando me giré para comprobar que venía detrás, su rostro era como una máscara, una expresión impenetrable. No recordaba cuánto tiempo hacía que no salía de la casa.

—¿Adónde vamos? —preguntó cuando divisamos el Refectorio.

—A Playa Bolitas —respondí yo como si nada. En julio ella me había contado maravillas de ese lugar. Mi esperanza era que, al oírlo, recobrase la vitalidad y se animase a seguir andando, más que nada porque no tenía ni puñetera idea de dónde estaba.

—Pero por aquí no se va —repuso ella con una vehemencia como no había vuelto a oír en su voz desde la muerte de John. Objetivo cumplido.

Nos adentramos en el bosque de Winloch, por detrás del Refectorio. Traté de ahuyentar el recuerdo de la última vez que Ev y yo habíamos caminado juntas entre aquellos árboles. Traté de quitarme de la cabeza el escalofriante sonido de los ladridos de Abby, atrapada debajo del porche de la señora LaChance, olvidar que nadie había querido decirme dónde estaba ahora la pobre perra. Ev debía de estar rememorando toda aquella terrible escena (la desagradable imagen del rostro inerte de la señora LaChance, como una máscara mortuoria; el macabro hallazgo del cuerpo de John, visto desde arriba, a tantos metros de distancia), porque antes de que corriéramos el riesgo de divisar Echinacea, viró y enfiló por un camino que discurría más cerca del agua. Cuanto más próximo al lago, más agreste era el camino: planchas de roca que tuvimos que trepar, un terreno traicionero poblado de hierbajos en las pequeñas hondonadas encharcadas donde los riachuelos de Winloch vertían sus aguas al gran lago azul. Incluso nos topamos con la voluminosa y oxidada carcasa de un Ford de los años veinte, tirado allí hacía siglos, entorpeciéndonos el paso.

Íbamos ensimismadas, prácticamente ignorándonos salvo para sostener una rama que al pasar podía darle a la otra. En lo alto, las gruesas ramas de los pinos se entrechocaban con un crujido nervioso; a lo lejos, con total libertad para volar donde le diese la gana, el picamaderos crestado golpeteaba con insistencia un tronco repleto de larvas; y por debajo de nosotras, a bordo de lanchas y veleros, otras personas disfrutaban de su verano: crema solar, esquí acuático, limonada...

De repente Ev se desvió para bajar directamente al lago. Iba apoyándose en los troncos de los pinos para no resbalar por la pendiente cubierta de agujas. Bajaba rápido, sin pensar en mí. Con una sola de sus zancadas recorría más distancia que yo en tres. Eso era lo que yo quería.

Al divisar la playa, Ev se detuvo. Yo había renunciado a una bajada estilosa y había descubierto que era mucho más efectivo dejarme caer de culo. Me levanté con gran esfuerzo, unos metros más arriba que ella, y bajé a trompicones y resbalones hasta que me agarré al tronco de un árbol que había a su lado. Arrugó los labios. Yo estaba ya pensando en lo dura que iba a ser la escalada cuando nos tocase subir la ladera, pero me dije que no tenía importancia.

—Bueno, ¿dónde están todas esas bolitas? —pregunté alegremente. Mi tono de voz hizo que Ev hiciese una mueca. Seguí bajando con bastante torpeza hasta la arena, que era más bien un cenagal. No me volví para comprobar si venía detrás de mí. Unos segundos más tarde oí sus pisadas suaves.

La playa de las Bolitas era tal como Ev me la había pintado: una lengua de arena monda y lironda, con nutridos juncales hincados en la profunda capa de tierras arcillosas. Al echar un vistazo a la bahía exterior, deduje que nos encontrábamos en algún punto de la costa entre la punta de Trillium que había bordeado en compañía de Tilde y las horribles rocas en las que John había encontrado la muerte. Aunque el paraje en el que nos habíamos detenido estaba lleno de rocas, la playa en sí era un rincón apacible. El ombligo de Winloch. Lu me había explicado, hacía como cinco siglos, que en esa zona el viento entraba de la bahía removiendo la tierra arcillosa del lecho del lago y salpicaba con ella los juncos que poblaban la playa. Ese barro se secaba en forma de bolitas a lo largo de los estilizados tallos; luego el sol las endurecía y todo quedaba convertido en un paisaje de cuentas grises ensartadas por el mismísimo centro en los juncos como si las hubiesen perforado a la medida. Si apretabas con los dedos las bolitas resecas y tirabas de ellas con delicadeza, era fácil cogerlas sin que se rompieran y fabricar con ellas collares y pulseras. Contemplando la arena, me imaginé perfectamente a Lu y a Ev de niñas, asilvestradas, con collarcitos de cuentas naturales en sus torsos blancos como la leche, jugando a ser las primeras pobladoras de esas tierras.

Cada una recorrimos la playa en una dirección. En un primer momento me dio cierto apuro ponerme a recoger el fruto de la playa, pero entonces vi que Ev estaba encorvada delicadamente encima de unos juncos del otro extremo de la orilla cubierta de arena. Me quedé mirando su silueta. Me fijé en la cautela con que iba sacando las bolitas de su hogar natural. Encontré unos juncos llenos de bolas resecas que me parecieron especialmente resistentes y probé a sacar algunas. Las primeras que intenté coger se desmenuzaron entre mi pulgar y mi índice, así que las siguientes las agarré con más suavidad y salieron más fácilmente. Llevaba ya un puñado entero de bolitas cuando vi que Ev había encontrado un tronco caído en el que se había sentado a mirar el lago.

Me acordé de cuando había llorado al ver el cuerpo sin vida de John, lo frágil que me había parecido, destrozada. Me dirigí hacia ella, con la bolsa de lona del picnic al hombro.

—¿Limonada? —Le tendí el termo, pero ella negó con la cabeza, sin apartar la mirada del lago, delante de nosotras. La imité. Dejé que la suave brisa me acariciara la cara. Las olitas de la orilla nos mojaban los dedos de los pies y solo se oía el ir y venir del agua deslizándose en la playa.

Sentí mareo; no sabía si iba a poder hacer lo que tenía que hacer. Pero pensé en las palabras que me había dicho Tilde en la barca: «Respeta nuestros secretos».

Digamos que Tilde sabía, de alguna manera, que Birch era el padre de John. Quizá eso explicaba por qué era tan antipática; saber que el marido de una te ha estado poniendo los cuernos con una mujer que en esos momentos recibía cuidados pagados por él endurecería a cualquiera. Aun así, Tilde no había tratado precisamente bien a Ev o a Lu, por lo que había podido ver, ¿verdad? Había sido fría, malvada incluso, con toda la gente de Winloch que a mí me caía bien: sus hijas, Indo, CeCe.

Y no quería que contase el único secreto que yo sabía.

Si ella lo conocía, entonces ya no era mi secreto, ¿cierto? Ni de ella tampoco. Ni ella ni yo podíamos controlarlo ya. Podría transmitirse a quien lo quisiera oír.

No es que creyera que si se enteraba Ev se sentiría mejor. Desde luego que no. Pero por terrible que fuese que John la hubiese dejado, y cómo lo había hecho, ¿no vendría a confirmar que su vida juntos habría resultado imposible?

—¿Sigues pensando que fue culpa tuya? —le pregunté. En el instante en que Birch y Pauline habían concebido juntos una criatura, se había puesto en movimiento una maquinaria terrible e inexorable, que ni siquiera el amor entre John y Ev habría podido detener—. No fue culpa tuya. Nunca lo fue.

Yo era el verdugo.

Ev no se movió ni un centímetro, pero sabía que podía oírme.

—Ev —dije, observándola sin mirarla directamente—, tu familia guarda muchos secretos. Uno lo descubrí por casualidad y se lo conté a John. —El pulso se me aceleró y todos los rincones de mi cuerpo en los que se me condensó el miedo empezaron a cubrirse de gotitas de sudor. No quería contárselo, y a lo mejor no tenía que hacerlo. A lo mejor ella no me tiraba de la lengua.

—¿Qué secreto? —preguntó.

Carraspeé.

—Creo... O sea, estoy bastante segura, porque hice muchas comprobaciones y no creo que haya otra explicación posible..., pero creo, Ev, creo que John era medio hermano tuyo. Vamos, que tu padre y la señora LaChance...

Dejé la frase sin terminar, flotando en la brisa. Me volví para mirarla, lentamente, con cuidado, con intención de ver qué efecto despertaría en ella la noticia. ¿Se derrumbaría y se echaría a llorar? ¿Me apartaría de su lado?

Su respiración sonaba como si le costase tomar y soltar el aire. Entonces ocurrió algo extraño: a sus labios afloró una sonrisa. Se volvió para mirarme. Su cara y la mía quedaron a pocos centímetros de distancia.

—¿Por qué crees que Jackson se mató? —dijo con tiento.

No era la reacción que me había esperado. Pero al menos había dicho algo y eso ya me parecía buena señal.

—Por una depresión —contesté. Sus ojos recorrieron toda mi cara con una expresión de duda. Yo añadí—: Neurosis de guerra. No estaba bien.

Ella negó con la cabeza.

—Alguien le contó que papá era su padre.

Traté de asimilar la noticia, pero me resultó imposible. Cada vez que pensaba que lo había entendido, volvía a sentir confusión. Necesitaba tener delante el árbol genealógico, para poder entender lo que me estaba diciendo. Era como un nudo corredizo. De pronto, comprendí el significado de sus palabras.

Birch y CeCe eran hermanos.

Birch era el padre de Jackson.

—Aguarda —dije. Bajé la cara, involuntariamente asqueada—. CeCe y Birch son hermanos.

—Medio. Solo son medio hermanos.

—¿Qué diferencia hay, realmente? —repuse, irónica.

—Pues claro que hay diferencia.

Ahí entendí: Ev estaba hablando de sí misma.

—Un momento —dije, al tiempo que notaba una oleada de pánico en mi interior—, ¿tú lo sabías? ¿Sabías que John y tú erais hermanos?

—Vamos, Mabel, no me juzgues. Es horroroso cuando pones esa cara. —Su tono era de lo más natural, como si estuviésemos hablando de la lista de la compra—. Todo el mundo sabe que mi padre tiene un problema. No es… No puede controlarse. Es una enfermedad, realmente. CeCe es la que lo complicó todo diciendo que no necesitaba tantas atenciones. Además, no se puede decir que la familia se haya portado mal con ella, o con la madre de John. Es decir, Dios sabe que papá habría podido poner a Pauline de patitas en la calle sin ningún problema. Pero no, le dio una casa y a John le prometió que nunca le faltaría el trabajo. —Miró hacia el lago—. John era hermoso, ¿a que sí? Vi cómo le mirabas. Tiene gracia, ¿eh? Su único empeño en la vida era ser uno de nosotros, un Winslow, y resulta que ya lo era desde que nació…, solo que no lo sabía. Bueno, hasta que tú se lo dijiste, deduzco —añadió con frialdad.

Mi cabeza pensaba a toda velocidad.

—Ev —dije, preparada para oír algo espeluznante—, ¿alguna vez te ha tocado tu padre?

—¡No! ¿Crees que mamá iba a permitir que pasara algo así?

Pensé en los cerrojos del interior de las puertas. En Tilde gritando a la pequeña Hannah en Rocas Lisas. Tal vez siempre había malinterpretado a Tilde. Tal vez era ella la que estaba impidiendo que ese lugar sucumbiese al caos. Tal vez realmente había querido protegerme.

Antes de poder responder, o de cerrar mi boca horrorizada, Ev se quitó la ropa, prenda a prenda, dejando al descubierto su figura delgada, sin un gramo de grasa, el pequeño remolino de vello púbico rubio oscuro, los discos morados de sus pezones. Su vientre estaba tan plano como el día que la había conocido. Dejó caer la ropa sin preocuparse y se metió en el agua. El lago fue engulléndola, paso a paso, primero las corvas, luego las caderas, las nalgas, el sacro, los omóplatos como alas, los hombros, hasta que solo quedó visible la cabeza, con los cabellos extendidos en la superficie del agua como una palma. Entonces, empezó a nadar en línea recta hacia el horizonte, sin mirar atrás ni un solo instante. No podía apartar los ojos de ella. Quería. Me daban ganas de dejarla allí. Pero con cada brazada que daba, alejándose poco a poco de mí, yo sentía una especie de dolor que me cortaba la respiración.

Cuando ya no me cupo duda de que pensaba ahogarse, cuando estaba planteándome quitarme la ropa a toda velocidad para meterme en el agua tras ella (lo que habría acabado con las dos ahogadas), ella dio media vuelta y empezó a nadar hacia la orilla. Solo entonces fui capaz de ponerme de pie. Inicié el ascenso por el bosque, tirando de mí con ayuda de todos los troncos que veía, hasta que los brazos me dolieron y las piernas se me agarrotaron. Pero no me paré.

CAPÍTULO 48

La clave

Aporreé la puerta de la cocina de Indo hasta que oí los ladridos agudos de Fritz. No esperé a que llegase Indo, ni siquiera sabía si podría, simplemente empujé la puerta y sin querer di a Aggie, que estaba justo detrás disponiéndose a asir el picaporte. Su gesto denotó sorpresa, enfado, preocupación, todo eso en cuestión de segundos, y al reconocerme dio unos pasos hacia atrás.

—Mi dulce niña —dijo, extendiendo una mano hacia mí.

—¿Está aquí? —pregunté.

—No me lo perdonaré nunca. —Se echó a llorar. Fritz se me había pegado a los talones, me daba mordisquitos y se echaba encima de mí con gran vitalidad. Pero yo no tenía tiempo ni para él ni para Aggie—. No tendría que haberme ausentado esa noche —se lamentó. Yo me aparté de su mano, con la que me había cogido, la sorteé como pude y crucé la cocina, que estaba patas arriba. Fritz no paraba de apoyarse, muy nervioso, en mis piernas detrás de mí—. Por favor, por favor —me suplicó Aggie con ese tono que pone la gente cuando quieren que les cuentes cómo has vivido una tragedia. En esa ocasión, hice oídos sordos.

Recorrí las habitaciones de Indo como si estuviera revisándolas desde arriba. Por experiencia, sabía que hasta un montón de ropa tirada en el suelo podía ser una persona. Pero no la encontré en su salón de color carmesí, hecha un ovillo entre los cojines indonesios del enclenque sofá, ni estaba sentada encorvada en una de las precarias sillas que crujían al sentarse en ellas, en el porche acristalado. Empecé el recorrido nuevamente, a la inversa, primero por el salón y siguiendo por los dormitorios, cuando Aggie salió a mi encuentro desde la cocina. Todo en ella denotaba ansiedad.

—El señorito John era un muchacho tan bueno, no puedo creer que la matase, ohhhh. —Y otra vez a llorar y a querer tocarme y tirar de mi ropa. Yo volví a zafarme (parecía que la pena ralentizaba sus movimientos) y me escabullí al pasillo que conducía al sanctasanctórum de Indo.

La puerta estaba entornada. Pero no tuve reparos. Al empujarla, me encontré con el dormitorio de Indo exactamente como lo había visto la última vez, con su decoración en rosas alegres y medicinales tonos pistacho. Estaba sentada en la cama, apoyada en unos cojines, con la cabeza envuelta en un turbante y la malla mosquitera retirada a ambos lados, como si fuese una reina atendiendo a sus súbditos en un tropical lecho de muerte. Estaba muy avejentada. Tenía la tez amarillenta y las mejillas chupadas.

Oí los pasos de Aggie. Cerré la puerta del todo, dándoles en las narices tanto a ella como a Fritz. El perro ladró y ella lloró. Giré la llave metálica en su cerradura. El chasquido al cerrarse me dejó más tranquila.

—Menuda aparición. —La voz de Indo sonó como un papel al rasgarse.

—Enhorabuena —gruñí yo—. He descubierto que a tu hermano le encanta tirarse a todo lo que pilla. Sospecho que ya sabes que violó a tu propia hermana; perdón: medio hermana. Y a la señora LaChance y sabe Dios a cuántas mujeres indefensas más. ¿Y qué? Pues nada, que le vais a seguir dejando que haga de las suyas, ¿verdad? Les daréis cuatro voces a las chiquillas para que se tapen y pagaréis a las criadas para que no abran el pico. Pero lo que no entiendo es por qué ahora, después de quedarte de brazos cruzados todos estos años, quieres que yo sea la que mueva un dedo. Indo, ese diario no demuestra nada, de todos modos. Nadie va a creerme si me baso en lo que está ahí escrito, nadie va a hacer nada respecto a él.

Indo aguantó estoicamente mi retahíla.

—No tengo ni idea de qué estás hablando.

Una risotada cruel brotó de mi interior. Pero ella ni se inmutó.

—Venga ya —repuse—. ¿Dinero manchado de sangre? ¿El diario de Kitty? Has estado arrojándome huesos y yo he hecho lo que querías. Descubrí el puto secreto, tal como deseabas. ¿Y para qué? Si ella ya lo sabía, joder, Indo. Ev ya sabía que John y ella eran hermanos y le dio lo mismo. ¿Me entiendes? Está tan enferma como su padre. Sabía que John era su hermano y aun así quería tener un hijo suyo.

»Pero John no lo sabía. ¿Y sabes lo que hice? Se lo dije yo. Tal como querías, le conté lo que había descubierto, ¿y sabes qué hizo él entonces? Mató a la chiflada de su madre y se quitó la vida, ¿y se supone que tengo que quedarme con eso en la cabeza?

A esas alturas, estaba llorando y me sequé las lágrimas con mi brazo desnudo.

—No —dije, acercándome a la cama en dos zancadas, para tener más cerca su rostro neutro—. No, yo sé quién quería que se lo contara, y fuiste tú. Así que se lo conté. Y ahora... Indo, ¿ahora qué coño quería decir todo eso?, ¿por qué querías hacerles eso, por qué quisiste hacerme eso a mí? —Ya no pude seguir hablando porque los sollozos de rabia me sacudieron de la cabeza a los pies, y me entraron ganas de hacerle a Indo las marcas en el cuello que habíamos encontrado en el de Pauline. Pero me contuve. No le daría ese gusto.

Me abracé con fuerza para tratar de serenarme, mientras intentaba encontrar un reducto de paz en medio de los ladridos agudos de Fritz, las voces de Aggie y la tormenta que se había desatado en mi interior. Pero necesité un buen rato para poder volver a formular un pensamiento racional.

Indo me miraba con toda la calma del mundo, pestañeando.

—Querida —dijo con un hilo de voz, como si fuese un adulto obligado a su pesar a sacar a un niño pequeño de una rabieta—. Veo que estás profundamente disgustada. Pero te confieso que tus pensamientos me han sonado... liosos. Has pasado por un trago espantoso y nadie podrá culparte de que se te hayan cruzado los cables, de que hayas hecho una ensalada con elementos verdaderos y fantasías góticas.

Me sentí como si la mujer con la que estaba hablando en aquel dormitorio de señora decorado con tonos pastel fuese una desconocida. Indo, la mujer batalladora que me había cruzado en el camino hacía solo dos meses, la que había reprendido a sus mascotas soltándoles tacos cuando se me abalanzaron encima, casi parecía haber dejado de existir.

Siguió hablando:

—Mi hermano es un hombre sin escrúpulos. Pero de ahí a acusarle de cometer actos inenarrables...

No entendía por qué estaba tan ciega a la propensión de su hermano. El hecho de que Ev hubiese aceptado, sin cuestionárselas, las violaciones cometidas por su padre (o las seducciones, como tal vez ella las habría calificado), por alarmante que fuese ese hecho en sí y por sí solo, venía a confirmar, al menos, que yo había estado en lo cierto respecto a Birch. Pero no podía entender que la propia hermana de Birch, que había vivido a escasos cien metros de él durante prácticamente toda su vida adulta y que de niña había vivido bajo su mismo techo, pudiese obviar que había violado a varias mujeres de su propia familia.

Entonces entendí una cosa: que probablemente también habría violado a Indo. Como hermana suya, podía fácilmente haber sido una de sus víctimas. Tal vez había ocurrido en un pasado tan remoto, cuando los dos eran aún muy jóvenes, que Indo había enterrado el recuerdo en algún rincón profundo y ahora solo podía recordar que aborrecía a su hermano.

Justo en ese momento se oyeron unos golpes en la puerta del dormitorio.

—¡Señora Linden! ¡Señora Linden! ¿Se encuentra bien?

Indo suspiró y, poniendo primero los ojos en blanco, miró hacia la puerta.

—No se preocupe por nosotras, Aggie —anunció, tras lo cual se llevó una mano a la frente. Los párpados le temblaron y su boca pareció sorber el aire como un pez varado en la playa. Sentí una pena tremenda por esa mujer, tan mayor, con un pie en la tumba. Odiaba a su propio hermano pero no se permitía a sí misma conocer los motivos ni saber qué entrañaría que los supiera.

Oí que Aggie y Fritz se retiraban de la puerta.

—Indo —dije, dulcificando mi voz, sintiéndome yo misma exhausta y conteniendo el impulso de sentarme al pie de su cama—, si no se trataba de saber a quién había violado Birch, ¿qué demonios querías que descubriese?

Ella tomó aire por la nariz, muy recta.

—Ahora ya apenas importa.

—¿Por qué no?

Levantó las manos como si la respuesta fuese lo más evidente del mundo.

—Me estoy muriendo.

—Pero al principio del verano estabas muriéndote también.

—Exacto. Solo disponía de unos meses para coger lo que sabía y encontrar las pruebas necesarias para demostrarlo. Claro que tengo recuerdos y me contaron cosas, pero nada de todo eso vale gran cosa si no se tiene pruebas físicas fehacientes. —Suspiró—. Pero me faltaban las fuerzas. Naturalmente, creía que ya no podía hacer nada. Que había perdido mi oportunidad de obligar a esta familia corrompida a arrodillarse. —Me señaló con un dedo—. Y entonces apareciste tú, como por arte de magia, con tus ojos despiertos y tu melena rizada, y yo pensé: ¡Ajá!

—¿Ajá, voy a darle mi casa?

—Cuando esta familia se haga pedazos, alguien tendrá que vivir aquí. Muy bien podrías ser tú.

—¿Y por qué no simplemente castigar a Birch con lo que sea que tú sabes? ¿Por qué arrastrarlos a todos con él? —No tenía ni idea de cuál era el bombazo que ella guardaba, y sospechaba que carecería de trascendencia en lo referente a la propiedad de Winloch. Aun así, me parecía terrible empeñarse en castigar a todos los Winslow cuando el único que había pecado era Birch.

—¡Porque el cáncer se ha extendido a todos ellos! —gritó, con fuerza ahora. Recordé lo que me había dicho anteriormente sobre cortar un tumor, que yo había interpretado, teniendo en cuenta su diagnóstico, como una referencia a ella misma. Pero entonces entendí que era una metáfora y que se refería a los Winslow—. Era diferente cuando madre y padre estaban al mando. Hacíamos sacrificios. Callábamos secretos. No nos casábamos con las personas que amábamos porque no eran adecuadas. —Esa última frase pareció dejarla sin respiración, y se recostó, encorvada, en la almohada—. Pero con Birch de jefe... No hay ningún orden. Solo corrupción... No se valora que aquellos sacrificios deben pagarse. —Empezaron a saltársele las lágrimas—. Mi cuadro...

Me conmovió su profunda necesidad de aquella belleza. Seguía sin entender qué pruebas necesitaba ella, ni qué iba a hacer yo con lo que encontrase, pero sí quería decirle que aún estábamos a tiempo. Que yo podía ayudarla a encontrar un poco de paz. Antes de poder decírselo, ella volvió a hablar tras haber recobrado las fuerzas:

—A lo mejor si la codicia no te cegase tanto...

—¿La codicia? —repuse.

Fue contando con los dedos:

—Mi casa. La cama de Galway. La amistad de Ev. El secreto de Pauline. —Sostuvo así la mano abierta, con gesto triunfal—. Eres codiciosa. Pensé que ese defecto tuyo podría venirme bien para mi causa, que tu deseo de tener tus propios secretos, de coleccionar tesoritos brillantes como las urracas, me proporcionaría la prueba que necesitaba. Pero me equivoqué. Nunca quisiste ayudarme a destruir a mi familia. —Entrecerró los ojos, mirándome—. Solo querías integrarte.

—Yo solo quiero ayudarte —dije en voz baja, dándole una última oportunidad.

Ella hizo un ademán para señalar la habitación.

—Lo gracioso del tema es que ni siquiera podría dártelo porque nada de todo esto es mío.

Contemplé la habitación, la cómoda repleta de cajitas de esmalte, el cuadrito de Trébol con la ensenada abajo, un chal de ganchillo dejado en una silla inservible. Estaba mareada. Y confundida. Y enfadada. Y exhausta.

—Está bien —dije, y me fui hacia la puerta, no teniendo ya nada más que tratar con ella.

—Alto. —Su orden fue tajante—. Espera.

Aunque deseaba tener la fuerza de voluntad para marcharme, quería aún más que me diera respuestas. Por tanto, obedecí.

Indo suspiró.

—No es mío y no puedo dártelo porque todo esto ha sido robado.

—Tendrás que explicarte más claramente. —Había puesto la mano en el picaporte.

—El diario de mi madre registró todo el proceso al comienzo —dijo—. Lo que robaron. Cuándo. Y adónde fue a parar.

Aunque no podía entender exactamente lo que me estaba diciendo, estaba contándome más información que hasta entonces. Empecé a salivar. Solté el picaporte.

—¿Al comienzo?

—No quiero que pienses mal de ella. Era una buena mujer. En cuanto se convirtió en una Winslow, amó a esta familia con toda su alma. Pero fue justamente ese foco único de atención, esa lealtad, lo que le dio la idea. Tienes que entender que los Winslow estaban pasando apuros. Cuando Samson empezó a chochear, mi abuelo Banning estuvo a punto de dar al traste con la familia por culpa de una serie de malas inversiones. Estuvimos a un tris de perderlo todo, incluido Winloch. Pero no fue así, gracias a mis padres. —Lo que estaba diciendo concordaba con lo que yo había deducido, desde los documentos que había encontrado relativos a la bancarrota hasta el dato de que Bard se había hallado detrás de algún tipo de ganancia imprevista que había modificado el sino de los Winslow. Dejé que siguiera.

—Lo que robaron, cómo lo robaron, pasó a convertirse en una especie de instrucción. Un estilo de vida para los Winslow. Primero nos adueñamos de bienes. Después, ideas, hazañas, inversiones. No te mentiré diciendo que lo lamento. Mis padres nos salvaron. Estoy convencida de eso, Mabel. Tal vez debería avergonzarme por que me haya llevado una vida entera reconocer los pecados de mis antepasados. Entender que obraron mal, aun cuando actuaron bien.

Se enderezó, sentada en la cama.

—Pero eso lo veo ahora. Y solo lo veo yo. ¿Piensas que a Birch le importa? ¿Crees que va a hacer algo para poner fin a este peligroso legado? Nada en absoluto. Él es diez veces peor que mis padres. Más sofisticado. Más avaricioso. Mis padres lo hicieron para salvarnos. Él solo ansía ser más y más rico.

—Por tanto, también él roba. —La cabeza me daba vueltas con todo lo que implicaban sus palabras, aunque ni siquiera conseguía seguirla. Deseaba saber exactamente cómo habían robado los Winslow lo que habían robado, y a quién, y cuándo había empezado todo, y qué estaban robando en esos momentos—. ¿Quién...?

—Querida —lo dijo casi con tono de hastío—, en el mundo siempre hay lugares en los que reina la confusión. Del mismo modo que siempre hay personas dispuestas a mejorar su suerte ayudando a eliminar lo que sus compatriotas ya no necesitan. No es ni la mitad de difícil de lo que te puedas imaginar localizar cosas que han dejado de apreciarse. La mayoría de la gente haría lo que fuera por dar sus bienes materiales a cambio de la libertad.

—¿Qué lugares, por ejemplo?

—¿A lo largo de los años? Pues por todas partes, a decir verdad. El lejano Oriente. El corazón de África. Centroamérica.

—Voy a necesitar fechas. —Mi mente estaba trabajando a toda velocidad—. Países concretos. Qué se robó. Si me das alguna pista que pueda rastrear, me pondré a indagar.

Su vitalidad se apagó tan pronto como intenté que dijese datos concretos. Volvió a reclinarse en los cojines como una niña mohína.

—Ya te lo he dicho. No tengo pruebas. Te pedí que encontrases alguna, y no lo hiciste. Así que ya no tiene sentido empeñarse en detenerle.

—Indo —empecé a suplicarle, desesperada—, tienes que decirme algo más si quieres que te ayude. —Traté de pensar en algo que pudiera incentivarla—. El Van Gogh. Quieres recuperarlo, ¿verdad? Bueno, pues deja que te ayude a hundir a tu hermano y así podrás hacerlo.

Entonces, delante de mis narices, empezó a reírse con una risa malvada, como si yo fuese la idiota más grande de este mundo. Noté que me ponía colorada. Volví a oír a Aggie y a Fritz al otro lado de la puerta.

—Te lo digo en serio —insistí—. Puedo ayudarte.

—Oh, no —gritó Indo, dominada por una risa de loca que llenó toda la habitación—, oh, no, querida Mabel, nadie, ni siquiera tú, puede ayudarme ahora.

Intenté hablar con ella otra vez, pero su risa llenaba la habitación y ahogaba mi voz. Estaba tan chiflada como su sobrina y su hermano y todos los demás habitantes de ese lugar perdido de la mano de Dios. No iba a ayudarme, ni siquiera si al ayudarme a mí se ayudase a sí misma.

El picaporte empezó a vibrar, a mi lado. Me llegaba el sonido de algo metálico tratando de hacer saltar el pestillo. Tenía que salir de allí. Necesitaba aire y espacio para pensar.

Cuando la llave cayó al suelo y Aggie y Fritz entraron en tropel, me escabullí a toda prisa por el hueco abierto, esquivándolos a los dos y saliendo de la habitación al tiempo que ellos corrían hacia Indo. La mezcla de voces y ladridos denotaba en mis oídos una ansiedad venenosa que me hizo apretar el paso para salir de la casa a la paz de la tarde.

CAPÍTULO 49
El robo

¿Adónde ir? ¿A quién acudir? Indo me había contado todo lo que podía contarme, a Ev se le había ido la olla, Galway había demostrado serme desleal. Así pues, no tenía a nadie. Ni en Winloch ni en ninguna parte. Mientras me alejaba de la cabaña de Indo y remontaba el altozano, corriendo simplemente porque si no movía los pies iba a volverme loca, me di cuenta de que en el intervalo de un verano la familia de Ev me había arrebatado todo lo que sabía sobre mi propia identidad y mis creencias. Ya no me sentía completa. Pero entonces me di cuenta con gran pesar de que en el fondo nunca me había sentido completa. Y esa atroz reflexión me detuvo en seco. Era joven, tanto que de alguna manera era culpa mía que estuviese incompleta, pensé. No sabía que todo el mundo se siente así, que la parte esencial del desarrollo de las personas consiste en detectar cuáles son nuestros espacios vacíos y aprender a llenarlos uno mismo.

Había bajado ya la ladera y a lo lejos veía el Refectorio. Me encontraba en la carretera por la que saldría de Winloch. A mis oídos llegaban el runrún tenue de una lancha, el ronroneo de una máquina cortacésped, el parloteo de las ardillas listadas que correteaban entre los arbustos, junto a la carretera. Pero cualquier sonido humano, exceptuando los que hacía yo, eran escasos y dispersos. Sobresaltada, caí en la cuenta de que la única persona con la que alguna vez me había sentido medianamente completa era mi hermano. Desde antes incluso del incidente, su cerebro, demasiado grande y a la vez demasiado pequeño para las exigencias del mundo, le había mantenido siempre protegido de la cruda realidad. Sin embargo, lo que sabía de mí era esencial, puro. Verdadero. Él creía que era buena. Creía que era generosa. Creía que tenía las respuestas.

Por primera vez ese verano, me pregunté: ¿qué haría Daniel?

Daniel no le tenía miedo a nada, lo cual es una manera amable de decir que, si le ordenabas que se metiera en un río helado, él se metía. Era un defensor de la justicia, lo cual le imposibilitaba mentir. Y era tozudo, que es una forma fea de decir que no paraba hasta encontrar la respuesta a una pregunta.

Tenía que averiguar qué habían robado los Winslow. O estaban robando, si lo que había dicho Indo era digno de crédito. Me enfurecía su vaguedad y me entristecía saber que iba a morir. Pero no podía permitir que eso afectase mi búsqueda. Llámalo codicia si lo consideras así (Indo lo había dicho), pero era lo único que se me ocurría que debía hacer a continuación, porque era lo que habría hecho Daniel, si hubiese podido. Pero ya no iba a hacerlo por Indo, sino por mí misma.

Tenía que echar un vistazo al diario de Kitty otra vez. «Al comienzo». Allí estaban las respuestas.

Corrí hacia Bittersweet, convencida de que Ev no se habría secado, vestido y regresado de Playa Bolitas tan rápido. Recuperaría el diario de su escondrijo, el hueco de debajo del tablón suelto del porche, y me marcharía al bosque para ordenar mis ideas. Ahora que sabía que ese manuscrito registraba lo que habían robado los Winslow, sin duda lo leería con una mirada nueva. Y en cuanto encontrase la información a la que había aludido Indo, idearía la manera de utilizarla. Encontraría la prueba que ella necesitaba.

Estaba casi al pie de la escalera cuando distinguí a Ev sentada en el sofá del porche, de espaldas a mí, hojeando una revista, ajena a mi presencia. Esa cabeza rubia, con la melena revuelta, era una imagen tan familiar para mí que incluso me vino el recuerdo de su olor, el aroma a salado de su cuero cabelludo. Y sentí una punzada de cariño en el corazón.

Pero entonces recordé lo que me había dicho en Playa Bolitas. Todo ese tiempo, incluso cuando descubrí que lo de la inspección había sido una mentira o que me había estado utilizando para ocultar sus verdaderas intenciones de irse de Winloch con John, había creído que aún quedaba algo irrompible en el centro de nuestra amistad. Que compartíamos un universo moral: una no se casaba con su hermano, los violadores eran malos, etcétera. Sin embargo, en la playa de las Bolitas me había dejado claro quién era. Me di cuenta, de un solo plumazo, trágico, sincero y liberador, de que en realidad Ev y yo nunca volveríamos a ser amigas. Y que tal vez ni siquiera habíamos llegado a ser amigas nunca.

Yo a ella también la había utilizado, ¿o no? ¿No había pensado que, si me arrimaba a ella, podría mejorar mi suerte? ¿Que yo merecía lo que ella tenía? Me costaba distinguir qué había habido de real en nuestra amistad, ahora que sabía que estábamos en puntos diametralmente opuestos. ¿Estaba embarazada, realmente? ¿Lo había estado? ¿Me había gustado Galway solamente porque formaba parte de su mundo? ¿Importaba ya?

Para, me dije. No sirve de nada rumiarlo. Ya habrá tiempo. Más adelante. Bueno, pues a lo mejor nunca fuimos amigas, ¿y qué?

Tenía que recuperar el diario. Había mucho que hacer.

Empujé la pantalla mosquitera. Ella levantó la cara al verme.

—¿Adónde te fuiste con tanta prisa? —Como si nunca hubiese tenido lugar la conversación que habíamos mantenido en Playa Bolitas—. ¿Tienes hambre? —añadió—. Le he pedido a Masha que nos traiga unos bocadillos. —Recordé entonces que me había dejado la bolsa del picnic. Me rugieron las tripas. Ev sonrió. Sabía llegarme al corazón.

Calculé mentalmente si podría sacar el diario de debajo del tablón sin desvelar dónde estaba escondido, mientras Ev se iba, por ejemplo, al cuarto de baño. Lancé una ojeada al tablón suelto, a un palmo apenas de donde estaba sentada ella. Fue un vistazo fugaz, de una milésima de segundo como mucho, pero no hizo falta más. Ev siguió mi mirada.

Estiró su increíblemente larga pierna y apretó el tablón con el pulgar del pie.

—¿Qué pasó con el bebé? —le espeté, desesperada por que volviese a mirarme a mí.

Apoyó toda la planta del pie en el suelo y cambió el peso del cuerpo sobre él.

—Ev —dije—, ¿perdiste el niño?

Ella se puso en cuclillas. Terminé de entrar y solté la mosquitera, que se cerró dando un portazo. No podía dejar que encontrase el diario. Indo me había confiado los secretos de Kitty a mí, y a nadie más que a mí.

—Ahí debajo no hay nada —dije, nada convincente. Pero Ev estaba absorta con su descubrimiento. Intentó hacer palanca con el índice en un lateral del tablón y, como me había pasado a mí, entendió que iba a necesitar algún utensilio, de modo que cogió el mismo bolígrafo que yo había empleado, que seguía en la mesilla auxiliar.

Le quitó el capuchón y metió la punta para hacer palanca otra vez. Con unos tirones fuertes, el tablón de madera terminó por desencajarse.

Di unos pasos hacia ella. Le quitaría el diario de las manos en cuanto lo sacase.

Ella se inclinó para ver el hueco del suelo. Arrugó la frente. Metió una mano y palpó. Solo entonces levantó la vista hacia mí, confundida.

—No hay nada.

El corazón casi se me salió por la boca. Estiré el cuello para mirar en el agujero en el que con tanto cuidado había escondido el diario de Kitty.

—¿Dónde está? —pregunté.

—¿Qué es?

—Lo digo en serio, Ev, ¿qué has hecho con él?

Ella se retrajo. Solo fue un milímetro, un segundo, pero vi que la había asustado.

—Devuélvemelo y no pasará nada —insistí.

—De verdad, Mabel, no sé de qué me estás hablando. —Estaba empezando a levantarse del suelo. En cuanto estuviese de pie, tendría la sartén por el mango.

Apoyé las manos en sus hombros y empujé hacia abajo con todas mis fuerzas. Ella chilló.

—¡Para! —Trató de frustrar mi intento por mantenerla agachada—. ¡Ay! ¡Mabel, para! —Se soltó y se puso de pie. Era mucho más alta que yo. Se sacudió los hombros, se atusó el pelo metiendo los dedos para soltar las puntas, y recobró la compostura. Entonces, se fue hacia la cocina meneando un dedo hacia mí—. En serio, Mabel, hay momentos en que no sé qué coño te pasa.

Querida mamá:

Las cosas se han salido un poquito de quicio desde la última vez que (no) te escribí. Baste decir que no me había imaginado un mundo en el que tener por compañera de cuarto a una tía que ha cometido incesto y que posiblemente es una psicópata fuese la opción más apetecible, siendo la otra opción una tía que ha estado espiándome día y noche, se ha enterado de que tengo en mi poder el diario de una familiar, repleto de oscuros secretos, y me lo ha robado. Me he planteado la posibilidad de dormir en el sofá. Pero desde la cena Ev ha estado comportándose intachablemente, como si no se hubiese casado con su propio hermano a sabiendas, un hermano que además se ha cargado a su propia madre y luego se ha suicidado. Sinceramente, me da miedo hacer algo fuera de lo que se espera de mí, no vaya a ser que me granjee su enemistad. Haremos como si todo fuese normal. Gracias a ti, tengo mucha práctica.

Esa noche observé a Ev mientras se tragaba un par de somníferos, y no le quité el ojo de encima hasta que se quedó profundamente dormida. Solo entonces cerré yo los ojos.

Pero daba igual en qué postura apoyaba la cabeza, lo único que pude hacer toda la noche fue pasarla dándole vueltas al tema, tratando de pergeñar un plan de juego para cuando amaneciese otra vez (¿Dónde podría estar el diario de Kitty? ¿Qué le diría a Indo para sonsacarle más información?), hasta que empecé a perder la conciencia y mis recuerdos empezaron a entremezclarse, la cara de John se convirtió en la cara de Daniel, y la cara de Daniel se convirtió en mi propia cara.

Justo cuando estaba empezando a sucumbir al sueño, un sonido metálico insistente me arrastró de nuevo a la orilla del estado de vigilia. Traté de ignorarlo, pero volvió a meterse en mi cabeza, así varias veces hasta que acabé sentándome en la cama. Ev dormía profundamente, al otro lado de la habitación. Pero en la ventana de encima de su cama se oía un golpeteo regular. Al cabo de unos instantes de confusión, me di cuenta de que se trataba de chinitas que alguien estaba tirando contra el vidrio.

Me levanté y pasé entre las dos camas, agachada, camino de la ventana. Me asomé a hurtadillas. Era noche cerrada. De pronto se encendió una linterna y apareció un rostro fantasmagórico. Pegué un grito. Ev ni se inmutó, pero yo me tapé la boca con la mano para no hacer más ruido. Traté de enfocar la vista para ver bien aquella cara. La linterna dejó de alumbrarla y lo que me había parecido un rostro de pesadilla resultó ser tan solo Galway.

Salí de puntillas del dormitorio, me fui hasta el porche y abrí la puerta mosquitera, cuyo chirrido me hizo estremecer.

—Necesito que me ayudes —susurró él. Yo no tenía mucho interés en ayudarle y se me debió de notar—. Se trata de Lu.

CAPÍTULO 50

La directora

Qué habrías hecho si se hubiese despertado Ev? —le pregunté cuando estábamos saliendo de Winloch en el coche. Galway conducía con más cuidado que John; o tenía menos que demostrar, o quería que nuestra partida pasase inadvertida, o las dos cosas a la vez. Su coche olía bien, igual que la sudadera que había escondido debajo de mi cama hacía siglo y medio. Recé para perder algún día el sentido del olfato.

—A Ev no la despierta ni una alarma antiincendios —dijo él—, y supongo que, si se hubiese despertado, nos habría dejado a solas.

Imposible desprendernos de aquella sensación: entre nosotros había un asunto inconcluso, que hasta Ev respetaría.

—¿Vas a poner las luces? —le pregunté cuando hubimos salido al prado. Solo llevaba puestas las luces de estacionamiento. Era una noche en la que solo brillaba una rajita de luna. Pero estando como estábamos en pleno campo, no tenía sentido seguir con el juego. Encendió las luces de verdad y enfilamos hacia la autopista. Una vez en ella, cogimos una salida que conectaba con una vía secundaria que, según mis cálculos, discurría en dirección este—. ¿Lu está en el campamento? —pregunté finalmente. Tanta prisa para nada. Estaba empezando a dudar de que de verdad se tratase de algo importante.

Galway se aclaró la voz.

—Pase lo que pase, debemos mantenerlo en secreto, ¿entendido?

Aquello me sonó conocido.

—Eso depende de lo que pase.

—Podría ser cuestión de vida o muerte.

A decir verdad, entendí lo que significaba esa frase.

—Haré todo lo posible.

Habiendo comprobado que podía confiar en mí, Galway cogió un sobre del salpicadero.

—Masha recibió una llamada telefónica esta noche. Del campamento. —Me tendió el papel, en el que había anotado a mano unas indicaciones para llegar a un lugar—. Rocky no sé qué. Está en Maine. La que llamaba era la directora del campamento, Marian. Muy alterada. Quería llamar a mis padres pero no sabía que el teléfono era el del Refectorio. Masha tomó nota del recado. —Me pasó la linterna—. Léelo tú misma.

Distinguí con la luz la letra de Masha, llena de bucles. Fui leyendo la nota intentando desentrañar su significado.

—Léelo —ordenó Galway.

—«Su hija está muy triste. Ha intentado suicidarse. Dice que ha visto una cosa espantosa. Me rogó que no les llamase. Pero lleva así tres semanas y no tengo otra opción. Vengan, por favor».

Galway dio un manotazo contra el volante.

—Tres semanas —dijo como si no pudiera creerlo. Yo me pregunté para qué íbamos nosotros.

Fue una noche larga y la carretera lo fue más aún. El desprecio que había sentido hacia Galway en las semanas anteriores comenzó a disiparse a medida que avanzábamos por la carretera con curvas del rural estado de Vermont, por la que cruzamos las alpinas praderas verdeantes hasta St. Johnsbury, para bajar a continuación a New Hampshire y cruzar el Parque Estatal de Crawford Notch, alejándonos cada vez más de Winloch. Las luces del coche iban iluminando granjas, escuelas de una sola aula e institutos de secundaria desiertos. El estado entero parecía sumido en un profundo sueño.

Galway iba concentrado en la carretera. Era evidente que estaba preocupado por su hermana pequeña. Me costaba seguir enfadada con él.

El espectro que nos rondaba eran esas tres semanas. En efecto, al echar cuentas, queriendo acotar un intervalo de tiempo que se había vuelto elástico y extraño, comprendí que habían pasado tres semanas desde que Ev y yo habíamos encontrado los cuerpos sin vida de John y su madre.

—¿Cuándo se fue Lu al campamento? —pregunté. Me parecía imposible que se hubiese despedido de mí el mismo día que nosotras habíamos descubierto los cuerpos. Pero después de repetir los cálculos varias veces, entendí que parecía entrar dentro de lo posible, aunque no lograse establecer con exactitud la secuencia cronológica de los hechos acaecidos aquella terrible semana. Traté de conectar el recuerdo del peso de Lu sentada al pie de mi cama (por alguna razón, yo me había sentido frustrada con ella; había una sensación de decepción que no me quitaba de encima). Luego se había abalanzado sobre Ev, que estaba medio dormida. Yo me había estado temiendo algo, pero aún no había ocurrido nada espantoso. Y entonces hice la conexión: Lu se había ido al campamento la mañana del día que yo le había dicho a John quién era su padre. Estaba en el autobús mucho antes de que el crimen mancillase Winloch.

—¿Nadie le ha dicho lo de John? —pregunté.

Él negó con la cabeza.

—Querían protegerla.

Solté un suspiro de alivio.

—Entonces seguramente no tiene que ver con él. Tú sabes de qué irá la cosa, probablemente. De Owen. Típicas movidas de adolescente. —Cavilé sobre Owen, sobre cómo sería su vida en el Bronx, si se habría enterado de lo de las muertes, si Lu y él habrían estado escribiéndose—. Estoy segura —repetí. Pero Galway no dijo nada.

Galway salió de la carretera por el centro al ver una gasolinera al otro lado y se acercó a llamar con los nudillos en la ventana del autoservicio. Un mecánico con cara de cansancio abrió la puerta y, tras intercambiar unas palabras, dejó pasar a Galway. Estuvieron hablando dentro un buen rato, mientras yo contemplaba el horizonte a lo lejos, tiñéndose de franjas de luz. El cielo estaba de color rosa cuando finalmente salió con dos cafés y un par de caracolas de hojaldre glaseado, en bolsita de plástico. Lo dejó todo en el techo del coche mientras llenaba el depósito. Noté su mirada clavada en mí por el espejo retrovisor, pero preferí eludirla. Luego, me ofreció uno de los cafés y, nada más darle el primer sorbo, me entró un cansancio tremendo.

Se abrochó el cinturón de seguridad con gesto resuelto.

—Demasiada casualidad, Mabel —dijo, retomando el hilo de la conversación—. La coincidencia en el tiempo. Y, aparte de eso, no es de las que se quedan pilladas con movidas de chicos.

Abrí la boca para rebatírselo. Pero ya no faltaba mucho para que lo averiguásemos.

—Oye —dijo, sin arrancar el motor—, siento lo que pasó entre nosotros. Sé que mi disculpa probablemente sea una mierda para ti, pero de verdad que lo siento. No te dije que estaba casado...

—Me mentiste...

—Vale, si quieres llamarlo así.

—Sí que quiero. Porque estás casado.

—Pero no como tú crees. Ese matrimonio fue un trámite legal, una cosa que hice para ayudar a una persona. Y no espero que me perdones, pero quiero que sepas —aquí la voz se le quebró— que nunca he sentido por nadie lo que siento hacia ti.

—No digas cosas como esa, por favor.

—Tengo que decírtelo —insistió, con la mirada gacha—. Se me da mal mentirte.

Pasaron otras dos horas antes de que sacásemos el mapa para ver la ruta: una pista de tierra por la que solo podía pasar un coche. No se diferenciaba de la carretera de Winloch, serpenteante y estrecha, pero el bosque era más tupido, lleno de abetos, dotaba a la luz de una fina película neblinosa. Recorrimos un montón de kilómetros sin saber si íbamos bien. Pero justo cuando nos disponíamos a parar en mitad de la carretera para iniciar las tropecientas maniobras para dar la vuelta, llegamos a una bifurcación en la que se veía, clavado en un árbol, un letrerito de madera que rezaba: CAMPAMENTO. Tenía forma de flecha.

Galway siguió la indicación. Al virar, más lentamente ahora, dijo:

—Yo hablaré.

El campamento estaba formado por un conjunto de cabañas cubiertas de musgo, con tejados de tejas planas. Era un campamento de larga estancia como solo habría podido figurármelo en mi imaginación: a orillas de un lago, con canoas, tallercitos de manualidades, una fogata. Resultaba difícil imaginar a Lu pasándolo bomba en un paraje así de húmedo, oscuro y cerrado.

Fui detrás de Galway al edificio de las oficinas. Dentro, en un catre puesto en un rincón, una jovencita de tez muy pálida aguardaba tendida debajo de una manta fina de lana. Nos recibió una mujer con cara de preocupación. Llevaba unas gafas gruesas, puestas en una nariz ganchuda. La mujer asintió con cara de lástima mientras Galway le explicaba que habíamos recibido la llamada telefónica, que sus padres se encontraban indispuestos y que por eso le habían mandado a él. Luego, me miró a mí entornando los ojos.

—¿Y ella es...?

—Mi mujer —respondió Galway, cogiéndome de la mano. Yo retiré los dedos a toda velocidad, como si hubiesen tocado fuego.

La mujer bajó la vista al carné de conducir que le mostraba Galway.

—No tenemos por costumbre entregar a ningún niño al primero que pase.

Galway asintió con vehemencia.

—En cualquier otra circunstancia, estaría totalmente de acuerdo con usted. Pero parece que se trata de una emergencia. Naturalmente, mi madre quiso que viniera alguien a buscarla lo más rápidamente posible. Además, soy el hermano de Luvinia.

La chiquilla tosió en su camastro. La mujer con cara de pájaro le devolvió el carné a Galway a regañadientes.

—Voy a buscar a Marian —dijo sin mucha convicción. Se levantó de su pequeño mostrador de roble y entró en un despacho que tenía a su espalda.

Apenas un minuto después salió una mujer rolliza que, con gesto efusivo, nos tendió la mano primero a Galway y luego a mí.

—Gracias por venir. —Salimos con ella. La otra salió detrás y desde la puerta nos siguió con la mirada con mucha curiosidad.

CAPÍTULO 51

El campamento

uimos con Marian. Pasamos por delante de unas cabañas y luego por la fachada posterior del Comedor, con unos ventanales a través de los cuales pudimos ver a un puñado de mujeres con aspecto de extranjeras, pálidas, todas con gorra, faenando en una cocina industrial. Marian vio que miraba a las chicas y dijo:

—Es una gran experiencia. Una manera de que puedan venir a pasar el verano a Estados Unidos. —Sí, claro, a trabajar para un grupo de niños ricos, pensé yo.

Subimos por una pendiente pronunciada. Cuando estábamos llegando arriba, Galway quiso apoyar su mano en la parte baja de mi espalda, pero yo rápidamente le esquivé.

Por una escalera practicada en la ladera misma, llegamos a otro grupito de cabañas. En los porches había toallas puestas a secar, radiocasetes portátiles del año de la polca y sillas plegables medio rotas fuera de las cabañas. Para explicar la estampa, Marian, que se había quedado sin aliento después del esfuerzo, dijo resoplando:

—Aquí es donde se alojan los monitores.

Hacía frío en el tupido bosque de hoja perenne. Aun siendo un día caluroso de agosto, el ambiente allí parecía más el de octubre. Unas chicas de mi edad, con sudaderas con capucha y vaqueros cortados a mano, pasaron camino del Comedor; al cruzarse con nosotros, saludaron a Marian con la cabeza. Una volvió la cara para mirarnos y noté que sabía exactamente a quién habíamos ido a ver.

Seguimos subiendo por el monte. En un momento dado, Marian le dijo a Galway en tono de confidencia, bajando la voz:

—Espero que nuestra decisión fuese la acertada. Mi instinto me decía que no debíamos avisar a la policía, dado que la niña no se causó ninguna lesión, pero no todos estuvieron de acuerdo conmigo. Y no quise llamarles antes porque... bueno, porque me suplicó que no les llamase. Nunca he visto a una chiquilla tan... aterrorizada.

—Su decisión fue la más acertada —le respondió Galway con tono seguro. Se me hacía raro ver la autoridad con que se manejaba en ese ambiente—. Padre no querría que esta información llegase a oídos de nadie. Si una chica joven comete un error, no se la debe atormentar por ello.

Marian asintió moviendo la cabeza arriba y abajo muchas veces. La tenía en el bote.

—Bien, ya hemos llegado. —Señaló la última cabaña del campamento—. No sé en qué estado se la va a encontrar. Hay días en que está inconsolable y otros en que se anima a participar en las actividades. Yo he tratado de dedicarle todo el tiempo que me ha sido posible, pero tengo otras niñas a las que atender. —Miró su reloj—. Y ahora tengo reunión.

—Una preguntita nada más —dijo Galway—. ¿Sabe qué fue lo que desató el episodio?

Marian negó con la cabeza.

—Sea lo que sea, esta niña ha sufrido un trauma. —Dicho lo cual, se marchó camino abajo sin nosotros.

Las casitas de Winloch, con sus ventanas de hojas batientes, sus puertas más altas que anchas y unas vistas a las que no les faltaba de nada, eran de lo más barrocas en comparación con la espartana cabaña en la que entramos.

Mis ojos tardaron unos segundos en ajustarse a la penumbra. Al ir descubriendo el escenario en el que me hallaba, comprendí que, dada su ubicación en el corazón de aquellos bosques tan tupidos, eso era lo máximo que penetraba la luz natural cualquier día soleado. Y el diseño de la construcción hacía aún más oscuro el interior: las paredes, en las que debería haber habido abundancia de ventanas, estaban totalmente tapadas con literas. De Lu no había ni rastro.

Por primera vez desde que habíamos llegado al campamento, vi dudar a Galway. Pero cuando me disponía a tomar las riendas, se oyó la cisterna de un váter, detrás de una puerta, y apareció una monitora.

—Hemos venido a ver a Lu —dije.

—La dejé a solas solo porque se había quedado dormida —se disculpó la chica, indicando otro dormitorio.

—¿Qué tal si bajas a desayunar? —le sugirió Galway, volviendo a su ser. La chica fue animosamente a por su sudadera y salió de la cabaña, y nosotros nos metimos por la puerta que nos había indicado.

En un primer momento pensé que la monitora nos había tomado el pelo. Allí no había signos de presencia humana. Entorné los ojos y volví a repasar las literas con atención. En una de las camas de abajo se movió un bulto que había tomado por un fardo de ropa de cama. Lo señalé con el dedo. Galway fue hacia allí sigilosamente. Cuando estábamos los dos a la distancia de un brazo, apareció la cara de Lu. Estaba demacrada, blanca como la leche. Tiró de su frágil y largo cuerpo para ponerse de pie y recorrió a toda prisa la pequeña distancia que nos separaba. Entonces, me abrazó con tanta fuerza que a punto estuvo de ahogarme. Aunque estaba más flacucha que la última vez que la había visto, su pérdida de peso no parecía haber menguado su fuerza. Traté de tomar aire.

Ella temblaba y gemía y atrajo a Galway a nuestro abrazo, con lo cual acabé emparedada entre los dos. Intenté que la presión de su cuerpo contra mi espalda no me resultase placentera.

Unos golpes con nudillos en la puerta pusieron fin a la escena. Era una de las campistas, que nos traía sendos sándwiches de desayuno. Me acerqué a cogerlos y ella, curiosa, estiró el cuello para tratar de ver qué pasaba allí dentro. Pero me interpuse para que no viese nada.

Nos comimos los sándwiches sentados en las literas, con la espalda encorvada. La luz era tan tenue que a duras penas pude ver que Lu casi no dio ni un mordisco. A pesar de estar casi en los huesos, parecía no tener el menor apetito.

Galway fue el primero en terminarse el sándwich. Se recostó en el camastro y se cogió una rodilla con las manos entrelazadas. Observó a Lu mientras ella picoteaba su desayuno. Masticar y tragar le requería un auténtico acto de fuerza de voluntad.

Finalmente, levantó la vista y su mirada se cruzó con la de Galway.

—¿Entonces? —preguntó él, no muy amablemente.

Ella curvó hacia abajo las comisuras de los labios. Vi que estaba a punto de echarse a llorar. Dejé a un lado el resto de mi sándwich y me levanté para sentarme a su lado y cogerla de la mano.

—Dinos qué pasó, simplemente.

—Lo siento —susurró, y rompió a llorar. Aguantamos la llorera sin movernos, hasta que le pregunté si prefería quedarse a solas con uno de los dos.

Ella negó con la cabeza.

—Solo lo quiero contar una vez.

Así pues, esperamos. Y esperamos. Notaba que Galway empezaba a impacientarse, y entendí por qué se había empeñado en que le acompañase. Apreté un poco la mano de Lu.

—¿Te lastimaste? —le pregunté.

Lu abrió los ojos como platos.

—No fue intencionadamente —dijo—. O sea, sí, pero solo para parar los recuerdos. Estaba muerta de miedo pensando que se habían enterado y que vendrían y... —Se estremeció como si hubiese sentido asco por algo—. Gracias por venir —añadió—. ¿Se han enterado ellos?

—¿Quiénes? —pregunté.

Lu miró a su hermano.

—La única que sabe que hemos venido es Masha. Y ella no se lo va a decir a nadie salvo si yo se lo pido —respondió.

Lu cerró los ojos aliviada.

—¿Y si empezamos desde el principio? —le propuse.

Notaba perfectamente lo asustada que estaba.

—La última vez que te vi fue la mañana en que te venías al campamento —empecé—. Viniste a Bittersweet a despedirte.

Entonces, sin muchas ganas, Lu comenzó su relato.

CAPÍTULO 52

Testigo

Owen y ella habían empezado a sospechar que estaba a punto de pasar algo inevitable y, sin decirle nada a nadie, se habían pasado la semana anterior a la marcha forzosa de Lu tramando la manera de derrotar al sistema. Estaban convencidos de ser dos desdichados enamorados, y la oposición de los padres de ella solo había sido otra prueba más de que sus destinos estaban unidos para siempre. Pero no se equivocaron al deducir que no les permitirían seguir adelante con su romance más tiempo.

—¿Sabes esa cabaña abandonada que hay en Punta Tortuga? —le preguntó a Galway, evitando mirarme a los ojos.

—¿Esa casucha sigue en pie?

Ahora comprendí qué se traían realmente entre manos Owen y ella con tanta excursión a Punta Tortuga.

—El plan era que cuando mamá me llevase a la estación, aprovecharía que ella nunca se queda para asegurarse y, en lugar de montarme en el autobús, me escondería. Luego, llamaría por teléfono al campamento haciéndome pasar por ella y les diría que al final habían decidido no mandarme. La imito bien, ¿eh?

Yo asentí; me acordaba de la facilidad con que se había hecho pasar por su madre la mañana en que Indo se había desmayado, cuando me había pedido que hablase con sus padres para convencerles de que no la mandasen al campamento.

Prosiguió el relato:

—Como Marian no hace muchas preguntas, pensé que, si dejaba caer el nombre de papá varias veces, acabaría por tragárselo. Luego, volvería a Winloch para reunirme con Owen en la cabaña de Punta Tortuga y allí podríamos vivir los dos juntos. Arlo podría llevarnos comida del Refectorio y, como tiene coche, podría llevarnos al pueblo cada tantos días. Pensamos que podríamos escondernos allí un tiempo, hasta que alguien se diese cuenta de que no había ido al campamento. —Nos miró a su hermano y a mí, alternativamente—. No estábamos haciendo daño a nadie. Solo queríamos estar juntos.

Asentí con un gesto de comprensión y empatía ante la disparatada lógica de aquel plan de quinceañeros. Pero por el rabillo del ojo vi el pie de Galway, moviéndose arriba y abajo con impaciencia.

—¿Y qué fue lo que salió mal? —pregunté.

—Nada —respondió—. Mamá me dejó en el autobús y sencillamente no hice uso del billete. Llamé a Marian, que se tragó el cuento de pe a pa. —Los ojos se le llenaron de lágrimas—. Y entonces llegó John para recogerme.

—¿John? —pregunté. Era posible que aún no supiese nada de la tragedia. Pero sus lágrimas lo desmintieron.

Ella aspiró rápidamente por la nariz.

—Le había preguntado si podía ayudarnos, uno días antes de la salida del autobús. Él me preguntó si nos queríamos. —Se detuvo.

—¿Y qué le dijiste tú? —Traté de ignorar el nudo que se me estaba haciendo en la garganta.

—Le dije que creía que sí. Y él me dijo que no le hacía gracia hacer nada a espaldas de mi padre, pero que «había que darle una oportunidad al amor».

Miré a Galway, profundamente emocionada.

—Sigue —la instó Galway.

—Total, que era coser y cantar —dijo Lu—. Solo tenía que pasarse por la estación de autobuses. Yo iba a esconderme debajo de una lona, en la parte de atrás de la camioneta. Ya sé lo que vais a decir, que era peligroso, pero ni siquiera teníamos que salir a la autopista y solo era de la estación a la casa de su madre.

Reproduje en mi cabeza los acontecimientos de aquel día. John había estado conmigo esa mañana, hasta que le dije que Birch era su padre y entonces él se marchó a toda velocidad. De allí podía haber ido a cualquier lugar.

—¿A qué hora te recogió?

—No lo sé. Sería la una.

O sea, más de tres horas después de que me dejase tirada en la carretera de Winloch.

—¿Cómo le viste? —pregunté, egoístamente.

—En realidad no hablamos. Yo me monté detrás y volvimos.

—Entonces estabas escondida en la parte de atrás de su camioneta porque no querías que nadie te viese volver.

Ella asintió.

—En teoría, tenía que quedarme escondida allí hasta que se hubiese hecho de noche. Porque no queríamos que me viese nadie y, claro, Aggie trabaja en la casa. —Se cortó—. Trabajaba.

Galway y yo cruzamos una mirada. Lu había visto algo. Ahora estaba segura.

Le froté la mano para tranquilizarla.

—Sigue cuando estés lista.

Ella respiró hondo.

—Me trajo un sándwich de manteca de cacahuete para cenar. Fingió que salía a coger algo de la camioneta, pero en realidad quería ver si estaba bien. Que no estuviese pasando demasiado calor y todo eso. Y me hizo prometerle que me habría ido de la camioneta en cuanto anocheciese. Luego me dijo que no me preocupara, que le daría la noche libre a Aggie en un ratito y así yo podría escabullirme sin que nadie me viera en cuanto la oyese irse en su coche. —Otra tanda de lágrimas asomó a sus ojos—. Se portó fenomenal conmigo.

—Lu, ¿qué pasó entonces? —le preguntó Galway, obviamente irritado porque tardaba en ir al grano.

Ella meneó la cabeza.

—Volví a taparme con la lona y esperé un rato. No había forma de saber si era de día o de noche y, claro, como llevaba tanto tiempo ahí metida, estaba empezando a quedarme agarrotada. Pero entonces me dije que podría estar pudriéndome de aburrimiento aquí, en el campamento. Así que me aguanté y seguí esperando.

—¿Se hizo de noche?

Asintió.

—Oí que Aggie les decía adiós. Se montó en su coche y se marchó. Entonces pensé, claro, que era libre. Aguardé unos minutos más y estaba poniéndome de pie cuando una de las furgos de mantenimiento bajó por el camino de acceso a la casa. Me agaché. Aparcó superpegada a la camioneta y pensé que el conductor me había visto pero... —Negó con la cabeza. En esos momentos me asía la mano con fuerza—. Pensé: pues aquí me quedo hasta que se vayan o lo que sea. Pero no se iban. Estuvieron como... muchísimo tiempo. Entonces oí unos gritos. Dentro de la casa. Y ladridos. Unos ladridos que no paraban ni un momento. —Se me estaba cortando la circulación de los dedos, de tan fuerte como me agarraba la mano—. Total, que decidí salir de la camioneta. Me moría de miedo, porque no iba a ser fácil, pero pensé que como oía que gritaban, eso querría decir que nadie me vería salir corriendo porque estaban dentro de la casa. Fuera estaba todo superoscuro. Pero de la casa de la madre de John salía un montón de luz, y gracias a eso pude apañarme para ver algo mientras salía de la camioneta. —Se detuvo para serenarse—. Eché a correr. Pero justo en ese momento oí... —Empezó a resollar. Sus dedos apretaron los míos con muchísima fuerza—. Oí... un grito. Como los de las películas.

—¿Y qué hiciste?

—Fui hacia donde lo había oído. No pude evitarlo. Había sido un grito de auténtico pánico, y pensé..., no sé..., pensé que podría ayudar o algo. —Al darse cuenta de la inutilidad de su reacción, negó con la cabeza—. Total, que fui para la casa. Andando agachada, o sea, casi a gatas, y me dirigí hacia la parte de atrás, hacia el porche, porque me pareció que allí me podría esconder mejor entre los árboles y ver más. Todo estaba en silencio. —Se estremeció—. No debía haber mirado, pero miré.

—¿Qué viste, Lu?

Lu clavó la mirada en su hermano.

—Le vi a él de pie delante de ella. Le rodeaba el cuello con las manos. Estaba apretándole el cuello con todas sus fuerzas. Yo la oía atragantarse, y el cuerpo era como si se le moviese adelante y atrás, pero él no paró, siguió apretando y apretando y apretando hasta que dejó de moverse. —Las lágrimas le rodaban por las mejillas. Sin embargo, las palabras le habían salido con toda facilidad.

—¿John? —pregunté—. ¿Tú le viste matarla?

Ella arrugó la frente.

—¡No! John estaba tumbado en el suelo. Pero entonces se despertó. Vio lo que estaba pasando y se lanzó sobre él, pero ya no pudo salvarla. Entonces, empezaron a pelearse y John salió corriendo y luego él también, pasaron por delante de mí, camino del bosque, por el sendero. Yo los seguí. Sabía que no podría pararles, pero tampoco podía dejar que se fuesen sin más, así que los seguí y me escondí en los arbustos, al lado de la punta. Se gritaban como locos, se daban puñetazos y demás, y entonces, de repente, él empujó a John y John perdió el equilibrio y entonces... —Sus pequeñas manos soltaron las mías y ascendieron como dos palomas por el aire—. Entonces John se despeñó por el acantilado.

—¿Quién era ese hombre? —inquirió Galway, sentándose recto—. ¿Quién fue el que los mató?

Ella asintió ante la trágica inevitabilidad de su respuesta.

—Fue papá.

CAPÍTULO 53

La fuga

Galway no se sorprendió en absoluto. Pero tampoco se acercó a consolar a Lu. Entonces me di cuenta de que se había puesto a hacer cálculos mentales:

Motivos.

Daños.

Qué hacer a continuación.

Rodeé los hombros de Lu con mi brazo mientras ella reanudaba el relato para contarnos lo que había pasado después. Aterrada y desorientada, con los ladridos de Abby resonando sin parar, vio a su padre marcharse en la furgoneta de mantenimiento. Cuando se dio cuenta de que se había quedado sola con dos muertos, lo primero que pensó fue en volver corriendo a casa. Pero no estaría a salvo cerca de su padre y, además, sus padres pensaban que estaba en el campamento. Tampoco podía irse con Owen, a Punta Tortuga, tal como habían planeado, pues estaba segura de que su padre la encontraría. Las llaves de John estaban en el contacto de la camioneta. Había conducido unas cuantas veces el coche de Arlo y la camioneta de John tenía el cambio automático. Total, que cogió unos guantes de trabajo que encontró en el cobertizo y se montó en el asiento del conductor. Y, con el corazón a mil, se fue en la camioneta a la estación de autobuses, sin dejar sus huellas en el volante. La dejó oculta detrás del contenedor de carga y se quedó a esperar el autobús que salía por la mañana con destino al campamento. Era el único lugar en el que no correría peligro. Pero al llegar las cosas no mejoraron, pues lo que había presenciado la atormentó más y más a medida que fueron pasando los días.

Entre sus sollozos, le dije en voz baja que era muy valiente y que nadie iba a hacerle nada. Al oírme decir eso, se apartó de mí.

—Si se entera... —dijo. Empezó a hacer un sonido agudísimo, como un chillido rápido, y añadió—: ¿Qué voy a hacer si descubre que le vi?

Le cogí la cara con las dos manos.

—Shhhh, shhhh —le hice, y fue como si estuviese hablando con la niña que yo había sido antes, con la parte de mí que en su día había creído que también mi vida podría haber acabado.

Se calmó. Pensé: voy a contárselo ahora mismo. Voy a contarles lo que hice de pequeña, y que eso me hizo mejor persona y más sincera, y que en su momento me había sentido un cero a la izquierda pero ahora me sentía fuerte. Pero justo cuando abrí la boca para hablar, Galway se levantó.

—Voy a buscar a Marian —dijo—. Voy a hablar un momento con ella, a hacer una o dos llamadas. No pasa nada si os dejo aquí, ¿verdad?

—Galway —le reprendí—, dile que todo va a salir bien.

Él frunció las cejas al oír mi tono de voz. Pero entonces se puso de rodillas delante de Lu y le secó las lágrimas con la mano.

—En este mundo pasan cosas horribles —dijo al cabo—, pero voy a hacer todo lo que esté en mi mano para protegerte. —Ella vaciló unos instantes y entonces echó los brazos alrededor de su hermano mayor. El semblante de Galway mientras la consolaba era la viva imagen del dolor, tanto que me forzó a recordar que su propia hermana acababa de contarle que había visto a su padre matar a dos personas con sus propias manos.

Cuando se fue, doblamos toda su ropa y la guardamos en su maletita.

—No puedo volver a Winloch —repetía ella sin parar. Yo le aseguré que se nos ocurriría algo, a pesar de desconocer por completo lo que Galway tenía en mente. Además, aparte de ofrecerle dormir en el sofá de mis padres (donde Birch la encontraría en menos de lo que canta un gallo), yo carecía de recursos.

Le cepillé la melena, lacia y grasienta, y me di cuenta de que el deterioro de Ev y Lu había sido muy similar. Las hermanas Winslow se habían quedado en los huesos en poco tiempo. Traslúcidas. Como si el trauma les hubiese consumido la vida y el organismo.

Oímos pasos en el sendero. Sonreí a Lu en el espejo. Galway asomó la cabeza por la puerta.

—Eso lo puedes dejar por ahora —me indicó. Se refería a la maleta que tenía yo en la mano. Arrugué la frente sin entender nada—. ¿Nos dejas un momento a solas? —me preguntó.

Le di un beso a Lu en la mejilla, pringosa y empapada de lágrimas, y salí a la luz del día. Tuve que pestañear unos segundos. Me apoyé en un viejo abeto y miré hacia las ventanas de la cabaña para ver si veía algo de lo que estaba pasando dentro. Luego salió Galway, él solo. Bajó los escalones a saltitos y se fue por el camino que llevaba hasta el coche.

—¿Qué pasa con Lu?

Se volvió y me miró a los ojos.

—Hora de irnos.

Mi voz subió de tono hasta convertirse en un grito.

—No podemos abandonarla, Galway. Nos necesita.

—Confía en mí —replicó, y siguió andando.

Yo eché la vista atrás hacia la cabaña, donde presumiblemente Lu estaría viéndome en esos momentos mientras yo trataba de resolver mi dilema. Podía quedarme con ella, pero no tenía dinero ni nada que ofrecerle, aparte del consuelo de unos brazos. Aun así, marcharme era como dar a entender que no me importaba nada. ¿De verdad Galway era tan cruel?

De la lagunita me llegó una brisa que trajo a mis oídos el parloteo de unas chicas que surcaban su superficie en una canoa. De súbito, me entró un frío horroroso. Pensé volver para decirle que me perdonase, para decirle a Lu que allí no le servía de nada, pero que si me iba se me ocurriría algo. Sin embargo, entendí también que cualquier disculpa mía sería peor aún; para mí lo habría sido. Por tanto, eché a correr por el sendero lo más rápido que pude. Alcancé a Galway y agradecí que la cabaña hubiese quedado ya fuera de la vista y que hubiese dejado de notar su nostálgica mirada clavada en mi nuca.

Cuando estuvimos en el coche y Galway pisó el acelerador, sentí que me subía la bilis.

—La hemos dejado aquí —grité, lamentando mi decisión mil veces—. No deberíamos haberla dejado, Galway, deberías haber cuidado de ella. —Pero él no detuvo el coche.

Al llegar a la bifurcación, en vez de continuar de frente, lo que nos habría llevado de vuelta a la civilización, giró.

—Te pedí que confiaras en mí —dijo.

—¿Qué narices tiene que ver la confianza?

Él frenó en seco. Al otro lado de la carretera había una roca enorme arrastrada por algún glaciar hacía millones de años. Fue el único hito en kilómetros.

Galway forzó la vista para distinguir algo en el bosque.

—Porque —respondió— vas a tener que confiar verdaderamente en mí para digerir lo que va a pasar ahora. —Mientras me hablaba, vi un punto blanco que aparecía y desaparecía detrás de los troncos de los árboles. Poco a poco fue haciéndose más grande, hasta que vi que era una camiseta y que la llevaba puesta Lu, quien al ver nuestro coche a lo lejos echó a correr a toda velocidad hasta nosotros.

Abrió la puerta del asiento posterior y, antes de meterse, echó dentro la maleta. Olía a pinos y a humedad vegetal, mezclada con sudor.

—¡Vamos!

—Abrochaos los cinturones —insistió Galway, al tiempo que viraba ya el coche lo más rápidamente que pudo.

Mientras él pisaba el acelerador, los miré a uno y otra.

—¿O sea que lo habíais planeado?

—Tenía que parecer que de verdad me estabais dejando aquí —explicó Lu—. Por si mi padre pregunta. Porque van a sospechar que me habéis sacado vosotros.

—¿Pero Marian no dará la voz de alarma? —pregunté. Me sentía herida.

—Todo el mundo sabe que Marian tiene problemas con el juego —siguió aclarando Lu—, de modo que Galway solo tenía que bajar a decirle que estaba al tanto de sus «dificultades económicas»…

—Y ofrecerle una donación anónima a la «organización benéfica» de su elección —agregó Galway.

—Así que, en cuanto os fuisteis, bajé a toda pastilla por el otro lado del monte, y ella dirá que me he fugado pero, como le interesa el dinero, mantendrá la boca cerrada un tiempo…

—Pero de esta manera hemos podido llevarnos a Lu. —Galway se echó a reír y golpeó el volante con aire triunfal—. ¡Ganamos todos!

¿De verdad estaban disfrutando con aquello?

—Mabel —dijo Lu, inclinándose hacia delante y apoyando las manos en mis hombros—, yo le pedí que no te lo dijese. Lo que nos interesa es que papá no sospeche nada. Mira, no eres precisamente la mejor mentirosa del mundo... y todo el mundo tiene que llevarse la impresión de que me he fugado por mi propio pie, para que él les crea.

Empecé a reírme. Estaba agotada, y enfadada, y asustada. Desquiciada, tal vez. Alterada. Y me minusvaloraban. Podían tildarme de muchas cosas diferentes. Pero no de mentir de pena. La carcajada se apoderó de mí y ellos se miraron a través del espejo retrovisor, divertidos.

—¿Estás bien? —dijo Lu. Empezaba a dolerme la tripa de tanto reír. Boqueé para respirar. Pero las carcajadas volvieron a apoderarse de mí. Luego, cuando noté que amainaba mi sensación de que todo aquello era absurdo, le di una palmada a Galway en la pierna y dije—: Me lo podías haber dicho al montarnos en el coche.

Él se frotó la pierna.

—Pero es que te pones monísima cuando te enfadas.

Casi le suelto un puñetazo en la mandíbula.

CAPÍTULO 54

El recuerdo

*L*u se enroscó en el asiento como una gatita. Al poco rato, sus ronquidos resonaban en el pequeño automóvil.

—¿Adónde vamos? —pregunté.

Galway no respondió. Estaba harta de su actitud de indiferencia frente a toda aquella tragedia. Pero, mientras bufaba de enojo a su lado, me fijé en que las manos le temblaban al volante. Se había puesto blanco.

—¿Te encuentras bien? —le pregunté.

Él miró por el espejo para ver cómo iba Lu.

—Está frita —le dije.

Solo entonces bajó la guardia.

—De pequeños —empezó a contarme en voz baja—, a padre le daban ataques de ira. Nos zurraba con un cinturón, ese tipo de cosas. Yo daba por hecho que todos los padres pegaban, ¿entiendes?

Sí que entendía.

—Pero una vez... —Se cortó un momento, para confirmar nuevamente que Lu no le oía, y entonces bajó más la voz como medida añadida de precaución—. Yo estaba en Rocas Lisas con mamá y todos los críos. Ev era pequeña, así que yo debía de tener... unos seis años, supongo. Me había dejado el tebeo en la casa, y mamá dijo que podía subir yo solito a buscarlo. Estaba mirando en mi cuarto cuando oí unos sonidos extraños procedentes del cuarto de baño. Athol había estado contándome rollos sobre mapaches, así que estaba seguro de que era uno. Cogí un bate de béisbol y me acerqué sigilosamente, agucé el oído y entonces, cuando estuve totalmente seguro de que allí dentro había algo, agarré el picaporte y la puerta se abrió.

No estaba segura de si quería saber lo que había visto aquel chiquillo.

—Bueno, pues allí mismo, en el suelo del cuarto de baño, estaba mi padre con los pantalones bajados, una mano en la boca de nuestra *au pair* y la otra agarrándola para que no se moviera. La estaba violando, Mabel. La chica tenía una lágrima, solo una, en la mejilla... —Meneó la cabeza—. Todavía recuerdo la cara de mi padre cuando me vio. Si hubiese tenido una pistola, la habría usado. Corrí escaleras abajo. Él no me siguió. Y yo era un crío, ¿entiendes? Así que decidí que no había visto nada de nada. Ni siquiera sabía explicar con palabras lo que había visto.

»Pasaron los días. Nada. Casi creía que no había ocurrido. Pero entonces, a la semana más o menos, estaba jugando a las cartas con Athol y él me acusó de hacer trampa, siempre me acusaba de hacer trampa, y padre —Galway tragó saliva, reviviendo la escena—, padre apareció justo entonces. Con un atizador en la mano. Llegó hasta mí. Me pegó, como un granjero azotando a un burro terco. Me partió las costillas, la muñeca y un tobillo. Athol se quedó allí de pie, mirando. En mitad de la paliza mi madre llegó a casa, pero fue de casualidad. Ella le puso fin. Pero ya daba lo mismo. Yo ya lo sabía, de una vez por todas. Que me habría matado, así de fácil, sin el menor remordimiento.

¿Qué rayas invisibles había trazado Tilde en la arena para justificar su decisión de quedarse junto a ese hombre? ¿Que le dejaba forzar a las criadas, pero no a sus hijas, por ejemplo? Cuando habíamos estado en la barca, me había dicho que casarse con Birch la había convertido en una Winslow. Me pregunté cómo se sentiría. Cómo se sentía Galway sabiendo la sangre que corría por sus venas.

Me besé la mano y la apoyé en su pierna, y la dejé apoyada para que fuese dándole calor, ahí, entre nosotros, mientras él lloraba.

Continuamos en silencio, en esa posición, durante un buen rato hasta que él carraspeó y trató de decir en tono de hombre de negocios:

—Lo que no me cabe en la cabeza es qué podía estar haciendo él allí. En casa de la señora LaChance. ¿Por qué fue allí en una de las furgonetas de mantenimiento? ¿Y por qué demonios los mató?

—Ese día yo le conté una cosa a John —dije con cuidado—. Una cosa que tal vez John quiso confrontar con tu padre.

—¿Pero por qué padre iba en una furgoneta de mantenimiento? ¿Por qué no acudió con su coche particular?

—Si los homicidios fueron premeditados, la furgoneta de mantenimiento era el complemento perfecto. Nadie habría adivinado que el que la conducía era Birch. Especialmente si acudió allí cuando ya había anochecido.

Galway asimiló la información. Entonces, formuló la pregunta que sabía que me iba a hacer.

—¿Y qué fue lo que le contaste a John?

Retiré la mano de encima de su pierna. Entonces, le conté a Galway lo que antes le había contado a su hermana, y a su medio hermano:

—Que vuestro padre era su padre.

Galway escuchó la noticia estoicamente.

—¿Cómo lo has averiguado?

Le explique que había encontrado aquella P. en el diario de Kitty, y que Masha me había confirmado, a su pesar, que Birch era el padre de John. Le conté lo del embarazo de Ev, y que había visto a John y a Ev haciendo el amor, y le hablé de su plan conjunto de fugarse y de marcharse a vivir a otro sitio. Le dije que no pude soportar pensar que iban a vivir juntos sin conocer su auténtica relación de parentesco y le conté, sin saber muy bien cómo contárselo ya, pero sintiendo que debía hacerlo, que Ev ya lo sabía y que de alguna manera había querido estar con su propio medio hermano. Le conté que Ev había descubierto que John era su hermano porque Jackson había ido a preguntarle si ella sabía que sus verdaderos padres eran CeCe y Birch, porque alguien de la familia había confesado los secretos sexuales de Birch, y que había violado a su hermana, y a saber a cuántas chicas más de la familia, por no hablar de las criadas, y que ese había sido el verdadero motivo del suicidio de Jackson. Saber que era el fruto de la horrible unión incestuosa de un hermano y una hermana había sido demasiado para él.

Le conté a Galway casi todo lo que sabía, pero no le dije nada de que Indo me había insistido en que el diario de Kitty escondía aún más secretos, ni tampoco de qué iban esos secretos, a saber: que los Winslow habían robado durante años, y seguían robando. No es que no me fiara de Galway, sino que en ese momento, allí sentada, a su lado en el coche, no podía ni imaginar hurgar en asuntos que no podía demostrar. Me escocía la garganta de tanto hablar. Deseaba dejarlo todo atrás: el deseo de Indo en su lecho de muerte, qué podría esconder el diario, quién lo había robado y cómo podría usarlo para demostrar una conspiración con raíces más profundas que las violaciones de Birch. Me sentía como cuando me habían sacado del río, con el cuerpo helado y el corazón más helado aún, pero aliviada, más ligera después de haber soltado mi oscuridad al mundo. Solo quería creer que la verdad, o bastante de la verdad, nos había hecho libres a los dos.

Galway aminoró la velocidad y detuvo el coche en la cuneta de la autopista. Pedazos sueltos de asfalto rebotaron contra la panza del coche. Me pregunté si iba a echarme igual que John. Yo habría aceptado mi destino.

Sin embargo, Galway abrió la puerta de su lado. Los coches pasaban zumbando, un camión hizo sonar su claxon, el aire del habitáculo salió succionado por el tráfico y volvió a entrar, y con el cambio de presión nuestra pasajera del asiento trasero se rebulló y gruñó.

Galway se balanceaba, de pie al filo de la vía llena de tráfico veloz. Supe que estaba planteándose darle un vuelco a su destino. Un camión Mack le proporcionaría una partida rápida, aunque dolorosa. Me desabroché el cinturón de seguridad y puse la mano en mi puerta, sabiendo que, si eso era lo que finalmente escogía, no llegaría a tiempo. Pero entonces cruzó por delante del coche, tambaleándose en dirección al bosque y, doblándose por la cintura, empezó a vomitar.

Paramos a comer algo a primera hora de la tarde en las inmediaciones de una pequeña población. Galway le dijo a Lu que esperase en el coche para que no nos viesen con ella, lo cual a mí me pareció un pelín exagerado, pues nos hallábamos a cientos de kilómetros de Winloch y éramos una familia como otra cualquiera en un coche como otro cualquiera. Pero ella aceptó y se acurrucó debajo de una manta en el asiento trasero. Ahora que estaba a salvo con nosotros, me dio la impresión de que le hacía gracia el secretismo de nuestra situación, como si fuésemos personajes de una novela de espías. Luego, en la cafetería, mientras me tomaba un cuenco de sopa de pollo sin quitarle el ojo al coche desde nuestro reservado, junto a una ventana, sentí una pena tremenda al pensar en lo que había tenido que soportar ella sola y a lo que tendría que enfrentarse en cuanto todas estas andanzas tocasen a su fin.

—Bueno, ¿cuál es el plan? —pregunté a Galway, que había recobrado el color y el dominio de sí. Mientras le veía dar un sorbo a su café, me fijé en que se parecía a su padre en joven, y aparté de mi mente aquel pensamiento.

—White River Junction —dijo él.

—¿Y qué hay en White River Junction?

—Allí nos espera una persona —murmuró. Entonces, llamó a la camarera para que nos trajera la cuenta y le pidió un kebab para Lu.

CAPÍTULO 55

Cambio de manos

hite River Junction se encuentra en la intersección de la I-89, que comunica Boston y Burlington, y la I-91, que baja desde Canadá hasta New Haven. A lo largo de esta última iba anunciándose la proximidad de la población mediante unos carteles en los que se la representaba como una capital llena de vida y movimiento. Sin embargo, cuando cogimos la salida correspondiente, en forma de bucle en pendiente, y Galway se metió en el aparcamiento de un almacén más muerto que vivo, admito que me llevé una desilusión. Aparcamos detrás de la larga y ancha nave, de tal modo que no se nos viera desde la carretera. Y esperamos.

Galway miró la hora en su reloj. Luego, se volvió a mirar a su hermana pequeña.

—¿Estás segura de que quieres hacerlo?

—No me queda otra.

—¿Hacer el qué? —pregunté yo.

—No podrás volver hasta que esté o entre rejas o muerto —dijo él—. Podrás contactar conmigo, pero con los demás...

—A los demás no quiero ni verlos. Y no quiero que se entere de dónde estoy. Pero sí que sepa que hubo un testigo, Galway. Quiero que tenga miedo de que me vaya de la lengua.

Galway asintió justo cuando una camioneta de color azul marino dobló por la esquina del almacén. Al volante vi que iba una mujer de melena negra. Iba sola.

Detuvo el vehículo delante del nuestro, los dos morros frente a frente, y se apeó de un salto. Tenía las piernas largas y la melena brillante, y vino hacia nosotros con andares parsimoniosos. Se acercó a la ventanilla de Galway. Él la bajó y ella se apoyó y sonrió.

—Gracias —dijo Galway.

—Te debo una bien gorda —respondió ella con una voz muy dulce. Su voz me cosquilleó: no era la primera vez que la oía. Supe quién era. Pero no me podía creer que le hubiese pedido ayuda sin advertirme a mí primero. Ella se dio cuenta de la cara que se me había quedado y volvió a sonreír, como disculpándose. Y me tendió la mano—. Marcella.

Se la estreché tímidamente. Tenía los dedos calientes.

—Y tú debes de ser Luvinia —añadió, dirigiendo su sonrisa hacia el asiento de atrás.

Lu se enderezó y sonrió.

—Gracias por ayudarme.

—Como os decía, le debo una bien gorda —repitió efusivamente. Y le lanzó otra mirada a su marido.

Se montó en el coche, en el asiento de atrás. Empezaron a organizar el plan. Al parecer, Marcella, como esposa de Galway, tenía acceso a su fondo de inversión y tiraría de él para obtener los documentos necesarios, así como los billetes, para sacar a Lu del país.

—Si le cortamos el pelo, puede aparentar dieciocho años —observó ella, mirando detenidamente a Lu. Yo observé cautelosamente a la mujer que había compartido cama con Galway.

Me daba cuenta de la gravedad de lo que estábamos tratando, y noté que el estómago se me encogía de preocupación—. Te haremos un cambio de imagen —dijo—. Puedes confiar en nosotros. Tu hermano ha ayudado a mucha gente.

Me dieron ganas de preguntar qué significaba exactamente «ayudar» a gente, pero no abrí la boca. ¿Sacar niños camuflados del país? Porque a fin de cuentas Lu era una cría.

—¿Quieres que demos un paseíto? —me propuso Marcella, sacándome de mis cavilaciones.

Lu y Galway merecían unos minutos a solas, pero eso no quería decir que tuviese que ponerme a charlar con Marcella. Salí, cerré de un portazo y, con los brazos cruzados, me fui hacia un muelle de carga atestado de cajas de cartón en descomposición. Marcella cogió un cigarrillo de su camioneta, lo encendió y dio una calada echando atrás la cabeza, proyectando su cuello largo hacia el cielo.

Como no podía ser de otro modo, vino hacia mí. Se apoyó en el murete de hormigón. Olía de maravilla.

—Galway nos ayudó a mí y a mi madre a entrar en este país. Le admiraba mucho. Luego se ofreció para casarse conmigo y para tocar algunas teclas a ver si podía conseguirme el permiso de trabajo.

—¿Y lo hizo? —pregunté, patética.

—Pues te voy a contar un secreto: hasta llegué a pensar que le amaba.

Un secreto que no me hacía ninguna gracia saber.

—Pero luego, justo después de la boda, conocí a una persona. La persona, como si dijéramos. A Galway le admiro mucho. Pero no estoy hecha para ser su mujer.

Aquello me hizo sentir solo ligeramente mejor.

—Él te quiere a ti —me aseguró. Noté sus ojos clavados en mi cara—. Lo habría sabido incluso si no me lo hubiese dicho.

Di un puntapié a un guijarro.

—¿No me digas? ¿Y cómo demonios lo habrías sabido?
—Por cómo te mira. —Apagó el cigarrillo—. Te lo digo
por experiencia: No pierdas el tiempo teniendo miedo del
amor.

Lu pegó la palma de la mano en el vidrio de la ventanilla del
acompañante de la camioneta de Marcella, con una sonrisa en-
cajada valerosamente entre las comisuras de sus labios. Ya habíamos llorado y nos habíamos abrazado, y habíamos establecido que, tan pronto como estuviese a salvo, me mandaría un
mensaje por correo electrónico desde algún ordenador que no
pudiera rastrearse, con la palabra «Tortuga» en el texto. Esa
sería la señal de que lo había conseguido. Todavía veo su cara
al virar la camioneta y perderse de vista, cuando Galway y yo
volvimos a ser solo dos.
    Nos quedamos callados unos segundos. Él encendió el
motor.
    —No volvamos —le propuse.
    Él suspiró.
    —Siempre supe la clase de monstruo que era mi padre.
Pero, ¿sabes?, creía más en Winloch. En los Winslow. Pensaba
que estábamos en nuestros cabales. Que éramos una familia
respetable. —Negó con la cabeza—. Tengo que pararle los pies.
Tengo que intentar salvar a nuestra familia.

Pagamos al contado una habitación en un hotelito de la cadena
HoJo's. Y nos tumbamos en la cama uno al lado del otro.
    —¿Qué pasó con Abby? —pregunté. Las sombras de la
habitación empezaban a alargarse.
    Los ojos se le llenaron de lágrimas. Antes de responder-
me, esperó a que se le pasase.

—Cuando llegué, después de que me llamaras… —Comenzó de nuevo—: Pues verás, estaba rabiosa. No dejaba que se le acercase nadie. Padre llegó… Sí, ya sé —dijo al ver que me sobresaltaba—. Avisé a la policía y llamé a mi padre, solo para que una persona de autoridad se personase en el lugar, pero cuando Abby le vio… En fin, se puso… —Abrió mucho los ojos, de admiración y pena por la perra—. Se tiró a por él. Yo pensé que era porque había presenciado una escena violenta y estaba alterada. No podía ni imaginar que estaba atacando al asesino de su amo. Avisamos a la perrera.

—¿La sacrificaron? —Me eché a llorar, agitando todo el cuerpo por los sollozos. En parte, lo había sabido en todo momento. Pero me costaba demasiado aceptarlo.

Dormimos como troncos. Como bebés, como leños, como los muertos.

CAPÍTULO 56

El funeral

*L*legamos a Winloch a primera hora de la tarde. Estábamos fuertes y preparados. Nos enfrentaríamos a Birch a plena luz del día, delante de Tilde. ¿Qué podía hacernos, cargarse a los tres? Le diríamos que teníamos un testigo, la persona que se había llevado la camioneta de John de Winloch y que había desaparecido sin dejar rastro. Pero no diríamos el nombre del testigo. En algún momento del día siguiente Tilde y él recibirían una llamada telefónica informándoles de que Lu se había escapado del campamento. A esas alturas, Lu y Marcella ya se habrían ido y les llevarían un día y medio de ventaja. Birch acabaría sospechando tarde o temprano que Lu era la persona que había presenciado sus actos homicidas, si es que no lo sospechaba ya, y, si de verdad era el monstruo que ya había demostrado ser, empezaría a buscar a su hija en el momento en que temiese que podría delatarle.

Tilde, por lo que yo sabía, era nuestra póliza de seguros. Podía parecer una mujer sin sentimientos, pero yo había empezado a pensar que su toque de atención en la barca obedecía a su deseo de protegerme, del mismo modo que las órdenes a grito pelado a Hannah en Rocas Lisas para que se tapara obedecían a una necesidad de proteger a la niña. Tilde era la que había impedido que Birch tirase abajo la puerta de Bittersweet. La que había insistido desde el minuto uno en que pusiésemos cerrojos. Estaba empezando a creer que su misión consistía en proteger a la gente de su marido.

Si Tilde tenía que escoger entre Lu y Birch, yo apostaba a que escogería a su hija. A que mantendría a raya a su marido todo el tiempo que le fuera posible para que Lu pudiese escapar. Galway no lo tenía tan claro como yo, pues de la noche a la mañana se había vuelto un nihilista y estaba convencido de que ya no sabía nada de nada ni podía confiar en nadie (salvo en mí), pero yo me agarré a la tesis de la benevolencia de Tilde como a un clavo ardiendo. Era lo único que teníamos.

Volvía a ser un día cegador de finales de verano, pero nosotros nos habíamos llevado el frío de Maine en el cuerpo. La brisa del lago entraba por mi ventanilla abierta. Al doblar el recodo en el que me habían encontrado Ev y John la noche que yo había intentado marcharme, me cogí la cintura con los brazos.

Galway soltó una bocanada de aire cuando a lo lejos vimos aparecer el Refectorio. Una tarde soleada como la de aquel día no habría nadie allí dentro, todo el edificio estaría desierto mientras los Winslow andaban entretenidos en sus actividades al aire libre. Pero ese día la carretera por la que se entraba y salía del Refectorio estaba abarrotada de coches aparcados a ambos lados. Redujimos la velocidad, estacionamos el nuestro al final de una hilera y nos bajamos.

Galway me cogió de la mano al andar hacia el edificio. Íbamos a zanjar el asunto, de una vez por todas.

Subimos la escalera en silencio. Nada más abrir las puertas, no me cupo la menor duda de que allí no faltaba ni uno solo de todos los Winslow que había conocido (Ev, Athol y Emily, Banning y Annie, los Kittering, incluso CeCe), vestidos de negro, sentados en filas improvisadas de sillas como para crear sensación de congregación. Todos miraban hacia la puerta cerrada de la cocina, delante de la cual se encontraba Birch, de pie, con las manos entrelazadas y la cabeza agachada. Al oírnos entrar, levantó la vista. Entonces, todos los demás, la gran grey de aquella gran familia, los jóvenes y los viejos, todos y cada uno de ellos, levantaron las rubias cabezas y movieron sus ojos azules en nuestra dirección.

Birch señaló una silla que habían reservado para Galway en la primera fila. Galway estrechó mi mano (lo entendí como una despedida momentánea), pero no se movió de donde estaba, de manera que justo detrás de nosotros las puertas acabaron por cerrarse. Me entró pánico. ¿Es que se disponían a acusarnos, o algo así? ¿Para qué, si no, se habían reunido todos allí y se habían sentado a esperarnos? Estuve a punto de soltarle la mano a Galway, movida por la añoranza del cuasi anonimato del que había disfrutado durante los primeros días de mi estancia en Winloch. Me entraron ganas de pedir disculpas y salir corriendo.

Los Winslow se volvieron hacia Birch. Pero él siguió mirándonos. Una leve sonrisa le curvó las comisuras de los labios. Yo no soportaba tener que mirarle, pero haber mirado a otro lado habría sido como dejar entrever que me intimidaba.

—Entiendo que recibiste el mensaje que te dejé en Boston —dijo Birch con una voz que resonó en todo el salón.

Galway replicó de inmediato.

—Sí, padre. Hemos venido lo antes que hemos podido.

Birch pareció despacharnos con la mirada. A continuación se dirigió a los congregados:

—Como estaba diciendo, era rara pero sus rarezas no menoscababan su visión única del mundo. Era divertida. Era cabezota... —Algunos familiares soltaron unas risitas y una mujer, en la parte izquierda, rompió a llorar.

Inferí que alguien había fallecido. Que aquello era un funeral.

—Linden era mi hermana —siguió diciendo Birch, en tono solemne, confirmando mis temores—, y eso la muerte no podrá cambiarlo. Me alegro de que el final fuese rápido... —La voz se le quebró, mientras hacía esfuerzos para contener unas lágrimas de cocodrilo.

Así pues, Indo había muerto, finalmente. Un sentimiento de tristeza aturdida, anestesiada, fue instalándose en mi pecho. Observé a Birch, fingiendo combatir el llanto, dejando que los hombros se le moviesen apenas lo justo para inspirar lástima pero no tanto como para quedarse sin habla, y me di cuenta de lo bien que se controlaba. Estaba interpretando de manera muy convincente el papel del deudo destrozado por la pena, y prácticamente todos se lo tragaron.

Había ganado. Y ella había perdido. Supe, sin el menor atisbo de duda, que en parte había sido culpa mía que ella hubiese tirado la toalla y que ahora todo el poder lo tuviese él; había sido incapaz de hallar las pruebas que ella quería, que necesitaba para ponerle en evidencia. El que yo hubiese fallado a Indo significaba, ni más ni menos, que él se había librado de ella. Hasta había extraviado el diario de Kitty. Peor aún, había caído en las garras de otra persona, probablemente en las garras de Birch. Indo había muerto y su horrible hermano estaba de pie ante un salón lleno de discípulos suyos, llorando su muerte con ese tono petulante, saboreando la victoria, sin que yo pudiera hacer nada al respecto. La cólera empezó a crecer dentro de mí, cólera por mi propia incompetencia, por el cáncer que había consumido a Indo y por ese ser horrible que veía delante de mí, engatusando a todo el mundo con su pena de mentira.

—Mi hermana era materialista —prosiguió cuando su supuesto dolor remitió, en apariencia. Movía mucho las manos, como si estuviese haciendo una presentación de PowerPoint—. Amaba las cosas hermosas. No caras, no necesariamente; no los brillantes ni las vacaciones de lujo ni el caviar, sino las cajitas que coleccionaba de sus viajes. Telas de un zoco. Fotografías hechas durante un viaje con mochilas al Machu Picchu... —Birch siguió hablando. Pero hubo una cosa que había dicho que se me quedó enganchada, como un anzuelo, en algún rincón del cerebro.

Indo, materialista. Sin duda, era cierto: su casita roja estaba repleta a más no poder de colecciones, caprichos, una sobreabundancia de cachivaches. Amaba sus objetos. Entonces, me acordé: el Van Gogh. El último día que habíamos hablado, en su dormitorio, había llorado por él: «Mi cuadro». Pero cuando yo había querido utilizar el Van Gogh como aliciente para sonsacarle información, ella había empezado a reírse a carcajadas, como una loca, y me había dicho con insistencia que ya era demasiado tarde. Pensé que había perdido la cabeza. Pero puede que hubiese algo más concreto detrás de sus palabras. Puede que hubiese empezado a reírse porque el cuadro en sí mismo tenía importancia, y era por eso que lo quería.

Tenía que recuperarlo. Tal vez el cuadro me diría lo que Indo no me había dicho.

Birch seguía con su monserga. Los congregados lloraban. Pero yo sabía que para rendir de verdad homenaje a Indo no había que sentarse en un salón cerrado a cal y canto a escuchar la perorata de un hombre al que ella odiaba, hilvanando perogrulladas sobre ella. Continuar su causa sí sería rendirle homenaje.

A sabiendas de que provocaría una interrupción pero sin importarme ya lo más mínimo, me solté de la mano de Galway y salí hacia atrás por las puertas dobles. Y eché a correr lo más rápido que pude.

CAPÍTULO 57

La verdad

Bajé las escaleras a toda velocidad y me fui por la carretera que subía al altozano. Luego crucé corriendo la larga pradera y pasé por delante de Clover y de las otras casitas, hasta que llegué a Trillium. Entré como una flecha en el porche acristalado. Parecía que no había nadie. Apoyé la mano en la puerta mosquitera y la abrí de par en par, con el corazón en un puño, preparándome para encontrarme una escopeta o un oso o un vampiro, pero no, simplemente me encontraba en el porche de Birch y Tilde. Las puertas del salón estaban abiertas y el Van Gogh me esperaba allí dentro, como una fruta madura lista para cogerla. Caminé hacia el cuadro.

—Precioso, ¿verdad? —dijo una vocecilla atiplada en el preciso instante en que me puse delante del cuadro. Giré sobre mis talones. En el mismo sillón en el que me había pillado Athol la noche del banquete de bodas estaba sentada la abuela Pippa. Era menuda como una niña pequeña. Arrugada, nudosa. Ladeada. Envuelta en una nube de perfume a polvo de talco.

—Por todos los santos, querida —dijo—, parece que hubieras visto un fantasma.

Moví la cabeza a un lado y otro, en señal de rígida negación.

—No he podido soportar a esa panda de hipócritas hablando de Linden como si fuese una especie de santa —comentó, mirando con mucho pestañeo la obra de arte. Yo observé sus ojos, que recorrieron arriba y abajo los trazos de la pintura, hecho lo cual se movieron para buscar el mundo de detrás de mí, de más allá del porche—. El agua refleja la luz exactamente igual que en mi niñez.

Solo era una anciana. Rara, entrometida, pero tan mayor ya que podría hablar con ella de cosas sentimentales, elogiar la decoración, alabar a su familia, sin que se enterase de que había ido allí a ver de una vez por todas la verdad.

Me miró detenidamente, arriba y abajo. Al cabo, me preguntó:

—¿Quién eres?

Miel sobre hojuelas.

—Pues soy Mabel —dije, tendiéndole la mano, que estrechó en su pequeña palma. Tenía los nudillos muy huesudos—. Nos presentaron la noche de la boda. Mabel Dagmar. La compañera de habitación de Genevra.

—Ya sé cómo te llamas, Mabel —repuso, con la voz teñida de una pizca de irritación—. ¿Pero quién eres? —Su tacto era cálido, y se le notaba el pulso en las venas como si su mano entera fuese un ser vivo, con su corazoncito y todo—. ¿Quién eres? —me preguntó de nuevo, y esta vez sus palabras denotaron picardía y exigencia a la vez. Entonces, tiró de mi mano con una fuerza que me sorprendió—. ¿Quién eres?

Experimenté la misma extraña sensación que había tenido cuando me había tocado la cara, en la carpa del banquete, una sensación de transparencia, de aturdimiento. Como si estuviese asomándose a lo más profundo de mi ser y viese lo que yo quería mantener oculto.

—Mi sobrino nieto Jackson vino a verme el día antes de morir —comenzó, y las palabras manaron de su boca con un punto de exuberancia—. Había ido uno por uno, pidiéndoles que le dijesen la verdad pero nadie había querido. «¿Quién soy?», me preguntó a mí, a voces, mientras estábamos sentados en la mesa de mi cocina. «¿Quién soy?». Entonces le pregunté yo que me dijese, solamente una vez, qué creía que sacaría de saber la verdad. Por qué se empeñaba con tanto ahínco en conocerla. Y me dijo que creía que le haría libre.

Los ojillos de la anciana destellaron con un brillo triunfal.

—Así pues, se lo dije —concluyó, y apretó la mandíbula—. Le dije quiénes eran exactamente sus padres. Le dije la verdad. La verdad que todos los demás habían tenido demasiado miedo de decirle. «Ahora ya lo sabes», le dije, tan pronto como todo hubo salido a la luz —y rio para sí como si aquello fuese una anécdota que le produjese regocijo—, ahora ya sabes que tu tío es tu padre, ¿eso te hace libre?

Se me quedó la boca seca. Ella siguió con su cháchara:

—Dependiendo de cuáles sean tus creencias sobre la vida después de la muerte, supongo que podría decirse que la verdad le hizo libre, que le llevó al gran espacio de…

—¿Cómo puede decir eso? —la interrumpí, soltándome de sus garras—. Fue por lo que usted le dijo por lo que se mató.

—¿No habrías hecho lo mismo en mi lugar? —preguntó maliciosamente, mirándome a los ojos. Y comprendí. Lo sabe. De alguna manera sabe lo que le dije a John. Sabe que en parte soy responsable de su muerte—. No te avergüences, niña —añadió, respondiendo a mis pensamientos—. La verdad es un noble grial que merece la pena buscar. Pero si vas en pos de él, primero has de pensar qué significará que lo encuentres. La verdad no es ni buena ni mala. Está por encima del mal. Por encima de la moralidad. No ofrece nada más aparte de sí misma. —Asintió resueltamente—. Me enorgullezco de haberle dicho la verdad a Jackson. Me alegro de que muriese sabiendo quién era.

—¿El fruto de una violación de un hermano a una hermana? —repuse, contrariada.

La anciana cerró los ojos como si mi histrionismo la sacara de sus casillas.

—Querida mía, sería mejor que decidieras ya si eres lo suficientemente fuerte para saber la verdad, en especial ya que vas a entrar a formar parte de esta familia…

La cabeza me estallaba. Tenía claro que quería estar con Galway, ¿no? ¿Y no era menos cierto que estar con él me convertiría en una Winslow?

—No sé —dije, algo aturdida, e incapaz de apartarme de ella aun cuando me ponía los pelos de punta—. No sé lo que quiero.

—Bueno, pues será mejor que te decidas —respondió ella con impaciencia, mirando otra vez hacia el porche—. Van a empezar a preguntarse dónde te has ido a todo correr.

Tragué saliva.

—Quiero saber la historia del cuadro.

—¿La verdad?

Asentí.

—Adelante —dijo señalando con su mano nudosa el lienzo de Van Gogh. Yo volví la cara para contemplar también aquella obra maestra, con sus árboles, su cielo y su prado. Era una belleza. Pero no arrojaba respuestas—. Adelante —repitió ella, señalándolo agitada, de nuevo teñida de irritación su vocecilla—, descuélgalo.

Era una obra de arte de un valor incalculable. Me eché a reír. Fue una risa breve, cortante, incrédula.

—No puedo.

Entonces ella, haciendo un gran esfuerzo, apoyándose para tomar impulso en los brazos del sillón, empezó a levantarse. Yo volví a mirar el cuadro. Medía un metro de ancho por unos sesenta centímetros de alto, por lo menos. El marco era de madera dorada, un marco pesado. Calculé que podría descolgarlo de la pared a duras penas, y no estaba segura de poder volver a ponerlo en su sitio. Pero temí que la aplastase si lo intentaba ella.

—Esto es absurdo —dije.

—Ya que quieres saber la verdad, te lo mostraré. —Todavía seguía haciendo esfuerzos para levantarse. A duras penas llegaría hasta el cuadro, y menos aún podría levantarlo.

—Siéntese —le dije con apremio, colocándome delante de ella. Me miró entornando los ojos y obedeció.

La historia que contaba el Van Gogh cambiaba cuando se miraba de cerca. En lugar de las líneas largas y fluidas que formaban un cuadro, ese estaba hecho de pegotes de pintura. Azul medianoche, magenta y oro habían sido aplicados sin alisar, con gran destreza y esfuerzo.

Levanté las manos para asir el marco por los lados y lo levanté. Pesaba, pero no tanto como había pensado. Me eché para atrás, tambaleándome ligeramente, sin saber cómo estaba sujeto en la pared. Se descolgó con facilidad. Pippa señaló el anverso.

Lo apoyé en el suelo y le di la vuelta para poder ver la parte de atrás. Aun entonces dudaba de que fuese a encontrar nada que mereciese la pena.

Pero me equivocaba. Allí, detrás del lienzo de Van Gogh, había un sello que parecía un sello oficial, con palabras en alemán, con una cruz gamada en el centro.

CAPÍTULO 58

La maldición

ubo un día de principios del verano, a mediados del mes de junio, en que estaba andando yo sola, paseando por la finca, cuando pasé por delante del Refectorio. Iba buscando a Ev. Habíamos pasado la inspección, Winloch iba llenándose de veraneantes y aún no sabía que estaba acostándose con su hermano. Lo único que sabía era que me había prometido que iríamos juntas a nadar y que, mientras estaba preparándome, se había marchado. Fue el día en que había recibido finalmente el bañador que había comprado de la revista de venta por catálogo. Estaba atónita. Irritada. Ansiosa por que me dedicase su atención.

A la vista de la fachada principal del Refectorio, vi a Indo justo cuando ella me vio a mí. Estaba en uno de los escalones de madera de la entrada, posada en él como un pájaro extraño, con el cuerpo vuelto hacia el sol. Llevaba un jersey morado y pantalones anchos de color naranja. Levantó una mano para protegerse los ojos y me dirigió unas palabras estentóreas:

—«De la desobediencia primera del hombre, y del fruto del árbol prohibido...».

No entendía de qué me hablaba. Entonces, miré lo que ella estaba mirando, mi ejemplar recién comprado de *El Paraíso perdido*. Había decidido, a mi pesar, volverme a la cala de Bittersweet para pasarme la tarde leyendo, ya que no había dónde encontrar a Ev.

—Pero qué erudita en miniatura estás hecha, Mabel Dagmar —declaró la señora con acento escocés cuando empecé a cruzar el prado de color verde esmeralda que nos separaba. No sabía si me tomaba el pelo o si era un cumplido—. ¿Te das cuenta, niña mía, de que la mayor parte de los pánfilos de este mundo no tiene ni idea de lo que era en realidad el fruto de aquel árbol prohibido? Casi todo el mundo cree que la manzana representaba simplemente el conocimiento. Pero nosotras sabemos que eso no es así. Era el fruto del árbol del conocimiento del bien y del mal. Nada menos que la maldición de la conciencia. De la responsabilidad moral. Del tener que escoger, siempre y en todo lugar, entre lo que está bien y lo que está mal.

Esto fue mucho tiempo antes de que conociese verdaderamente a los Winslow, antes de que descubriese el gusano que había en su centro. Acababa de empezar la búsqueda de la prueba de Indo, pero no sabía nada ni de Kitty ni de su diario, ni de una esvástica en el anverso de un Van Gogh.

Una brisa de principios de verano pasó sobre nosotras. Ella soltó una carcajada, diciendo:

—¡El conocimiento! ¡El conocimiento! —Negó con la cabeza—. Por lo que yo sé, existe una cosa que es: saber más de lo que nos conviene. ¿No estás de acuerdo, Mabel?

No puedo saber con certeza cómo habría respondido, pero hay momentos en que me pregunto si podría haberle contado la verdad. En esos tiempos, recién comenzado el verano, podría haber sido un alivio soltar mi pesada carga, confesarle que sí, que yo sabía ya demasiado, y demasiado antes de tiempo. Confesarle que había ido a Winloch para olvidar. Que creía que su familia, donde todos eran guapos y ricos, me libraría del conocimiento de un acto que había cometido yo mí misma.

Pero no pude, porque en ese momento oí que Ev me estaba llamando.

Me volví y vi a mi amiga aparecer desde detrás de las canchas de tenis, con Abby a su lado.

—Tengo que irme —dije, observando la aureola dorada que era la melena de Ev al sol.

Indo miró hacia donde yo estaba mirando.

—Guárdate de la retórica de Lucifer. Te seducirá con su carisma. —Sonrió. Y dio unos toquecitos en mi libro.

Yo bajé la vista al tomo.

—La verdad es que aún no he empezado a leerlo.

—Bueno, pues entonces a lo mejor entenderás lo que quiero decir a finales del verano —respondió en tono resuelto—. Cómo la oscuridad infecta a aquellos de entre nosotros que no pueden resistirse a las historias jugosas. —Se le puso una mirada pícara—. Ten cuidado. Tienes pinta de ser una chica de esas.

Esta es la escena que estaba recordando cuando subí aquellos mismos escalones por última vez, con la alta fachada del Refectorio ante mí, imponente, y con los Winslow congregados en su interior, cantando las alabanzas de la pobre Indo a su manera. ¿Había orquestado Indo aquella sucesión de despropósitos en que se había convertido mi verano? La introducción de los papeles de los Winslow en mi vida, la promesa de la existencia de un sobre manila que ella sabía que no existía y su manera de estimular mi ávido interés en el Van Gogh, así como el haberme hecho entrega del diario de Kitty, ¿había formado parte todo eso de un rocambolesco plan para poner a prueba mi fortaleza y mi empecinamiento, después de todo lo cual, inevitablemente, seguiría mi búsqueda de pruebas sobre lo que habían robado los Winslow? ¿De verdad pensaba que yo sola iba a poder hundirlos? ¿Y que querría hacerlo?

Había acertado de lleno: las historias jugosas eran mi debilidad. Tal vez había estado en lo cierto al llamar codicia a ese afán. Y a pesar de mis perfectamente tramados planes, me encontraba ahora ahogándome en ese Conocimiento, fruto de la maldición, del que ella me había puesto sobre aviso. Para bien o para mal, me disponía a cruzar aquella doble puerta y a contarlo ante todos los Winslow que tuviesen interés en oírlo.

Pero luego, ¿qué?

Abrí las puertas y oí que los presentes hablaban entre sí en voz baja. El funeral había concluido. Los familiares se desperdigaban por el salón, murmurando, respetuosamente, mientras picaban algo del festín que había preparado Masha al fondo.

Esa mañana hasta los niños estaban apagados. Unos se chupaban el dedo con cara enfurruñada. Una chiquitina se fijó en mí, y luego el siguiente Winslow me vio también y luego el otro y el otro, hasta que me dio la impresión de que los ojos de todos los allí reunidos, los jóvenes y los viejos, estuviesen clavados en mí y no quisiesen dejar de mirarme.

Birch conversaba con un primo en el improvisado estrado. Cuando le avisaron de mi llegada, también él levantó la cabeza y se quedó mirándome. Su semblante no dejaba entrever nada. Un poco más allá, Ev, Athol y Banning formaban un corrillo y, cuando me vieron, sus miradas no denotaron nada más aparte del hecho de conocerme. Ev y yo habíamos dejado de ser las que habíamos sido. Al menos yo tenía a Galway.

—¿Estás bien? —susurró. Sus palabras, pronunciadas muy cerca de mi nuca, hicieron saltar alarmas dentro de mí, del mismo modo que los acuciantes interrogantes que planteaba aquel sello detrás del lienzo de Van Gogh me habían revuelto las tripas: ¿cómo habían adquirido los Winslow esa pintura? ¿Cuántas personas habían perdido la vida como consecuencia de su adquisición? Y la pregunta que más atosigaba mi mente egoísta: ¿sabía Galway lo de la esvástica?

Los Winslow se despidieron con solemnes adioses. A mí nadie me dirigió la palabra, pero sus miradas recriminadoras al salir del salón a la luz de la tarde bastaban por sí solas, como si ellos fuesen los muertos y yo hubiese entrado sin permiso en el inframundo. Al cabo de unos años, cuando la cronología y la memoria empezasen a fallar, tal vez sería fácil echarme la culpa de todo a mí, la intrusa que se había colado en Winloch: el suicidio de Jackson, los homicidios, la desaparición de Lu. Pero de momento yo solo era una inconveniencia.

Las puertas se cerraron. Fuimos los últimos en abandonar la sala: Birch, Tilde, Athol, Galway, Banning, Ev. Y yo.

Galway carraspeó.

Tilde, al lado de la mesa de las bebidas, levantó la cabeza. Me miró a los ojos, una mirada acerada, penetrante. Volvieron a mi cabeza las palabras que había dicho en la barca: «No confundas el silencio con la ceguera».

—Espera —avisé a Galway. No era que quisiera impedirle hablar. No era eso exactamente. Pero tenía la sensación de que la cosa no iba a salir como habíamos planeado. El rato que había pasado con la yaya Pippa me había dejado intranquila.

Sin embargo, teníamos a los otros encima ya, cinco pares de ojos mirándonos desde cinco puntos diferentes del gran salón: padre, madre, hermanos y hermana. Y a Galway ya no iba a haber quien lo parase, lo vi en su manera de tensar los hombros. Ni con toda la precaución que yo pudiera transmitirle lograría sellarle los labios, tras tantos años mordiéndose la lengua. Ya nada podía pararlo. Lo mejor que podía hacer era quedarme a su lado.

—Padre, sabemos lo que hiciste —dijo. Le temblaba la voz.

Birch soltó una risa de desprecio. Eso espoleó a Galway a cruzar el salón, presa del odio.

—Sabemos que mataste a John y a su madre porque John descubrió que era hijo tuyo, que habías violado a Pauline, padre, y que tú compraste el silencio de su madre con...

—Basta —le interrumpió Athol interponiéndose entre Galway y el padre de ambos. Apretó la fortísima mandíbula. Ev se había quedado paralizada por la conmoción. Lamenté no haber podido contarle en privado, antes, cómo había encontrado John la muerte.

—Tenemos un testigo —siguió diciendo Galway, lentamente, con firmeza—. Una persona que te vio agarrar a Pauline LaChance por el cuello, padre, y apretárselo hasta que murió, y que te vio correr detrás de John LaChance hasta la punta y acabar con él tirándole por el acantilado...

—¡Basta! —Era la voz de Ev, un grito agudo, histérico. Tilde la retuvo. Era la primera vez que veía tocarse a esas dos mujeres de una manera que no fuese de refilón.

—Es cierto, Ev —dije yo, casi sin saliva en la boca—. Birch mató a John.

—No —me espetó ella. La cara se le contrajo en una fea mueca. Estaba enfadada, saltaba a la vista. Pero yo solo era el mensajero. En su momento entendería. Di unos pasos hacia ella, para intentar explicarle, pero ella me insultó, derramando toda su cólera en aquel improperio. Nunca me había mirado con ese odio.

—Y las mujeres, padre —siguió diciendo Galway, impertérrito ante nuestro breve diálogo—. Tu hermana, nuestras criadas, violaciones, incesto...

Athol abofeteó a Galway.

—Niños, niños. —Birch rio con una risa gutural y acompasada. Era como si estuviese interrumpiendo una riña de críos por un juguete. Se interpuso entre Athol y Galway y dio una palmada en el hombro de su hijo mayor.

Galway esquivó la mano de su padre para evitar que le tocara. Y aunque me cogió la mía con gesto de triunfo, percibí que ya no tenía el mismo impulso.

—Vamos a ir a la policía. Vamos a contarles todo. Que eres un cerdo asesino y violador.

—Birch —dijo Tilde en tono cortante, mirando a su marido y luego a sus hijos, rápidamente.

Ev trató de soltarse de su madre.

—Ella ha escrito unas cosas horribles sobre nosotros, papá —anunció a bocajarro, lo cual atrajo la atención de su padre. Me señalaba con el dedo como una de las aldeanas de los procesos por brujería de Salem—. Escribió unas cartas a su madre, papá. Yo las he leído todas, y en ellas habla de su plan para robar nuestro dinero. —Abrí la boca para protestar, para explicarme, pero ella entornó los ojos y añadió—: No puedo creer que te dejase dormir en mi casa. Es una especie de lesbiana, siempre quiere ponerse mi ropa, seguramente ha estado espiándome mientras me ducho, quién sabe, a lo mejor quería despellejarme y comerme y convertirme en una especie de abrigo.

Tilde murmuró algo confuso y Ev se soltó de sus manos y me señaló moviendo el dedo índice al compás de las palabras que soltó por su boca:

—Y hacía unos collages…, unos recortes vomitivos, extraños, que se pasaba horas pegando. Me obligó a que yo también los hiciera. Unos montajes sobre todos nosotros, sobre todos los que estábamos en este salón, para reírse de vosotros. A esta chica le falta un tornillo. Está obsesionada con nosotros.

Por muy fuerte que me creyera, por muy preparada mentalmente que hubiese estado para oír cualquier barbaridad de parte de Birch, la traición de Ev me pilló por sorpresa. Pensé que no podría soportar su odio enconado.

—Ev —dije, andando hacia ella con los brazos en alto en gesto de rendición.

—¡Que no se acerque a mí! —chilló Ev como una aparecida.

Galway me tiró de la mano.

—Vámonos.

Pero yo no podía irme. Todavía no. Me volví hacia Tilde.

—Estoy preocupada por Ev —le informé.

—Ah, ¿sí? —replicó ella.

—Debería hablar contigo en privado.

—Lo que tengas que decirle a Tilde, lo puedes decir delante de todos nosotros —intervino sagazmente Birch.

El aullido de Ev casi no pareció humano.

Pues que me odiase. Yo solo quería protegerla de sí misma. Por no hablar de defender a la criatura que llevaba dentro.

—Está embarazada —anuncié. Pero incluso al decir esas dos palabras yo misma dudé de que fuesen ciertas.

Profirió un grito agudísimo y se dobló por la cintura. Yo me sentí horriblemente mal, pero justificada. Entonces, mientras la mirábamos todos, uno por uno fuimos entendiendo que estaba riéndose. Tanto que casi no podía respirar. Ev se señaló el vientre, tratando de decir algo mientras se desternillaba de risa. Finalmente logró decir:

—¿Os parece que esté preñada?

—Ev —dije yo con firmeza, recordando su vientre plano en Playa Bolitas—, si has sufrido un aborto, deberías ir a que te viera el médico.

—¡Yo no estoy embarazada, pedazo de psicópata! —Estaba fuera de sí.

Me empezaron a pitar los oídos.

—John estaba tan emocionado... —Empezaba a dudar de si en algún momento había estado embarazada o no. Si se había inventado el embarazo para asegurarse su lealtad, para que accediese a fugarse con ella. Si todo ese tiempo solo había estado mintiéndole, utilizándole—. John y ella se fugaron —me chivé.

Ella se abalanzó sobre mí. Galway me protegió de su ataque. Sus hermanos la retuvieron.

—Cariño —dijo Birch con calma a Tilde, y esperó a que la madre cogiese a la hija—, ¿por qué no te llevas fuera a Ev?

Pero Ev y Tilde respondieron negando con la cabeza. Entonces Ev se tiró en uno de los sofás y desde allí me miró con ojos llenos de ira.

Galway trató de recuperar la atención de todos.

—Vamos a ir a la policía.

—Hijo —replicó Birch—, piénsalo largo y tendido. ¿Es eso realmente lo que quieres hacer?

Galway asintió con decisión.

—Lo que quiero es que se haga justicia.

CAPÍTULO 59

La carabina

Justicia. —Birch saboreó esa palabra como si fuese un trago de whisky escocés del bueno—. Justicia. —Sonrió con seria benevolencia, como un sacerdote que llevase mucho tiempo sufriendo en silencio y tuviese el corazón roto por los pecados de la humanidad. Con esa simple actitud, ejerció un extraño poder sobre todos nosotros. Athol y Banning retrocedieron y fueron a sentarse en sendas sillas, para observar la escena desde el margen. Ev se abrazó a un almohadón. Tilde se apoyó en la mesa del bufé, no sin antes servirse una copa de vino. ¿Fueron imaginaciones mías, o le temblaba la mano cuando se llevó la copa a los labios?

Por primera vez en la tarde, pasé a ser el foco de atención de Birch.

—Mabel Dagmar. —La voz se le tiñó de falsa admiración—. Tus padres nos aseguraron que eras una dulce niña. Humilde. Que te desenvolverías bien en el puesto que ofrecíamos. Se hicieron cargo de que tu colocación en Winloch fuera delicada. De que por toda una serie de razones Ev no debía enterarse en ningún momento de que estabas aquí en concepto de carabina suya…

—¡Papá! —le interrumpió Ev en tono perentorio.

—Querida, fuiste tú la que quiso quedarse —la reconvino él, casi sin mover los ojos de mí.

Traté de entender lo que estaba diciendo.

Carabina.

Puesto.

Colocación.

Empecé a oír en mi cabeza un sonido conocido, frío, susurrante. Era como si tuviese los pies unidos con cemento al suelo, como si me hubiese quedado metida en el barro negro alquitranado de la orilla del río.

—¡Admitirás, Mabel, que has realizado una labor pésima en todos los sentidos! ¡Has seducido a mi hijo, que está casado! —Ahí se interrumpió y se volvió hacia Galway—. La pobre Marcella —dijo, y chasqueó la lengua—. ¿No te parece que hasta la hija ilegítima de una prostituta se merece fidelidad? —Pero antes de que Galway pudiese responder, Birch volvió a dirigirse a mí—. ¡Estuviste fisgando en los negocios de mi hermana, con una enfermedad en fase terminal! ¡Dejaste que Ev se fugase! Sí, Ev —volvió a reconvenirla, desviando de nuevo unos segundos la atención hacia ella—, sé lo de tu escapadita. Pero, a nada que reflexiones sobre ello con dos dedos de frente, no me digas que de verdad encontrasteis a un juez dispuesto a celebrar un matrimonio a las diez y media de la noche. —Se volvió hacia Tilde y se rio—. Olvidan cuánta gente conozco.

¿O sea, que había saboteado el matrimonio entre John y Ev y había sabido de la mujer de Galway? Noté que me encogía ante el poder de Birch, ante un poder capaz de transformar el mundo a su antojo. Al oír el enorme alcance que tenía, empecé a alarmarme. Sobre todo cuando pensé en aquella esvástica.

Pero todavía no había terminado conmigo.

—Por no hablar de los rumores insidiosos sobre mi familia que has hecho correr. ¡Querida Mabel! Tus padres se van a quedar consternados cuando se enteren. —Cerró los dedos de una mano y se los miró con el ceño fruncido. Entonces, sacó una navaja suiza de un bolsillo y se puso a limpiarse metódicamente las uñas. La hoja de la navaja brillaba con la luz que se filtraba a través de la doble puerta.

Galway me cogió de la mano. Sus dedos me apretaron con la fuerza de un torniquete.

—Es hora de irnos.

Pero yo estaba como si hubiese echado raíces en el suelo.

Birch cerró la hoja de la navaja y volvió a metérsela en el bolsillo, sabiendo en todo momento que yo le miraba sin desviar la atención de él.

—Era un arreglo habitual, en otros tiempos.

—Mabel... —me rogó Galway.

—Una chiquita imposible de casar, fea, hacía de acompañante de la que sí tenía posibilidades. Cuando todo salía de la mejor manera posible, era una situación que podía prolongarse la vida entera.

—Mis padres no harían eso —murmuré, pero yo misma no me lo creía. Recordé la llamada de mi madre. «Sé dulce». Yo había entendido esas dos palabras como si mi madre quisiera con ellas asegurarse de mi comportamiento. Pero ¿y si en el fondo habían sido más una exigencia en firme? ¿Y si me había hecho creer que Ev era amiga mía solo para poder cobrar el pago de cuidadora?

Fingió un gesto de alarma.

—Vaya por Dios, veo que la he disgustado.

¿Así me había quedado? ¿Disgustada? En esos momentos el río rugía dentro de mi cabeza. Era como si estuviese poco a poco envolviéndome en su fría corriente, helándome el cuerpo. En algún rincón de mi mente recordé que Galway yo habíamos tenido un plan y que yo disponía de cierta información que podría utilizar contra los Winslow, una información que me había facilitado Indo. Pero ya no estaba segura al cien por cien de nada, de en qué consistía ni de cuál era el fin para el que se suponía que tenía que haber servido. Y a pesar de intentar recordar con todas mis fuerzas, lo único cierto para mí en esos momentos era el sonido conciso y convincente de la retórica de Birch.

—¿No te dijeron nada tus padres sobre el acuerdo económico al que llegamos? Vaya, vaya... Pues este verano has ganado para ellos más dinero del que consiguieron en todo el año pasado con ese pequeño negocio suyo de la tintorería.

»Y fue la vieja cabra loca de Linden la que me dio la clave. ¡Siempre con tu pretencioso tomo debajo del brazo! Un día le pregunté qué demonios hacía una jovencita como tú con semejante libro y ella me respondió: "Sospecho que su fijación denota cierta fascinación con el pecado".

«Guárdate de la retórica de Lucifer». Eso es lo que me había dicho Indo aquel día de hacía ya tanto tiempo, en las escaleras de la entrada del Refectorio. Demasiado tarde, comprendí que se había referido a su propio hermano. Porque él me había dejado clavada, y no quería irme porque quería ver cómo acababa todo eso.

—Increíble —continuó Birch, moviendo la cabeza a ambos lados como sin dar crédito—. Increíble, que me acuses tú de cometer crímenes atroces! —Apartó los ojos de mí y volvió la vista hacia su familia, mirando uno por uno a todos ellos, con expresión de franqueza en la mirada—. Tu expediente judicial es confidencial. Pero no puedes dejar de ser quien eres.

—Se acabó —dijo Galway, cogiéndome de la mano a la fuerza y tirando de mí hacia la puerta—. Mabel —dijo en tono tajante. Entonces, me cogió la cara con las dos manos, poniéndolas a los lados de mi barbilla—. No vamos a quedarnos a escuchar estas mentiras.

—¿Mentiras? —replicó Birch con incredulidad—. ¿Quieres decir que no te lo ha contado? Oh, Mabel, sean cuales sean las lesiones que le causaste a tu pobre hermano Daniel, eso es algo que queda entre tú y el Señor. ¿Pero por qué querías arrastrar a mi hijo contigo?

La necesidad de Galway era para mí otra corriente más, una que me arrastraba con una insistencia de dedos fríos. Si conseguíamos salir a los escalones, abandonaríamos el Refectorio y después Winloch. ¿Y luego qué? Podríamos ir a la policía. Lu podría ponerse a salvo. Pero Galway se preguntaría todo el tiempo a qué había estado refiriéndose su padre.

Sería un alivio. La verdad. Al fin.

Birch siguió provocándome.

—Daniel nunca había sido un niño normal del todo. Lento de nacimiento. Pero los papás tenían que trabajar de sol a sol en el tinte solo para llegar a fin de mes. A la pobre Mabel la dejaban con ese hermano mayor que a duras penas sabía atarse los cordones de los zapatos. Humillante. Y como vuestros padres trabajaban todo el día, tenías que llevártelo allí donde ibas, ¿es así?

Galway dejó de tirar, comprendiendo la inutilidad de sus esfuerzos. Y yo me rodeé con los brazos.

—Por lo que tengo entendido, aquí Mabel hacía perfectamente el papel de mamaíta. Le daba de comer, le cambiaba. Hasta le bañaba. Y un día decidió que hasta ahí había llegado. Le preguntó si quería ir a nadar un ratito, ¿verdad, Mabel?

Yo estaba luchando contra los recuerdos, pero iba perdiendo la batalla.

—Se lo llevó al río. Señaló el agua y dijo que iría detrás de él. Él confiaba en ella, más que en ninguna otra persona. Se metió en el agua. Y ella se quedó en la orilla y dejó que la corriente se lo llevase.

—Fue una equivocación —me oí decir. Era lo que me había dicho a mí misma todos esos años. Un malentendido, el agotamiento después de un día entero cuidado a una persona a quien era imposible contener. Que preguntaba sin parar. Que requería toda la atención del mundo.

—No murió, ¿verdad? —dijo Birch—. No, fue aún peor. Sobrevivió. Más tonto, más necesitado que antes.

Noté el agua helada tapándome la cabeza en el instante en que vi que a Daniel se lo llevaba la corriente, en el instante en que me di cuenta de que no quería perderlo, y que había algo peor que el peso de la servidumbre: el pecado de matar. Y que odiar a alguien tan bueno era pura fealdad. Que tenía que salvarle, para poder así salvarme a mí misma. Me sumergí una y otra vez en el agua helada para tratar de encontrar su corpachón voluminoso, y de tanto en tanto le veía boquear por encima de mí mientras el río nos arrastraba. Hasta que unos hombres nos sacaron y consiguieron que Daniel volviese a la vida. Y yo confesé. Y luego el hospital, y los abogados, y mi madre llorando y mi padre enfurecido...

Levanté la mirada. Los Winslow (Galway, Ev, todos ellos) estaban a miles de kilómetros de distancia. Una familia en la que no pintaba absolutamente nada.

Galway trató de justificarlo.

—Eras una cría.

Le miré a los ojos.

—Intenté matar a mi hermano.

—Y esta es una propiedad privada y has entrado sin autorización —bramó Birch.

—Sabemos lo que hiciste —dije yo, débilmente. Le sostuve la mirada—. Ahora mismo voy a la comisaría a contarles...

—Después de confesar y de pedir perdón, y teniendo en cuenta que tu intento de matar a tu hermano no salió exactamente como pensabas, te las ingeniaste para que no te metieran en un centro para chicas, ¿no es así? Un manicomio —aclaró Birch a su embelesado público—. Supongo que huelga decir que cualquier jovencita se sentiría morir en un lugar así.

—Padre —intervino Galway con prontitud, acudiendo en mi auxilio finalmente—, yo secundaré su declaración. No podrás encerrarla en ningún manicomio por decir la verdad.

—Por supuesto que no, mi buen hijo. No. Solamente digo que…, pongamos que a esa testigo que según vosotros tenéis en la manga…, pongamos que se la puede… localizar. Pongamos que está subiendo a bordo de un avión con destino a Ciudad de México, valiéndose de un nombre falso, a las tres y diez de esta tarde. Lleva documentos falsos para viajar en un vuelo internacional. ¿No es eso un delito federal? Estoy seguro de que no resultará difícil que alguien le impida subirse al avión y que un psiquiatra demuestre que es lo bastante inestable para ingresarla en algún sitio del que no volverá a salir en su vida.

Había encontrado a Lu. La dulce, la adorable Lu que luchaba por las tortugas y me hacía pulseritas, y que prácticamente seguía siendo una niña. Lu, con su olor a sudor y madreselva.

—No te atreverás —dije yo, con la voz temblándome a mi pesar.

—¿No se atreverá a qué? —preguntó Tilde. Había estado todo ese rato escuchando en silencio, sin moverse. Pero cuando Birch había aludido a su hija, aun sin haberla mencionado por su nombre, las orejas se le habían levantado.

Tenía que tomar una decisión ya. O me comprometía a mantener en secreto que Birch era un monstruo, o iba a la policía a contarlo, condenando entonces a su hija a una vida miserable. Ella había intentado suicidarse ya una vez. En el sitio al que su padre la mandase no duraría más que unos días.

Galway intentó tocarme, pero me aparté. No podía pensar con claridad si le tenía a él en mi cabeza.

—Y si me voy y no digo nada de los asesinatos, ¿la dejarás ir? —negocié con Birch.

—¿Dejar a quién? —inquirió Tilde—. Birch, ¿de qué está hablando?

—No dejes que te intimide —me avisó Galway.

—Querida, todo será como antes —respondió Birch en tono condescendiente.

—Miente —dijo Galway.

—Birch —suplicó Tilde—, explícame inmediatamente de qué está hablando.

—No. —Levanté una mano. Había visto cómo me había mirado Galway cuando su padre le contó lo que le había hecho a Daniel—. No. —Entonces, mirando a Birch añadí—: Contactará conmigo para hacerme saber que lo ha conseguido. Si no tengo noticias de ella, si no oigo exactamente la palabra en clave que acordamos, me iré directamente a la policía. ¿Lo has entendido?

—Se pone muy trágica, ¿eh? —bromeó Birch mirando a su público. Pero yo vi que estaba meditando mi oferta.

Tilde le tiraba de un brazo, pero él la ignoraba.

—Acuérdate de lo que me prometiste —le decía ella entre dientes. Estaba hablando con la misma voz que recordaba de aquella tarde en Bittersweet cuando Birch había estado a punto de tirar abajo la puerta. Solo que esta vez la orden no dio resultado. Ya no era ella la que estaba al mando de la situación—. Recuerda cuál es tu deber, Birch. Tu deber es proteger a tus hijos.

—¿Lo has entendido? —insistí yo.

Él vaciló una milésima de segundo. Entonces, al ver cómo apartaba a su mujer de un manotazo, ignorando sus súplicas, comprendí que le había vencido. No del todo. Pero al menos era una victoria que bastaría para garantizar la libertad de Lu.

En ese momento, Birch echó a andar hacia mí, acercándose con pasos raudos, como un perro de caza al descubrir a su presa. No sabía si iría a pegarme. O a sacar la navaja del bolsillo y clavármela en la carótida. O simplemente agarrarme por el cuello y apretar con todas sus fuerzas hasta dejarme sin vida ante la mirada de su familia.

Pero, en vez de eso, me tendió la mano derecha.

Yo le di la mía.

Hicimos un único movimiento arriba y abajo. Fue como si hubiésemos cerrado un acuerdo comercial. A continuación, Birch Winslow se marchó a grandes pasos por la doble puerta.

Galway negó con la cabeza al ver a su padre salir del salón. Pero para mí no significaba nada su enfado, o decepción; parecía que lo único que le importaba era si se había impuesto o no al hombre que durante toda su vida le había intimidado.

—Es una niña —le recordé yo. Los ojos empezaron a llenárseme de lágrimas al pensar en los pies de Lu colgando en el agua, sentada en la plataforma del lago con el pelo recogido detrás de una oreja. No tenía la menor intención de contribuir a destrozarla.

Me di la vuelta para irme. A mi espalda oí los pasos de Galway, mientras Tilde, Ev, Athol y Banning se ponían a hablar todos a la vez, entre sí, tratando de encontrarle algo de sentido a lo que acababa de pasar. Cuando llegué a la puerta, me volví a Galway y eso hizo que él se detuviera en seco.

—¿Adónde vas? —le pregunté.

—Contigo.

—¿Sabías que hay una esvástica detrás del Van Gogh?

No necesitó responderme en un sentido o en otro, porque en su mirada vi la respuesta. Probablemente también sabía a qué habían estado dedicándose los Winslow desde hacía decenios, desde el acceso de Hitler al poder, cuando comenzaron a robar a los compatriotas de Kitty. ¿Acaso no había contestado

con evasivas cuando yo había intentado que me diera una respuesta concreta a la pregunta de desde cuándo había estado
entrando dinero en las arcas de Winloch?

—No te preocupes, encontraré la salida yo sola —dije,
resuelta.

Junio

CAPÍTULO 60

Fin

*A*manece temprano. Unos dedos fríos de pies en una de mis espinillas. Migas de pan por el edredón. Ellas nos sacan del sueño. Hay que hacer arreglos a los disfraces, ajustar unas alas de hada, ¿y qué me voy a hacer en el pelo?, ¿y también este año papá se va a pintar la cara?

Prácticamente no da tiempo a contemplar aunque sea un instante las vistas. Pero yo me empeño en hacerlo: la ensenada, la panorámica, entre los árboles, hacia el espacio abierto. Cada día dedico unos momentos a asimilar nuestro paraíso. Les hago las trenzas, les limpio los dedos de mermelada y me pregunto: ¿y si Adán y Eva hubiesen sabido la manera de quedarse en el Jardín del Edén después de probar el fruto prohibido? Pongamos que nuestros primeros padres hubiesen sido avezados en el arte de negociar, en lugar de unas criaturas recién moldeadas. Avispados, en lugar de obedientes. Imaginemos que hubiesen mirado a Dios a los ojos y se hubiesen plantado, porque algo habían aprendido de Lucifer acerca del arte lingüístico de la persuasión: «Pues no, de aquí no nos vamos. Este es nuestro sitio y aquí haremos nuestro hogar».

Entonces, sonrío.

Porque donde ellos fallaron, yo he triunfado.

Aquella tarde de agosto salí del Refectorio muy digna y mohína. Me sentía liberada: de mi historia, de la traición a sangre fría de Ev, de las acusaciones de Birch. Incluso, en honor a la verdad, liberada de la necesidad de Galway.

Con cada paso que daba, iba convenciéndome de que no quería tener nada que ver con su locura. Mejor aún, me convencí de que se la había jugado. Me había comprometido a no decir nada sobre los crímenes, pero no había prometido que no diría nada de la esvástica ni de lo que yo sabía que significaba.

La carretera trazaba la curva flanqueada de árboles en la que hacía tantas semanas me habían encontrado John y Ev. Apreté el paso y comencé a diseñar un plan. Las palabras de Indo me resonaban en la cabeza: «Dinero manchado de sangre». Estaba empezando a entender.

Llamaría a mi madre a cobro revertido. Por primera vez en meses, me di cuenta de que podía enfrentarme a mis padres, sabiendo ahora que ellos me habían vendido. Por alguna razón, eso me hizo sentir que me sería más fácil soportarlos, pues era como si por fin hubiesen reconocido que éramos una familia disfuncional, cosa que siempre había sabido.

Si me atrevía, temblorosa, a pensar en las innumerables jovencitas anónimas que podría estar abandonando a los voraces apetitos de Birch, ¿no me decía a mí misma que, al mantener la boca cerrada, no estaba haciendo más daño que los demás? A decir verdad, no tenía pruebas físicas. Pero había salvado a Lu, y eso era ya un logro lo bastante heroico.

Además, iba a hacer aún más que eso. Se me henchía el pecho de orgullo. Andando por la carretera, iba pensando en todo aquello a toda velocidad: en la educación alemana de Kitty, y en el dinero que había salvado a Winloch y a los Winslow de la ruina económica, un dinero que, mira tú por dónde, había empezado a entrar a raudales justo cuando Hitler ascendía al poder. Pensaba en los registros financieros a los que había aludido Galway, que mostraban que había empezado a entrar capital a comienzos de la década de 1930. Esperaría el tiempo que hiciera falta. Haría mis pesquisas. Y entonces, casi con toda certeza, si hacía las preguntas adecuadas y daba con los documentos precisos, me hallaría en condiciones de demostrar, o por lo menos de argumentar con rotundidad, que los Winslow habían estado robando a judíos asesinados o encerrados en campos de concentración. Dinero manchado de sangre, amasado a expensas de los compatriotas de Kitty víctimas de la masacre.

Sin embargo, eso no era más que el principio. Una gota en un vaso de agua. Porque si Indo había estado en lo cierto, lo que los Winslow habían obtenido de matanzas en tiempos de guerra no solo eran ganancias económicas, sino también algo probablemente más fructífero aún: una educación, un sello que habían podido aplicar una y otra vez, generación tras generación. ¿Qué era lo que había dicho? «El lejano Oriente. El corazón de África. Centroamérica». Yo no conocía la historia de mi familia tan bien como algunos, pero sí sabía que la guerra había arrasado el mundo en el siglo xx. La frase de Birch me volvía de nuevo al recuerdo: «Olvidan cuánta gente conozco». Los Winslow habían hecho fortuna a costa del sufrimiento del mundo. Habían robado a los desposeídos y a los desplazados, desviando dinero y bienes cuya desaparición pasaría inadvertida en esos rincones concretos del planeta.

Tal vez podría aportar incluso pruebas para iniciar un procedimiento judicial contra los Winslow. Pero aunque no lo consiguiera, por lo menos podría manchar su reputación. Y que Birch no pudiera volver a hacer negocios nunca más. Que interviniese el fisco.

Cuando oí el motor del coche acercarse por la curva, detrás de mí, yo casi iba ya a la carrera.

Las niñas revolotean entre mis piernas como los carboneros, piando mientras vamos poniendo la mesa para el festín. Las espanto sin mucha convicción para que me dejen tranquila. En cuanto alzan el vuelo, hago visera con las manos para protegerme del sol del solsticio de verano y me quedo viéndolas corretear hacia las canchas de tenis, riéndose, y me encantaría ser yo también una niña.

Este es, al fin, el lugar que imaginé que sería aquella primera mañana resplandeciente en que desperté en el dormitorio de Ev, cuando me quedé mirando las sombras que jugaban en el techo. Un lugar en que los niños pueden y deben correr libres, y los miedos que acechan el corazón de una madre (un resbalón, un paseo en yola sin salvavidas) son miedos razonables.

Adán y Eva se habrían quedado en el Paraíso solo si hubiesen hecho lo posible por olvidar lo que la serpiente les había enseñado sobre el otro y sobre ellos mismos. No se puede crecer y progresar cuando los nubarrones tapan el sol, ni beber de un pozo cuando está emponzoñado.

Levanto la mirada al ver que nuestra matriarca baja por el montecillo, con un cesto lleno de rudbeckias, cogido con los dos brazos. Ahora ya está mayor y más rechoncha, pero de un modo que resulta bonito. Sus pómulos ya no son dos cuchillas tan afiladas como para cortar la hierba, pero, en fin, ya no le hace falta que sean así. Nadie acude en su ayuda, pues sabemos que nos apartaría de un manotazo y chascaría la lengua con mal genio ante la menor insinuación por nuestra parte de que necesita que le echen una mano.

Porque no lo es así.

Era el Jaguar blanco de Tilde el que se me acercó por detrás. Pensé poner pies en polvorosa, meterme en el bosque. Pero entonces me reí de mi actitud melodramática. Solo tenía que hacerme a un lado, quedarme en la cuneta, y ella pasaría de largo, a toda pastilla, hacia dondequiera que se dirigiese.

Pero no, en vez de eso el coche fue aminorando hasta detenerse a mi lado, con el motor al ralentí.

Bajó la ventanilla del acompañante y dijo:

—¿Subes?

No era una orden. Sopesé mis opciones. ¿Qué podía hacerme, rociarme con espray lacrimógeno? Apoyé las yemas de los dedos en el tirador metálico y abrí la puerta.

La temperatura era perfecta allí dentro. Olía a cuero. Tilde llevaba unos guantes de automovilista (ni siquiera sabía que siguieran haciéndolos).

—Sé lo de la esvástica —empecé. Pensé decir algo más, pero me pareció que era suficiente. Una suerte de amenaza de romper el silencio.

Nos quedamos calladas unos segundos. Me pregunté si iba a llevarme en el coche a algún sitio, pero no fue así.

—Espero que recapacites —dijo.

Yo negué con la cabeza.

—Voy a contarlo.

—No me refiero a que lo cuentes, por Dios santo. Me refiero a tu decisión de irte.

Me eché a reír. No pude evitarlo. ¿Había estado prestando atención a alguna parte de mi discusión con Birch?

—Me gusta la influencia que ejerces en mis hijos —se explicó.

—Pues tu marido no opina lo mismo.

Se quitó las gafas de sol y ladeó la cabeza, y se quedó mirando con mucha atención los pinos que se mecían con la brisa, por encima de nosotras.

—Birch tiene su opinión sobre las cosas —dijo cuidadosamente—, pero el mundo no es blanco o negro.

—Lo que dice es cierto. —Tenía el corazón a mil por hora—. Lo de mi hermano. Intenté matarle.

Ella cerró los ojos y se frotó la sien con uno de sus dedos finos.

—¿Por qué crees que pedí que te pusieran de compañera de habitación de Ev este primer curso en la universidad? —me preguntó con mucha calma.

Tardé unos segundos en asimilar esa réplica.

—Vamos, querida —continuó—, ¿crees que Birch es la única persona que tiene contactos? Te quise a ti en el instante en que leí tu expediente.

Me retraje. Esa es la única palabra que se me ocurre para describir mi reacción en el interior de aquel coche. Me dieron ganas de salir corriendo, y me puse a pensar a toda prisa. ¿Ella había sabido desde el primer momento que yo había intentado acabar con la vida de Daniel? ¿Y me había escogido (después de averiguar que había presentado mi solicitud para entrar en la misma universidad que Ev, y de tener acceso a mi expediente judicial confidencial, y de intuir cuál era mi secreto mejor guardado) por esa razón?

Me sorprendió con una carcajada llena de vitalidad.

—Todos cometemos errores —dijo cariñosamente, como si mi pasado fuese una bobada; supuse que esa actitud era fundamental para poder sobrevivir a un matrimonio con Birch Winslow. Entonces, levantó un dedo y añadió—: Pero no todos tenemos conciencia.

—Galway sí.

Eso no hizo sino provocarle una carcajada aún más fuerte que la anterior.

—Querida mía, ¿quién crees que ha estado pagando sus maniobras en resbaladizas líneas fronterizas?

Me quedé boquiabierta.

—Galway tiene un discurso noble. Él cree en ayudar a las personas, sí. Pero es hijo de su padre. Y todos tenemos un precio, querida. Hasta la última persona del planeta tiene un precio.

Habiéndolo expuesto todo de esa manera, resultaba tentador dar media vuelta y regresar. Pero moví la cabeza en gesto negativo.

—Es por el cuadro, ¿no? —dijo Tilde, como perturbada.

—¡Es por que participasteis en el robo y el asesinato de millones de seres humanos y quién sabe en qué más!

—Bueno, yo no.

—Es igual si tú participaste directamente o no. Porque te has estado beneficiando, a sabiendas, desde hace décadas.

Sonrió.

—Te lo contó ella, ¿verdad?

—¿Que si me contó el qué? —Debería haber mantenido el pico cerrado.

—No fuiste la primera a la que trató de enrolar. El pobre Jackson... En sus últimos días estaba tan confundido... Una noche vino a verme, llorando, y me contó que ella le había dicho que los Winslow estaban podridos por dentro. Que era demasiado tarde para extirpar el tumor, que el cáncer se había extendido a todos nosotros. Por supuesto, yo no tenía ni idea de lo que pensaba hacer... —Se estremeció—. Pobre chico... Pero hubo otros también, otras personas a las que ella trató de ganarse para que se pusieran de su parte, con la idea de que, si no era capaz de salirse con la suya, nos hundiría a todos los demás.

Tragué saliva.

—Pero tú no estarás de acuerdo con ella, ¿verdad? —preguntó—. ¿No creerás que somos todos malos?

—No sé de qué me estás hablando.

—Por supuesto, haría falta tener pruebas. —Suspiró—. Y sospecho que aunque Indo estaba cargada de rumores, insinuaciones y cuentos chinos, no debió de proporcionarte mucho que digamos en lo tocante a pruebas contundentes.

—Ese cuadro no es vuestro —dije, tratando de transmitir seguridad—. Como tampoco lo era de Indo. O de su madre.

—Total, que si lo devolviera, ¿volverías conmigo?

Resoplé por la nariz.

—¿Y a quién ibas a devolvérselo?

Agitó la mano para restarle importancia a la cosa.

—Pues daríamos con los descendientes, organizaríamos una ceremonia, crearíamos una fundación. ¡Podrías dirigirla tú! No pongas esa cara, mujer, así es como se hacen estas cosas. —Conectó el aire acondicionado, que ronroneó por debajo de su voz—. Querida niña, piensa en tus estudios. Piensa en Daniel. Vinculaos a nosotros y se os abrirán las puertas. O márchate, y ¿qué te llevarás contigo? ¿Un rumor acerca de un cuadro que ya hemos devuelto? Si crees que vas a acceder a nuestros impuestos o a nuestros registros bancarios, es que eres más ingenua de lo que pensaba.

Se me encogió el corazón.

—Sí, creo que eso es exactamente lo que haremos —caviló ella, mirándome a la cara con mucha atención—. Hacía tiempo que quería redecorar el salón acristalado, de todos modos. Y encima nos ahorraríamos un montón de dinero del seguro...

Si devolvían el cuadro y condenaban los actos de sus antepasados, yo no tendría nada de qué acusarlos. Ella tenía razón: lo que me había contado Indo no demostraba nada por sí mismo.

—Vuelve —insistió Tilde, casi con un ronroneo felino. Entonces, se puso el bolso en el regazo y sacó un diario que me resultaba muy conocido. El diario de Kitty—. Debajo de los tablones del suelo… ¿Crees que eres la única a la que se le ocurriría semejante escondite? —Lo abrió y las hojas pasaron. Al ver la letra de Kitty, comprendí quién había sido realmente y me entraron arcadas—. Quise destruirlo. Quise poner fin de una vez por todas a los ataques de Indo contra esta familia. Pero luego pensé: ¿por qué deshacerme de algo a lo que se le puede sacar rendimiento?

Buscó entre las páginas del diario. Al cabo de unos instantes, me puso el libro en las manos, impetuosamente, señalando con un dedo una anotación que yo había leído cientos de veces: «Esta semana recibimos a Claude, Paul y Henri. B. y yo estamos deseando ofrecerles refugio hasta que decidan dónde ir a vivir».

La miré, sin entender.

—¿Y?

—Sabrás lo de los otros cuadros, ¿no?

Entendí entonces un dato de aquel diario que se me había pasado por alto. «Claude» no hacía referencia a una persona. Era un cuadro. Un apodo que había utilizado Kitty para referirse a una obra de arte robada, probablemente un lienzo de Claude Monet. «Paul» podría ser un Paul Klee. Y «Henri»… quizás uno de Henri Rousseau.

Rápidamente, repasé en mi cabeza el puñado de anotaciones similares a esa en las que se recogía el nombre de los «invitados» de la familia, así como sus llegadas y sus partidas, a Nueva York, San Francisco, Chicago. Tal como Indo había asegurado, ese diario representaba la clave para localizar centenares de obras de arte robadas.

Tilde sonrió.

—Imagínate lo que tú y yo podríamos hacer.

De repente comprendí que eso era lo que habían hecho con ella. La habían reclutado. En el caso de ella, la suegra (Kitty) había engatusado a la novia de su hijo (Tilde) con promesas de una vida como nunca habría imaginado. Y ahora ella a su vez estaba ofreciéndome a mí el favor que le habían hecho a ella. Estaba invitándome.

Pero entonces me vino a la mente Birch. Y los cerrojos que habían desaparecido de Bittersweet en cuanto vio que prácticamente había perdido todo su poder sobre Ev. Y la terrible escena de la infancia que Galway me había relatado, cuando había abierto la puerta del cuarto de baño y se había encontrado a su padre cepillándose a la niñera. No iba a poder dormir por las noches sabiendo que ese hombre merodeaba por la finca. Además, volver a su terreno era, si no una manera implícita de aprobar sus actos, sí al menos un paso estúpido, pues ¿no acababa de anunciar que me marchaba para no volver jamás? Si me iba, tendría la tranquilidad de que Lu estaría a salvo y ya no tendría que sentir miedo nunca más.

—No —respondí, tajante.

Tilde carraspeó. Pero el sonido que hizo era extraño. Lancé una mirada al volante del coche y vi, para mi sorpresa, que le temblaban las manos. Seguí la línea de los brazos, hasta sus hombros, y allí, en su rostro, vi algo que jamás imaginé que vería: lágrimas. Entonces, me dijo con voz temblorosa:

—Si el que te preocupa es Birch, yo me encargo.

—¿Qué quiere decir eso?

—Desde hace años he sido lo único que se ha interpuesto entre él y todos los demás. Yo acepté, ¿sabes?, y creí firmemente que, para llevar la vida que he llevado, debía soportar todo lo que me requiere el estar casada con él. Y que solamente yo podría proteger a mi familia. —Se secó una lágrima de la mejilla—. Pero entonces llegaste tú. Nunca he visto a nadie tan pequeña como tú, nadie a quien él subestimase tanto, plantarle cara. Supongo que, observándote, empecé a darme cuenta de que todo lo que yo había justificado de él, su violencia, su crueldad, no era necesariamente lo que me merecía. Aun así, sabía soportar sus... ataques, si quieres llamarlos así, si con ello mis niños estaban a salvo. Siempre me aseguró que jamás les pondría un dedo encima a sus hijos. Pero entonces mató a John. Al fin y al cabo, John era hijo suyo. Y eso me preocupó. Sin embargo, seguí pensando..., en fin, que mis hijos estaban a salvo. Pero entonces... —Sacudió la cabeza, incrédula y furiosa—. Amenazó con ir a por Lu. Nuestra chiquitina... —La frase terminó con un sollozo ahogado.

Esperé a que se serenase. Tenía la certeza de ser la única persona del mundo con quien había hablado con toda franqueza, por lo menos en los últimos años. Y no quería desaprovechar mi oportunidad.

—¿Entonces qué vas a hacer? —le pregunté definitivamente.

—Él cree que ha ganado —dijo. La mandíbula se le tensó—. Pero yo también conozco gente. Yo soy gente.

Y en ese preciso momento comprendí dos cosas. La primera: que Tilde y yo éramos más parecidas de lo que había imaginado nunca. Y la segunda: que Winloch sería un lugar muy diferente sin Birch.

Trae las flores a la mesa.

—¿Y Galway?

—Ha ido a por las borriquetas. —Desdoblo los manteles que Masha se ha empeñado en bajar ella sola del desván. Los extiendo directamente en la hierba para que se aireen, siguiendo exactamente sus indicaciones, sabiendo que la anciana observa cada uno de mis movimientos desde el Refectorio. Sé muy bien que a Masha no hay que contrariarla.

Tilde mira la hora en su reloj.

—Van a llegar dentro de nada.

Apoyo mi mano en la suya y se la estrecho.

—Y lo tendremos todo listo.

Y llega el momento en que comienzan a aparecer los Winslow para acudir a la Fiesta del Solsticio de Verano como llevan haciendo desde hace generaciones. Y con sus tartas de cereza, sus sandías, sus sándwiches de pepino, van llenando la larga mesa del festín. Llegan los niños con sus alitas, y los perros, y vuelven a aparecer las niñas y se ponen a corretear a mi alrededor, pidiendo cosas, quejándose. Yo les beso la coronilla sudorosa y rodeo la cintura de Galway con los dos brazos, y froto amorosamente la nariz contra su nuca hasta que se le pone piel de gallina.

Con el tiempo, nos reconciliamos. Fue después de que él me contase que no se había enterado de la existencia de aquella esvástica, ni del robo continuado por parte de su familia de bienes en los rincones más tristes del planeta, hasta que yo le puse sobre la pista de la historia económica de los suyos. Había estado esperando para contarme lo que había averiguado. Pero todo eso había ocurrido cuando Lu y su padre se habían metido en medio. Yo tardé en perdonarle, en hacer caso del consejo que me había dado su primera mujer de permitirme ser amada. Pero finalmente lo hice. Y en una vida en la que siempre tenemos que estar eligiendo, fue la mejor decisión que pude tomar.

Fue algo extraño, repentino, una carga añadida y una tragedia más para este clan lleno de historia, que a primera hora de la mañana de un sábado de finales de aquel mismo mes de agosto en que John y Pauline LaChance fueron encontrados sin vida en las tierras de Winloch, Birch Winslow decidiera salir a nadar hasta la lejana punta él solo. Se hallaba en plena forma, se había hecho un reconocimiento médico hacía solo unos meses, pero, cuando hubieron pasado varias horas sin que se le hubiera vuelto a ver, su devota esposa, Tilde, dio la voz de alarma y los primos salieron a buscarle en una barca de remos. Llamaron a los guardacostas. Buscaron y buscaron, primero desde la superficie del lago y después con buzos. Al día siguiente, su cuerpo apareció cerca de Punta Tortuga, hinchado, fantasmagórico.

Un ataque al corazón.

Durante los días inmediatamente posteriores, Tilde y yo guardamos silencio. Una pastilla, pensé yo. Una pastilla que hiciera parecer que había sido eso. ¿Era posible? Tilde conocía gente. Y me había asegurado que acabaría pagando.

Luego se celebró el funeral, ya en septiembre. Mientras las hojas de los arces amarilleaban en las copas, titilando por encima de nuestras cabezas, y Lu lloraba y el pastor se deshacía en poéticos elogios, bajaron su voluminoso féretro al interior de la fértil tierra. Tilde me miró de pronto a los ojos, rápidamente, y en ese minúsculo instante lo supe.

—De nuevo volvemos a reunirnos —dice. Su voz se oye nítida en medio de la algarabía y uno por uno vamos volviendo la mirada hacia ella—. Otro año más queda atrás. Otra década más. Y aun así, aquí seguimos los Winslow. No hay quien se libre de nosotros. —Una carcajada general recorre a los reunidos como una brisa que subiera de la ensenada.

Athol, malhumorado, da un sorbo a su ginebra frente a la mesa llena de comida. Está más delgado, anguloso. Hace tiempo que Emily le dejó y hasta sus hijos parecen desesperados por estar lejos de él. Quiere hablar conmigo de negocios, lleva intentándolo toda la semana. Está ansioso por sonsacarme información sobre la fundación, sobre si he localizado el Degas y sobre si me voy otra vez a Berlín, y cuánto dinero se ha presupuestado para el acto anual de recaudación de fondos. Ahora ha decidido congraciarse con los demás y demostrar que su participación resulta fundamental para la causa de los Winslow, dado que, mira tú por dónde, a la muerte de Birch la Constitución de Winloch parece haber desaparecido de la faz de la Tierra. En su lugar se encontró un testamento que revertía la propiedad al completo no a las manos del presunto heredero de Birch, Athol, su primogénito, sino a cualquier persona que tuviese sangre Winslow en las venas.

Y ahora esas personas son las que nos rodean: ciento treinta y dos propietarios equitativos de esta heredad, quienes al año siguiente del fallecimiento de Birch votaron por aplastante mayoría la creación de la Fundación Winslow, cuyo fin sería buscar los bienes robados a particulares honrados por los cobardes antepasados Winslow y devolvérselos a quienes perteneciesen legítimamente. Como pasa con estas cosas, ese voto mayoritario fue el resultado de un tira y afloja entre bambalinas, o más concretamente: la horrible amenaza de que, si no se creaba una fundación, y no se invertía en ella los fondos de la familia Winslow, nuestro nombre quedaría mancillado por siempre jamás. En algún lugar había pruebas inculpatorias que podrían hundirnos a todos. Así pues, podíamos elegir: o nos aferrábamos a nuestro tesoro mientras iban despojándonos de él, o dábamos el primer paso de la senda de la generosidad, tras haber descubierto tamañas atrocidades en nuestro pasado, y nos convertíamos en líderes, expertos, alabados filántropos, en un campo que hasta la fecha había estado insuficientemente financiado y que se había ignorado.

Dio resultado. El alegre Banning, a quien llamamos cariñosamente Alcalde, muestra los cachorritos de labrador; Arlo le da un biberón a su retoño de seis meses para que su mujer pueda disfrutar de una velada de relativa libertad; CeCe Booth da un sorbito a su copa de sancerre.

—¡Tía LuLu! ¡Tía LuLu! —exclaman las niñas. Y ahí llega, con su trenza despeinada y un cubo en la mano lleno de ranas para los niños. Huele al lago. Lleva un peto empapado y la frente manchada de barro.

—Perdón por el retraso —se disculpa. Yo me meto con ella, porque siempre llega tarde, sobre todo ahora que el lago se ha convertido en su objeto de estudio (doctora Luvinia Winslow). Su título de limnóloga está ayudándola a resolver los misterios de su niñez: las tortugas muertas, la desaparición de las nutrias, la expansión de la lenteja de agua invasiva. Lu ya es una mujer, y todavía se acongoja por las noches al pensar en nuestro mundo cambiante, en la subida de los niveles acuáticos, en las sequías cada vez más extendidas. Hay días, al caer la noche, en que apoya la cabeza en mi regazo y yo miro hacia arriba y doy gracias por que esté a salvo.

Mientras se despeja el entarimado y se extienden las mantas en la hierba, mientras los niños vuelven a ponerse su maquillaje de purpurina en la cara y los hombres se van un momento para vestirse de Píramo y Tisbe, veo a lo lejos, más allá del prado, una silueta solitaria apoyada en el Refectorio.

No es muy diferente de como era su madre tiempo atrás: crispada, antipática. Se mantiene al margen, separada de nosotros y del mundo. Supongo que todavía está a tiempo de tener una vida, hijos, un marido. Si los quisiera. Pero lo que le pasó aquel verano ya no tuvo vuelta atrás. Y aquellos sucesos, el asesinato de John, la muerte de su padre, el hecho de que el día en que murió su padre el torcido universo moral al que había pertenecido desde que nació y al que se había adherido quedó desmantelado, el saber que incluso si hubiese podido escapar de Winloch siempre habría llevado sangre Winslow en las venas, todo eso la había dejado como atrofiada.

Desde lejos observa las monerías de los niños y a los perros peleando por un trozo de jamón. Le tienen todos algo de miedo. Es la tía que casi nunca habla y que siempre va como envuelta en un halo de tristeza. Pero a mí no me da miedo, aunque ella está convencida de que soy la responsable de lo que se rompió dentro de ella. O al menos no me da tanto miedo como para impedirme recordar.

Bajo las copas de los abedules, pinos y arces, con el sol poniéndose entre las ramas, puedo fingir que todo ocurrió hace una eternidad. Pero si no tuviese más juicio podría creer que hemos vuelto a aquel primer verano en el que solo estábamos ella y yo, solas en un reino ignoto. Es un deseo peligroso, escurridizo.

Estaba escrito que me convirtiese en una de los vuestros, se me ocurre decirle. Pero no puede oírme desde tan lejos. Aun así sé, cuando la veo asentir, que quiere decir: sí. Quiere decir que ella sabía que sería una Winslow antes de que yo misma lo supiese. Creo que voy a acercarme hasta ella, acercarme a su preciosa oreja rosácea para decirle exactamente eso al oído. Pero justo entonces salen desfilando los niños y empiezan los aplausos.

La busco de nuevo. Ya no está.

Así pues, me quedo allí sentada con mis hijas y disfruto de la celebración.

Y hago todo lo posible por olvidar.

Agradecimientos

Aunque en la portada de este libro solo aparece mi nombre, la inspiración para escribirlo vino de un montón de personas. No solo lo inspiraron, sino que también creyeron en él, lo fortalecieron y trabajaron para hacer de él lo que en estos momentos tienes en las manos. Estas personas me dieron una lección de humildad.

Quiero dar las gracias a Jennifer Cayer, Tammy Greenwood, Heather Janoff y Emily Raboteau, por su aguda visión y su sinceridad. A Elisa Albert, Daphne Bertol-Foell, Caitlin Eicher Caspi, Amber Hall, Victor LaValle, Luke McDonald, Esmée Stewart, Mikaela Stewart y a toda la gente a la que tengo la suerte de tener por amigos, por su fe, generosidad y aliento. A Rob Baumgartner, Mo Chin, Joyce Quitasol y a todos los de la cafetería Joyce Bakeshop, por ser como un segundo hogar literario. A Amy March, Cathy Forman, Amy Ben-Ezra y a Farnsworth Lobestine, por su generoso apoyo, sin el cual no hubiese sido posible gran parte del trabajo que he dedicado a este libro. Gracias a Lauren Engel, Sherri Enriquez, Martha Foote, Sandra Gomez, Margaret Haskett, Elizabeth Jimenez, Shameka Jones, Krissy Travers, Olive Wallace, Patricia Weslk, y a todos en PSCCC, por cuidar de mi niño para que pudiera escribir el libro.

Gracias a Maya Mavjee, Molly Stern y Jacob Lewis, por recibirme con los brazos abiertos. A Rachel Berkowitz, Linda Kaplan, Karin Schulze y Courtney Snyder, por hacer que el libro haya traspasado fronteras. A Christopher Brand, Anna Kochman, Elizabeth Rendfleisch y Donna Sinisgalli, por darle una envoltura hermosa. Gracias a Candice Chaplin, Christine Edwards, Jessica Prudhomme, Rachel Rokicki, Annsley Rosner y Jay Sones, por darlo a conocer. A Susan M. S. Brown y Christine Tanigawa, por condensar mi prosa. A Sarah Breivogel, Nora Evans-Reitz, Kayleigh George y Lindsay Sagnette, por su gran apoyo. Y a Rick Horgan, por ofrecerme sus sabios consejos, y dobles gracias también por haber animado a los editores a apostar por mí.

Gracias a Anne Hawkins, por apoyarme y por creer que esto volvería a hacerse realidad (y por todos los almuerzos deliciosos que compartimos). A Dan Blank por enseñarme tanto sobre lo que significa hoy ser escritor y por ayudarme a lanzarme a la carga. Y a Christine Kopprasch, que supo exactamente cómo acabaría el libro (y que por eso me demostró que nadie mejor que ella podía ser mi editora) y por todo el esfuerzo que ha dedicado desde ese momento. Es una mujer sabia, entusiasta y generosa y me llena de orgullo decir que es mi amiga.

Gracias a Kai Beverly-Whittemore, por prestar oídos a la primera versión confusa de mi idea y por insistirme en que me pusiera manos a la obra; por leer, por creer, por sus sugerencias y por quererme en todas las circunstancias. A Rubidium Wu, por su gran ejemplo de paciencia y fortaleza (eso sin mencionar sus demostraciones de fuerza con el principito). A Robert D. Whittemore, por recordarme que la isla está llena de ruidos, sonidos y cálidas brisas y por enseñarme tantas cosas sobre el mundo natural, gracias a lo cual pude instilar vida en Winloch, y por continuar el legado de su padre, Richard F. W. Whittemore, que amaba tanto la tierra que transmitió a sus afortunados sucesores su administración. A Elizabeth Beverly, quien soportó (y aseguró disfrutar) un sinfín de borradores de este libro, además de escucharme leerlo en voz alta, y por su antigua sabiduría de madre, unas verdades que son mucho más grandes que sus parcos nombres: amor, orgullo, fuerza. Gracias, gracias, gracias.

A mis dos amores, David M. Lobestine y nuestro SPERO, quiero deciros que tengo el corazón rebosante. Sabía que nuestra vida juntos sería una maravillosa aventura, pero habéis superado cada una de mis expectativas. Me siento profundamente afortunada de que seáis parte de mí.

Un verano en el paraíso, de Miranda Beverly-Whittemore
se terminó de imprimir en octubre de 2015
en los talleres de
Litográfica Ingramex, S.A. de C.V.
Centeno 162-1, Col. Granjas Esmeralda, C.P. 09810 México, D.F.